JONAS MOSTRÖM

Herzversagen

Buch

Alles sieht nach einem natürlichen Tod aus, als Gerd Ekstedts Herz versagt. Nur ihr Sohn ist davon überzeugt, dass seine Mutter ermordet wurde. Und Birgit Öberg ist sich sicher, in der Nacht seines Todes einen Schatten am Bett ihres Mannes gesehen zu haben. Doch erst als die junge, kerngesunde Lena Forsell stirbt, ebenfalls scheinbar an Herzversagen, nimmt Kommissar Johan Axberg die Ermittlungen auf. Aber erst beim Tod eines Zwillingspaars hinterlässt der Mörder Anhaltspunkte: Einstichspuren an Arm und Hals sowie einen mysteriösen Zettel mit der Aufschrift »M.B. ist kompensiert«. Hier kann Axbergs Freund Erik Jensen helfen, der Arzt im lokalen Krankenhaus ist, denn er identifiziert M.B. als die Initialen einer jungen Frau, die erst kurz zuvor in der Notaufnahme nur knapp dem Tod durch Herzversagen entgangen war. Die Einstichstellen deuten darauf hin, dass den Opfern Kaliumchlorid injiziert wurde. Dieses Gift führt zu Herzversagen, wird aber bei einer Obduktion nicht entdeckt, da frisch Verstorbene ohnehin einen erhöhten Kaliumspiegel haben. Jensen und Axberg machen sich auf die Suche nach dem Täter im Umfeld des Krankenhauses, aber sie merken fast zu spät, dass sie es hier mit einem Wahnsinnigen zu tun haben, der nicht davor zurückschreckt, auch ihr Leben zu opfern …

Autor

Jonas Moström, 1973 geboren, ist im Norden Schwedens, in Jämtland aufgewachsen. Heute lebt er mit seiner Familie in Stockholm und arbeitet als praktischer Arzt. »Herzversagen« entstand im Erziehungsurlaub nach der Geburt seiner ersten Tochter und ist sein erster Roman.

Jonas Moström

Herzversagen

Roman

Aus dem Schwedischen
von Christine Heinzius

GOLDMANN

Die Originalausgabe erschien 2004
unter dem Titel »Dödens Pendel«
bei Bokförlaget Natur och Kultur, Stockholm.

FSC
Mix
Produktgruppe aus vorbildlich
bewirtschafteten Wäldern und
anderen kontrollierten Herkünften

Zert.-Nr. SGS-COC-1940
www.fsc.org
© 1996 Forest Stewardship Council

Verlagsgruppe Random House FSC-DEU-0100
Das FSC-zertifizierte Papier *München Super* für Taschenbücher
Aus dem Goldmann Verlag liefert Mochenwangen Papier.

1. Auflage
Deutsche Erstausgabe November 2007

Umschlaggestaltung: Design Team München
Umschlagfoto: Plainpicture/Muckenheim
KC · Herstellung: Str.
Satz: DTP Service Apel, Hannover
Druck und Bindung: GGP Media GmbH, Pößneck
Printed in Germany
ISBN: 978-3-442-46113-4

www.goldmann-verlag.de

Für meine Familie

Sieh eine Welt in einem Körnchen Sand
und einen Himmel in der wilden Blume,
greif das Unendliche mit deiner Hand
und fühle Ewigkeit in einer Stunde.

William Blake

Es gibt nicht viele Wahrheiten,
derer sich das Herz sicher sein kann.

Albert Camus

Kapitel eins

Die letzten zehn Atemzüge im Leben von Gerd Ekstedt waren friedlich.

Sie träumte von ihrem Geburtstag, sie wurde fünf. Die ersten Strahlen der Morgendämmerung wanderten über das Dach des Stalls. Sie war auf dem Weg zur Außentoilette. Das Gras war feucht, und ihre Füße waren eiskalt. Ein paar Brennnesseln strichen leicht über ihre Fesseln. Sie ging schneller.

Er stand am Fußende des Bettes und beobachtete sie. Gerd Ekstedt sah ohne ihr Gebiss viel älter aus, das Gesicht war ganz eingesunken und auffallend blass. Ignorierte man die zwei langen Haare, die sich bei jedem keuchenden Atemzug auf ihrer Oberlippe bewegten, konnte man glauben, sie sei bereits tot. Ihre knotigen Hände lagen auf der Decke. Unter der dünnen Haut traten deutlich bläuliche Adern hervor.

Er sah sich um. Das Zimmer war klein und rechteckig. An den Wänden standen massive Möbel aus dunklem Holz. Auf einem Schreibtisch rechts neben dem Bett waren Familienporträts aufgereiht. Darüber hing ein hölzernes Kreuz. Die Luft roch abgestanden und schlecht. Er atmete durch die Nase und machte dabei so kleine Atemzüge wie möglich, versuchte, die Menge der Partikel, die die Lunge erreichten, zu minimieren. Den Geruch anderer Menschen konnte er nur schwer ertragen, er war aufdringlich, und ihm wurde oft übel davon. Es ekelte ihn, als er sah, wie sich die Haare auf der Oberlippe der Frau beim seufzenden Ausatmen noch einmal bewegten.

Ich muss mich konzentrieren, dachte er und öffnete die Tasche. Alles befand sich am richtigen Platz, nichts hatte sich verändert. Ordnung war eine der Voraussetzungen für das Leben. Und für den Tod. Es fiel ihm leicht zu strukturieren, alles in einem größeren Zusammenhang zu sehen.

Ein abruptes Geräusch unterbrach seinen Gedankengang. Hinter seinem Rücken raschelte etwas. Er drehte sich um. Eine große Wanduhr mit einem vergoldeten Adler auf der Spitze schlug drei Mal. Lautlos duckte er sich hinter das Fußende des Bettes und behielt die ganze Zeit Gerd Ekstedt im Blick. Sie schlief tief und ließ sich nicht stören. Er richtete sich auf, sah auf seine Armbanduhr und merkte, dass die Wanduhr eine Viertelstunde vorging. Einen Moment brachte ihn das aus dem Gleichgewicht und ärgerte ihn. Er wusste, dass seine eigene Uhr auf die Sekunde genau ging. Es galt, dem Plan zu folgen und keine Ablenkungen zuzulassen. Er sah auf seine Hände, die ruhig an seiner Seite lagen, ohne Anzeichen von Nervosität.

Der Tod trat genau zum richtigen Zeitpunkt ein. Als der Akt vorüber war, schloss er die Augen und wartete eine Minute, zählte dabei die Sekunden. Er fühlte sich frei, die Fesseln waren gekappt.

Der erste Dominostein war angestoßen, alles Weitere käme von selbst. Alles stimmte bis ins kleinste Detail.

Die Zeit, der Ort und die Bewegung.

Draußen herrschte immer noch eine angenehme Dunkelheit, es war windstill und kühl. Nach ein paar Schritten auf dem Kiesweg drehte er sich um. Die Fassade des Pfarrhauses strahlte im Mondlicht weiß und kalt. Ein Igel lief über den Hof. Er sog die frische Luft in die Lungen und ging weiter vom Haus fort. Niemand würde je vermuten, dass Gerd Ekstedt eines unnatürlichen Todes gestorben war. Er lächelte leicht und spürte den Stolz wie einen Pfeiler in seiner Brust.

Es war Dienstag, der 16. Mai 2000.

Kapitel zwei

Im ersten Jahr des neuen Jahrtausends kam der Frühling Ende Mai nach Sundsvall.

Er kam ein wenig zögernd, wie ein schüchterner Gast. Zum ersten Mal seit Ende August wärmten die Sonnenstrahlen, und aus den Bäumen, die mitten im Stadtzentrum angepflanzt waren, hörte man Vogelgezwitscher. Kriminalkommissar Johan Axberg trug seine schwarze Lederjacke über der Schulter und ging im Menschengewimmel in westlicher Richtung zum Polizeirevier. Das Licht blendete ihn, und der Kopf tat ihm weh. Die Ausschweifungen am Samstagabend hatten deutliche Spuren hinterlassen. Er kannte nicht einmal den Namen der Frau, mit der er die Nacht verbracht hatte. Wieder einmal hatte die Sehnsucht eines Augenblicks Konsequenzen gehabt, die er am nächsten Tag bereute. Ein Liebesspiel mit der Betonung auf Spiel. Er hatte das Gefühl, ein Wochenendabonnent einzelner Nummern von unterschiedlicher Qualität zu sein. Und als solcher musste man natürlich die Leere und die ewigen Fragen beim Aufwachen aushalten.

Er kämpfte sich mühsam im Zickzack voran und grüßte flüchtig die bekannten Gesichter, die an ihm vorbeihuschten. Als er aus dem Augenwinkel einen Kollegen aus der Technik näher kommen sah, starrte Axberg stur vor sich hin und ging vorbei. Das, was er sich im Moment am allerwenigsten wünschte, waren allgemeine Höflichkeitsphrasen und Kommentare über das schöne Wetter.

Am Ende der Fußgängerzone war das Gedrängel vorbei. Die Menschen waren wie fortgeweht. Nur ein Mann mit einem Hund ging schnell auf der anderen Seite des Rondells vorbei, jenseits der Autos, die in einem konstanten Verkehrsstrom vorüberrauschten. Axberg lenkte seine Schritte in Richtung der Storgata.

Das Polizeirevier stand noch so da, wie er es verlassen hatte, stumm und braun, still und langweilig. Die Sonne spiegelte sich in der Fassade, ohne jedoch das Gebäude einladender erscheinen zu lassen. Axberg überquerte den Parkplatz hinter dem Gebäude und betrat es durch den Personaleingang. Auf dem Schreibtisch kämpften drei halb leergetrunkene Kaffeetassen gegen die Übermacht von Papierstapeln, Ordnern, einer Tasche mit Sportbekleidung und seinem Laptop um einen Platz. Er stellte die Tasche fort und die Tassen in den Personalraum, dann trank er lange direkt aus dem Wasserhahn, und das Kopfweh ließ ein wenig nach. Er warf einen Blick in den Wandspiegel. Die Bartstoppeln waren deutlich zu sehen, obwohl er sich erst gestern Abend vor dem Kneipenbesuch das letzte Mal rasiert hatte.

Er kehrte dem deprimierenden Anblick den Rücken zu und ging in sein Büro zurück. Jetzt lagen noch die schon Monate alte Ermittlung wegen Drogenhandels im Stadtzentrum und ein weiterer Fall von häuslicher Gewalt auf dem Schreibtisch. Axberg wünschte sich einen Augenblick lang, dass er auch diese Papierstapel wegräumen, sie jemand anderem auf den Schreibtisch legen und dann ganz von vorn anfangen könnte. Er zündete eine Zigarette an und stellte sich ans Fenster. Der Mann mit dem Hund ging an der Pizzeria auf der anderen Straßenseite vorbei und grüßte Nikos, der dort an einem seiner eigenen Tische saß und sich sonnte.

Nikos' Pizzeria befand sich ganz unten in einem der fünf Hochhäuser auf der anderen Seite der Storgata. Das Essen dort war ausgezeichnet. Axberg hatte die Speisekarte schon mehrmals rauf- und runtergegessen, ohne ihrer überdrüssig zu werden.

Er ließ seinen Blick über die fünf schmutzig gelben Fassaden auf der gegenüberliegenden Straßenseite schweifen. Ohne diese Monumente einer misslungenen Architektur könnte ich bis zum Fluss und dem Park sehen, dachte er und blies eine Rauchwolke gegen die Fensterscheibe. Dadurch wurde die Sicht für ein paar Sekunden noch schlechter. Ich mauere mich hier in mein eigenes Gefängnis ein, grübelte er weiter. Ich isoliere mich von der Welt, konzentriere mich auf meine Arbeit.

Axberg hatte seit den Weihnachtsferien durchgearbeitet, oft an mehreren komplizierten Straftaten gleichzeitig. So war die Sonntagsarbeit zur Routine geworden, und sie gefiel ihm, durch die Stille im Haus konnte er sich besser konzentrieren und arbeitete effektiver. Dann bekam er oft neue Ideen und entdeckte Zusammenhänge, die die Ermittlungen weiterbrachten. Viele der großen Fälle waren aufgeklärt worden, seit er vor zwei Jahren die Stelle als Leiter der Kriminalpolizei dieses Regierungsbezirks angetreten hatte. Axberg war sowohl stolz als auch froh gewesen, dass man ihm diese Stellung angeboten hatte, besonders da er erst vierunddreißig Jahre alt war. Hätte er jedoch gewusst, wie viel Verwaltungs- und Personalarbeit dieser Posten mit sich brachte, hätte er wohl nicht so schnell zugesagt.

Im Flur näherten sich schnelle Schritte. Ein neu angestellter Polizeianwärter ging mit nachdenklicher Miene vorbei. Die Wochenendstreife hat jetzt, da es warm wird, alle

Hände voll zu tun, dachte Axberg und setzte sich an seinen Schreibtisch. Daran zu denken, dass andere hart arbeiteten, machte ihm Lust darauf, sich seinen eigenen Aufgaben zu widmen. Er sah von einem Papierstapel zum anderen und fragte sich, mit welchem er beginnen sollte. Häusliche Gewalt untersuchte er eigentlich nicht sonderlich gern, aber da sie auch eines der Verbrechen war, die er am meisten verabscheute, las er den Bericht über Lars und Katarina Karlsson aus Timrå zum dritten Mal.

Die Buchstaben wuselten bald über das Papier wie Ameisen.

Axberg wachte auf, weil ihm die Stirn weh tat. Er war mit dem Kopf auf Seite vier des Vernehmungsprotokolls eingeschlafen und hatte nicht die leiseste Ahnung, was er gelesen hatte. Ein Blick auf die Uhr sagte ihm, dass er zwanzig Minuten geschlafen hatte. Das Blatt Papier vor ihm war während des Nickerchens zerknittert worden. Verschlafen ging er zum Kopierer und machte eine Kopie, um die zerknüllte Seite zu ersetzen. Axberg beschloss, seinem Körper eine Chance zu geben. Er nahm die Tasche mit den Sportsachen und ging in den Fitnessraum im Keller. Eine Stunde lang schlug er schweißnass auf den Sandsack ein, radelte auf dem Heimtrainer und mühte sich am Rudergerät. Danach duschte er lange und überlegte, dass sein Körper eigentlich ungewöhnlich widerstandsfähig war angesichts der ungesunden Lebensweise, die er sich während der letzten Jahre angewöhnt hatte. Und doch war seine Kondition weit von der entfernt, die er Ende der achtziger Jahre gehabt hatte, als er Bronze bei den Landesschwimmmeisterschaften gewann. Trotzdem war er beim jährlichen Sporttest der Polizei immer noch unter den Besten, weswegen er auch keinen triftigen Grund sah, seine Lebensweise zu ändern.

Als er durch den Flur in sein Büro zurückging, hörte er

die schrille Melodie, die ihm schon lange nicht mehr gefiel; trotzdem brachte er es nicht über sich, sie zu ändern. Er beeilte sich, ins Zimmer zu kommen und holte das Handy aus der Jackentasche.

»Hallo, hier ist Carolina.«

Axberg spürte, wie ihn freudige Erwartung überkam.

»Hallo, lange her … Wie geht's dir?«

»Gut. Und dir?«

»Alles klar. Ich bin bei der Arbeit und erledige ein bisschen Papierkram«, sagte er und fing an, um den Schreibtisch herumzugehen, suchte nach den richtigen Worten.

Carolina Lind war die Frau in Axbergs Leben. Nicht immer war sie wirklich körperlich anwesend, aber in ihren Gedanken waren sie einander immer nah. Seit sie sich in der zwölften Klasse zum ersten Mal ineinander verliebt hatten, waren sie immer wieder aufeinandergetroffen, wie zwei Planeten, die sich ab und zu die Umlaufbahn teilten. Zwei Mal hatten sie sogar ein paar Monate zusammengewohnt. Jetzt jedoch hatten sie sich seit sechs Wochen nicht mehr getroffen, nach einem Streit, dessen Einzelheiten Axberg vergessen hatte. Dennoch hatte er das Gefühl, im Unrecht gewesen zu sein, und war froh, dass sie nun anrief. Endlich.

»Ich dachte, vielleicht hast du ja Zeit für ein Treffen, wir könnten zusammen Kaffee trinken oder so«, fragte sie vorsichtig.

»Klar. Ich bekomme hier ja doch nichts erledigt.«

»In einer halben Stunde bei Tinells?«

»Perfekt.«

Axberg lächelte, die Arbeitslust war wie weggeblasen. Die Papiere werden am Montag auch noch da sein, dachte er und holte einen Rasierer aus der Schreibtischschublade. Als er sich nach der Rasur das Gesicht wusch, fühlte es sich so an, als verschwände der Kater zusammen mit dem Rasierschaum endgültig im Waschbecken.

Da draußen wartete der Frühling auf ihn.

Kapitel drei

Der Mann holte einen dunklen Anzug von der Garderobe.

Das Hemd saß perfekt und war noch warm vom Bügeln, das ihn vierzig Minuten gekostet hatte. Er probierte alle Schuhe sorgfältig an, bevor er sich für die glänzenden, etwas zu engen Lackschuhe entschied. Dann sah er sich die Einladung an, prägte sich die Wegbeschreibung ein und machte sich auf den Weg.

Er fuhr durch die menschenleere Stadt, überschritt nie die Höchstgeschwindigkeit, blieb bei Gelb stehen und fuhr nur bei Grün weiter. Heute war der Tag des Triumphs. Er wurde erwartet und würde so selbstverständlich dazu passen wie alle anderen Gäste. Niemand hätte einen Verdacht. Das deprimierte ihn zuerst, aber schon bald nahm er es als einen weiteren Beweis für seine Sonderstellung. Er war auserwählt.

Die Kirche lag auf einem kleinen Hügel und war von einer Steinmauer und schwankenden Birken umgeben. Er stellte das Auto auf dem halbvollen Parkplatz ab, warf einen Blick in den Rückspiegel, strich sich über die Haare und stieg aus. Die Sonne stand bereits hoch am Himmel. Ein warmer Wind blies über sein Gesicht. Als spazierte man in einem Föhn, dachte er und ging die leichte Steigung hinauf. Eine Wolke aus Staub wehte vom Weg hoch in sein Gesicht. Sein rechtes Auge tränte. Er nahm das frisch gebügelte Taschentuch aus der Brusttasche und drückte es fest auf das Auge. Das linderte den Schmerz und entfernte ein bisschen von dem Dreck. Er blinzelte mehrmals krampfhaft und sah mit zusammengekniffenen Augen auf das Nummernschild des Wagens. Trotz der Tränen war die Autonummer klar zu lesen, die Kontaktlinsen saßen also noch richtig.

In der Kirche war es kühl und angenehm. Der Wind und die Wärme drangen nicht durch die dicken Steinwände. Er zog seinen Mantel aus und öffnete die Tür zum Mittelgang. Auf der Empore über ihm ging jemand über knarrende Holzbalken. Die Schritte hörten auf, und unter weiterem Knirschen und Knacken setzte sich dieser Jemand hin und richtete einen Hocker oder Stuhl aus. Wahrscheinlich ein übergewichtiger Organist, dachte er und lächelte vor sich hin.

In einem der Seitenschiffe stand der Priester und sprach leise mit einem der Angehörigen. Er ging nach vorn, stellte sich vor und wurde mit den üblichen Phrasen begrüßt. Nichts wich von dem Erwarteten ab. Er wählte einen Platz weit hinten, mit einem guten Überblick, blätterte zerstreut in einem Gebetbuch und hoffte, dass sich niemand in dieselbe Bank setzen würde.

Die Zeremonie begann. Er sang die Lieder ohne Mitgefühl mit und lauschte den Worten des Priesters. Ein rascher Blick über seine Schulter und er wusste, dass niemand hinter ihm saß. Vorsichtig öffnete er seinen linken Manschettenknopf, schob die Hemdsärmel hoch und sah auf die Uhr. Oskar Bylunds Uhr gehörte nun ihm. Er lächelte; wenn sie das wüssten. Der Sekundenzeiger zuckte zielstrebig vor. Eine Art von Heldenmut überkam ihn, den ganzen Körper durchlief es heiß, er hatte Lust zu schreien. Niemand ahnte etwas, das Vertrauen war absolut.

Ein Menschenleben ist wie eine Welle, dachte er. Es wird aus dem Nichts geboren, erhebt sich aus der Wasseroberfläche, wächst langsam heran und erreicht seine maximale Größe. Dann wird es nach und nach weniger, um sich schließlich in nichts aufzulösen. Das, was ich tue, überlegte er, ist bloß, den Wellenkamm kurz zu berühren, bevor der sein letztes Stadium erreicht.

Nach der Beerdigung kam der Leichenschmaus. Als alle nach einer Stunde voller nichtssagender Gespräche aufstanden, kam die Witwe zu ihm.

»Hallo, vielen Dank, dass Sie gekommen sind.«

»Keine Ursache. Es war schön in der Kirche.«

Die Witwe wischte sich eine Träne aus dem Augenwinkel.

»Irgendwie ist es gut, dass jetzt alles vorbei ist«, schniefte sie.

»Das verstehe ich.«

»Es war schon schön für Oskar, dass er einfach einschlief und keine Schmerzen hatte.«

Er nickte zustimmend. Die Frau in Trauerkleidung atmete tief ein. Ihr Gesicht verzog sich unglücklich.

»Glauben Sie, dass er gegen Ende sehr gelitten hat?«, fragte sie.

»Nein, das hoffe ich nicht. Er ist doch ruhig und friedlich eingeschlafen?«

Wenn sie nur wüsste, dachte er.

»Ja, nachts. Armer Oskar. Dass ich nicht da war, als es passierte.«

Ihre Stimme war dünn und die ganze Zeit kurz davor zu brechen. Sie sah ihn bittend an und riss sich zusammen, um fortzufahren.

»Glauben Sie, dass er mich vermisst hat … ich meine am Ende selbst?«

Er legte ihr tröstend eine Hand auf die Schulter.

»Nein, Sie haben wirklich alles, was Sie tun konnten, für ihn getan.«

Sie blieben ein paar Sekunden schweigend stehen.

»Auf Wiedersehen, Sie können mich immer anrufen, wenn Sie etwas möchten«, schloss er.

Sie begleitete ihn hinaus.

»Noch mal danke, dass Sie gekommen sind.«

Draußen hatte sich der Wind ein wenig gelegt, die Sonne war hinter Wolken verschwunden und die Landschaft ganz ruhig. Er fühlte sich rein und einfach. Nummer drei. Eine herrliche Zahl. Ein ewiger Kreis, wieder und wieder. Das nächste Mal würde es schwerer werden, aber er hatte mehrere Tage, um sich vorzubereiten. Genug Zeit wie immer, wenn man plant und weiß, was man tun muss. Und in welcher Reihenfolge. Er spürte die Uhr schwer und warm an seinem Handgelenk.

In seinem Kopf tickte es gleichmäßig und still.

Kapitel vier

Als Johan Axberg am Montagmorgen ins Konferenzzimmer kam, waren alle bereits dort versammelt. Alle Mitglieder des Ermittlungsteams saßen auf ihren Plätzen rund um den Konferenztisch.

Alle außer Sven Hamrin. Getreu seiner Angewohnheit stand er mit dem Rücken an die einzige fensterlose Wand des Zimmers gelehnt. Axberg warf einen Blick auf die Wanduhr und sah, wie der Sekundenzeiger einen Tick näher auf die volle Stunde zurückte.

»Warum sind heute denn alle so früh da?«, sagte er. »Gibt's irgendwas Besonderes?«

»Die Ferienaufteilung steht an«, antwortete Sankari.

»Ferien, was ist das denn?«, sagte Axberg und grinste sarkastisch.

Jens Åkerman lachte nervös auf und fuhr sich mit einer Hand durch die Haare. Axberg ging zu seinem Platz am Kopfende des Tischs, hängte die Jacke über die Rückenlehne und setzte sich.

»Wie immer sind die letzten zwei Juliwochen das Problem. Wenn wir uns nicht einigen können, müssen wir losen. Ich habe jedenfalls nicht vor, so eine Kinderkacke nach oben weiterzureichen.«

»Natürlich nicht«, warf Pablo Carlén ein. »Das müssen wir selbst lösen. Ich hätte gern die letzte Woche frei. Wir haben eine Reise nach Gotland geplant, die sich nur schlecht verschieben lässt.«

Sven Hamrin sah ihn vielsagend an.

»Du kannst doch verdammt noch mal nicht zuerst sagen, dass wir eine Lösung finden müssen, um in der nächsten Sekunde zu verlangen, dass gerade du dann frei bekommst?«

»Das wollte ich nicht sagen, falls du mir zugehört hast.« Pablo wandte sich wieder Axberg zu.

»Ich könnte mir vorstellen, den Urlaub teilweise zu verschieben und die vorletzte Woche Dienst zu tun. Wenn ich die dreißigste Woche frei bekomme.«

»Wahnsinnig großzügig«, brummte Hamrin von der Wand her.

Sven Hamrin und Pablo Carlén hatten Schwierigkeiten miteinander, seit Pablo vor drei Jahren in der Abteilung angefangen hatte. Laut Hamrin war Pablo ein viel zu selbstgefälliger Moralapostel angesichts seiner geringen Erfahrungen als Polizist. Pablo wiederum fand, dass Hamrin ein unbeholfener Ochse sei, der immer direkt sagte, was er dachte und meinte. Einmal hatte Hamrin sogar einen abwertenden Kommentar über »Kanaken« gemacht, den Pablo noch lange nicht vergessen hatte. Von dem Tag an, an dem Pablo als Adoptivkind aus Kolumbien gekommen war, hatte er sich Kommentare über seine Hautfarbe anhören müssen. Über die Jahre hatte er gelernt, sie als Zeugnisse menschlicher Dummheit zu übergehen. Aber er würde nie akzeptieren, dass jemand aus den eigenen Reihen rassistische Anspielungen machte.

»Gut«, sagte Axberg. »Bleibt also noch die dreißigste Woche …«

Er ließ seinen Blick über die Kollegen schweifen.

»Ich selbst arbeite während der fraglichen Wochen bereits«, fuhr Axberg fort und tippte mit dem Zeigefinger auf den Kalender.

»Ich auch«, warf Sankari ein. »Ich verstehe sowieso nicht, warum man im Sommer frei haben möchte, da ist doch gar keine Jagdsaison.«

Alle im Zimmer außer Hamrin lächelten. Sankari biss ein Stück von der Apfeltasche ab, die seine Frau ihm für den nachmittäglichen Kaffee mitgegeben hatte. Im buschigen Bart blieben Unmengen von Zuckerkristallen hängen. Böse Zungen im Haus behaupteten, dass Sankari seine Körperform all den Apfeltaschen verdankte, die er in sich reinstopfte.

»Okay«, sagte Jens Åkerman und sah von seinem PDA auf. »Ich kann während beider Wochen arbeiten.«

Alle drehten sich überrascht zu ihm um.

»Klasse!«, rief Hamrin aus und strahlte.

Er trat vor und schlug Jens Åkerman auf den Rücken, so dass diesem der Atem stockte. Axberg hoffte, dass Åkermans Rückgrat dem Prankenhieb gewachsen war. Sven Hamrin hatte die größten Hände der ganzen Abteilung. Sie waren unübersehbar. Meist hielt er sie ruhig, dann hingen sie wie zwei Sandsäcke schwerfällig zu seinen Seiten. Wenn er die Hände bewegte, nahmen sie das gesamte Zimmer ein.

Laut Hamrin war das typisch für seine Familie. Die lange Reihe der Fährmänner unter seinen Vorfahren hatte angeblich Hände so groß wie Stalltüren gehabt.

»Damit wäre das also gelöst«, fuhr Hamrin fort.

Axberg sah, dass die Besetzung für die Sommerwochen jetzt akzeptabel war. Wenn er Åkerman als vollwertigen Kollegen rechnete. Åkerman hatte gerade erst seinen Abschluss auf der Polizeischule gemacht, und es war sein erster Sommer in Sundsvall. Axberg musste jedoch nicht lange darüber nachdenken. Als er sah, wie erleichtert alle waren, wusste er, dass die Entscheidung schon gefallen war.

»Danke, Jens«, sagte er und nickte ihm zu. »Da hast du uns wirklich aus einer schwierigen Situation gerettet.«

Als Antwort lächelte Åkerman zufrieden.

»Sind wir fertig?«, fragte Sofia Waltin. »Ich muss in zehn Minuten einen Zeugen vernehmen.«

»Ja, der wichtigste Beschluss des Tages ist wohl gefasst«, sagte Axberg. »Ansonsten wisst ihr alle, was ihr zu tun habt. Ich selbst werde mich um den Fall häuslicher Gewalt in Timrå kümmern. Sankari leitet bis auf Weiteres die Drogenermittlung.«

Sankari nickte. »Wir überwachen weiterhin die Schulhöfe. Heute am Hedengrenska Gymnasium. Leider ist es schwierig, zivile Ermittler auf einem Schulhof unterzubringen. Das Alter verschwindet auch durch eine Verkleidung nicht.«

»Am besten, du ziehst eine Perücke an und nimmst ein Springseil mit«, sagte Hamrin.

Sankari ignorierte den Sarkasmus.

»Es ist erwiesen, dass der Handel mit Hasch und Ecstasy unter den Jugendlichen zunimmt. Es wurde mehr beschlagnahmt …«

»Die Statistik zeigt einen fünfzigprozentigen Anstieg der

Anzeigen innerhalb von zwei Monaten«, ratterte Åkerman herunter, als hätte er es auswendig gelernt.

Axberg ging zum Kaffeeautomaten, wählte Espresso und sagte: »Und das Seltsame ist, dass keiner sagen will, wie er an den Dreck gekommen ist. Normalerweise bricht immer einer unter dem Druck zusammen und erzählt die Wahrheit. Nur die Vierzehnjährige, die fast an einer Überdosis gestorben wäre, hat was gesagt …«

»Johanna Svensson«, warf Åkerman ein.

»Genau«, sagte Axberg, »aber das Einzige, was wir aus ihr rausbekommen haben, war, dass sie die Tabletten von einem unbekannten Mann gekauft hat. Während der Mittagspause, hinter der Turnhalle. Sie weigert sich zu erzählen, wie sie überhaupt Kontakt zu ihm bekommen hat und wer außer ihr noch beim Kauf dabei gewesen ist.«

Axberg ging an seinen Platz zurück.

»Im Übrigen haben wir nur indirekte Beweise dafür, dass das Zeug tatsächlich in den Schulen selbst verkauft wird«, fasste er zusammen.

»Abgesehen von dem Hasch, das in der Granbergsschule beschlagnahmt wurde«, berichtigte Pablo ihn.

Hamrin ließ sich mit einem dumpfen Knall zurück gegen die Wand fallen.

»Das war doch vor über drei Monaten«, stöhnte er.

»Jedenfalls besser als nichts«, sagte Pablo.

»Ach, lass gut sein«, unterbrach Axberg. »Es ist wichtig, dass wir einen Weg in die Organisation finden, die dahintersteckt. Denn bei den Mengen, die im Umlauf sind, *muss* es sich um eine Organisation handeln. Und das Ganze geschieht offensichtlich sehr diskret.«

»Ich gehe von einem gut entwickelten Kuriersystem aus, das wir knacken müssen«, sagte Sankari und leckte sich die Reste der Apfeltasche von den Fingern.

»Und das schnell«, sagte Axberg. »Beunruhigte Eltern fragen sich, warum die Polizei nichts unternimmt. Ståhl stellt mir auch jeden Tag diese Frage. Er will Resultate sehen.«

Hamrin verschränkte seine Hände, drehte sie um und ließ sie knacken.

»Er darf gerne seine Papierberge verlassen, herkommen und selbst mit anpacken.«

Niemand am Tisch kommentierte das. Die ständigen Belehrungen des Polizeichefs der Region waren allen nur zu bekannt. Die Sonne fiel durch die schmutzigen Fenster, die zur Storgata hinausgingen. Axberg spürte, wie sein Nacken angenehm warm wurde.

»Ich muss jetzt jedenfalls los«, sagte Sofia und stand auf.

»Du hast Recht«, sagte Axberg, »es ist schon zwanzig nach.«

Genau in dem Moment klingelte das interne Telefon. Sofia beeilte sich hinauszukommen, während Axberg den Hörer abhob und antwortete. Das Gespräch war kurz. Axberg übernahm wieder mal die Rolle des Verteidigers der Polizeiarbeit. Die Kollegen hörten interessiert zu. Es war ungewöhnlich, dass das Telefonat durchgestellt worden war, obwohl sie sich in einer Besprechung befanden.

»Leider«, sagte Axberg. »Wir sind zu dem Schluss gekommen, dass es sich nicht um ein Verbrechen handelt. Falls neue Fakten vorliegen, können Sie die ordnungsgemäß melden. Das müssen Sie akzeptieren.«

Axberg seufzte und legte auf.

»Das war wieder Pfarrer Ekstedt aus Ljustadalen.«

»Der, dessen Mutter vor zwei Wochen gestorben ist?«, fragte Sankari.

»Genau der. Er hat seit letzter Woche fast jeden Tag angerufen und verlangt, dass wir uns der Sache noch einmal annehmen. Jetzt behauptet er, dass ein alter Wecker, der auf dem Nachttisch der Frau stand, verschwunden ist …«

Hamrin löste sich von der Wand und machte einen Schritt nach vorn.

»Er soll verdammt noch mal Ruhe geben. Der Fall ist abgeschlossen. Wir haben nichts gefunden, was auf ein Verbrechen hinweist.«

Hamrin machte eine Pause und atmete tief ein.

»Was ist da draußen eigentlich passiert?«, fragte Sankari.

»Nichts«, donnerte Hamrin. »Wir wurden gerufen, weil der Arzt ein Verbrechen nicht ausschließen konnte. Auf ihrem Nachttisch lagen nämlich mehrere Schachteln Schlaftabletten. Der Arzt glaubte, sie hätte vielleicht eine Überdosis genommen. Und der Pfaffe hat die ganze Zeit was davon gefaselt, dass jemand während der Nacht im Zimmer gewesen sei.«

Sankari zog fragend eine Augenbraue hoch.

»Warum glaubte er das?«

»Weiß der Teufel. Er konnte auch nichts Genaueres sagen.«

»Und?«

»Wegen der Tabletten ist es zu einer Polizeisache geworden, sogar mit rechtsmedizinischer Untersuchung.«

»Was kam dabei heraus?«, fragte Pablo.

Hamrin verjagte eine Fliege, die sich ins Zimmer geschmuggelt hatte.

»Dass die Gute gestorben ist, weil ihr altes Herz nicht mehr schlagen wollte. Der Todesfall war vollkommen natürlich. In ihrem Blut gab es keine Spuren von Medikamenten. Ich habe den Obduktionsbericht selbst gelesen. Außerdem deutete nichts auf einen Einbruch oder auf Diebstahl hin.«

Axberg trank den Espresso aus und dachte nach.

»Der Fall wurde korrekt bearbeitet. Aber der Pfarrer gibt

offensichtlich keine Ruhe. Er war schon die ganze Zeit davon überzeugt, dass jemand in dieser Nacht im Haus gewesen ist. Und die verschwundene Uhr bestätigt ihn jetzt natürlich noch einmal in diesem Glauben.«

»Er sollte sich vielleicht lieber an den Glauben an Gott halten«, sagte Sankari lächelnd, offensichtlich zufrieden über sein Wortspiel.

»Ein schwieriger Typ«, sagte Axberg. »Wir können jedenfalls nicht mehr tun. Ich muss mit der Zentrale sprechen, damit sie nicht alles Mögliche durchstellen.«

Axberg stand auf und schob seinen Stuhl unter den Schreibtisch.

»Zurück zum Tagesgeschäft. Wir sehen uns wie üblich am Nachmittag.«

Alle verließen das Zimmer und machten sich an ihre Arbeit.

Kapitel fünf

Am Freitag, dem 2. Juni, wachte Birgit Öberg auf, weil die Sonne durch das Schlafzimmerfenster schien.

Das Licht wanderte sanft von ihrer Kinnspitze über ihr Gesicht und tauchte ihre Wimpern in ein warmes Orange. Trotz des angenehmen Aufwachens spürte sie sofort, dass etwas nicht in Ordnung war. Sie fühlte sich innerlich unruhig, und der nächtliche Schlaf hatte ein ungewisses Gefühl des Unbehagens in ihr zurückgelassen. Ein Unbehagen, das schwer zu definieren war. Es war außergewöhnlich, dass sie so empfand, normalerweise war sie ein in sich ruhender, ausgeglichener Mensch, der nur selten unnötige Angst empfand.

Jetzt fühlte sich etwas in ihr kalt und leer an. Kurze,

flüchtige Erinnerungsbilder vermischten sich mit den Träumen der Nacht zu einem nicht deutbaren Nebel. Sie versuchte, dieses unangenehme Gefühl zu vertreiben, indem sie an praktische Sachen dachte. Heute würde sie die Betten frisch beziehen und die Daunendecken für den Sommer wegräumen. Ihr Mann hatte sich schon mehrere Nächte hintereinander beschwert, dass er schwitze. Außerdem weigerte er sich, ohne Schlafanzug zu schlafen. Also würde sie dem Bett nun ein Sommerkleid anziehen. Weiter kam sie in ihren Gedanken nicht, weil die Unruhe sie wieder überfiel, und zwar stärker und intensiver als vorher. Ihr Herz pochte laut in ihrer Brust. Irgendetwas an der Stille des Zimmers beanspruchte ihre Aufmerksamkeit. Etwas fehlte.

Sie schlug die Augen auf. Alles sah so aus wie immer.

Kent lag wie üblich da und schlief, mit dem Rücken zu ihr gewandt. Die Zudecke hatte er zu einem Hügel an seinen Füßen zusammengeschoben. Sie starrte ein paar Sekunden lang auf seinen Rücken. Und da wurde ihr klar, was nicht in Ordnung war. Der Brustkorb bewegte sich nicht. Kents normalerweise seufzende Atemzüge waren verstummt. Das Einzige, was man im Zimmer hörte, waren ihr eigenes Atmen und ihr pochendes Herz. Sie legte ihre Hand auf Kents Schulter und rüttelte. Keine Reaktion. Die Schulter fühlte sich kalt an, und als sie stärker schüttelte, kippte der Kopf steif vor und zurück. Sie rief seinen Namen. Er antwortete nicht. Ihr wurde schwindelig, eine leichte Übelkeit setzte sich im Magen fest. Mit einem Mal war sie hellwach. Mit einer ziemlichen Kraftanstrengung drehte sie ihn auf den Rücken. Das Gesicht war bleich und leblos. Die Augen offen, große Pupillen starrten mit leerem Blick an ihr vorbei. Da begriff sie für einen Augenblick das Unfassbare. Kent war tot.

An das, was dann passierte, erinnerte sich Birgit Öberg

nur verschwommen. Sie hatte den Notruf angerufen. Fragmentarische Bilder von zwei Männern in roter Kleidung, die einen erfolglosen Wiederbelebungsversuch durchführten. Nach einer Weile, als sie völlig verwirrt Kaffee für sie gekocht hatte, kam ein Arzt und stellte den Tod fest. Er sagte etwas von einer eventuellen Obduktion. Danach hatte er sie gefragt, ob sie Angehörige habe. Sie hatte dann ihre Schwester angerufen, die sofort ins Auto gesprungen und losgerast war, fast hätte sie einen Unfall gehabt.

Der restliche Tag war ein einziger Trümmerhaufen aus Trauer und Tränen. Erst am nächsten Tag begann Birgit Öberg, sich an die Erlebnisse der vorherigen Nacht zu erinnern. Sie fragte sich, woher dieses Unbehagen und die Angst stammten. Warum war sie beim Aufwachen so unruhig gewesen?

Das Einzige, was ihr einfiel, war, dass sie während der Nacht zwischen Traum und Wirklichkeit gemerkt hatte, dass ein Schatten über Kent gebeugt stand. Es war ein undeutliches Bild, aber jedes Mal empfand sie dasselbe Unbehagen. War während der Nacht jemand im Schlafzimmer gewesen?

Kent war sein Leben lang gesund gewesen und gerade erst fünfzig. Sicher, er war ein bisschen übergewichtig und rauchte manchmal. Und doch. In letzter Zeit hatte es keinerlei Anzeichen dafür gegeben, dass er krank war.

Als das Obduktionsergebnis zwei Wochen später feststand, hieß es, dass Kent an plötzlichem Herztod gestorben sei, verursacht durch verkalkte Herzkranzgefäße. Birgit Öberg fiel es schwer, sich damit abzufinden. Die Gedanken schwirrten ihr im Kopf herum, ohne dass sie eine Ordnung hineinbringen konnte. Manchmal hatte sie das Gefühl, verrückt zu werden. Dieser nächtliche Schatten tauchte immer wieder in ihrem Innern auf und schließlich erzählte sie ihrer Schwester davon. Die hatte sie auf ihre sanfte Weise beruhigt und erklärt, dass das eine ganz normale Reaktion sei. Dass es eine nachträgliche Interpretation sei, ein Versuch, Kents Tod zu verarbeiten. Birgit Öberg glaubte ihr und bemühte sich, es zu vergessen. Sie entschloss sich, über die Sache kein Wort mehr zu verlieren. Das Letzte, was sie wollte, war verwirrt und paranoid zu erscheinen. Ihre Schwester hatte bestimmt Recht, wie üblich.

Alles war nur ein unangenehmer Traum gewesen.

Kapitel sechs

Axberg klappte sein Laptop auf.

Er hatte die Ermittlungen wegen der häuslichen Gewalt in Timrå endlich abgeschlossen. Jetzt musste er den Fall nur noch zusammenfassen und versuchen, ein paar überzeugende Schlusssätze zu formulieren. Etwas, das er nach jeder Ermittlung tat, einige Zeilen schreiben, um jenseits des üblichen Papierkrams die wichtigsten Einzelheiten zu notieren. Wenn er dann später feststeckte, griff er auf diese Notizen zurück, um sich Anregungen und Ideen zu holen. Das war sein achter Fall von häuslicher Gewalt dieses Jahr gewesen, und er unterschied sich nicht sehr von den vorherigen. Außer, dass der Täter gestanden hatte.

Nach einer Woche intensiver Vernehmungen des Tatverdächtigen war es zu einem Geständnis gekommen. Axberg hatte ihn mit mehreren unabhängigen Zeugenaussagen konfrontiert und mit einem detaillierten Bericht des Rechtsmediziners inklusive Fotos der Verletzungen. Schließlich war Lars Karlsson eingeknickt und hatte widerwillig erzählt, wie er seine Frau misshandelte. Ansonsten war es dasselbe Elend wie immer.

Jahrelanges Überschreiten der Grenzen durch Schläge und Drohungen, und erhöhter Alkoholkonsum ließ es immer häufiger geschehen. Eine Frau, die stur alles, was passierte, leugnete. Ein Mann, der offensichtlich von seinem Leben frustriert war. Axberg seufzte und hoffte, dass die Strafe nicht zu mild ausfiele. Er selbst hatte noch nie eine Frau geschlagen und würde es auch niemals tun.

Er stand auf, ging ans Fenster und zündete sich eine Zigarette an. Da draußen flimmerte die Luft noch vor Hitze. Seit mehreren Wochen war die Sonne der unbestrittene Herrscher gewesen. Die Durchschnittstemperatur und der Eisverkauf erreichten täglich neue Rekordhöhen. Alles lief ein bisschen langsamer ab, die Menschen waren offener und lachten mehr. Seine Gedanken schweiften zu Carolina und den zwei fantastischen gemeinsamen Wochen. Seit ihrem erlösenden Anruf hatten sie sich jede freie Minute getroffen.

Bäder im Meer, die Sonne, seine Zunge auf ihrer salzigen Haut.

Axberg zog an der Zigarette. Trotz all des Wunderbaren empfand er eine drängende Unruhe. Es könnte zu viel des Guten sein. Letzte Woche war Carolina mehr oder weniger bei ihm eingezogen. Es wurde enger, die Schlinge der Zweisamkeit zog sich zusammen. Als sie gestern gefragt hatte, ob er am Sonntag zum Mittagessen zu ihren Eltern mitkommen würde, klingelten bei ihm die Alarmglocken. Das würde sofort eine Fessel um den Fuß bedeuten.

Bitte schön! Hier das ganze Paket mit Hochzeit und Kindern. Unterschreiben Sie hier.

Axberg streckte sich und gähnte. Vielleicht war er zu extrem. Er liebte Carolina und würde dieses Mal vorsichtig sein. Er wusste, wie es sonst laufen konnte. Aber die Rastlosigkeit war wie ein Fieber in seinem Blut. Er brauchte seine

Freiheit und würde wahrscheinlich nie dauerhaft mit einem anderen Menschen unter einem Dach leben können.

Ein wohlbekanntes Klopfen an der Tür unterbrach seine Gedanken. Monika Roos trat lächelnd ein. Sie war die Sekretärin der Abteilung und das Zentrum, um das sich alles drehte, sie hatte die Kontrolle über alles und alle. Und das betraf nicht nur die Arbeit. Wollte man sich jemandem anvertrauen, dann war Monika Roos definitiv die falsche Person. Aber die Sekretariatsaufgaben erledigte sie rasch und fehlerfrei und immer mit dem kompletten Service.

»Hallo, Johan.«

Axberg nickte zum Gruß.

»Gibt's was Neues?«

Er hatte den Zettel in ihrer Hand schon gesehen, und die Frage war eher rhetorisch.

»Nichts Besonderes. Dieser Pfarrer hat wieder angerufen … Und natürlich auch deine Oma. Sie war sehr ärgerlich, dass die Zentrale sie nicht weiterverbunden hat.«

Axberg lächelte.

»Sie hat Schwierigkeiten, sich die Durchwahl zu merken. Was wollte der Pfarrer?«

»Mit dir reden. Mit keinem anderen. Er hat den Diebstahl einer Uhr angezeigt.«

»Ach ja?«

»Und dann wollte er noch wissen, warum ihr nicht weiter im Fall seiner Mutter ermittelt.«

Axberg überkam eine lähmende Müdigkeit.

»Ich verstehe.«

Monika Roos verließ das Zimmer und schaute neugierig auf die halboffene Tasche mit der Sportbekleidung, die direkt hinter der Tür stand. Axberg sah auf den Zettel, knüllte ihn zu einem Ball zusammen und warf ihn weg. Er schaffte es nicht, Pfarrer Ekstedt anzurufen, um ihm die Situation ein weiteres Mal zu erklären. Dass die Polizei keine Verbrechen aufklären kann, die nur in der Fantasie existieren. Mit oder ohne Uhrendiebstahl. Gleichzeitig war es seltsam, dass der Pfarrer sich bei etwas so sicher war, das so völlig unsinnig wirkte. Wahrscheinlich eine Art Trauerreaktion, dachte Axberg und trank ein Glas Wasser aus, das auf dem Schreibtisch stand. Obwohl das Glas höchstens eine halbe Stunde dort gestanden hatte, war das vorher eiskalte Wasser bereits lauwarm.

Er fragte sich, wie es seiner Oma bei der Hitze ging und wählte ihre Nummer. Nachdem er es fünfzehn Mal hatte klingeln lassen, legte er auf und versuchte es noch einmal. Keine Antwort. Hoffentlich ist sie nicht gestürzt, dachte er besorgt.

Axbergs Großmutter hatte vor vielen Jahren eine entscheidende Rolle in seinem Leben gespielt. Als er zwölf Jahre alt war, kamen seine Eltern bei einem Autounfall ums Leben, einem Frontalzusammenstoß mit einem Lastwagen außerhalb von Gävle. Sie waren auf dem Heimweg nach einem Wochenende bei Bekannten in Stockholm. Axberg hatte bei seinen Großeltern auf Frösön bei Östersund geschlafen. Er erinnerte sich daran, dass er in der Küche saß und Rhabarberkompott aß, als der Anruf kam. Die Zeit danach war turbulent und verwirrend. Er war bei den Eltern seines Vaters geblieben, die auch das Sorgerecht für ihn bekamen. Sie wurden während seiner Jugend zu seinen Leitfiguren und seiner Stütze. Seit sein Großvater vor acht Jahren an einem Herzinfarkt gestorben war, gab es nur noch Oma Rosine – ein schwacher Schatten der Frau, die seine Großmutter früher einmal gewesen war.

Axberg sah sie vor sich. Wie sie unsicher durch seine Wohnung tappte und dabei ihre Hände fast krampfhaft um die Gehhilfe krallte. Sehr lange hatte sie sich geweigert, die

Gehhilfe zu benutzen. Sie nannte sie »Teufelsmaschine«, mit deren Hilfe sie direkt ins Fegefeuer marschieren würde. Axberg beschloss, in einer Stunde noch einmal anzurufen.

Es klopfte drei Mal an der Tür, und Sankari kam herein. Axberg fiel auf, dass sein kahler Kopf rot vor Sonnenbrand war. Dadurch bekam der ansonsten so beruhigende Anblick des Kollegen etwas fast Boshaftes.

»Hallo«, sagte Axberg. »Wie geht's?«

Sankari setzte sich auf einen Stuhl auf der anderen Seite des Schreibtischs. Er kratzte sich am Bart und blinzelte mit den Augen. Axberg wusste schon lange, dass Sankari gute Nachrichten brachte, wenn er so zufrieden aussah.

»Möglicherweise haben wir was in dem Drogenfall entdeckt …«

Sankari sprach langsam, als wollte er es noch eine Weile auskosten.

»Wir haben am Hedengrenska Gymnasium eine Lehrerin gefunden, die glaubt, etwas gesehen zu haben.«

Axberg nickte.

»Ein Auto«, fuhr Sankari fort. »Genauer gesagt, einen schwarzen BMW, der an zwei aufeinanderfolgenden Freitagen um die Schule herumfuhr. Beide Male am Nachmittag, als die Schule zu Ende war und die Schüler nach Hause gingen.«

Sankari lehnte sich zurück und machte eine Pause.

»Sprich weiter«, sagte Axberg.

»Da sie wusste, dass die Schüler in letzter Zeit mehr Drogen nehmen, schrieb sie sich die Autonummer auf.«

»Hat sie den Fahrer gesehen?«

»Nein, die Scheiben waren dunkel. Außerdem war sie sich auch nicht sicher, ob der Wagen überhaupt angehalten hat. Sie war nämlich in ihrem Klassenzimmer und hatte keine komplette Übersicht.«

Axberg verzog müde das Gesicht.

»Wem gehört das Auto?«

»Warte, dazu komme ich noch ...«

Sankari rieb sich ein paar lose Hautschuppen vom Nasenrücken.

»In diesem Zusammenhang ist es interessant, dass der Wagen auch bei dieser großen Raveparty in der aufgegebenen Reifenfabrik am Hafen diesen Winter gesehen wurde. Damals gehörte der BMW zu den Autos, die uns verdächtig vorkamen. Es wurde zwar nichts beschlagnahmt, aber wir haben ein paar Jugendliche erwischt, die was anderes im Blut hatten als nur Sachen aus Papas Bar.«

»Ich erinnere mich daran«, sagte Axberg. »Alle haben sich geweigert zu erzählen, was sie genommen haben und woher sie es hatten.«

»Genau«, sagte Sankari und wischte sich ein paar Schweißtropfen von der Stirn. »Verdammt warm. Kannst du noch ein paar Fenster aufmachen?«

Axberg öffnete alle Fenster und ließ Luft hinein, die fast noch stickiger war als die drinnen.

»Der Wagen gehört einem gewissen Ralf Sedin«, fuhr Sankari fort.

»Klingt bekannt. Was haben wir über ihn?«

»Ein Kleinkrimineller mit dem üblichen Kram. Misshandlungen, Hehlerei, Autodiebstahl. Für Geld macht er fast alles. Aber keine schweren Verbrechen.«

»Wo befindet er sich jetzt?«

»Hier in der Stadt und fährt in ebendem Auto durch die Gegend. Wenn wir Glück haben, taucht er heute vielleicht noch einmal auf. Aber bei diesem Durcheinander müssen wir ganz vorsichtig an den Fäden ziehen. Sonst wird das ganze Knäuel zu einem Knoten, der sich nicht mehr entwirren lässt.«

Axberg stand auf.

»Klingt, als bekämen wir vielleicht trotzdem den Weg hinein, den wir brauchen. Sag mir Bescheid, sobald etwas passiert.«

»Aber sicher«, sagte Sankari und trottete davon.

In der Tür drehte er sich mühsam um.

»Kommst du mit zum Kiosk, um ein Eis zu kaufen?«

Sie verließen gemeinsam das Zimmer, ohne die Tür hinter sich zuzumachen.

Kapitel sieben

Die Mittsommerzeit bedeutet Chaos.

Diese Tatsache wurde in der Notaufnahme des Krankenhauses in Sundsvall jedes Jahr aufs Neue bestätigt. Dass diese unglaubliche Hitzewelle die Stadt diesen Sommer ans Mittelmeer verlegt hatte, machte die Sache nicht gerade besser. Die Leute waren durch die Hitze wie verrückt.

Es ging auf vier Uhr zu, und der Dienst habende Arzt Erik Jensen hatte die ganze Nacht über kein Auge zugetan. Er sah auf die Liste der wartenden Patienten. Es war das Übliche: drei Brustschmerzen, zwei mit akutem Schwindel, ein Asthmaanfall und vier betrunkene Jugendliche, die auf ihren Liegen eingeschlafen waren.

»Wen soll ich mir jetzt ansehen?«, fragte Jensen eine Krankenschwester, die mit einer Infusionsflasche in der Hand an der Anmeldung vorbeiging.

»Weiß ich nicht, ich hatte gerade Pause«, antwortete die Krankenschwester und verschwand durch das Gewühl von Patienten und Personal.

Jensen beschloss, sich einen der drei Brustschmerzen vorzunehmen, und hoffte, dass vor dem Zimmer des Patienten ein EKG-Gerät mit dazugehörigem Blutdruckmessgerät stand. Als er gerade um die Anmeldung bog, wurde der Vorhang zu einem der Überwachungsbetten zurückgezogen. Schwester Helen sah ihn an.

»Könntest du mal kommen?«, fragte sie. »Die Patientin hat Atemprobleme, die Sauerstoffsättigung fällt.«

Jensen schaute auf die ältere, abgemagerte Frau, die halb auf dem Bett saß. In ihren Augen stand Panik, ihre Lippen waren bläulich und ihre Atmung angestrengt. Obwohl sie bereits fünf Liter Sauerstoff durch einen Schlauch bekam, blinkten die Zahlen, die die Sauerstoffsättigung in ihrem Blut registrierten, zwischen 76 und 78 Prozent.

Jensen nahm die Hand der Frau und redete beruhigend mit ihr, während er gleichzeitig ihr Herz und ihre Lunge mit dem Stethoskop abhörte. Der Brustkorb der Frau hob und senkte sich wie bei einem Vogelküken.

»Wie hoch ist der Blutdruck?«, fragte Jensen.

Schwester Helen blätterte in den Papieren.

»150 zu 90. Kein Fieber. Keine früheren Krankheiten abgesehen vom Asthma.«

»Gibt es eine aktuelle Medikamentenliste?«

Helen öffnete den Mund, um zu antworten. Genau in diesem Augenblick schrillte der Notfallalarm. Eine Sekunde lang stand jegliche Aktivität still. Dann begann eine erstaunlich gut organisierte Handlungskette. Das Chaos war wie weggeblasen, und alle schienen sich genau an dem Platz zu befinden, an dem sie am nützlichsten waren. Jensen sah, wie sich mehrere Krankenschwestern um das Telefon versammelten, um den Bericht des Krankenwagens entgegenzunehmen. Einer der wenigen männlichen Krankenpfleger nahm das Gespräch an. Nach ein paar Sekunden drehte er sich um und rief: »Ein Herzstillstand. Sie sind in fünf Minuten hier.«

Das war Erik Jensens dritter Patient mit Herzstillstand, seit er um sechs Uhr mit der Nachtschicht begonnen hatte. Er hoffte, dass der Ausgang dieses Mal glücklicher sein würde als die vorigen Male.

»Ich komme«, antwortete er.

Er schrieb ein Rezept für den Asthmaanfall und gab es Schwester Helen.

»Es wird gut werden«, sagte er zu der Frau auf dem Bett und klopfte ihr auf die Schulter.

Dann ging er zum Alarmtelefon.

»Bereiten Sie den Notfallraum vor, ziehen Sie Adrenalin auf und überprüfen Sie den Defibrillator«, ordnete er an.

Jensen bekam den Bericht und warf einen Blick auf das Papier.

»Maria Backlund. Erst vierunddreißig? Haben wir Krankenunterlagen?«

»Hier! Ich habe sie gefunden«, rief eine Hilfsschwester, die etwas entfernt an einem Schreibtisch vorm Computer saß.

Jensen lief hin und las.

»Bei uns ist sie anscheinend bisher noch nicht gewesen«, stellte er fest. »Vor einigen Jahren war sie mal beim Chirurgen wegen der Galle.«

Er wandte sich noch einmal dem Krankenpfleger zu.

»Hat der Krankenwagen noch was gesagt?«

»Eine Angehörige, die die Patientin leblos im Bett gefunden hat, hat schon zu Hause mit der Herzmassage begonnen …«

Die näher kommende Sirene unterbrach sie. Das Blaulicht fiel auf die Fenster in der Eingangstür. Jensen zog ein Paar Gummihandschuhe an und ging ihnen entgegen.

Auf der Liege, die hereingefahren wurde, lag eine junge Frau mit langen roten Haaren. Die Haut war blauweiß marmoriert. Einer der Sanitäter ging neben der Liege her und presste immer und immer wieder mit ganzer Kraft auf den Brustkorb der Patientin. Eine aufgeregte Frau, von der Jensen annahm, dass sie die Angehörige war, trug ein Infusionsgestell. Ein Notfallteam versammelte sich um die Liege.

»Sofort in den Notfallraum«, ordnete Jensen an. »Was ist passiert?«

Der andere der beiden Sanitäter gab ihm den Berichtsbogen. »Die Schwester der Patientin war gerade auf der Toilette. Als sie zurückkam, bemerkte sie, dass die Patientin nicht atmete. Sie hatte auch keinen Puls. Sie begann sofort mit der Wiederbelebung. Der Notruf kam vor ungefähr zehn Minuten. Im Wagen gab es keine Herzaktivität.«

Als sie den Wiederbelebungsraum betraten, öffnete sich die Tür auf der anderen Seite und der Dienst habende Anästhesist kam wie üblich ganz ruhig hinein. Jensen fasste die Situation für ihn zusammen, gleichzeitig nahm er die Paddles des Defibrillators und legte sie auf den Brustkorb der Patientin. Sie arbeiteten schnell und reibungslos. Eine Hilfsschwester führte die Schwester der Patientin in einen nahen Angehörigenraum.

»Kammerflimmern. Ich schocke. Weg von der Liege!«

Jensen presste die Paddles auf den Brustkorb und vergewisserte sich, dass sie gut auflagen, bevor er abdrückte. Der Oberkörper der Frau hob sich einige Zentimeter von der Liege. Es folgten ein paar Sekunden gespannten Wartens, als die EKG-Kurve verschwand. Dann kam der grüne Lichtstrahl wieder, zackiger und bösartiger als vorher.

»Okay. Fünf Einheiten«, sagte Jensen.

Eine Schwester folgte seiner Anweisung und zählte laut bis fünf. Der Anästhesist schob geübt einen Schlauch in den Hals der Patientin und begann, sie mit einem Beutel zu beatmen. Jensen stellte den Schalter auf 360 Joule und schickte noch einen Stoß durch die Brust der Frau. Nichts passierte.

»Wir probieren es noch einmal, bevor wir wieder reanimieren. Ziehen Sie ein Milligramm Adrenalin auf.«

Eine Schwester nickte, hielt eine Spritze vor die Lampe und drückte ein paar überflüssige Tropfen aus der Kanüle. Jensen legte die Paddles auf den Brustkorb und korrigierte deren Lage, damit die maximale Stromstärke direkt ins Herz ging.

»Weg!«

Er drückte ab. Alle Blicke waren auf die EKG-Anzeige gerichtet. Die Pulskurve kam zurück und die EKG-Kurve normalisierte sich. Jensen fühlte mit dem Zeigefinger am Handgelenk der Frau. Der Puls war kräftig und regelmäßig.

»Aller guten Dinge sind drei«, sagte der Anästhesist vom Kopfende der Patientin her.

Jensen musste unwillkürlich lächeln über den seltsamen Witz. Als die Patientin stabil genug war, zog der Anästhesist den Tubus, und Maria Backlund erwachte mit ein paar tiefen Atemzügen zum Leben. Sie schlug die Augen auf und sah sich erschrocken um. Die ruhigste Schwester der Notaufnahme sah sie an und sprach besänftigend auf sie ein. Dann wurde Maria Backlund auf die Herzintensivstation gebracht. Nachdem Jensen die Patientin und einen Bericht übergeben hatte, ging er zurück in die Notaufnahme. Er machte sofort mit der Warteliste weiter, die zum Glück noch nicht weiter angewachsen war. Die Frau mit dem Asthmaanfall war beschwerdefrei und wurde zur Beobachtung in die Lungenklinik überwiesen.

Jensen erledigte seine Aufgaben routiniert, jedoch ohne mit den Gedanken voll dabei zu sein. Er musste immer noch an den Fall Maria Backlund denken. Wieso hörte das Herz bei einem so jungen und gesunden Menschen plötzlich auf zu schlagen? Vor allem mitten im Schlaf?

Es gab keinen Zweifel daran, was passiert wäre, wäre die Schwester nicht so geistesgegenwärtig gewesen. Maria Backlund hatte unglaubliches Glück gehabt. Während ihm diese Gedanken durch den Kopf gingen, arbeitete er sich durch die restlichen Patienten. Als er fertig war, sah er auf die Uhr. Viertel nach fünf. Dennoch fühlte sich Jensen kein bisschen müde. Auf die paar Stunden Schlaf, die bis zur Morgenvisite noch blieben, konnte er auch verzichten.

Er ging auf die Herzintensivstation. Maria Backlund und ihre Schwester lagen jede in ihrem Bett in einem Zimmer mit gedämpftem Licht. Jensen fiel auf, dass auch die Schwester rötliche Haare hatte. Er schlich sich in das Zimmer und sah nach, ob alle Elektroden richtig saßen. Danach kehrte er zur Notaufnahme zurück. Alles war noch ruhig. Er ging in den Personalraum, goss sich eine Tasse Kaffee ein und setzte sich auf die geschwungene Ledercouch. Ein Bezirksarzt, den er flüchtig kannte, lag mit dem Kopf auf der anderen Armlehne und döste. Als er Jensen bemerkte, rieb er sich gründlich die Augen und setzte sich auf.

»Hallo, noch jemand, der wach ist?«, sagte der Mann und gähnte.

»Das ist wohl relativ«, antwortete Jensen und grinste.

»Wie läuft's bei euch Ärzten?«

»Volles Haus. Das ist das erste Mal, dass ich mich heute Nacht hinsetze.«

»Wir haben auch ziemlich viel zu tun gehabt. Vor allem Kleinkram. Die Leute kommen abends, weil sie tagsüber keine Zeit haben.«

»Viele haben wohl Schwierigkeiten, von der Arbeit wegzukommen«, sagte Jensen und trank zwei Schluck lauwarmen Kaffee.

Sie saßen ein paar Minuten schweigend da und schauten einen Spielfilm in dem Fernseher, der zur Ausstattung des Raums gehörte. Der Ton war ganz leise gedreht, aber keiner von ihnen machte sich die Mühe, nach der Fernbedienung zu suchen. Jensen kehrte in Gedanken immer wieder zu Maria Backlund zurück.

»Ich hatte da eben einen seltsamen Fall«, sagte er. »Ein Herzstillstand bei einer jungen Frau, gerade mal vierunddreißig Jahre alt.«

Er erzählte kurz, was passiert war. Der Kollege auf dem Sofa hörte aufmerksam zu.

»Herzlichen Glückwunsch«, platzte es am Ende aus ihm heraus; er war von der Erzählung sichtlich aufgemuntert. »Man bekommt nicht jeden Tag die Chance, ein Leben zu retten.«

»Nein«, sagte Jensen. »Aber die Voraussetzungen waren gut. Ihre Schwester hat fast sofort mit der Herzmassage begonnen.«

Der Kollege nickte, offensichtlich beeindruckt. Jensen dachte nach.

»Sind Sie nicht auch der Meinung, dass es seltsam ist, wenn ein so junger Mensch im Schlaf einen Herzstillstand hat? Es muss einen tiefer liegenden Grund dafür geben.«

Der Kollege sah ihn nachdenklich an.

»Was Sie da erzählen, erinnert mich an etwas«, sagte er zögernd.

Jensen zog fragend eine Augenbraue hoch. Der Mann machte eine Geste mit den Händen.

»Ich weiß nicht, ob etwas dran ist, aber ich habe das Gerücht gehört, dass es im Zentrum in letzter Zeit sehr viele Todesfälle gegeben hat. Mit ähnlichen Umständen wie in

Ihrem Fall, jedoch natürlich mit einem schlechteren Ausgang.«

»Was meinen Sie?«, sagte Jensen.

»Ganz einfach, dass im Augenblick ungewöhnlich viele sterben. Nachts, im eigenen Zuhause. Und da werden wir dann ja gerufen, um den Tod festzustellen.«

Jensen sah ihn forschend an.

»Von wem haben Sie das gehört?«

»Kennen Sie David Nyström?«

»Den Bezirksarzt aus Bergsåker?«

»Genau den, er macht viele Nachtschichten hier oben. Als ich ihn das letzte Mal getroffen habe, hat er von mehreren Todesfällen erzählt, bei denen er gewesen ist. Anscheinend oft völlig unerwartete, ohne einen offensichtlichen Grund. Aber wie gesagt, vielleicht ist das nur ein Gerücht.«

Der Kollege rutschte zurück in seine ursprüngliche Lage, mit dem Kopf auf der Armlehne und fuhr fort:

»Man kann also sagen, dass ich Glück hatte …«

»Wie das?«

»Hätte Ihre Patientin nicht eine so aufmerksame Schwester, hätte ich vielleicht noch mal raus gemusst, um einen weiteren Todesfall aufzunehmen.«

»Ach, dummes Geschwätz«, sagte Jensen und verließ den Kaffeeraum.

Der Gerüchteküche innerhalb des Gesundheitswesens war er schon lange überdrüssig. Dass es eine Verbindung zwischen Maria Backlund und dem geben sollte, wovon der Bezirksarzt gesprochen hatte, erschien ihm unwahrscheinlich. Aber es gab unbestreitbar viele Fragen, die er Maria Backlund stellen musste, sobald sie aufwachte. Es gibt sicher eine natürliche Erklärung, dachte Jensen. Wie immer in der Wissenschaft.

Er ging wieder zum Ärzteschreibtisch. Zwei Hilfsschwestern saßen da und kicherten laut über ein paar Fotos, die sie sofort umdrehten, als er näher kam.

»Alles ruhig?«

»Ja, abgesehen von einer Überweisung aus Station 8. Ein Chirurgiepatient mit Vorhofflimmern.«

»Ich übernehme ihn«, sagte Jensen und nahm den gelben Überweisungszettel in die Hand.

Jensen verbrachte die Stunden bis zur morgendlichen Visite damit, die Patienten zu behandeln, die in der Notaufnahme ankamen und im Haus weiter untersucht werden sollten. Währenddessen überlegte er die ganze Zeit, was hinter dem dramatischen Herzstillstand stecken konnte. Das Gefühl, dass irgendetwas nicht stimmte, kehrte immer wieder. Aber er musste sich gedulden.

Der nächste Tag würde sicher Antworten auf seine Fragen im Fall Maria Backlund bringen.

Kapitel acht

Erik Jensen schaffte es, wach zu bleiben, genau wie er es sich vorgenommen hatte.

Er saß im Konferenzzimmer der Notaufnahme 9 und wartete auf die Morgenvisite. Der Schlafmangel machte sich langsam bemerkbar, und er hatte während der letzten Stunde vier Tassen Kaffee getrunken. Der Effekt war mäßig. Mit müden Augen sah er aus dem Fenster. Zwei Frauen in der offiziellen blauen Arbeitskleidung standen vor der Patientinnenannahme der Geburtsstation und rauchten. Jensen hatte es schon zu oft gesehen, als dass er noch darauf reagierte.

Klinikchef Bolinder kam herein. Er setzte sich auf seinen Platz am Tisch und schlug den ersten Visitenordner auf. Wie immer trug er ein gebügeltes, weißes Hemd und einen stramm gebundenen Schlips. Er zog seinen schwarzen Füller mit einem solchen Ernst aus der linken Brusttasche seines Arztkittels, dass man an einen Ritter erinnert wurde, der im Kampf sein Schwert zieht. Zu beiden Seiten Bolinders saß je eine Schwester mit einem Stapel Krankenberichte.

»Sie sehen aus, als hätten Sie Ihre Pflicht erfüllt«, sagte Bolinder und nickte in Jensens Richtung, während er gleichzeitig demonstrativ den Daumen über den Papierstapel mit den Patientenaufnahmen der Nacht zog.

»Ich habe nicht gerade sanft geschlummert«, antwortete Jensen.

Die Morgenbesprechung des Mittsommertages verlief ohne größere Überraschungen. Jensen bewegte seine Füße unterm Tisch hin und her, um sich wach zu halten. Er antwortete kurz und sachlich auf die wenigen Fragen, die Bolinder stellte. Erik Jensen war ein kompetenter Internist und Kardiologe, der in der Klinik einen sehr guten Ruf hatte, sogar bei Bolinder, der ansonsten in seinem Urteil ziemlich hart war. Jensen würde außerdem bald mit seiner Doktorarbeit fertig sein, die er gemeinsam mit einem Professor vom Karolinska Institut schrieb. Obwohl erst dreiunddreißig, war er der strahlendste Stern in der Klinik und hätte mit Leichtigkeit überall im Land eine Stelle bekommen – und sich damit einen Traum erfüllen können. Das Problem war, dass seine Frau Sara Sundsvall auf gar keinen Fall verlassen wollte. Sie hatte alle ihre Freunde und ihre ganze Familie in der Nähe, besonders ihre Mama. Und seit ihre Tochter Erika vor acht Monaten geboren worden war, stand ein Umzug ohnehin nicht mehr zur Diskussion.

Jensen ließ seinen Gedanken freien Lauf, während er darauf wartete, dass Maria Backlund auf die Tagesordnung kam. Es dauerte zwei Stunden und vierundzwanzig Patienten, bis Bolinder den Daumen befeuchtete und zum letzten Mal in dieser Sitzung umblätterte.

»Maria Backlund, sechsundsechzig geboren«, sagte er mit seiner unermüdlichen Stimme. »Kam im Krankenwagen wegen eines Herzstillstandes.«

Bolinder grübelte lange schweigend über dem Bericht.

»Das haben Sie gut gemacht, Erik«, sagte er schließlich. »Gibt es eine Erklärung für den Stillstand?«

»Nein«, sagte Jensen. »Aber ich hatte noch keine Zeit, mit der Patientin zu sprechen.«

»Merkwürdige Geschichte«, sagte Bolinder und wandte sich den Krankenschwestern zu. »Haben Sie dem noch etwas hinzuzufügen?«

Die Gesprächigere der beiden, die ein handgemaltes Namensschild aus Holz mit dem Namen Eva trug, antwortete:

»Eigentlich nicht. Die Patientin war so müde, dass sie sofort eingeschlafen ist. Und die große Schwester so aufgeregt, dass nichts Vernünftiges aus ihr herauszubekommen war. Wir haben ihr dann schließlich fünf Milligramm Oxazepam gegeben, damit sie sich beruhigt.«

Bolinder runzelte die Stirn und vergrub sich wieder in den Bericht.

»Alle Blutwerte sehen gut aus, abgesehen von den üblichen Auffälligkeiten durch zu langes Stauen bei der Blutabnahme, die sich jetzt wieder normalisiert haben. Das EKG zeigt keine Arrhythmien oder andere Abweichungen. Der niedrige Puls kann ein Zeichen dafür sein, dass sie viel Sport treibt. Wurde ein Herzultraschall gemacht?«

Wieder antwortete Schwester Eva.

»Ja, der wurde gemacht. Thorstenson war heute früh da.«

Sie holte ein Blatt Papier hervor, an dessen eine Ecke kleine, schwarzweiße Fotokopien geheftet waren.

»Völlig normale Werte«, stellte Bolinder fest.

Er tippte mit dem Stift auf den Tisch und dachte nach.

»Kniffliger Fall. Mit ihrem Herz ist jedenfalls alles in Ordnung. Sie kann nach Hause gehen und soll in zwei Wochen zur Nachuntersuchung in meine Sprechstunde kommen.«

Jensen reagierte instinktiv.

»Sollte sie nicht zur Beobachtung bleiben? Wäre es nicht sinnvoll, nach einem Grund zu suchen, bevor wir den Fall ruhen lassen?«

Bolinder hob den Blick. Die Augenbrauen nahmen wieder ihre spitze Form an.

»Sie wissen genauso gut wie ich, wie sehr wir überbelegt sind. Wir haben einfach keinen Platz für gesunde Patienten.«

Jensen sah ein, dass es keine gute Idee wäre, den Beschluss in Frage zu stellen. Bolinder setzte die Kappe auf seinen Füller und steckte ihn wieder in die Brusttasche. Alle am Tisch wussten, dass dies das Signal zum Ende der Besprechung war und dass nun die vormittägliche Kaffeepause anstand. Rund um den Tisch hörte man kleine Aufbruchsgeräusche, Stuhlbeine wurden über den Boden geschoben, Notizbücher und Ordner raschelnd eingesteckt.

Die beiden Krankenschwestern nahmen jeweils ihren Visitewagen, und als sie an Jensen vorbeikamen, schnappte er sich Maria Backlunds Unterlagen. Aus dem Augenwinkel sah er, wie Bolinder in Richtung des Flurs marschierte, mit seinem Hofstaat im Schlepptau.

Jensen fand die richtige Tür und schaute durch das rechteckige Plexiglasfenster hinein. Maria Backlund und ihre Schwester saßen jeweils auf ihrem Bett und sprachen miteinander. Jensen klopfte an und trat ein.

»Guten Morgen, mein Name ist Erik Jensen. Ich bin Arzt hier und habe Sie gestern Nacht behandelt.«

Maria Backlund, die näher an der Tür saß, hob ein leeres Frühstückstablett vom Bett.

»Hallo. Kommen Sie doch herein.«

Jensen setzte sich in den einzigen Besuchersessel des Zimmers. Obwohl die Jalousien heruntergezogen waren, schien die Morgensonne hinein und warf Flecken auf die gelben Gipswände. Jensen fiel auf, dass Maria Backlund fast genauso blass war wie bei der Einlieferung in die Notaufnahme. Sie war klein und schmal, sah sehnig und durchtrainiert aus. Ihr Gesicht strahlte Stärke aus, der Blick war ehrlich und wach. Große, rote Locken fielen auf ihre Schultern. Jensen konnte sich nicht erinnern, je so auffallende Haare gesehen zu haben. Maria Backlund goss Hagebuttentee aus einer rostfreien Kanne, die auf dem Nachttisch stand und nippte nachdenklich daran.

»Ich weiß eigentlich gar nicht, was passiert ist«, sagte sie. »Sie haben gesagt, dass ich eine Weile weg war?«

Jensen lächelte kurz.

»Das ist das Mindeste, was man sagen kann ...«

Dann erklärte er detailliert, was passiert war. Maria Backlund hörte aufmerksam zu, ohne etwas zu sagen. Ihr Gesichtsausdruck wechselte zwischen Überraschung und Angst.

»Sie werden verstehen, dass ich viele Ihrer Fragen im Augenblick nicht beantworten kann«, sagte Jensen abschließend. »Aber vielleicht verfügen Sie selbst ja über einige der Antworten?«

Er sah von einer Schwester zur anderen. Sie saßen still da und dachten nach. Das einzige Geräusch, das man hörte, war die Lüftung, die an einem unbestimmbaren Platz im Zimmer surrte. Jensen wandte sich mit der nächsten Frage an Maria.

»Abgesehen von den Problemen mit der Galle sind Sie also völlig gesund?«

»Ja. Außerdem habe ich die sehr selten, nur wenn ich etwas Falsches gegessen habe.«

»Und Sie haben in letzter Zeit keine Medikamente genommen?«

Sie schüttelte den Kopf. Die roten Locken tanzten um ihre Ohren.

»Maria ist einer der gesündesten Menschen, die ich kenne«, warf ihre Schwester Berit ein und rückte ihre runde Brille zurecht. »Sie ist fast nie krank.«

»Hatten Sie in den letzten Wochen eine Erkältung oder irgendeine andere Infektion?«

»Nein, gar nichts.«

Jensen schrieb eine Null auf seinen Notizblock.

»Wie fühlten Sie sich gestern Abend, bevor Sie ins Bett gingen?«

»Gut. Sehr gut. Wir haben Surströmming gegessen, gegorenen Hering, und Karten gespielt. Ungefähr gegen halb zwölf sind wir ins Bett gegangen, und ich bin sofort eingeschlafen. Dann erinnere ich mich an nichts mehr, bis ich hier im Krankenhaus aufgewacht bin.«

»Haben Sie Alkohol getrunken?«

Die Schwestern wechselten schnell einen Blick. Berit nickte ernst.

»Jede einen Schnaps und ein Bier«, sagte Maria und sah ihn besorgt an. »Glauben Sie, dass das der Grund …«

»Nein, auf keinen Fall«, sagte Jensen beruhigend. »Gab es sonst noch etwas, das seltsam oder anders war?«

In Marias Augen tanzten wieder kleine Flammen.

»Nichts.«

Jensen war ein bisschen enttäuscht. Er hatte gehofft, irgendeinen Anhaltspunkt zu finden, etwas, das zumindest ein bisschen Licht auf diesen unerwarteten Herzstillstand werfen konnte. Er wandte sich an Berit, die gerade ihre Brille putzte.

»Können Sie erzählen, was passiert ist?«

Berit schob die Brille zur Stirn hoch und atmete tief ein.

»Wie gesagt, ich bin gegen drei Uhr aufgewacht und auf die Toilette gegangen. Mir war ein wenig übel, so dass ich bestimmt zwanzig Minuten da saß. Wir hatten ja Surströmming gegessen, wie Sie wissen …«

Jensen nickte.

»Als ich ins Schlafzimmer zurückkam, fühlte sich irgendwas komisch an. Ich weiß nicht, was. Dann habe ich auf Maria gesehen, die im Bett neben meinem lag. Sie sah blass aus und die Stirn war ganz kalt. Ich habe dann die Lampe angeschaltet und bemerkt, dass sie nicht atmete.«

Berit legte eine Hand auf die Brust und machte die Augen weit auf.

»Ich habe Panik bekommen, habe nach ihrem Puls gefühlt, zehn Sekunden lang kein Schlag.«

»Wo haben Sie den Puls gefühlt?«

»Am Handgelenk«, sagte Berit und zeigte mit dem Finger die Stelle. »Dann habe ich 112 gewählt und mit der Herzmassage begonnen.«

Jensen sah, wie ihr Tränen in die Augen stiegen. Er legte seine Hand auf ihre Schulter.

»Das war sehr geistesgegenwärtig und sehr gut von Ihnen. Sie haben ihr wahrscheinlich das Leben gerettet.«

Auch Maria bekam jetzt feuchte Augen. Die beiden Schwestern umarmten einander schnell. Jensen blickte auf das Gekritzel in seinem Notizblock. Er sah ein, dass er des Rätsels Lösung dort wohl kaum finden würde. Die ganze Situation hatte etwas Absurdes. Aber Maria Backlund lebte, und das war die Hauptsache. Und vielleicht sollte er nicht mehr in diesem Fall herumwühlen, ihn auf sich beruhen lassen. Er beendete das Gespräch und verabschiedete sich von den beiden Schwestern.

Im Kaffeeraum war der größte Andrang vorüber. Jensen goss sich eine Tasse Kaffee ein, ließ sich auf ein Sofa fallen und sah sich die Morgennachrichten an. Während die Bilder auf dem Bildschirm vorbeiflimmerten, ging er diesen seltsamen Fall noch einmal durch. Es gab da etwas, aus dem er nicht schlau wurde. Konnte er wirklich alles beiseitelegen und weitermachen?

Er wurde immer unruhiger. Das Gespräch mit dem Bezirksarzt im Kaffeeraum kam ihm wieder ins Gedächtnis. Was hatte er eigentlich genau erzählt?

Plötzlich wusste Jensen, was er zu tun hatte. Er stand auf und ging ins nächste Arztzimmer. In einem ziemlich abgenutzten Ärzteverzeichnis fand er die Nummer von Doktor Nyström in Bergsåker und wählte. Eine muntere Männerstimme antwortete. Jensen stellte sich vor und erzählte kurz von Maria Backlund. Dann fragte er Nyström, ob er die Gerüchte kenne, die Jensen im Personalraum gehört hatte.

»Ja, das stimmt«, bestätigte Nyström. »Die Nachtdienste der letzten Monate waren wirklich schrecklich. Wenn das so weitergeht, dann höre ich mit Extradiensten auf. Ich habe keine Nacht mehr als drei Stunden schlafen können.«

»Lag das daran, dass Sie zu ungewöhnlich vielen Todesfällen gerufen wurden?«

»Nicht nur. Es gab auch ein paar Krankenhauseinweisungen. Aber es gab deutlich mehr Todesfälle zu Hause als üblich. Zum Glück nur im Zentrum, so dass ich keine weiten Wege hatte.«

Jensen schwieg ein paar Sekunden und dachte darüber nach, was Nyström gesagt hatte.

»Was meinen Sie mit Zentrum?«

»Das Stadtzentrum. Es ist schon seltsam, aber bis auf einen Fall waren alle in der Altstadt. Es müssen insgesamt wohl sechs solcher Todesfälle während der letzten vier Dienste gewesen sein.«

»Wie alt waren die Leute?«

»Unterschiedlich. Die meisten natürlich schon älter, aber zwei gerade mal fünfzig.«

»Was waren die Todesursachen?«

»Plötzlicher Herztod in den drei Fällen, die obduziert wurden. Die anderen waren so alt und krank, dass ich von einer Obduktion abgesehen habe ...«

Ein paar Sekunden lang war die Leitung still, bis Nyström fortfuhr.

»Es ist schon ein merkwürdiger Zufall. Sicher, die Patienten, die an plötzlichem Herztod gestorben sind, hatten laut Obduktionsbericht alle Arteriosklerose, und doch ... Im Großen und Ganzen waren sie alle gesund, bevor sie starben.«

Jensen blätterte seinen Block um und machte sich weiter Notizen.

»Fällt Ihnen sonst noch etwas dazu ein?«, fragte er.

Nyström überlegte einen Moment lang.

»Eigentlich nicht. Das Anstrengende ist, sich um die Angehörigen zu kümmern. Wenn jemand relativ Junges stirbt, dann sind die Reaktionen oft heftig. Das ist manchmal wirklich ziemlich hart.«

Jensen bedankte sich und legte auf. Er blieb reglos auf dem Stuhl sitzen und starrte aus dem Fenster. In seinem Kopf drehte sich alles, und er war zu müde, um seine halbgaren Gedanken zu ordnen. Sein Kittel wurde ihm langsam zu warm und zu eng. Er würde jetzt zum Umkleideraum gehen und sich umziehen. Danach würde er nach Hause fahren und duschen.

Falls er es noch schaffte, gäbe es dann ein schnelles Mittagessen.

Wenn nicht, würde es direkt ins Bett gehen.

Kapitel neun

Der Mann saß am leeren Küchentisch und sah auf seine Hände.

Die langen, schmalen Finger lagen ordentlich ineinander verschränkt da. Er war immer geschickt mit den Händen gewesen, und trotz deren scheinbarer Zartheit war er ungewöhnlich stark. Wieder kam die Erinnerung an seine Jugend zurück. Ab und zu liefen kleine Filme vor seinem inneren Auge ab, oft ohne einen offensichtlichen Auslöser.

Jetzt sah er gerade, wie er in der Oberstufe den Werklehrer Eriksson vor der ganzen Klasse im Fingerhakeln besiegte. Eriksson, dessen Spitzname der Diktator war, war bei allen wegen seiner mürrischen und gewaltsamen Art unbeliebt. Es ging das Gerücht, dass er im Flur vor dem Werkraum mal einen Schüler am Pullover an einem Kleiderhaken aufgehängt hätte.

Der Mann erinnerte sich deutlich an das Geschehen. Wie immer waren die Erinnerungsbilder lebhaft und detailliert. Während einer turbulenten Doppelstunde hatte Eriksson herumgeschrien, bis sein Gesicht knallrot angelaufen war, hatte ihm befohlen, den Mund zu halten und ruhig an seiner Arbeitsbank zu sitzen. In einem Moment des trotzigen Übermuts hatte er den Lehrer gefragt, ob Eriksson es wagen würde, sich auf ein Duell im Fingerhakeln einzulassen. Zu seinem großen Erstaunen hatte Eriksson zugestimmt.

Sie saßen einander auf Hockern vor dem Katheder gegenüber und krempelten die Hemdsärmel hoch. Die gesamte

Klasse versammelte sich in gebührendem Abstand im Kreis um sie. Der Kampf wurde lang und schmerzhaft. Er hatte sich antrainiert, den Schmerz wegzudenken, ihn vollkommen zu ignorieren. Sein Vater hatte ihm beigebracht, dass das Leiden nur der Ausdruck dafür war, dass die Schwäche den Körper verließ. Er fixierte Erikssons graublaue Fischaugen ohne zu blinzeln; die Unterarme zwischen ihnen vibrierten.

Als die Finger langsam weiß wurden, ließ Eriksson plötzlich los. Der große Mann zog die Hand zurück und begann den Zeigefinger zu massieren, gleichzeitig sank er auf dem Stuhl zusammen und fing an zu weinen. Er weinte so untröstlich wie ein Kind. Alle Dämme brachen, und der riesige Körper zitterte wie im Schüttelfrost. Niemand im Klassenzimmer wagte es, auch nur einen Laut von sich zu geben, alle standen wie erstarrt an ihren Bänken. Die Zeit schien unendlich. Die Schüler, die sich trauten, schielten auf die Wanduhr über der Tür. Eriksson saß abgesehen von dem ihn immer seltener durchlaufenden Zittern reglos da. Als er keinerlei Anzeichen machte, mit dem Weinen aufzuhören, und es zur Pause klingelte, schlichen die Schüler einer nach dem anderen aus dem Zimmer.

Bei der Erinnerung lächelte er. Nach diesem Ereignis hatte es niemand mehr gewagt, sich mit ihm anzulegen, der Respekt war sofort da gewesen und verbreitete sich wie ein Lauffeuer in der Schule. Er lehnte sich über den Tisch vor und rückte einen leeren Blumentopf im Fenster gerade. Letzte Nacht war er abrupt von einer unbekannten Person unterbrochen worden. Eine zufällige Besucherin hatte ihn vollkommen überrascht. Es war pures Glück, dass er nicht dazu gezwungen gewesen war, seine Kräfte gewalttätig einzusetzen. Er spürte, wie heftiger Zorn in ihm wuchs. Was passiert ist, war nicht akzeptabel. Er musste alles, was geschah, selbst kontrollieren, ohne darauf zu vertrauen, dass ihm das Schicksal beistand. Sicher hatte er es geschafft, ungesehen zu verschwinden, aber das Ziel war und blieb unerreicht. Er verabscheute es, wenn etwas von dem geplanten Szenario abwich. Es ging inzwischen zu leicht, die Vorbereitungen waren nicht optimal gewesen. Sicher war seine Fähigkeit, sich unter Menschen unsichtbar zu machen, angeboren. Aber er musste sie trainieren. Zum Weitermachen war ein Plan notwendig, eine überzeugende Strategie gegen alle Eventualitäten.

Er stand auf und ging zum Kalender an der Wand. Dort stand er lange da und starrte auf die leere Fläche unter der Zahl Acht. Dann hob er die Hand und fuhr mit dem Zeigefinger wieder und wieder über die unendliche, ewige Zahl. Die Bewegung wurde immer schneller, rund und rund wie in Trance.

Janus war nicht zufrieden. Ein dumpfes Ticken erfüllte seinen Kopf. Nach einer Weile spürte er, wie es in den Fingerspitzen zu brennen begann. Das beruhigte ihn etwas. Er musste die Ordnung wiederherstellen. Sich etwas ausdenken, das sein Pech kompensierte. Sonst ging er das Risiko ein, sein Ziel nicht zu erreichen. Der Gedanke beunruhigte ihn, ein Gefühl des Kontrollverlusts lähmte seinen Körper. Es musste einen Weg geben, ES MUSSTE.

Niemand durfte die Harmonie der zeitlosen, endlos wiederkehrenden Bewegung des Pendels stören.

Trotz all der Energie, die er während der vergangenen vierundzwanzig Stunden investiert hatte, hatte er keine Idee, wie er das gebrochene Glied reparieren könnte. Jetzt vertraute er darauf, dass es sich mit der Zeit einfach ergeben würde. So war es immer gewesen. Nun war es am wichtigsten, nicht an Geschwindigkeit zu verlieren, nicht abzuweichen und nicht auf den ursprünglichen Plan zu verzichten.

Alles hat seine Zeit, jede Unternehmung unter dem Himmel ihren Augenblick. Geboren zu werden hat seine Zeit, und zu sterben hat seine Zeit. Er würde bald eine Kompensation für das Vorgefallene finden, etwas zur Besänftigung.

Die nächste Welle war bereits auf dem Weg an den Strand.

Er konnte nur weitermachen.

Kapitel zehn

Am 4. Juli um zehn Uhr vormittags hatte die Sonne das Lüftungssystem des Polizeireviers besiegt. Diejenigen, die noch nicht im Urlaub waren, ertrugen die Hitze, so gut sie konnten, und versuchten, so wenig wie möglich zu tun. Niemand hatte mehr den Nerv, das Wetter zu kommentieren.

Axberg hatte gerade beschlossen, selbst zum Empfang hinunterzugehen und Birgit Öberg abzuholen. Aus Erfahrung wusste er, dass Besucher sich oft auf dem Revier verliefen, was angesichts der Tatsache, dass der Grundriss aller Etagen identisch war, nicht verwunderte. Im Sommer gab es außerdem nur wenige Leute im Flur, die jemandem, der sich verirrt hatte, den Weg zeigen konnten.

Vor zwei Tagen war Axberg angerufen worden. Ihm war sofort klar, dass es sich bei dem Anruf um etwas handelte, um das er sich so schnell wie möglich kümmern musste. Bevor das nicht erledigt wäre, würde er keine Ruhe zum Arbeiten finden.

Birgit Öberg hatte darum gebeten, ihn so bald wie möglich treffen zu können. Sie müsse ihm etwas erzählen. Was, wollte sie am Telefon nicht sagen. Zunächst war Axberg verärgert gewesen, und normalerweise lehnte er solche Anfragen ab. Er konnte sich unmöglich mit allen Leuten treffen, die anriefen und behaupteten, sie hätten etwas Wichtiges zu melden. Die Erfahrung hatte gezeigt, dass es sich dabei allzu oft um Leute handelte, die nur Bagatellen zu berichten hatten, oder um notorische Lügner, die sich irgendeine verrückte Geschichte ausgedacht hatten. Gerade als er auflegen wollte, erwähnte Birgit Öberg, dass Pfarrer Ekstedt ihr gesagt habe, sie solle anrufen. Da hatte Axberg gewusst, dass es sich nicht um ein Allerweltsgespräch handelte.

Der Pfarrer hatte sich weiterhin täglich bei Axberg und seinen Kollegen gemeldet, um ihnen klarzumachen, dass seine Mutter keines natürlichen Todes gestorben wäre. Allerdings konnte er nicht genauer erklären, warum er so sicher war, dass jemand im Haus gewesen war. Außer einem eventuell gestohlenen Wecker hatten sich in diesem Fall keine neuen Beweise ergeben. Niemand hatte diese Sache ernst genommen, stattdessen war es zu einem beliebten Witz auf dem Revier geworden, nach den letzten Neuigkeiten vom Pfarrer zu fragen.

Birgit Öberg saß auf einer Bank in der Eingangshalle und wartete. Trotz der Wärme trug sie einen grauen, knielangen Mantel und eine Cordhose, die über soliden Wanderschuhen Falten warf. Auf ihren Knien lag eine Handtasche, die sie die ganze Zeit mit beiden Händen festhielt. Axberg schätzte sie auf ungefähr fünfundfünfzig. Sie hatte freundliche, braune Augen und glatte Haut, was auch daran lag, dass sie ein paar Kilo Übergewicht hatte. Ihr Händedruck war fest und warm.

Sie gingen an dem Glaskasten vorbei, in dem Monika Roos saß und alle begutachtete, die vorüberkamen. Mit dem Headset auf dem Kopf führte sie gerade ein lebhaftes Gespräch. Sie lachte und winkte Axberg zu, der nickte und sich bemühte, das Lächeln zu erwidern.

Im Flur vor Axbergs Zimmer stand Sven Hamrin gegen

die Wand gelehnt und wartete. Axberg hatte ihn darum gebeten, bei dem Gespräch dabei zu sein, da er im Haus des Pfarrers gewesen war. Axberg bat sie hinein und hoffte, dass der Zigarettenrauch durchs Lüften verschwunden war.

»Bitte, nehmen Sie Platz«, sagte Axberg und zeigte auf den Besucherstuhl.

Birgit Öberg setzte sich und behielt den Mantel an. Hamrin stellte sich wie ein tragender Pfeiler an die Wand links neben Axberg.

»Sie wollten mir etwas erzählen?«, begann Axberg.

»Ja, und ich bin dankbar, dass ich kommen durfte.«

Birgit Öberg umfasste den Griff der Handtasche, als müsse sie Kraft zum Sprechen tanken.

»Mein Mann ist vor einem Monat ganz plötzlich gestorben. Es war ein großer Schock für mich.«

Axberg nickte mitfühlend.

»Es kam alles so unerwartet. Kent war nicht krank und fühlte sich auch nicht irgendwie unwohl. Als wir abends zu Bett gingen, war alles genau wie immer. Und als ich morgens aufwachte, war er …«

Sie schaffte es nicht, das letzte Wort auszusprechen. Stattdessen öffnete sie ihre Tasche und nahm ein Taschentuch heraus. Durch das leicht geöffnete Fenster drangen die Geräusche des Sommers. Vogelgezwitscher, ein Moped, das unten auf der Straße vorbeifuhr, ein Kind, das schrie.

»Die Beerdigung war letzte Woche«, fuhr die Witwe nach einer Weile fort.

Axberg sah, wie sie mit den Daumen immer wieder über das Taschentuch fuhr.

»Ich verstehe, dass das schwer für Sie ist«, sagte er. »Wie können wir Ihnen helfen?«

»Das weiß ich nicht. Ich fange vorne an. Ich habe etwas erlebt, das mir keine Ruhe lässt.«

»Vielleicht hilft es, wenn Sie davon erzählen«, sagte Hamrin und schlug seine Beine übereinander, während er weiter an der Wand lehnte.

Axberg hatte Hamrin vor dem Treffen gesagt, er solle sich zurückhalten und nur zuhören. Birgit Öberg sah Hamrin schüchtern an und wandte sich dann wieder an Axberg.

»Es ist alles so seltsam. Ich weiß nicht, wie ich es erklären soll. In der Nacht, in der Kent starb, schien es, als sei jemand im Zimmer.«

Axberg holte seinen Notizblock aus der Schreibtischschublade. Er merkte instinktiv, dass das hier ungeahnte Ausmaße annahm.

»Wie meinen Sie das?«

Birgit Öberg sah ihn bittend an.

»Sie müssen mir versprechen, dass Sie mich nicht für verrückt halten.«

»Keine Sorge«, rief Hamrin aus.

Axberg sah ihn mahnend an.

»Es war, als wäre ein Schatten im Zimmer«, begann sie erneut. »Irgendwann mitten in der Nacht wachte ich auf, nicht so, dass ich ganz wach war, aber doch etwas.«

Sie nahm erneut Anlauf, bevor sie fortfuhr.

»Je mehr ich darüber nachdenke, umso überzeugter bin ich, dass ein schwarzer Schatten sich über Kent beugte.«

Sie sah von Axberg zu Hamrin, um deren Reaktion einzuschätzen.

»Ich weiß, dass das merkwürdig klingt, aber es ist wahr«, fügte sie dann bestimmt hinzu.

Hamrin versuchte, seine Hände in die vorderen Taschen seiner Jeans zu stecken. Doch nur seine Fingerspitzen fanden Platz, während die Knöchel über der Taschenkante weiß wurden.

»Warum kommen Sie damit erst jetzt zu uns?«, fragte er.

»Zuerst habe ich versucht, es als Traum oder Einbildung abzutun. Ich wollte niemandem zur Last fallen. Aber dieses Hirngespinst will einfach nicht verschwinden, es quält mich seitdem ständig.«

Sie fing an, ihr Taschentuch methodisch Kante auf Kante zu falten.

»Dann habe ich nach der Beerdigung mit Pfarrer Ekstedt gesprochen. Ich habe ihm dasselbe erzählt wie Ihnen.«

»Was hat der Pfarrer dazu gesagt?«, fragte Axberg.

»Dass er ein ähnliches Erlebnis hatte.«

Hamrin seufzte und zog die Hände aus den Taschen.

»Fahren Sie fort«, bat Axberg.

»Seine alte Mutter ist vor kurzem gestorben. Er hat auch erzählt, dass jemand in der Nacht, in der sie starb, im Pfarrhaus gewesen sei ...«

Hamrin wollte etwas einwerfen. Axberg hob abwehrend eine Hand.

»Was hat er sonst noch gesagt?«

Birgit Öberg sah verlegen aus, zögerte.

»Dass die Polizei ihre Arbeit nicht erledigt.«

Hamrin verzog das Gesicht, ging quer durchs Zimmer und stellte sich an die gegenüberliegende Wand.

Axberg dachte nach, bevor er fortfuhr.

»Diesen Schatten, den Sie gesehen haben, können Sie den genauer beschreiben?«

Birgit Öberg machte eine Handbewegung.

»Er war einfach da, er stand an Kents Seite vom Bett. Ohne sich zu bewegen.«

»Können Sie etwas präziser werden? Sah es wie ein Mensch aus oder war es eine Art Geist, der schwebte?«

Birgit Öberg sah Axberg traurig an. Er begriff, dass er eine Grenze überschritten hatte.

»Es tut mir leid, falls ich übertreibe, aber ich versuche zu verstehen, was Sie erlebt haben.«

»Ich kann es nicht besser beschreiben, das Bild ist in meiner Erinnerung nicht ganz klar.«

Axberg änderte die Herangehensweise.

»Als Sie morgens aufwachten, gab es da irgendein Anzeichen dafür, dass jemand im Haus gewesen war?«

Sie schüttelte den Kopf.

»Nein, außer einem starken Gefühl des Unbehagens. Aber alles war so chaotisch.«

»Ich verstehe«, sagte Axberg und wischte sich Schweiß aus dem Nacken. »Und es fehlte nichts?«

»Nicht dass ich es bemerkt hätte. Aber ich habe seitdem nicht mehr zu Hause geschlafen. Ich wohne im Augenblick bei meinem Sohn.«

Axberg betrachtete die Frau, die ihm am Schreibtisch gegenübersaß. Worum ging es hier eigentlich? Um die versteckte Kamera?

»Gibt es noch etwas, das nicht so ist, wie es sein sollte?«, sagte er versuchsweise.

»Ich finde, dass das schon reicht«, unterbrach sie ihn.

Axberg sah ein, dass er seine Worte besser wählen musste.

»Weiß man, woran Kent gestorben ist?«

Die Antwort kam unerwartet schnell.

»Ja. Er wurde obduziert.«

Sie knipste die Handtasche wieder auf und holte ein Blatt Papier heraus, das sie Axberg gab.

»Hier ist eine Kopie des Berichtes.«

Axberg sah sich den Text an und fasste zusammen:

»Hier steht, dass er an plötzlichem Herztod verstorben ist, eventuell einem kleinen Herzinfarkt. Nichts deutet darauf hin, dass ein Verbrechen verübt wurde.«

Axberg sah Birgit Öberg in die Augen, ohne ihre Gedanken erahnen zu können. Hamrin machte einen Schritt ins Zimmer hinein und schaltete sich in das Gespräch ein.

»Ich kann Ihnen sagen, dass ich persönlich draußen beim Pfarrer war, nachdem seine Mutter gestorben war. Wir haben nicht das kleinste Anzeichen dafür gefunden, dass jemand im Haus gewesen ist.«

Hamrin lehnte sich mit den Händen auf den Schreibtisch und schaute Birgit Öberg in die Augen.

»Ich finde, Sie sollten jetzt nach Hause gehen und alles vergessen.«

Sie warf Axberg einen flehenden Blick zu. Er hielt ihm schweigend stand und signalisierte ihr so, dass er Hamrins Meinung war. Auch wenn er sich etwas diplomatischer ausgedrückt hätte. Manchmal war Hamrins direkte Art gut, aber genauso oft war sie einfach nur unpassend.

»Wir werden über das, was Sie uns erzählt haben, nachdenken«, sagte Axberg abschließend. »Wir nehmen Ihre Sorgen ernst. Aber Sie werden verstehen, dass es schwer für uns ist, etwas zu unternehmen, wenn wir nicht mehr haben, mit dem wir arbeiten können.«

Das Gespräch war vorbei. Axberg begleitete Birgit Öberg bis zum Empfang. Er sah ihr lange nach, nachdem sie durch die Glastüren gegangen war. Er hatte das Gefühl, etwas übersehen zu haben. Zwei Menschen, die innerhalb weniger Wochen den Verdacht hatten, dass ihre Angehörigen keines natürlichen Todes gestorben waren. Konnte das Zufall sein?

Axberg beschloss, Pfarrer Ekstedt heute noch anzurufen. Wenn aus keinem anderen Grund, dann, um ihn zu fragen, was er damit meinte, die Polizei erledige ihre Arbeit nicht.

Hamrin wartete in seinem Büro.

»Was denkst du?«, fragte Axberg.

»Dass der Pfarrer einen an der Waffel hat.«

Axberg nickte.

»Glaube ich auch. Ich werde ihn später mal anrufen und nachfragen, was los ist. Hast du noch was hinzuzufügen, außer dem, was schon im Bericht steht?«

Hamrin sah ihn verwundert an.

»Nein, was sollte das denn sein?«

Axberg zuckte mit den Schultern.

»Irgendein Detail, etwas, das man besser wissen sollte …«

»Alles, was wert war, notiert zu werden, steht da«, antwortete Hamrin. »Was bedeutet, überhaupt gar nichts. Kann ich wieder zu meinem Kram zurück?«

»Klar.«

Axberg sah auf die Uhr. Halb zwölf. Er beschloss, einen Anruf zu erledigen, bevor er zum Mittagessen nach Hause fuhr. Nach ein paar Minuten in der Warteschleife hörte er Doktor Conrads wohl bekannte Mischung aus einem amerikanischen Akzent und Västerbottener Dialekt am anderen Ende der Leitung.

Jeff Conrad war ein weißhaariger, großer und schmaler Mann Mitte fünfzig. Ursprünglich kam er aus Los Angeles, wo er über fünfundzwanzig Jahre in einer international anerkannten Pathologieabteilung gearbeitet hatte. Jetzt war er über den Atlantik gezogen, um eine zwanzig Jahre jüngere Doktorandin zu heiraten. Das lag zu einem großen Teil daran, dass ihm neun Monate nach einem Pathologiekongress in Stockholm am Telefon eine nicht ganz geplante Tochter vorgestellt worden war.

Die Tochter war inzwischen fast drei Jahre alt, und genauso lang war Jeff Conrad nun Leiter des rechtsmedizinischen Instituts in Umeå. Er war ein erfahrener Pathologe, der daran gewöhnt war, viel brutalere Morde zu begutachten, als in seiner neuen Heimat üblicherweise vorkamen. Axberg kannte ihn trotz der relativ kurzen Bekanntschaft bereits ziemlich gut.

»Hallo Johan. Wie geht's?«

Conrad sprach ihn in jedem zweiten Satz mit Namen an, eine Angewohnheit, mit der Axberg sich immer noch nicht ganz wohl fühlte.

»Gut, danke. Die Hitze könnte aber langsam mal nachlassen.«

»Beschwer dich nicht, Johan. Ich finde, dass es hier oben kalt ist. Zweiundzwanzig Grad im Schatten, aber man gewöhnt sich wohl daran.«

»Da wäre ich mir nicht so sicher. Je älter man wird, umso stärker friert man.«

Conrad lachte sein heiseres Lachen.

»Wenn das das einzige Problem im Alter wäre, sollte man eigentlich froh sein. Aber du rufst bestimmt nicht an, um über das Wetter und das Alter zu reden?«

»Nein. Ich hänge hier bei einer Sache fest ... Wahrscheinlich steckt gar nichts dahinter, aber ich hätte trotzdem gern deine Meinung gehört.«

Axberg erzählte ausführlich, was er über Gerd Ekstedt und Birgit Öbergs Mann wusste. Er erwähnte sogar, dass Pfarrer Ekstedt ständig Druck ausübte. Jeff Conrad lauschte aufmerksam, warf nur ab und zu ein »Ja« oder »Ja, ja« ein.

»Hast du den Verdacht, dass hinter den Todesfällen ein Verbrechen steckt?«, fragte Conrad schließlich.

»Nein, eigentlich nicht. Aber ich möchte trotzdem überprüfen, ob im Fall Gerd Ekstedt etwas unklar ist, bevor ich mit ihrem Sohn spreche.«

Conrad kicherte.

»Ich kann dir sagen, Johan, dass Frau Ekstedt, die ich selbst obduziert habe, eines völlig natürlichen Todes gestorben ist. Das Herz hat es einfach nicht mehr geschafft. Sie kannst du abhaken. Was den anderen Mann angeht, kann ich nicht mehr sagen, als dass es ziemlich seltsam klingt.«

Conrads Kommentar beruhigte Axberg. Natürlich war alles nur Einbildung.

Um fünf vor zwölf verließ er das Polizeirevier. Sofort brannte die Sonne auf sein schwarzes T-Shirt und seine Jeans. Die Poren waren weit geöffnet, er war schweißgebadet. Die Tische und Stühle vor den Restaurants waren voller Mittagsgäste. Auf den Straßen lag eine dünne Staubschicht. Das Handy klingelte. Axberg musste mit der Hand das Display von der Sonne abschirmen, um die Buchstaben lesen zu können.

Carolina.

Axberg antwortete nicht, und als die Melodie aufhörte, schaltete er das Handy aus. Er hatte versprochen, nach der Arbeit mit ihr zu Ikea zu fahren. Jetzt bereute er sein Versprechen. Er wusste nur noch nicht, ob er es mit einer Notlüge oder mit der Wahrheit versuchen sollte. Das Zusammensein war in letzter Zeit viel zu intensiv geworden, und es fiel ihm schwer, ein echtes Gleichgewicht zu finden. Entweder war er voll und ganz dabei, oder er zog sich völlig zurück. War verschlossen wie eine Auster. Wenn es um Carolina ging, konnte er keine Kompromisse eingehen. Sie war wie ein Gift, eine angenehme Droge, von der er nicht genug bekommen konnte. Bis er sich plötzlich selbst verlor und sich mit einem Katapult wegschoss. Ikea war die Grenze. Damit käme er nie klar.

Jetzt würde er nach Hause gehen und duschen, danach gab's einen Teller Dickmilch mit Knäckebrotstücken.

Dann würde er Carolina anrufen. Vielleicht.

Kapitel elf

Um halb drei saß Axberg in seinem Saab 900 und war auf dem Weg zum Pfarrhaus in Ljustadalen.

Er fühlte sich nach der Dusche noch angenehm frisch und hatte ein kurzärmeliges, weißes Hemd angezogen. Die Fenster auf der Fahrer- und der Beifahrerseite waren jeweils zur Hälfte geöffnet, und der Wind trocknete seine Haare, während er die Stadt hinter sich ließ. Im CD-Player lief Bob Dylan, und Axberg sang so gut er konnte mit. »Don't think twice, it's alright.«

In solchen Momenten war das Leben als Polizist wunderbar. Freie Einteilung der Arbeitszeit mit eigener Verantwortung.

Während des Mittagessens hatte Axberg den Pfarrer angerufen und ein Treffen vereinbart. Das Gespräch mit Birgit Öberg hatte ihm klargemacht, dass er den Stier bei den Hörnern packen und Ekstedt die Zeit widmen musste, nach der dieser verlangte. Nachdem er Hamrins Bericht gelesen und den Fall mit Jeff Conrad besprochen hatte, war Axberg immer noch davon überzeugt, dass es sich nicht um eine Polizeiangelegenheit handelte. Dennoch war es wirklich an der Zeit, dass er als Ermittlungsleiter Ekstedt traf und dessen Version hörte. Außerdem war es schön, dem Revier zu entkommen und die stickige Luft, die reglos zwischen den beiden Bergen der Stadt lag, hinter sich lassen zu können. Axberg warf einen Blick auf die Karte auf dem Vordersitz. Das Pfarrhaus befand sich ein paar Kilometer nördlich von Ljustadalen. Auf einem Feld links der Straße lagen lange Reihen von in Folie verpackten Silagerundballen, die darauf warteten, abgeholt zu werden. Axberg fand, dass die kreideweißen Ballen in der Landschaft wie plötzlich gelandete

Ufos aussahen. Die Subventionen für die Bauern nahmen sicher keine Rücksicht auf ästhetische Fragen.

Als er am Einkaufszentrum in Birsta vorbeifuhr und das Ikea-Schild sah, das über dem riesigen Parkplatz emporragte, bekam er ein schlechtes Gewissen. Wie sollte er den für diesen Abend versprochenen Einkaufsbummel überstehen? Wenn er nicht bald eine Entscheidung traf, wusste er, was ihn erwartete. Carolina, die mit dezidierten Meinungen zu unterschiedlichen Einrichtungsdetails und einer endlos langen Einkaufsliste neben ihm im Auto saß. Axberg schüttelte es bei diesem Gedanken. Von seiner eigenen Unentschlossenheit und dem unendlichen Einkaufszentrum gefangen würde er mürrisch schweigen. Carolina, die seine Gefühle immer schon gekannt hatte, noch bevor sie ihm selbst bewusst wurden, wäre stinksauer. Und würde fragen, warum er nie sagte, was er meinte. Dass er feige sei.

Sie riskierten, wieder in eine dieser schlimmen Spiralen abzurutschen, die immer in einer Katastrophe endeten. Das wollte er nicht. Er beschleunigte und überschritt die Geschwindigkeitsbeschränkung. Eigentlich war die Entscheidung, was diesen abendlichen Ausflug anging, eher symbolisch. Seine Angst hatte andere Gründe. Bei einem Abendessen auf dem Balkon hatte Carolina gesagt, dass sie Kinder haben wollte. Am liebsten mehrere. Und das bald. Sie wurde im Herbst dreiunddreißig.

Axberg war nicht besonders überrascht gewesen. Andeutungen hatte es schon lange gegeben, aber so klar hatte sie es noch nie ausgesprochen. Auch er wollte Kinder. Das war selbstverständlich. Aber eigentlich noch nicht jetzt. Gleichzeitig liebte er Carolina und wollte sie nicht verlieren. Was vielleicht passieren würde, wenn er sich nicht fügte und ihren Wünschen nachgab. War es überhaupt in Ordnung, ihre Beziehung so lange herauszuzögern, wie er es getan hatte?

Carolina musste die Chance bekommen, schwanger zu werden, bevor es zu spät war. Und wenn nicht mit ihm, dann mit einem anderen Mann. So lautete das Gesetz des Dschungels. Axberg spürte, wie die Unfähigkeit, sich zu entscheiden, ihm den Hals zuschnürte. Doch keine Entscheidung zu treffen war auch eine Entscheidung.

Er fuhr von der Autobahn ab und über einen rutschigen Schotterweg. Das Pfarrhaus lag auf einer gerodeten Fläche auf halbem Weg hinunter zum Wasser. Axberg fuhr durch eine lange Birkenallee. Das Hauptgebäude war ein gelbes Holzhaus mit weißen Kanten und vielen Schnitzereien vom Anfang des Jahrhunderts.

Er parkte auf einem kleinen Kiesplatz, schaltete den CD-Player aus und stieg aus. Zwei Fliederbüsche standen rechts und links vom Eingang und blühten um die Wette. Axberg sog den sommerwarmen Duft ein und fühlte sich wie immer an den Beginn der Schulferien in seiner Kindheit erinnert. Irgendetwas an diesem süßen Aroma brachte ihn sofort wieder dorthin.

Er betrat die Veranda. Noch bevor er anklopfte, wurde die Tür geöffnet. Im Flur war es dunkel, und Axberg erahnte die Umrisse eines kleinen Mannes mit Glatze. Der Mann stellte sich als Pfarrer Ekstedt vor. Sie gingen in die Küche.

»Meine Frau kommt bald mit dem Kaffeegeschirr«, begann Ekstedt.

Axberg fiel eine Kaffeemaschine auf, die auf der Arbeitsfläche stand und vor sich hin kochte. Sie setzten sich an den Küchentisch. Der Pfarrer starrte düster aus dem Fenster und seufzte. Axberg fühlte sich nicht willkommen, obwohl er wusste, dass sein Besuch lang ersehnt war.

»Ich hätte nicht gedacht, dass Sie sich noch die Mühe machen würden hierherzukommen«, sagte Ekstedt. »Es wurde wirklich Zeit.«

Axberg schluckte die Kritik herunter. Es war wohl keine gute Idee, ausfallend zu werden.

»Zuerst möchte ich Ihnen das Zimmer zeigen, in dem meine Mutter gestorben ist«, fuhr Ekstedt fort. »Dann möchte ich hören, wie Sie weiter vorgehen wollen.«

Ohne Umschweife auf den Punkt, dachte Axberg und holte einen Notizblock aus seiner Aktentasche.

»Ich habe den Bericht gelesen und das Obduktionsprotokoll«, sagte er und blätterte bis zu einer leeren Seite. »Außerdem habe ich mit dem Arzt gesprochen, der das Gutachten geschrieben hat.«

Ekstedt sah ihm zum ersten Mal während des Gesprächs in die Augen.

»Ich weiß, was dort steht. Aber etwas Wesentliches fehlt. Und zwar die Wahrheit.«

Axberg wurde klar, dass es schwerer sein würde, als er zunächst geglaubt hatte.

»Könnten Sie sich etwas genauer ausdrücken?«

»Ich glaube nicht, dass meine Mutter eines natürlichen Todes gestorben ist. Jemand war während der Nacht in ihrem Zimmer. Das ist so sicher wie das Amen in der Kirche.«

Die plötzliche ironische Selbstdistanz des Pfarrers mitten in seiner naiven Ernsthaftigkeit verwunderte Axberg.

»Gibt es irgendetwas Konkretes, das Ihre Aussage bestätigt?«

Sie wurden von einer Frau unterbrochen, die mit einem Tablett mit Kaffeetassen und Zimtschnecken hereinkam. Axberg wurde der Pfarrersfrau Karin vorgestellt. Sie war so klein wie ihr Mann. Mit zierlichen Händen servierte sie den Kaffee und verschwand wieder im Haus. Ekstedt griff Axbergs Frage auf, die noch in der Luft hing.

»Das Ganze klingt vielleicht merkwürdig. Zuerst war es nur so ein Gefühl. Aber jetzt weiß ich, woher es kam.«

Ekstedt machte eine Pause und trank Kaffee.

»Ich habe oft einen sehr leichten Schlaf. Und rückblickend bin ich mir sicher, dass ich Geräusche aus dem oberen Stockwerk gehört habe. Die Bodendielen knarrten und knackten ungewöhnlich stark. Sicher, das Haus ist alt, aber das allein kann es nicht sein.«

Der Pfarrer starrte mit halbgeschlossenen Augen nachdenklich vor sich hin.

»Da oben war jemand. Jemand, der nicht hierhergehört.«

Axberg runzelte die Stirn.

»Und das erzählen Sie erst jetzt? Verstehen Sie, wie unglaublich das klingt?«

Der Pfarrer sah ihn scharf an.

»Manche Details brauchen eben Zeit, bis sie an die Oberfläche steigen, Dinge, die man erlebt hat, die nicht richtig greifbar sind. Das ist ein bekanntes Phänomen. Wie gut kennen Sie Ihr eigenes Unterbewusstsein?«

Darauf wusste Axberg keine Antwort. Er versuchte, weiterzukommen.

»Es könnte Ihre Mutter gewesen sein, die Sie gehört haben. Sie ist vielleicht auf die Toilette gegangen?«

Der Pfarrer schnaubte.

»Unmöglich. Sie hat die Nächte immer durchgeschlafen. Außerdem war sie so schwach, dass sie nicht allein aufstehen konnte.«

Dann ist es wohl nicht so seltsam, dass sie gestorben ist, dachte Axberg. Er betrachtete den Mann vor sich. Der Pfarrer wirkte verwirrt. Aber er war nicht verrückt. In seinen Worten lag eine schwer einzuschätzende Überzeugung.

»Sie meinen also, dass jemand im Zimmer Ihrer Mutter gewesen ist und sie umgebracht hat?«, fragte Axberg.

Ekstedt breitete die Hände aus.

»Letzteres weiß ich nicht. Aber irgendetwas ist nicht so, wie es scheint.«

Axberg dachte an all die Religionen, die in Zungen sprachen und Wörtern durch den Glauben Bedeutung verliehen.

»Warum sollte jemand Ihre Mutter umbringen wollen?«

»Das weiß ich nicht.«

»Was hätte dieser *Jemand* in diesem Fall getan?«

»Das weiß ich nicht.«

Sie schwiegen. Eine Küchenuhr schlug halb vier. Der Pfarrer stand mit dem Schlag auf.

»Kommen Sie, ich zeige Ihnen ihr Zimmer und erzähle weiter.«

Als sie die geschwungene Treppe hinaufstiegen, fiel Axberg auf, dass einige Stufen stark knarrten. Das Zimmer war ungefähr vier mal vier Meter groß und hatte offen liegende Balken an der Decke. Es herrschte dieselbe beklemmende Düsternis wie im Erdgeschoss, überall dunkle Möbel. An einer Wand stand ein sorgfältig gemachtes Bett mit hohem Kopf- und Fußende.

»Hier hat sie an dem Morgen gelegen, als ich sie gefunden habe«, sagte Ekstedt und machte eine vage Geste in Richtung des Bettes. »Was auch noch seltsam war, war, dass die Zudecke bis zum Bauch heruntergeschlagen war. So.«

Der Pfarrer ging zum Bett und machte es vor. Axberg nickte neutral.

»Und meine Mutter schlief immer mit der Decke bis an den Hals, weil sie so leicht fror.«

Noch ein unhaltbares Indiz, dass jemand im Zimmer gewesen ist, dachte Axberg. Er wollte den Beobachtungen des Priesters keine größere Bedeutung verleihen und stellte daher keinerlei Fragen. Stattdessen schaute er sich im Zimmer um. Der Nachttisch neben dem Bett war leer, abgesehen von einem weißen, ordentlich gebügelten Spitzendeckchen. Keine Tablettenschachteln. Keine Uhr.

»Der Wecker, der immer auf dem Nachttisch stand«, fuhr der Pfarrer fort, als hätte er Axbergs Gedanken gelesen. »Was die Zeit anging, war meine Mutter immer sehr präzise, als gegen Ende ihr Gedächtnis nachzulassen begann. Der Wecker war ihr fester Anker im Dasein. Sie aß und schlief zu bestimmten Uhrzeiten.«

Der Pfarrer machte einen Schritt auf Axberg zu, um seine Aussage zu bekräftigen.

»Ich bin mir sicher, dass er hier stand, als ich am Abend vorher gute Nacht sagte. Und am Morgen war er fort ...«

Axberg ging noch einmal Hamrins Bericht durch. Da stand nichts von einem Wecker.

»Sie haben natürlich überall gesucht und ihn nicht gefunden?«

Ekstedt nickte.

»Er befindet sich nicht mehr im Haus. Die Person, die hier gewesen ist, muss ihn mitgenommen haben.«

Sie gingen zurück in die Küche. Axberg dachte nach.

»Ich glaube immer noch nicht, dass jemand in der Nacht, in der Ihre Mutter gestorben ist, im Haus war«, sagte er schließlich. »Die Geräusche, die Sie gehört haben, bringen uns nicht weiter. Das andere auch nicht. Der Wecker taucht sicher irgendwann wieder auf.«

Er machte eine Pause und wartete auf Ekstedts Gegenangriff. Der Pfarrer sagte nichts.

»Ich bin davon überzeugt, dass Ihre Mutter eines natürlichen Todes gestorben ist«, schloss Axberg.

Der Pfarrer seufzte schwer auf und ging aus dem Haus. Axberg folgte ihm. Sie blieben im Hof stehen. Ekstedts Gesichtsausdruck war unverändert bitter.

»Sie irren sich«, sagte er kurz und sah dabei auf einen

Traktor, der oben auf der Straße vorbeifuhr. »Sie irren sich …«

Axberg versuchte, das Gespräch zu beenden.

»Ich verspreche, den Fall noch einmal durchzugehen. Wenn Ihnen noch etwas einfällt, dann rufen Sie mich an und niemand anderen.«

Ekstedt presste seine Kiefer aufeinander. Dann streckte er plötzlich seine Hand aus. Als sie sich verabschiedeten, sah Axberg die Enttäuschung in den grauen Augen.

Axberg ließ das Pfarrhaus mit großer Erleichterung hinter sich. Er hoffte, dass die Sache jetzt aus der Welt wäre. Dass die ständigen Anrufe aufhören würden. Er war trotz der Argumente des Pfarrers überzeugt davon, dass kein Verbrechen begangen worden war, und würde versuchen, die Sache so schnell wie möglich zu vergessen.

Er schaute auf seine Armbanduhr. Fünf nach vier. Axberg fluchte und holte das Handy aus seiner Jackentasche. Er hatte vergessen, seine Großmutter anzurufen. Jeden Tag um drei Uhr sollte er sie aus ihrem Mittagsschlaf wecken, damit sie noch Zeit hatte, bevor der Sozialdienst kam. Das Telefonklingeln war das Einzige, das sie aufweckte. Und wenn Axberg vergaß anzurufen, dann war der ganze Abend ruiniert. Dann schaffte sie es nämlich nicht, das Geschirr in der Küche wegzuräumen und das Bett zu machen, bevor eine der wenigen akzeptierten Schwestern kam.

Axberg hatte vergeblich versucht, ihr zu erklären, dass der Sozialdienst genau für solche Sachen da war, doch seine Großmutter war und blieb unvernünftig. Nach zehn Mal Klingeln antwortete sie, die Stimme klang durcheinander und verschlafen.

»Hallo, ich bin's. Es ist fünf nach vier.«

»Oje. Dann sind sie bald hier.«

»Hast du noch geschlafen?«

»Du weißt doch, dass ich nicht aufwache, bevor du anrufst.«

Axberg musste an den gestohlenen Wecker aus dem Pfarrhaus denken und fragte sich, warum seine Großmutter keinen hatte.

»Entschuldige, ich werde mich bessern. Stehst du jetzt auf?«

»Habe ich die Wahl?«

»Gut. Ich rufe morgen wieder an.«

Gerade als er auflegte, klingelte es noch einmal. Es war Carolina. Da er sich keine Gegenargumente überlegt hatte, gab es kein Zurück.

In ein paar Stunden würde er in Ikeas Paradies aus Bausätzen, Familien mit Kindern und Bücherregalen eintreten.

Kapitel zwölf

Erik Jensen parkte seinen BMW in der Garage.

Er machte den Motor aus, ließ sich gegen die Rückenlehne sinken und schloss die Augen. Der Arbeitstag war ungewöhnlich anstrengend gewesen, mit zwei Stationen und einem ständig losgehenden Pieper. Er musste erst zur Ruhe kommen, seine Gedanken sammeln, bevor er zu seiner Familie hineinging. Routinemäßig ging er einige der Entscheidungen des Tages durch, um nach Fehlern zu suchen. Als er keine fand, öffnete er die Wagentür und schritt auf das Haus zu. Das gelbe Auge der Sonne brannte immer noch auf die Welt. Der Rasen bleichte an einigen Stellen aus. Jensen sagte sich, dass er abends den Rasensprenger anschalten musste.

Er drückte die Klinke der Haustür und beschloss, die Arbeit hinter sich zu lassen. Im Flur stieg ihm der wohl bekannte Geruch von in Olivenöl angebratenem Knoblauch und gegrilltem Huhn in die Nase. Die Müdigkeit verließ ihn langsam, ihm wurde innerlich warm.

»Hallo, ich bin zu Hause.«

Keine Antwort. Es war ganz still im Haus. Er ging in die Küche, wo das Essen auf dem Herd köchelte. Draußen, auf der Terrasse, war der Tisch gedeckt. Jensen wusste sofort, wo er seine Frauen finden würde. Still schlich er durch die Zimmer des Hauses, überall lagen Spielsachen und Kinderkleider in undefinierbaren Stapeln. Im Schlafzimmer empfing ihn eine lächelnde Sara, die auf einen Arm gestützt im Bett lag. Erika lag nah neben ihr, hatte beide Hände fest in die nackten Brüste ihrer Mutter gekrallt und bemerkte ihn gar nicht.

Jensen legte sich leise neben seine Tochter und hörte dem tiefen Schlucken zu, dem zufriedenen Schmatzen, das die kleinen Pausen während des Essens markierte. Er schloss die Augen und atmete im selben Rhythmus wie der warme Rücken. Gerade als er dabei war einzuschlafen, unterbrach Erika ihre Mahlzeit und wandte sich ihm mit einem Ruck zu, als hätte sie die ganze Zeit seine Nähe gespürt. Sie lächelte sofort breit, sah zur Deckenlampe und zeigte dorthin.

»Da! DA!«

Er hob sie zur Lampe hoch. Sie brabbelte begeistert, und die kleine Hand berührte den Stoffschirm.

»Hallo Ehemann«, sagte Sara und zog sich schnell an. »Wir haben dich vermisst.«

»Ich habe euch auch vermisst.«

»Es gibt Abendbrot. Wir können sofort essen.«

»Wunderbar.«

Sie gingen nach draußen auf die Terrasse. Erika wurde auf eine Decke in einen Berg von Spielzeug gelegt und ständig von mindestens zwei Augen beobachtet, die auf jede Bewegung achteten. Sara hatte eine Flasche Riojawein geöffnet.

Sie wollte feiern, dass mehrere ihrer Ölgemälde bei einer internationalen Ausstellung in Italien angenommen worden waren. Sie aßen, tranken und malten sich die bevorstehende Vernissage aus. Wie immer erzählte Sara detailliert von Erikas Ess- und Schlafgewohnheiten. Jensen fühlte sich richtig glücklich, und es gelang ihm, sich an seinen Vorsatz zu halten, nicht an die Arbeit zu denken.

Nach dem Essen ließ er sich in einen der vor kurzem gekauften Sessel fallen, der immer noch unangenehm neu roch. Erika lag auf der Decke und kaute eifrig auf einer Stoffmaus, die nach und nach mit Spucke getränkt wurde. Sara schmiegte sich von hinten an ihren Mann und begann, seine Schultern zu massieren.

»Du musst bald gehen«, flüsterte sie.

»Ich weiß. Ist das in Ordnung?«

»Sicher. Ich bin so glücklich wegen Italien.«

»Wir fahren im Herbst hin.«

»Möchtest du das?«

»Ist der Sommer wunderbar?«

Sie lachte ihr perlendes Lachen und kniff ihn unter den Armen. Er zuckte zusammen, hob ihre offenen Haare an und küsste sie auf den Hals.

»Ich bin spätestens um elf Uhr wieder da. Bleib so lange wach.«

Axberg saß in der Kneipe und wartete. Er war direkt von der Arbeit aus hergekommen und war noch immer aufgeregt nach einem Treffen, bei dem der Polizeichef Ståhl mehrere Umstrukturierungsmaßnahmen innerhalb der Abteilung angekündigt hatte – eine hübsche Umschreibung für die geplanten Kürzungen. Wie sollten sie mit weniger Ressourcen auskommen, wenn sie bereits jetzt auf dem Zahnfleisch gingen?

Axberg versuchte, seine Wut bis morgen zu begraben und wandte sich dem Rennprogramm zu. Er bestellte ein großes Bier und überlegte, auf welches Pferd er dieses Mal setzen sollte. Als das Bier kam, merkte er, wie durstig er war. Sein Mund war wie Sandpapier. Das feuchte Glas war bis an den Rand mit goldgelbem Hopfensaft gefüllt, die Schaummenge war perfekt. Er nahm das Glas und trank, spürte, wie es an den Lippen und am Gaumen kitzelte. Dann floss das Getränk die Speiseröhre hinab, kühlte dabei jeden Winkel und landete schließlich mit einem weichen Überschlag im Bauch. Wohlbehagen floss durch seinen Körper. Er entspannte sich, die Schultern sanken herab, und alles wurde zum Hier und Jetzt. Im selben Augenblick kam Jensen, zwanzig Minuten zu spät.

»Ausgebucht wie immer?«, fragte Axberg sarkastisch.

»Du weißt ja, wie das ist. Alle wollen versorgt sein«, sagte Jensen und bestellte zwei Glas Wasser und ein Bier.

»Schade, dass draußen alles vollbesetzt war.«

»Hier drinnen ist es ruhiger«, sagte Axberg und zündete sich eine Zigarette an.

»Hast du schon den Geheimtipp der Woche entdeckt?«, fragte Jensen und deutete mit dem Kopf auf das Rennprogramm.

»Vielleicht. Spike Lee im vierten Rennen ist in Hochform; das letzte Mal hatte er Pech mit der Bahn, startet aber jetzt als Nummer sechs.«

Jensen sah nicht überzeugt aus.

»Eine unsichere Sache. Aber ich habe mich das letzte Mal blamiert, also bist du dieses Mal mit dem Auswählen dran.«

Axberg und Jensen kannten einander seit dem Gymnasium und trafen sich jeden Mittwoch, um einen Wettschein für die Läufe der Woche in Bergsåker auszufüllen. Früher waren sie oft zusammen auf die Trabrennbahn gegangen. In letzter Zeit war es allerdings immer seltener dazu gekommen, weil beide viel und unregelmäßig arbeiteten. Seit Erika auf die Welt gekommen war, waren sie erst ein Mal dort gewesen und hatten außerdem mehr als üblich verloren. Beide schoben es darauf, dass sie aus der Übung waren. Nachdem sie drei Rennen besprochen hatten, bestellten sie noch ein Bier. Axberg schob das Rennprogramm zur Seite.

»Denkpause«, sagte er und hob sein Glas. »Wie läuft's bei der Arbeit?«

Jensen lächelte schief.

»Chaotisch. Ferien und Krankenstand passen nicht zusammen.«

»Sind die Leute im Sommer genauso oft krank?«

»Leider ja. Aber es sind andere Sachen, viele merkwürdige Krankheiten.«

Jensen dachte wieder an Maria Backlund. Der Fall hatte ihm keine Ruhe gelassen seit dem Tag, an dem sie aus dem Krankenhaus entlassen worden war. Er hatte das Bedürfnis, davon zu erzählen. Wenn er ihren Namen nicht nannte, verletzte er auch nicht die ärztliche Schweigepflicht.

»Vor knapp zwei Wochen hatte ich einen seltsamen Fall, eine junge Frau wurde mit Herzstillstand eingeliefert. Ansonsten vollkommen gesund. Sie hatte im Schlaf einfach aufgehört zu atmen. Zufällig war ihre Schwester zu Besuch und merkte es.«

Jensen machte eine Pause.

»Die Schwester hat mit einer Herzmassage begonnen und den Krankenwagen gerufen. Als die Patientin eingeliefert wurde, habe ich sie zum Glück zurückholen können. Sie ist aufgewacht, und hinterher war es, als wäre nichts passiert.«

Axberg hörte fasziniert zu.

»Wir haben keine Erklärung für den Vorfall finden können«, fuhr Jensen fort. »Die Patientin ist völlig gesund, und es geht ihr ausgezeichnet. Ich habe erst gestern noch mit ihr telefoniert.«

Jensen machte mit den Händen eine fragende Geste.

»Man sollte wohl seine Lebensversicherung aufstocken«, sagte Axberg und drückte die Zigarette im Aschenbecher aus.

Jensen wägte kurz ab, bevor er fortfuhr. Das Bier und der Wein machten ihn gesprächig. Er sah sich um, das Lokal war so gut wie leer.

»Außerdem hat es in letzter Zeit ungewöhnlich viele Todesfälle im Stadtzentrum gegeben. Menschen, die bis dahin gesund waren, sind ohne offensichtlichen Grund im Schlaf gestorben. In den Fällen, in denen eine Obduktion gemacht wurde, zeigte sich, dass die Todesursache plötzlicher Herztod war.«

Axberg sah ihn fragend an.

»Worauf willst du hinaus?«

»Mir kam der Gedanke, dass es da vielleicht eine Verbindung gibt«, sagte Jensen. »Dass es eben doch kein Zufall war, dass meine Patientin einen Herzstillstand hatte, dass es einen Grund dafür gibt …«

Axberg drehte das Bierglas in seiner Hand und sah, wie der Schaum an den Rändern hängen blieb.

»Was sollte das sein?«

»Irgendeine Art von Infektion, ein bisher unbekannter Virus, der den Herzmuskel angreift und das Reizleitungssystem ausschaltet … Es könnte sich um eine neue Krankheit handeln, die typisch für den Norden ist, wie das Puumalavirus oder das Sindbisvirus.«

Axberg lächelte.

»Du hast schon immer eine blühende Fantasie gehabt.«

»Ein Forscher muss viel Fantasie haben. Die größten Entdeckungen entstanden immer aus dem Unwahrscheinlichen.«

Axberg versuchte, eine Parallele zur Polizeiarbeit zu ziehen, schaffte es aber nicht.

»Wo hast du das über diese Todesfälle gehört?«, fragte er stattdessen.

Jensen machte eine vage Kopfbewegung.

»Das Krankenhaus ist klein, Gerüchte verbreiten sich schnell. Außerdem habe ich die Krankenblätter von drei verstorbenen Patienten gesehen.«

Axberg ahnte, dass nun eine lange medizinische Erläuterung folgen würde, deswegen schlug er das Rennprogramm wieder auf. Jensen bemerkte es nicht, sondern fuhr fort:

»Wie du weißt, bin ich bald mit meiner Doktorarbeit fertig und brauche eine Idee für eine neue Arbeit.«

Axberg nickte müde.

»Die Idee ist, alle Fakten über die unklaren Todesfälle hier in der Stadt zu sammeln und eine Studie zu machen«, fuhr Jensen fort. »Wenn ich Glück habe, kann daraus etwas werden.«

»Letzteres brauchen wir auch«, sagte Axberg. »Was hältst du von Zorro im vierten Rennen?«

»Keine Chance. Er ist drei Mal hintereinander galoppiert.«

Jensen fuhr mit der Hand durch seine hellen Locken.

»Gib zu, dass es spannend ist. Das wäre doch was. Einer Krankheit den eigenen Namen zu verleihen …«

Axberg dachte an Pfarrer Ekstedt und Birgit Öberg. Zum ersten Mal seit ein paar Tagen erinnerte er sich an deren Erzählungen. Ein unbestimmtes Gefühl des Unbehagens breitete sich in seiner Brust aus. Schon wieder diese merkwürdigen Todesfälle.

»Ist in irgendeinem der Fälle die Polizei eingeschaltet worden?«, fragte er.

Jensen zuckte mit den Schultern.

»Nicht dass ich wüsste. Es gab ja eigentlich gar keinen Verdacht auf irgendwas. Die Menschen haben einfach leblos und ganz friedlich in ihren Betten gelegen.«

»Keine Angehörigen, die den Eindruck haben, dass irgendetwas nicht in Ordnung war?«

»Nein, ich glaube nicht, aber ich kenne keine Einzelheiten.«

Axberg schob den Gedanken beiseite, dass es eine Verbindung zu den Todesfällen geben könnte, mit denen er konfrontiert worden war. Er und seine Kollegen hatten bereits genug mit den Verbrechen zu tun, die tatsächlich begangen wurden. Es war unmöglich, allen diffusen Gerüchten nachzugehen, die in der Stadt verbreitet wurden. Axberg zündete eine Zigarette an und ließ die Grübelei hinter sich. Jensen ging sich die Nase pudern. Die Kneipe füllte sich langsam mit Leuten, der Geräuschpegel stieg. Axberg schaute sich um.

An der Theke sah er eine Frau, die zusammen mit zwei Freundinnen Wein trank. Ihre Schönheit nahm Axberg sofort gefangen. Das Gesicht war ungeschminkt, strahlte aber nur so vor Gesundheit und Lebensfreude. Die Augen kastanienbraun, die Lippen himbeerrot. Sie trug ein dünnes Hemd, das auf ihrer sonnengebräunten Haut strahlend weiß leuchtete. Sie lächelte kurz, als sie Blickkontakt hatten. Das Lächeln traf Axberg direkt ins Herz und in die Augen und in die Knie. Mit einer weichen Bewegung ihrer ringlosen linken Hand strich sie ihre blonden Haare hinter das Ohr. Axberg spürte den Impuls, etwas zu unternehmen. Aber er wollte sich nicht wieder verlieben. Außerdem war die Situation zwischen ihm und Carolina ziemlich kompliziert. Er wusste nicht, was er mit seinem Leben tun wollte, fühlte sich eingesperrt, und das war nicht gut. Es schadet ja nichts hinzusehen, dachte er im selben Moment, als Jensen mit zwei neuen Bieren an den Tisch zurückkam.

»Wie geht's der Tochter?«, hörte Axberg sich selbst fragen.

»Ausgezeichnet. Du musst irgendwann mal zu Besuch kommen.«

Wieder ein Blick von der Frau an der Theke. Halte das Gespräch am Laufen, dachte Axberg.

»Seid ihr mit euren Umzugsplänen weitergekommen?«

Jensen lächelte.

»Meine Pläne, meinst du? Nein, Sara weigert sich, Sundsvall zu verlassen. Aber es ist noch nichts abgemacht. Ich habe mich am Karolinska auf ein paar Stellen beworben und warte auf Antwort. Danach sehen wir mal.«

Axberg sah, wie die Frau an der Theke sich vorlehnte und etwas bestellte. Das Hemd rutschte hinten etwas hoch und ließ eine spinnenartige Tätowierung unten am Rücken sehen. Die Ouvertüre von Wilhelm Tell erklang durch das Gemurmel der Kneipe. Jensen holte das Handy hervor und antwortete. Das Gespräch war kurz und einsilbig.

»Ich muss los«, seufzte er. »Die Kleine schläft nicht ein. Gibst du den Zettel ab?«

Mit einer Verabredung für nächste Woche am selben Ort ging Jensen. Axberg beschloss, noch zu bleiben. Auf einem Großbildfernseher hinten im Lokal lief ein Fußballspiel und eine Gruppe Männer im mittleren Alter saß dort und schrie ihre Reaktionen immer lauter heraus.

Axberg dachte an das, was Jensen erzählt hatte. Er dachte an Carolina, die heute Abend bei ihren Eltern zum Abendessen war. Er konnte ihre ausweichende Antwort hören, als die Mutter fragte, warum er nicht mitgekommen war. Die

Unruhe in ihm wurde wieder stärker, die Fragen drängten von allen Seiten auf ihn ein. Hatte er etwas übersehen, als er das Pfarrhaus besucht hatte? Gab es da etwas, das ihm entging? War der Schatten, den Birgit Öberg gesehen hatte, doch keine Einbildung? Wie ging es mit ihm und Carolina in der Zukunft weiter? Sollte er ein Familienvater werden wie Jensen? Würde er das überhaupt schaffen?

Seine Grübelei wurde dadurch unterbrochen, dass zwei der drei Frauen an der Theke von den Barhockern stiegen, ihre Handtaschen über die Schulter hingen und sich umarmten. Axberg sah sofort seine Chance. Die Blonde saß noch da. Sie drehte ihr Weinglas, machte keine Anstalten zu gehen und warf ihm interessierte Blicke zu. Axberg wusste, dass er in eine andere Richtung schauen, am besten das Lokal verlassen sollte. Aber es war zu spät, die Falle war bereits zugeschnappt.

Hinterher erinnerte er sich daran, wie lustig es gewesen war, an ihren Duft und ihr warmes Lachen. Ihre Berührung und wie er sich mit ihrem Gewicht auf sich ganz real fühlte.

Die Festigkeit, die Befreiung, die Freiheit.

Er nahm sich vor, das im Gedächtnis zu behalten, als er in ihrem Bett aufwachte, weil ihm die Sonne in die Augen schien. Er zog sich schnell an, trank in der Küche zwei Glas Wasser, schrieb einen Zettel ohne seine Telefonnummer und ging. Ein Wecker zeigte halb neun.

Draußen auf der Straße war viel los, als sei nichts passiert. Und das war es auch nicht, beschloss er. Der Gedanke war kaum gedacht, als ihn die Angst überkam.

Was das Schlimmste war, wusste er nicht.

Der Kater, die Angst davor, was Carolina sagen würde, oder das, was Jensen über die merkwürdigen Todesfälle erzählt hatte.

Kapitel dreizehn

Als Axberg am Abend des 9. Juli zum Polizeirevier ging, war fast niemand draußen.

Obwohl es ein Ferienmonat war und recht warm, waren die Straßen leer. Axberg betrachtete die Häuser, die stummen Steinfassaden sahen wie hohle Kulissen auf ihn herab. Alles war, wie es an Sonntagabenden immer war. Das Hochdruckgebiet verlor wohl an Kraft, die Sonne brannte nicht mehr so höllisch wie früher am Tag, und einzelne Wolken glitten neugierig auf die Bühne. Alles in allem war es dort, wo er langging, ziemlich angenehm.

Im Fach vor dem Büro erwartete ihn ein Stapel handgeschriebener A4-Bogen und Post-it-Zettel in schreienden Farben. Axberg griff sich den Haufen, ging in den Pausenraum und goss einen Pulverkaffee auf. Dann ließ er sich auf das Sofa fallen und genoss die ungewöhnliche Stille im Zimmer. Er blieb lange dort sitzen.

Die Gedanken an Carolina kehrten ständig zurück. Er versuchte immer wieder, eine Möglichkeit zu finden, ihr von der fatalen Nacht zu erzählen. Über mehrere Tage hinweg hatte er verschiedene Worte ausprobiert: Untreue, Seitensprung, Fehler, ein einmaliger Vorfall. Nichts davon konnte er aussprechen. Er wusste nicht, was er sagen sollte, aber er begriff, dass er aufrichtig sein musste. Nicht noch mehr Lügen, es war an der Zeit, die Waffen niederzulegen.

Er stellte die Tasse ins Spülbecken und ging in sein Büro. Die meisten Angelegenheiten konnten bis morgen warten. Aber da war eine Sache, die er sofort erledigen musste. Ein Name im Stapel, den er fast übersehen hätte, weil er auf der Rückseite einer Einladung zu einer Fortbildung für Führungskräfte stand. Birgit Öberg.

Was konnte sie wollen? Axberg wägte eine Sekunde lang ab. Dann beschloss er anzurufen, obwohl es Sonntagabend war. Er musste wissen, was los war. Nach ihrem letzten Gespräch hatte er eigentlich gedacht, dass der Fall abgeschlossen wäre. Birgit Öberg hob nach dem dritten Klingeln ab.

»Da gibt es etwas, das ich Ihnen erzählen muss«, sagte sie mit trauriger Stimme.

»Ich höre«, sagte Axberg.

»Als wir vor kurzem miteinander gesprochen haben, haben Sie gefragt, ob irgendetwas nach Kents Tod fehlte.«

»Ja?«

»Das tut es. Etwas, woran ich zunächst nicht gedacht habe. Nicht bevor der Pfarrer Ekstedt erzählt hat, dass in der Nacht, in der seine Mutter gestorben ist, im Pfarrhaus ein Wecker verschwunden ist ...«

Axberg sank gegen die Rücklehne des Stuhles. Jetzt mal ganz langsam und deutlich, dachte er.

»Was wollen Sie mir sagen?«

»Dass Kents Uhr verschwunden ist. Eine Golduhr, die er nach fünfundzwanzig Dienstjahren von der Gemeinde bekommen hat.«

Axberg verdrehte die Augen. Er traute seinen Ohren nicht.

»Haben Sie und der Pfarrer viel Kontakt?«

»Nein, wir sprechen nur ab und zu über das, was passiert ist. Er war mir eine große Stütze.«

Oder umgekehrt, dachte Axberg.

»Sind Sie sich wirklich sicher mit dieser Uhr?«

Birgit Öberg seufzte.

»Ja. Kent legte sie immer auf den Nachttisch, wenn er schlief. Und jetzt ist sie weg, ich habe überall gesucht.«

Axberg versuchte, seine Eindrücke zu sortieren. Er wusste nicht so richtig, was er mit dieser Information anfangen sollte.

»Wieso vermissen Sie die Uhr erst jetzt?«

»Das habe ich doch gesagt. Der Pfarrer hat mir erst gestern von dem verschwundenen Wecker erzählt. Außerdem wohne ich ja nicht mehr zu Hause, seit es passiert ist.«

»Wann haben Sie sie das letzte Mal gesehen?«

»Ich habe darüber nachgedacht. Ich bin mir sicher, dass Kent die Uhr trug, als wir die Spätnachrichten sahen. Direkt danach sind wir zu Bett gegangen.«

Axberg schrieb die Angaben auf einen Zettel unter Birgit Öbergs Namen und Telefonnummer.

»Und dann lag sie auf dem Nachttisch?«

Axberg hörte Birgit Öbergs ruhiges Atmen.

»Das glaube ich«, sagte sie nach einer Weile.

»Vielleicht hat er sie irgendwohin gelegt, wo Sie nicht danach gesucht haben?«, schlug Axberg vor.

»Das glaube ich nicht. Kent war sehr ordentlich, außerdem achtete er auf diese Uhr. Er war sehr stolz darauf, so lange für die Gemeinde gearbeitet zu haben.«

»Ich habe mir das, was Sie gesagt haben, notiert«, schloss Axberg. »Sie sollten jetzt die Uhr ganz normal als gestohlen melden. Dann sehen wir weiter.«

»Es tat auf jeden Fall gut, es zu erzählen«, sagte Birgit Öberg.

Axberg legte auf und schloss die Augen. Was hatte er da gerade gehört?

Dass noch eine Angehörige eines kürzlich Verstorbenen glaubte, dass es sich nicht um einen natürlichen Todesfall handelte und dass eine Uhr verschwunden war. Wie hing das zusammen?

Axberg wusste nicht, was er glauben sollte. Das Ganze wirkte wie ein unlogischer Traum, in dem man weiß, dass alles verrückt ist, aber trotzdem mitmacht, als wäre es die natürlichste Sache der Welt. Was jedoch absolut klar war, war, dass Pfarrer Ekstedt sich nicht an ihre Übereinkunft gehalten hatte. Er hatte versprochen gehabt, nicht mehr mit Birgit Öberg über den Tod seiner Mutter zu sprechen.

Axberg ging zur Wand mit den wohl gefüllten Bücherregalen: Mehrere Reihen mit Fachbüchern, die er während des Studiums durchgearbeitet hatte. Er strich mit dem Zeigefinger über die Buchrücken, als hoffte er, dort eine Antwort auf seine Fragen zu finden.

Das meiste musste auf Zufällen beruhen, entschied er, die dann von zwei trauernden Menschen künstlich aufgebauscht wurden. Dass der Schatten, den Birgit Öberg beschrieben hatte, ihren Mann tötete, um dann dessen Uhr zu stehlen, war so verrückt, dass er über diese Logik lächeln musste. Entweder war die Uhr bereits früher verschwunden oder sie vergammelte immer noch in irgendeiner Ecke. Für die Geschichte des Pfarrers gab es sicher eine ähnliche Erklärung. Axberg überlegte einen Augenblick, ob er bei der morgendlichen Besprechung den Fall mit seinen Kollegen diskutieren sollte. Dann verwarf er den Gedanken. Es war bereits mehr als genug, dass er selbst sich damit auseinandersetzen musste.

Er ging zum Fenster und öffnete es. Zündete die dritte Blend Menthol für heute an. Draußen war es windig geworden, die Reihe der Trauerbirken an der Straße bewegte sich wie in einem ruckartigen Tanz. Es war fünf nach zehn. Wenn er sich beeilte, nach Hause zu kommen, könnte er noch in Ruhe den Doppellauf des Tages anschauen. Das Pferd, auf das er im zweiten Lauf gesetzt hatte, hieß Blue Heaven. Dort, philosophierte er, hatte der Pfarrer Ekstedt sein Paradies. Oben im blauen Himmel. *Tangled up in blue.*

Würde man auf zwei solche Außenseiter wie den Pfarrer

und Birgit Öberg setzen, würde man nie gewinnen, dachte Axberg und lief die Treppe hinab.

Kapitel vierzehn

Er hatte vier Mal hintereinander gewonnen.

Die Startsumme war wie immer hundert Kronen gewesen. Und mit jedem Gewinn verdoppelte er den Einsatz. Der Croupier sah etwas verbissen aus, als er abhob und die Karten für das nächste Spiel teilte.

Er entschloss sich, alles auf ein Feld zu setzen; den Blick behielt er die ganze Zeit fest auf die Karten konzentriert. Auf dem Stuhl neben ihm saß ein dicker Mann, der nach Schweiß roch. Jedes Mal, wenn der Mann seinen wurstartigen Arm hob, um zu setzen, wurde ihm kurz übel. Mehrmals war er kurz davor zu sagen, dass der Gestank nicht auszuhalten war, tat es dann aber doch nicht, um nicht unnötig Aufmerksamkeit zu wecken. Aus demselben Grund würde er bald aufhören zu spielen, sollte die Gewinnsträhne anhalten.

Er zog eine Acht, Piksieben lag auf dem Tisch. Die Bank bekam eine Bildkarte. Schnell und ohne wirklich darüber nachzudenken rechnete er seine Chancen aus. Dann glitt er mit der Hand über den Tisch, um anzuzeigen, dass er es gut sein lassen würde. Eintausendsechshundert Kronen.

Nur noch einmal, versprach er sich selbst. Der stinkende Mann zog hintereinander zwei Könige und entschloss sich, die Karten aufzuteilen, um das Risiko zu minimieren. Da begriff er. Zwei schwarze Könige. Es war wie eine Offenbarung. Plötzlich sah er seine Möglichkeit zur Revanche, zum Ausgleich aller Versäumnisse. Die Lösung seines Problems lächelte ihn von den Karten auf dem Tisch an.

Wenn man sein Ziel verfehlt, dann muss man beim nächsten Mal eben seinen Einsatz verdoppeln. Härter zuschlagen. Dass er nicht daran gedacht hatte! Ein angenehmer Schauer lief ihm über den Rücken. Er zählte seine Chips, wandte dem Spieltisch den Rücken zu und stieg vom Stuhl.

Janus war ihm wieder gnädig und gab ihm eine Möglichkeit, alles ins Lot zu bringen. Der doppelgesichtige Gott würde ihm helfen, sein Ziel zu erreichen.

Er empfand Dankbarkeit gegenüber der Vorsehung, fühlte seinen Puls, der etwas schneller war als üblich. Jetzt nichts überhasten, das Neue in das Alte einfügen, so dass es ununterbrochen weiterfließt. Er hatte noch mehrere Stunden, bis die Zeit um war. Alles um ihn herum verlief langsam und ruhig. Ihm waren ein paar bekannte Gesichter im Gewühl aufgefallen, aber niemand hatte ihn bemerkt. Er hielt sich ganz zurück und vermied Blickkontakte. Außerdem trug er sein Toupet und eine neue Brille für den Abend. Niemand würde ihn daran hindern, den Plan umzusetzen.

Er nahm die Treppe ins Obergeschoss. Draußen vor dem Panoramafenster des Restaurants begann die Sommernacht sich auszubreiten, die Schatten wanderten langsam durch die kahle Hafenanlage. Er wählte einen Tisch im hinteren Teil, der für Vorbeigehende im toten Winkel lag, die Beleuchtung angenehm gedämpft. Er genoss es, viel Zeit zu haben. Wenn er wollte, konnte er sogar improvisieren. Wie immer, wenn es Platz für Spontaneität gab, war alles von Anfang an geplant, die Zeitspanne abgesteckt und klar. Dann ging es unbarmherzig zurück auf den Pfad, wieder zu einer der vorhergesehenen Varianten.

Der Fisch schmeckte ausgezeichnet, aber die früheren Gerüche des Abends drängten sich stoßweise auf und ruinierten den Genuss. Hoch oben auf dem Södra-Berg sah er das schwache Licht des Hotels, das wie ein letzter Außenposten der Zivilisation im unendlichen schwarzen Fichtenwald lag. Das ist mein Los, einsam in der Aufklärung und dem Licht.

Als sich eine Gesellschaft von sechs Personen, die er oberflächlich kannte, an einen Nebentisch setzte, bestellte er die Rechnung und bezahlte bar.

Dann wanderte er zwischen den Spieltischen umher, achtete darauf, nicht zu lange an einer Stelle zu verweilen. Er fiel nicht auf. Das war er noch nie. Immer folgsam und zuvorkommend. Perfekt an die Umgebung angepasst, in der er sich bewegte.

Das Roulette drehte sich, »Nichts geht mehr«, die Kugel sprang ein paar Mal und blieb auf einer schwarzen Acht liegen.

Es war höchste Zeit zu gehen.

Kapitel fünfzehn

»Ich hätte nie geglaubt, dass wir in Ralf Sedins Wohnung so viel Scheiß finden würden«, sagte Sankari und schraubte eine Flasche Mineralwasser auf. »Ein Kilo Amphetamine, zweitausend Rohypnol und mehrere Kisten Liquid Ecstasy.«

»Ein gut sortierter Laden«, sagte Axberg und schloss die Tür des Konferenzraumes. »Sind die Analysen von der Kriminaltechnik schon da?«

»Nein«, antwortete Åkerman. »Aber sie müssten heute oder morgen fertig sein.«

»Es wird spannend, ob sie eine Vermutung wagen, woher es kommt«, sagte Sankari und unterdrückte einen Rülpser.

»Falls uns das überhaupt hilft«, sagte Axberg. »Die Frage ist, ob wir mit der Beschlagnahme nicht noch ein paar Wochen hätten warten sollen. Um die Organisation besser zu durchschauen.«

Er setzte sich an den Tisch und schob eine alte Kaffeetasse zur Seite.

»Sedin ist wahrscheinlich nur ein kleiner Fisch ganz am Rand von etwas viel Größerem.«

Sankari sah ihn nachdenklich an.

»Ja, aber irgendwo müssen wir ja anfangen. Vielleicht redet er bei der Vernehmung.«

»Wer leitet die Vernehmung?«, fragte Pablo.

Axberg sah sich am Tisch um. Sofia und Hamrin waren im Urlaub.

»Sankari. Aber du kannst gern beisitzen«, sagte er und nickte in Richtung von Pablo, der seine Freude zu verbergen versuchte, indem er mit ernster Miene etwas auf seinen Block schrieb.

Axberg lehnte sich nach hinten und verschränkte die Hände im Nacken.

»Da wir zwingende Beweise gegen Sedin haben, müsste er eigentlich einsehen, dass es vorbei ist. Jetzt geht es nur noch darum, aus ihm herauszubekommen, für wen er arbeitet.«

»Ja«, sagte Sankari. »Wenn sie in der Tinte sitzen, lockert sich meistens die Zunge.«

Sie machten mit der Begutachtung des Ermittlungsmaterials weiter, das auf dem Tisch ausgebreitet war. Alles verlief mit der üblichen Trägheit eines Montagmorgens. Die schwarzen Wolken am Himmel wurden dichter, die Dunkelheit drängte hinein und umschloss langsam die Lichtquellen im Zimmer. Noch war kein Tropfen gefallen.

»Hoffentlich regnet es ordentlich, damit es nicht noch mehr Waldbrände gibt«, sagte Pablo.

»Ja«, sagte Axberg und folgte Pablos Blick aus dem Fenster. »Bei so einem Sommer wie dieses Jahr ist es schon beruhigend, dass das Stadtzentrum inzwischen nur noch aus Steinhäuser besteht.«

Sankari drehte die Wasserflasche um und ließ die letzten Tropfen auf die Zunge fallen.

»Ja, man fragt sich, wie die Elche mit der Wärme klarkommen ... Übrigens lässt Ståhl mitteilen, dass er bald einen Lagebericht haben will. Er hat gestern von seinem Landhaus aus angerufen und mit dem Diensthabenden gesprochen.«

»Ich rufe ihn heute Nachmittag zurück«, sagte Axberg. »Oder ich schicke eine Postkarte und wünsche ihm einen schönen Sommer.«

Der Kommentar beendete die Besprechung. Axbergs erster Programmpunkt für heute war ein Treffen mit der Staatsanwältin Gunilla Fridegård im Amtsgericht, zwei Blocks entfernt. Sie war eine elegante Dame Mitte sechzig, deren Gesicht genauso straff und unnachgiebig war wie ihre juristischen Entscheidungen. Axberg empfand ihre Zusammenarbeit oft als umständlich und steif. Nach und nach hatte er gelernt, innerhalb ihrer Grenzen zu improvisieren und die richtigen Worte zu wählen, um seine Ziele zu erreichen. Jetzt sollte er einige Papiere unterschreiben und von den Fortschritten der aktuellen Ermittlungen berichten. Angesichts der drohenden dunklen Wolken am Himmel nahm er zum ersten Mal seit Wochen seine Lederjacke vom Haken. In einer Tasche befand sich eine geschmolzene Tafel Schokolade, die er sofort wegwarf.

Als er auf die Straße trat, begann es zu regnen. Und wie. Es schien, als hätten die Regengötter endlich gefunden, was sie so lange gesucht hatten, und jetzt ergossen sich die gesammelten Wassermassen in einem wahnsinnigen Regenschauer über der Stadt. Axberg rannte zum Parkplatz. Obwohl der Saab nur dreißig Meter vom Ausgang entfernt stand, war Axberg klatschnass. Er trocknete das Wasser im Gesicht und überprüfte, ob alle Fenster geschlossen waren. Der Regen prasselte auf das Blech, dicke Tropfen liefen die Fenster hinab.

Dann kam der Anruf. Zuerst hörte er in all dem Rauschen nichts, aber das Handy klingelte beharrlich weiter und wurde lauter.

»Axberg.«

»Hej Johan! Jeff Conrad hier. Ich bin in der Stadt, bei einem seltsamen Todesfall. Kannst du kommen?«

Axberg begriff sofort, dass etwas nicht in Ordnung war. Conrad störte normalerweise nie ohne Grund.

»Was ist passiert?«

»Ein junges Mädchen ist heute Morgen tot in seinem Bett gefunden worden.«

»Und?«

»Das Ganze erinnert mich ziemlich an das, was du mir erzählt hast …«

»Was?«

Der Empfang war schlecht, und Axberg hatte Schwierigkeiten, die Worte zu verstehen.

»Diese merkwürdigen Todesfälle, wegen derer du angerufen hattest …«

Axberg dachte über die Worte nach. Schließlich wurde ihm klar, worauf Conrad sich bezog.

»Ich komme.«

Er bekam die Adresse und ließ den Wagen an. Ein wachsendes Unbehagen breitete sich in ihm aus. Nicht die übliche Anspannung, die sich immer einstellte, wenn es um einen Tatort mit einem toten Menschen ging. Es war etwas anderes. Etwas, das er nicht richtig erklären konnte. Die merkwürdigen Todesfälle, hatte Conrad gesagt. Axberg nahm an, dass er Gerd Ekstedt und Kent Öberg meinte. Über andere Todesfälle hatten sie in letzter Zeit nicht gesprochen. Axberg spürte, wie der Adrenalinstoß ihn dazu trieb, schneller zu fahren.

Der Sparvväg lag in einem der besseren Wohnviertel Sundsvalls. Hoch oben auf dem Norra-Berg, mit hohen Haus- und Grundstückspreisen. Axberg fuhr über die Storgata, im Kreisverkehr nach links und dann in südlicher Richtung auf der Skolhusallé. Vor dem Hedengrenska-Gymnasium spielten ein paar Jungs im Regen Fußball. Der Ball landete im Netz und vier Arme wurden gen Himmel hochgerissen, ein Junge zog sein T-Shirt aus und wirbelte es triumphierend über seinem Kopf. Hier also wurde Ralf Sedin aufgenommen, als er Amphetamin verkauft hat, dachte Axberg. Die Beweislage könnte schlechter sein. Axberg bemerkte, dass er gerade einen weiteren Ort in der Stadt entdeckt hatte, der mit einem Verbrechen in Verbindung stand. Bald würde er nirgendwo mehr hingehen können, ohne an unterschiedliche Ermittlungen erinnert zu werden. Überall, in jedem Viertel gab es etwas, das ihn an die allgegenwärtige Kriminalität erinnerte. Vielleicht ist es an der Zeit umzuziehen, dachte Axberg und bog in den Sparvväg ein.

Alle Grundstücke entlang der Straße hatten dieselbe Form. Rechteckige, gut abgegrenzte Einheiten mit dem richtigen Abstand zum Nachbarn. Als er einen Polizeiwagen in einer Auffahrt sah, wusste er, dass er hier richtig war.

Es schüttete unablässig weiter, der Himmel war eisengrau, ohne blaue Lücke. Er sah auf das Haus und hatte das düstere Gefühl, vor einem weiteren, unangenehmen Erinnerungsort zu stehen.

Conrad wartete im Flur. Axberg fiel auf, dass er ungewöhnlich erschöpft aussah. Aus der Küche hörte man das Weinen einer Frau.

»Jönsson und Pihl sprechen mit den Eltern«, sagte Conrad. »Ich habe gesagt, dass du kommst.«

Sie gingen in die Küche. Ein Mann Mitte fünfzig saß auf dem Küchensofa und starrte abwesend vor sich hin. Er hatte scharfe Gesichtszüge und eine dunkle Sonnenbräune. Axberg bemerkte das kurzärmelige, weiße Hemd mit Achselklappen und dem SAS-Logo der Scandinavian Airlines auf einer Brusttasche. Die weinende Frau hatte ihren Kopf auf die Knie ihres Mannes gelegt. Er streichelte ihre Haare wie in Trance. Zwei Polizisten in Uniform saßen still auf Stühlen. Der Mann stellte sich reflexartig als Mats Forsell vor. Die Frau sah nicht auf. Axberg verließ das Zimmer und folgte Conrad in ein großes Wohnzimmer.

»Dort ist es«, sagte Conrad und zeigte auf eine graue Holztür.

Axberg entschied sich, nicht sofort hineinzugehen. Er wollte zuerst hören, was ihn erwartete, sich mental vorbereiten.

»Was ist passiert?«

Conrad blinzelte nervös.

»Das Mädchen wurde heute früh von ihrem Vater entdeckt. Sie lag im Bett und sah aus, als schliefe sie. Sie war erst neunzehn. Der Polizist, der zuerst hier ankam, rief mich direkt an.«

Conrad machte eine Pause und fuhr mit der Hand durch seine weißen Haare.

»Ich hatte sofort das Gefühl, dass etwas nicht in Ordnung war. Es hatte etwas Inszeniertes.«

»Inszeniertes?«

»Ja, du wirst schon sehen, wenn wir hineingehen.«

Axberg schaute auf die geschlossene Tür.

»Hast du eine Todesursache feststellen können?«

»Nein. Es gibt keinerlei Anzeichen für Gewalt oder

Selbstmord, keine Tabletten, kein Abschiedsbrief. Und da ich mich an unser Gespräch über den Pfarrer und diese andere Frau erinnerte, dachte ich, dass du von Anfang an dabei sein willst.«

Selbst wenn die Worte nicht unerwartet kamen, so reagierte Axberg doch mit Verwunderung.

»Was meinst du?«

»Es gibt gewisse Gemeinsamkeiten: Ein weiterer unklarer Todesfall mitten in der Nacht, ohne offensichtliche Erklärung. Wahrscheinlich wird die Obduktion eine liefern, aber es ist ungewöhnlich, dass so junge Menschen durch eine Krankheit im Schlaf sterben.«

Conrad dachte nach, bevor er fortfuhr.

»Es könnte sich allerdings um ein Aneurysma im Gehirn handeln, das geplatzt ist.«

Axberg spürte, wie sich das Unbehagen, das er während des Besuchs im Pfarrhaus empfunden hatte, wieder einstellte.

»Außerdem«, fuhr Conrad fort, »kenne ich das Mädchen. Ich weiß allerdings nicht, woher, aber ich bin mir sicher, dass ich sie früher schon einmal gesehen habe.«

Sie standen eine Weile schweigend da und sahen einander an. Conrad nahm eine Tablettenschachtel aus der Tasche und stopfte sich drei Pastillen in den Mund. Axberg bemerkte einen schwachen Mentholgeruch. Aus der Küche hörte man ein gedämpftes Gespräch, das Weinen der Frau schien in seiner Intensität nachgelassen zu haben.

»Sollen wir hineingehen?«, fragte Conrad und öffnete die Tür.

Das Zimmer war klein und dunkel, die Luft abgestanden. Der Regen vor dem Fenster wirkte wie ein undurchdringlicher Vorhang. Eine Deckenlampe verbreitete schmutzig gelbes Licht, das die Konturen noch weiter verwischte. Axberg schüttelte sich und fror in seinen feuchten Kleidern. Er verabscheute Verbrechen, bei denen junge Menschen die Opfer waren. Tote Kinder oder Jugendliche waren etwas, an das er sich niemals gewöhnen würde oder wollte. Er sah sich um. Links standen zwei Bücherregale voller CDs, Zeitungen, Computerspiele und einzelner Bücher. Auf dem obersten Brett lag eine Abiturmütze. Eine Jeans und ein rosa Top hingen an einem Stuhl.

Lena Forsell lag auf dem Rücken. Die Arme gerade an der Seite, die Handflächen nach innen zu den Oberschenkeln gewendet. Die Decke war bis zu den Füßen aufgeschlagen. Sie trug ein dünnes Nachthemd und darunter eine schwarze Unterhose. Das Gesicht bleich, das Kinn eingefallen und die Augen geschlossen.

»Sie wurde genau so gefunden«, sagte Conrad. »Abgesehen von der Decke, die habe ich aufgeschlagen.«

Axberg hatte auch den Eindruck, dass diese Stellung unnatürlich war. Es sah fast so aus, als läge das Mädchen auf einem Paradebett. Er trat einen Schritt näher und betrachtete den Körper.

»Und du hast nichts gefunden?«, fragte er.

Conrad schüttelte resigniert den Kopf. Die weißen Haare bewegten sich in alle Richtungen.

»Nichts. Sie war gestern auf einem Klassenfest, ist gegen Mitternacht nach Hause gekommen.«

»Betrunken?«

»Nein, laut ihrer Mutter war sie ganz nüchtern.«

»Wie lange ist sie tot?«

Conrad wippte auf seinen klobigen Sportschuhen ungeduldig vor und zurück, als müsse er die Antwort erfühlen.

»Schätzungsweise zwischen sechs und acht Stunden, wenn man die Körpertemperatur und die Leichenstarre berücksichtigt.«

Axberg sah auf seine Armbanduhr.

»Es ist also gegen drei Uhr morgens passiert?«

»Ja, wenn meine Einschätzung stimmt.«

»Das tut sie normalerweise. Ich gehe und spreche mit den Eltern.«

Conrad zog ein paar Plastikhandschuhe an. Axberg fiel auf, dass seine sonst so ruhigen Hände zitterten.

In der Küche hatte Frau Forsell sich aufs Sofa gesetzt und stellte sich als Mia vor. Die Augen waren rot geweint, der Blick flackerte umher. Trotz ihres Zustandes vermittelte sie den Eindruck einfacher Eleganz und wirkte gepflegt. Axberg fand, dass sie ihrer Tochter ähnelte.

»Sie können jetzt gehen«, sagte er zu den beiden Polizisten.

Die standen auf, gaben den Eltern die Hand und verließen das Zimmer.

»Ich weiß, dass das sehr schwer für Sie ist«, begann Axberg. »Aber ich muss ein paar Fragen stellen.«

Mia Forsell schnäuzte sich in ein Taschentuch und nickte. Ihr Mann starrte auf die Tischplatte.

»Können Sie erzählen, was passiert ist?«

Axberg hörte selbst, wie dumm die Frage klang. Gleichzeitig wusste er, dass die Situation nach offenen Fragen verlangte. Mats Forsell räusperte sich und sah auf.

»Ich habe sie gefunden. Als ich sie heute früh wecken wollte. Zuerst dachte ich, sie schliefe, aber als sie nicht antwortete, da ...«

Er kämpfte stur gegen die Tränen, ein Mundwinkel zuckte heftig.

»Sie lag einfach ganz still da«, fuhr er mit gebrochener Stimme fort. »Ich begreife das nicht.«

»Um wie viel Uhr war das?«, fragte Axberg und merkte gleichzeitig, dass er nichts hatte, um sich das zu notieren.

»Zehn vor acht. Sie wollte geweckt werden, weil sie heute mit einem Freund aufs Land wollte. Ich habe sofort gemerkt, dass etwas nicht stimmte. Sie war bleich und lag kerzengerade auf dem Rücken. Sie schlief immer auf dem Bauch, seit ihrer Kindheit, oft mit dem Kissen über dem Kopf.«

»Können Sie das näher erklären?«, bat Axberg.

»Es war einfach eine Angewohnheit von ihr, dass sie auf dem Bauch schlief. Sie schlief außerdem oft sehr unruhig und bewegte sich ab und zu im Schlaf. Deswegen sah es so seltsam aus, als sie auf dem Rücken lag, die Decke ordentlich über sich.«

Einen Augenblick lang befand Axberg sich wieder im Zimmer der toten Mutter des Pfarrers. Er versuchte, sich von den auftauchenden Erinnerungsbildern nicht ablenken zu lassen.

»Was ist dann passiert?«

»Ich habe 112 angerufen. Ich konnte einfach nicht glauben, dass sie …«

Mia Forsell fing an, heftig am ganzen Körper zu zittern, und sank wieder auf die Knie ihres Mannes. Axberg zögerte. Sollte er wirklich mit seinen Fragen weitermachen? Was nutzte es, in den schmerzhaften Einzelheiten zu bohren?

Das, was die Eltern jetzt brauchten, war Unterstützung und Trost. Falls es die überhaupt gab. Nichts konnte die Tatsache ändern, dass ihre Tochter tot war. Gleichzeitig wusste Axberg, dass es auf lange Sicht wichtig für die Angehörigen war, die Ursachen für einen unerwarteten Todesfall zu kennen. Das war seine Aufgabe, so aufdringlich und gefühllos sie auch wirkte. Er beschloss, den Ansatz zu ändern.

»Hatte Lena Geschwister?«

In Mats Forsells Blick leuchtete ein kleiner Funke auf.

»Ja, einen Bruder. Er studiert in New York. Wir haben es ihm noch nicht gesagt.«

Axberg nickte.

»Wir werden Ihnen alle Hilfe, die Sie benötigen, zukommen lassen. Schaffen Sie es, noch einige Fragen zu beantworten?«

Mats Forsell kniff die Lippen zu einem weißen Strich zusammen und nickte steif.

»Was hat Lena gestern Abend gemacht?«, fragte Axberg.

»Sie war auf einem Fest«, antwortete Mia Forsell. »Mit Freunden aus dem Medienkurs. Sie hat mit ihnen im Frühjahr Abitur gemacht.«

»Wann ist sie nach Hause gekommen?«

»Halb eins.«

»Sind Sie sich sicher bezüglich der Uhrzeit?«

Die Mutter sah auf ihre Hände und drehte nervös immer und immer wieder an einem Silberring.

»Ja. Wir waren aufgeblieben und haben gewartet, haben Fernsehen geschaut. Lena hatte versprochen, um zwölf zu Hause zu sein. Sie war eigentlich immer pünktlich. Als sie nach Hause kam, habe ich sie gefragt, ob sie wüsste, wie viel Uhr es sei ...«

Axberg wartete etwas, bis sie fortfuhr.

»... sie seufzte und schaute auf ihre Armbanduhr.«

»Und dann?«

»Dann ging sie in ihr Zimmer und machte die Tür zu.«

»War sie irgendwie anders?«

»Nein. Sie war vielleicht ein bisschen sauer, weil wir auf sie gewartet hatten. Ansonsten war sie genau wie immer.«

»War sie nüchtern?«

»Ja«, antwortete Mats Forsell bestimmt. »Sie trank überhaupt keinen Alkohol.«

Axberg erinnerte sich daran, dass Conrad gesagt hatte, er hätte das Mädchen erkannt.

»Hat Lena früher schon mal etwas mit der Polizei zu tun gehabt?«

»Nein«, antwortete Mats Forsell und wirkte zum ersten Mal verärgert.

Axberg fand, dass die Antwort ungewöhnlich schnell kam. Wie eine reflexartige Verneinung. Sie wurden von einem diskreten Klopfen unterbrochen. Conrad stand in der Tür.

»Entschuldige, Johan, kannst du kommen?«

Axberg nickte und stand auf.

»Wollen Sie in der Zwischenzeit jemanden anrufen?«, fragte er.

»Wir müssen es Peter sagen«, schluchzte Mia Forsell.

Axberg folgte Conrad wieder in Lenas Zimmer. Conrad hob eine kleine, durchsichtige Tüte hoch, in der sich etwas befand, das wie ein kleiner Papierzettel aussah.

»Was ist das?«

»Eine Quittung. Aus dem Kasino.«

Axberg nahm die Tüte in die Hand.

»Abgestempelt gestern, dreiundzwanzig Uhr dreißig. Wo hast du die gefunden?«

»Unter dem Bett.«

Conrad beugte seinen langen Rücken und zeigte auf den Fundort.

»Da, genau da neben der Wand lag sie.«

»Was bedeutet, dass sie im Kasino gewesen ist«, sagte Axberg.

»Vielleicht«, sagte Conrad.

Axberg ging zurück in die Küche.

»Wir haben unter Lenas Bett eine Quittung gefunden. Aus dem Kasino.«

Beide Elternteile starrten ihn verwirrt an. Axberg zeigte die Tüte.

»Lena war noch nie im Kasino«, sagte Mia Forsell und sah ihren Mann fragend an; der schüttelte bekräftigend den Kopf.

»Sind Sie ganz sicher?«

»Ja, das hätten wir gewusst«, sagte Mats Forsell.

»Haben Sie eine Ahnung, wie die Quittung unter das Bett geraten ist?«

»Nein, ich begreife gar nichts«, sagte die Mutter. »Wir sind auch nicht dort gewesen ...«

»Hatten Sie während des Abends Kontakt mit Lena?«, fuhr Axberg fort.

»Ja. Sie hat vom Handy aus angerufen.«

Axberg wurde aufmerksam. Das könnte wichtig sein.

»Was hat sie da gesagt?«

Der Vater breitete die Hände aus.

»Nichts Besonderes. Sie klang fröhlich, hat gesagt, dass alles in Ordnung sei. Sonst nichts.«

»Um welche Uhrzeit hat sie angerufen.«

»Genau als der Spielfilm anfing ...«

Mia Forsell stand auf, ging ins Wohnzimmer und kam mit dem Fernsehprogramm wieder zurück. Axberg wartete gespannt, während sie zur richtigen Seite blätterte.

»Ungefähr um Viertel nach elf muss es gewesen sein.«

Axberg merkte sich die Uhrzeit.

»Hat sie gesagt, wo sie war?«

»Auf dem Fest, zu Hause bei einer Freundin in Granloholm.«

Axberg begriff sofort, was das hieß. Wenn Lena Forsell die Wahrheit gesagt hatte, dann konnte sie zu dem Zeitpunkt, der auf der Quittung stand, nicht im Kasino gewesen sein. Was das wiederum bedeutete, war im Augenblick schwer zu überblicken. Doch er wusste genug, um den Todesfall als mögliches Verbrechen einzustufen. Aus Erfahrung wusste er, dass Ermittlungen oft wie ein Kurzstreckenrennen waren. Der Start ist entscheidend für den Ausgang. Man muss von Anfang an alles geben. Selbst wenn man dabei den einen oder anderen Fehlstart riskiert. Oft konnte die Vermutung, dass es sich um ein Verbrechen handelt, widerlegt werden, aber dann hatte er auf jeden Fall das getan, was man von ihm erwartete.

Es klingelte an der Tür. Mats Forsell öffnete und kam mit einem Psychologen vom Sozialdienst zurück. Im Flur wartete Conrad.

»Ich habe getan, was ich konnte«, sagte er. »Was denkst du?«

»Wir lassen das gesamte Programm anlaufen«, sagte Axberg ernst. »Wie du gesagt hast, ein Verbrechen kann nicht ausgeschlossen werden.«

Conrad nickte und ging. Axberg telefonierte und bat um das komplette Programm der Spurensicherung. Nach zehn Minuten kam ihre beste Kriminaltechnikerin Rut Norén mit einem jungen Assistenten.

Norén war eine kleine, runde Frau unbestimmten Alters. Ihre Bewegungen waren kraftvoll, ihre Schritte energisch. Sie war wortkarg, und das Wenige, was sie sagt, war stets schwer zu verstehen. Aber die Berichte, die sie schrieb, waren bis ins kleinste Detail ausgefeilt. Und ihren kritischen Augen entging nie etwas an einem Tatort. Axberg gab Norén die Tüte mit der Kasinoquittung und bat um höchste Priorität. Eventuelle Fingerabdrücke könnten entscheidend für die gesamte Ermittlung sein.

Als er auf die Veranda trat, merkte er, dass der Regen aufgehört hatte. Alles Grün um ihn herum hatte eine tiefere Nuance angenommen. Der frische Duft, der vom Rasen aufstieg, war wie eine Befreiung, eine Erinnerung an das Leben. Sein Geruchssinn war deutlich besser geworden, seit er weniger rauchte. Obwohl er Lust auf eine Zigarette hatte, rührte er das Päckchen in seiner Jackentasche nicht an. Ein Auto fuhr vorbei. Nach dem Regen klangen die Reifen auf dem Asphalt gedämpft.

Axberg beschloss, zum Polizeirevier zurückzufahren. Er wusste, dass die Entscheidung, eine Voruntersuchung zu beginnen, richtig war. Bei Lena Forsells Tod gab es zu viele Fragezeichen, um den Fall nicht anzugehen. Außerdem wollte er nicht noch weitere unklare Todesfälle mit besorgten Angehörigen auf seinem Schreibtisch haben.

Er nahm die Brücke über den Selångersâ beim Busbahnhof, die Uhr an der Gustav-Adolfs-Kirche zeigte Viertel nach elf.

Axberg hatte wieder das Gefühl, dass etwas, das Lena Forsells Mutter erzählt hatte, wichtig war. Was, das wusste er nicht. Er konnte sich nicht einmal daran erinnern, in welchem Zusammenhang es gesagt worden war.

Er sah die Mutter vor sich, wie sie mit ihm sprach, aber erfasste die Worte nicht.

Es gab da etwas, das er registriert hatte, ohne darauf zu reagieren. Er sah ein, dass er es nicht hervorzwingen könnte. Stattdessen würde er jetzt eine erste Zusammenfassung über das, was er wusste, schreiben. Dann musste er den Bericht der Spurensicherung abwarten und das Ergebnis der Obduktion.

Wenn er Glück hatte, war alles in Ordnung und er könnte den Fall abschließen.

Kapitel sechzehn

Als Axberg an einer roten Ampel in der Kyrkogata anhielt, beschloss er, einen Abstecher in seine Wohnung zu machen, bevor er zurück zum Polizeirevier fuhr.

Schon wieder war er gezwungen, sich wegen des Wetters während der Arbeitszeit umzuziehen. Auch wenn die Hose und das Hemd wieder etwas getrocknet waren, so fühlte sich der Stoff doch noch unangenehm an auf der Haut. Carolina war bei der Arbeit, was bedeutete, dass sein schlechtes Gewissen seinen vorläufigen Dämmerzustand noch eine Weile beibehalten konnte. Jedes Mal, wenn sie ihn ansah, schämte er sich und bildete sich ein, dass sie bereits alles wusste. Sie hatte ihn schon früher durchschaut.

Axberg parkte das Auto auf seinem üblichen Platz am Busbahnhof und ging die zwei Blocks bis zum Knausthus. Er wählte die Abkürzung durch das neu eröffnete Café im Erdgeschoss und kaufte einen Café au lait. Auf halbem Weg auf dem ersten Treppenabsatz blieb er stehen und drehte sich um. Er dachte plötzlich an die jährlichen Schülerfotos, die jedes Frühjahr genau auf diesem Platz, auf dem er stand, gemacht wurden. Wie Horden von lächelnden Jugendlichen vor dem weißen Marmor verewigt wurden. Genau wie er selbst vor vierzehn Jahren.

Hatte Lena Forsell dieses Jahr hier gestanden? Was hatte sie über *die strahlende Zukunft* gedacht? War sie glücklich gewesen?

Axberg begriff, dass er sich ein besseres Bild davon machen musste, wie sie als Person gewesen war. Sonst würde er die Bedeutung all der Details, die in der Luft hingen, nie ausmachen können. Er lief in den vierten Stock hoch und hielt dabei eine Hand auf den Plastikdeckel des Kaffeebechers, um nichts zu verschütten. In der Zweizimmerwohnung war es schwül und stickig. Und doch sah sie deutlich sauberer und aufgeräumter aus als noch am Morgen. Als hätte der Regen den Staub und Schmutz sogar in der Wohnung weggespült. Er warf die Kleider in den Wäschekorb, zog eine schwarze Jeans und ein ordentlich gebügeltes Hemd an und ging wieder.

Als er über den Stora Torg, den alten Marktplatz, ging, brach die Sonne durch die grauen Wolken. Die stolzen Häuser bekamen langsam wieder ihren Glanz zurück.

Im Flur des Polizeireviers standen die Bürotüren mehrerer Kollegen auf, ohne dass jemand zu sehen war. Jens Åkerman, der zusammengesunken an seinem Computer saß, war die Ausnahme. Axberg setzte sich an seinen Schreibtisch und fragte sich, wo er anfangen sollte. Zuerst musste er im Kasino anrufen, um zu erfahren, welche Informationen sich auf der Quittung befanden. Dann würde er versuchen, herauszufinden, woher Conrad Lena Forsell kannte. Im Augenblick gab es eigentlich nicht viel mehr zu tun. Nach einigen Minuten des Überlegens rief er Jens Åkerman intern an und bat ihn herüberzukommen.

»Was wird gewünscht?«, fragte Åkerman scherzhaft, als er das Zimmer betrat.

»Könntest du nachsehen, ob sich eine gewisse Lena Forsell im Strafregister befindet oder ob sie in irgendeinem anderen Zusammenhang mit der Polizei zu tun hatte?«

»Kein Problem.«

»Gut, komm zu mir, sobald du ein Ergebnis hast. Hier ist ihre Personennummer«, sagte Axberg und reichte ihm eine Kopie des Totenscheins, den er von Conrad bekommen hatte.

Åkerman nahm das Papier und verschwand. Axberg öffnete ein Fenster und zündete eine Zigarette an. Ein Lastzug voller Holz fuhr auf der Straße vorbei. Die Wolken zogen in fantasievollen Formationen vorüber. Als er die Zigarette bis zum Filter geraucht hatte, drückte er sie am Fensterblech aus. Aus einer Schreibtischschublade nahm er ein Telefonbuch und suchte die Nummer des neueröffneten Kasinos. Er fand sie nicht. Stattdessen erhöhte er die ohnehin stets heftige Telefonrechnung mit einem Anruf bei der Auskunft.

Der Sicherheitschef des Kasinos, Hans Edström, war einer von Axbergs früheren Kollegen bei der Schutzpolizei. Er hatte sich nach einer Schussverletzung bei einem Bankraub einen neuen Arbeitgeber gesucht. Sie wechselten ein paar Worte über die alten und die neuen Zeiten. Dann erzählte Axberg von der Quittung, die sie bei Lena Forsell gefunden hatten und erläuterte den Hintergrund. Edström hörte aufmerksam zu.

»Eine Umtauschquittung verrät nicht, wer die Chips eingetauscht hat. Man kann nur das Datum, die Uhrzeit und die jeweilige Summe erkennen.«

»Aber wenn ich mich recht erinnere, dann habt ihr bei der Informationsveranstaltung vor der Eröffnung gesagt, dass alle Besucher beim Eintritt registriert werden?«, sagte Axberg.

»Das stimmt. Wenn du ein paar Sekunden wartest, dann kann ich zum Computer gehen und nachsehen, ob sie an diesem Abend hier war.«

Axberg hörte etwas entfernt Geklapper auf einer Tastatur.

»Nein«, stellte Edström fest. »Lena Forsell war am Sonntag nicht hier. Sie war überhaupt noch nie hier. Außerdem ist sie zu jung, unsere Altersgrenze liegt bei zwanzig Jahren.«

Axberg verzog das Gesicht.

»Ja, ich weiß«, log er. »Ich wollte in dieser Sache nur sicher sein. Manchmal kann es ziemlich schwer sein, das Alter bei so jungen Mädchen richtig zu schätzen.«

»Stimmt. Aber wir überprüfen bei allen Besuchern die Papiere, bevor wir sie einlassen. Wir fotografieren sogar alle am Eingang und archivieren die Bilder.«

Axberg wusste nun, dass seine Vermutung stimmte. Lena Forsell war am fraglichen Abend nicht im Kasino gewesen. Hans Edström konnte ihm sogar die Information geben, dass keiner der Eltern dort gewesen war. Das Gefühl, dass irgendetwas an Lena Forsells Tod seltsam war, drängte sich wieder auf. Hatte jemand sie umgebracht, so hatte diese Person einen nicht wiedergutzumachenden Fehler begangen, indem er diese Quittung hinterlassen hatte. Er oder sie war mit Personennummer und Foto am Eingang registriert worden. Und die Untersuchung eventueller Fingerabdrücke müsste innerhalb von vierundzwanzig Stunden beendet sein.

»Besteht die Möglichkeit, dass sich der Kassierer daran erinnert, wer die Umtauschquittung bei ihm bekommen hat?«, fragte Axberg weiter.

»Glaube ich nicht. Letzten Sonntag hatten wir über tausend Besucher. Jonas Gardell war hier und ist aufgetreten. Aber es kann einen Versuch wert sein. Die Nummer der Kasse steht auf der Quittung.«

Axberg sah auf die Kopie, die vor ihm auf dem Schreibtisch lag.

»Kasse vier.«

»Okay, warte einen Moment …«

Axberg hörte wieder die Finger auf der Tastatur.

»Mia Ingesson«, sagte Hans Edström. »Sie saß am Sonntag an Kasse vier. Wenn du willst, gebe ich dir ihre Privatnummer.«

Mia Ingesson hob nach zwei Mal Klingeln ab. Axberg wurde schnell klar, dass der Anruf überflüssig war. Sie hatte während des Abends sicherlich über hundert Personen bedient und hatte nichts Besonderes oder Außergewöhnliches gesehen oder gehört. Nicht einmal als Axberg den Zeitpunkt genauer bestimmte, erinnerte sie sich an irgendetwas Nützliches. Axberg bedankte sich und legte auf.

Er schloss die Augen und versuchte, seine Gedanken zu ordnen. Was wusste er eigentlich?

Ein junges Mädchen wird morgens tot im Bett gefunden. Keinerlei weitere Indizien, außer einer Kasinoquittung vom vorangehenden Abend. Wie die Quittung unter dem Bett gelandet war, wusste niemand.

Axberg zögerte. Vielleicht überschätzte er den Fall und machte sich unnötig Sorgen. Gleichzeitig war es seine Stärke als Polizist, bereits in einem frühen Stadium zu ahnen, dass etwas nicht in Ordnung war. Zum großen Teil lag es an dieser Intuition, dass er bereits mit zweiunddreißig Jahren Chef der Kripo war.

Er ließ den Blick über die Ordnerrücken im Bücherregal gleiten. Dort stand das Ergebnis seiner Arbeit, das, worauf seine Karriere aufgebaut war: Der Bankraub in der Handelsbank, bei dem er selbst die unerwartete Lösung gefunden hatte, ein Insiderjob der Wachfirma. Danach die fünf grünen Ordner mit Vergewaltigungsmorden, die in der Stadt während einiger Sommerwochen vor vier Jahren Schrecken verbreitet hatten. Und jetzt?

Vor ihm lag ein Notizblock voller Fragezeichen. Das war alles. Aber so fing es immer an. Er stand auf und ging zu Åkerman. Die rote Lampe vor dem Vernehmungsraum leuchtete. Axberg nahm an, dass Sankari und Pablo mitten in der Vernehmung von Ralf Sedin waren.

»Hast du was gefunden?«

Jens Åkerman sah vom Computerbildschirm auf.

»Ja, habe ich. Sie wurde vor zwei Jahren beim Haschrauchen auf der Schultoilette erwischt. Keine Anzeige, aber das Jugendamt wurde eingeschaltet.«

Axberg war überrascht. Das war eigentlich nicht das, was er erwartet hatte.

Seine Vorurteile hatten das Bild eines braven Mädchens aus einem wohlhabenden Zuhause entstehen lassen.

»Kann ich einen Ausdruck haben?«

»Kein Problem. Kommt sofort.«

Åkerman klickte mit der Maus, und der Laserdrucker begann, Papierbogen auszuspucken. Im selben Augenblick, in dem Axberg den Bericht in die Hand bekam, fiel sein Blick auf einen Namen, der sofort aus dem Text hervorstach.

»Tony Wollmar?«, rief er aus. »Ach du Kacke.«

Åkerman sah ihn verwundert an.

»Wer ist das?«, fragte er und setzte sich wieder vor den Computer.

Axberg antwortete nicht sofort. Er las schweigend den Bericht durch. Als er fertig war, hob er den Blick und sah Åkerman an.

»Ein Gangster, der sein Unwesen hier in der Stadt schon so lange treibt, wie ich mich überhaupt zurückerinnern kann. Er hat schon alles gemacht, von Autodiebstahl bis zu Hehlerei und Erpressung. Mitte der Achtziger hat er ein paar Bewährungsstrafen bekommen. Seitdem hat er gelernt, wie man sich raushält, in den letzten Jahren ist er aufgestiegen und besitzt ein paar Kneipen in der Stadt. Wir vermuten, dass er mit Drogen handelt und Schnaps schmuggelt. Aber niemand hat ihm je etwas nachweisen können.«

Axberg sah auf das Blatt Papier.

»Wollmar ist das Gehirn hinter vielen Marionetten. Er hält sich einen ganzen Hofstaat mit Typen wie Ralf Sedin, bleibt immer im Hintergrund und mit unseren Methoden unangreifbar. Aber das hier könnte vielleicht etwas sein.«

Sagte Axberg, wedelte mit dem Papier und ging. In seinem Büro las er den Bericht noch einmal.

Lena Forsell hatte zusammen mit einer Freundin während einer Mathestunde am 4. April 1998 auf der Schultoilette Marihuana geraucht. Ein Lehrer, der im Flur vorbeiging, hatte den Geruch erkannt und die Polizei gerufen, im Glauben, ein Drogenabhängiger hätte sich in die Schule geschlichen. Lena Forsell hatte sich geweigert zu erzählen, woher sie die Joints hatte. Ihre Freundin war nach mehreren Vernehmungen zusammengebrochen und hatte erzählt, dass Wollmar dahintersteckte. Die Polizei ermittelte in dem Fall, aber die Voruntersuchung wurde mangels Beweisen beendet. Zu dieser Geschichte gehörte auch, dass Lena Forsell zu dieser Zeit als Bedienung in einer von Wollmars Kneipen arbeitete. Mehrere ihrer Arbeitskollegen wurden ergebnislos verhört. Das Jugendamt hat die üblichen Gespräche mit den Betroffenen geführt. Die Mädchen zeigten Reue und versprachen völlige Enthaltsamkeit. Danach gab es keine Unterlagen über Lena Forsell mehr. Was im Grunde nicht viel bedeutete, dachte Axberg. Er fragte sich, ob es irgendeine Verbindung zwischen Wollmar und Ralf Sedin gab. Und ob das Puzzlestück mit Lenas Tod in diesem Fall genau ins Bild passte. Nichts war unmöglich. Sundsvall war schließlich eine ziemlich kleine Stadt.

Axberg rief Conrad an und erzählte ihm von der Haschepisode. Conrad erinnerte sich daran, dass er Lena Forsell zu der Zeit bei einer Blutentnahme getroffen hatte. Daher hatte er sie wiedererkannt. Die Obduktion hatte gerade erst begonnen, und noch konnte man nichts Genaues sagen, weswegen Conrad auch wie üblich kein Wort darüber verlor.

Axberg sah auf seine Armbanduhr. Viertel vor drei. Heute darf ich nicht vergessen, Oma anzurufen, dachte er. Am besten ich mache es sofort. In einer Minute habe ich es vielleicht schon wieder vergessen. Nach dem Gespräch beschloss Axberg, dass er bereits am nächsten Tag die Familie Forsell noch einmal besuchen würde. Ganz abgesehen vom Obduktionsergebnis musste er eine Erklärung finden, wie die Kasinoquittung unter Lena Forsells Bett gekommen war.

Und wenn auch nur, um jeden Verbrechensverdacht ad acta legen zu können. Außerdem würde er sich nach der Marihuanaepisode erkundigen. Und was Tony Wollmar damit zu tun hatte.

Kapitel siebzehn

Es war Viertel nach fünf, als Erik Jensen endlich mit der nachmittäglichen Visite fertig war.

Ein schwieriges Gespräch mit Angehörigen hatte lange gedauert. Jensen spürte, dass seine Antworten nicht so einfühlsam gewesen waren, wie es seine berufliche Rolle verlangte. Die Tochter eines alten Mannes mit schwachem Herz war plötzlich auf der Station aufgetaucht und hatte mit einem Arzt sprechen wollen. Jensen musste trotz vielerlei Ausreden einsehen, dass er gezwungen war, dieses Gespräch zu führen. Die Tochter wohnte in Kalmar und wollte auf keinen Fall akzeptieren, dass ihr Vater am nächsten Tag entlassen werden sollte.

Jensen hatte den Eindruck, dass die Tochter ein schlechtes Gewissen hatte, weil sie sich nicht genug um ihre Eltern kümmerte. Jetzt wollte sie die Verantwortung auf das Gesundheitssystem übertragen. Der Vater habe schließlich sein ganzes Leben lang Steuern gezahlt und daher ein Recht auf alle verfügbaren Ressourcen. Das war ein Szenario, auf das Jensen immer häufiger traf: Gestresste Menschen, die keine Zeit hatten, sich um ihre Angehörigen zu kümmern, wenn diese krank wurden, und daher verzweifelt Unterstützung bei den unterschiedlichen sozialen Institutionen suchten. Dem gegenüber standen all die Forderungen nach Einsparungen und kürzerer Verweildauer.

Jensen seufzte und schaute aus dem Fenster. Normalerweise war der Blick aus seinem Zimmer hoch im fünften Stock zwar nicht schön, aber doch luftig und offen. Jetzt prasselte der Regen auf den Parkplatz und den Fichtenwald daneben. Die Tropfen auf der Scheibe wechselten ständig ihr Muster. Alles war grau und hoffnungslos langweilig. Obwohl der Arbeitstag zu Ende war, verspürte er keinerlei Verlangen, nach Hause zu fahren. Er beschloss, noch etwas zu bleiben und Papierkram zu erledigen. Er unterschrieb ein paar Epikrisen und aktualisierte den täglichen Stapel Verordnungen. Nach einer halben Stunde wurde er müde, ging in den Pausenraum und holte einen Kaffee.

Als er zurückkehrte, nahm er den Ordner mit den ungeklärten Todesfällen durch Herzversagen aus dem Regal. Die vier Krankenakten, die er gesammelt hatte, beinhalteten eigentlich nichts Ungewöhnliches. Und doch brachte ihn seine Neugier immer und immer wieder dazu, das Material noch einmal zu betrachten.

Vier gesunde Menschen zwischen fünfzig und siebenundfünfzig Jahren, die aus ungeklärten Gründen starben, während sie nachts in ihren Betten schliefen. Vier Todesfälle, die für die Angehörigen völlig unerwartet kamen.

Die klinischen Obduktionen, die durchgeführt worden waren, nannten alle plötzlichen Herzstillstand als Todesursache. Die anderen Fälle hatte Jensen bereits aussortiert.

Dieses Quartett aus Fragezeichen war übrig geblieben.

Und der Fall Maria Backlund, der ihn immer noch verwirrte. Bei der Nachuntersuchung während der Sprechstunde hatte sich nichts Neues ergeben. Sie war und blieb vollkommen gesund. Und doch hätte sie genauso gut zu den Fällen gehören können, die er nun in der Hand hielt. Wenn ihre Schwester nicht so geistesgegenwärtig reagiert hätte. Wenn die Wiederbelebung nicht erfolgreich gewesen wäre. Wenn.

Er stand auf und hing den Arztkittel an einen Haken. Seine Gedanken gingen wild durcheinander, und er wog jedes Detail auf der Wahrscheinlichkeitswaage. Konnte die Häufung von unklarem Herzstillstand ein Zufall sein, oder war er da etwas auf der Spur?

Er ließ sich wieder in den Stuhl fallen und legte die Füße auf den Schreibtisch. Die Kaffeetasse war leer, und er fühlte sich schon frischer. Er stellte fest, dass die Idee einer neuen Viruserkrankung, die den Herzmuskel angriff und das Reizleitungssystem ausschaltete, gar nicht so dumm war. Es war noch die wahrscheinlichste Theorie. Als Forscher war er daran gewöhnt, unterschiedliche und oft unbestimmte Fakten gegeneinander aufzuwiegen, um herauszufinden, ob sie etwas gemeinsam hatten. Er hoffte, vom rechtsmedizinischen Institut in Umeå bald eine Antwort auf seinen Antrag für ein Forschungsprojekt zu erhalten. Seine Idee war, Blutproben von allen unklaren Herztodesfällen innerhalb der nächsten Monate in der Gemeinde Sundsvall zu nehmen. Die Proben sollten dann auf unterschiedliche Viren untersucht werden. Danach würde er sie vergleichen und überprüfen, ob es einen Zusammenhang gab. Seinem Doktorvater hatte die Idee gefallen, und er hatte versprochen, bei der Finanzierung zu helfen.

Jensen spürte, wie die Sehnsucht, nach Stockholm zu ziehen, wieder in ihm wach wurde. Er machte seine Aktentasche auf und nahm den Brief heraus, der heute Morgen in seinem Fach gelegen hatte. Zum dritten Mal an diesem Tag las er, dass die Herzklinik des Karolinska-Krankenhauses ihn gerne als Stationsarzt anstellen würde. Er könnte bereits in einem Monat anfangen. Er fühlte, dass das eine Chance war, die nicht wiederkehren würde. Sollte er jetzt ablehnen, würde er für immer in Sundsvall bleiben.

Man muss die Chancen nutzen, die sich einem bieten, dachte er und öffnete das E-Mail-Programm auf seinem Computer. Er klickte auf das Briefsymbol und schickte die Antwort ab, in der er die Stelle annahm. Alles fühlte sich richtig an. Sara würde er schon überreden. Sie würde es verstehen. Ihre Meinung, dass es nicht gut für Erika wäre, in Stockholm aufzuwachsen, teilte er nicht. Schließlich lebte mindestens ein Achtel der Kinder dieses Landes in der Hauptstadt.

Ich kaufe auf dem Heimweg eine Flasche Champagner und einen Strauß Rosen, beschloss er. Ein Trick, der zwar durchschaubar war, aber doch immer funktionierte. Er spürte, dass Sara nachgeben würde, wenn sie seine Argumente hörte. Wenn sie es sich leisten konnten, würde er ein kleines Atelier mieten, wo sie malen und bildhauern könnte, wenn Erika in der Kita war. Erik Jensen war vor Glück und Stolz ganz aufgekratzt und kümmerte sich nicht darum, dass er nass wurde, als er über den Parkplatz zu seinem Auto lief.

Er war auf dem Weg.

Kapitel achtzehn

Axberg wachte davon auf, dass der Regen auf das Blechdach prasselte.

Eine gleichmäßige, harmonische Geräuschkulisse, der er

gern zuhörte. Carolina lag da und schlief mit einem Arm auf seinem Bauch und dem Mund an seiner Schulter. Axberg sah zum Fenster. Dem dunklen Licht hinter dem Rollo nach zu urteilen, konnte er noch eine Weile im Warmen unter der Decke liegen bleiben.

Er schloss wieder die Augen und dachte daran, wie er als Kind mit seinem Vater eine Bergwanderung nach Sylarna gemacht hatte. Wie sie morgens in ihren Schlafsäcken lagen und dem Regen zuhörten, der sie in ihrem grünen Zelt einschloss. Ihre Gespräche wurden mit den Regentropfen auf dem Zeltdach immer einfacher und vertraulicher. Die gemeinsamen Bergwanderungen waren einige der deutlichsten Erinnerungen, die er an seinen Vater hatte. Die Gedanken wanderten schlaftrunken weiter zu Großmutter Rosine. Wie lange war sein letzter Besuch bei ihr eigentlich her? Mindestens ein halbes Jahr. Axberg quälte sein schlechtes Gewissen. Vorsichtig hob er Carolinas Arm hoch und stand auf, blieb dann einen Augenblick stehen und sah sie an. Sie war wirklich schön, wenn sie schlief. Leichte Atemzüge, ein Mensch, der sich nicht stören ließ. Die natürliche Ruhe.

Seine Schuldgefühle verstärkten sich erneut. Carolina muss erfahren, was ich getan habe, dachte er. Und zwar schon heute Abend. Er konnte das Geständnis nicht länger aufschieben. Die Qual wurde mit jedem Tag, der verging, schlimmer. Er zog sich an, ging in die Küche und schaltete die Kaffeemaschine ein. Der kühle Linoleumboden fühlte sich angenehm an unter seinen nackten Füßen. Er schaltete die Lüftung ein und zündete sich eine Zigarette an. Im Moment ist die Arbeit das Einzige, was mir kein schlechtes Gewissen bereitet, dachte er. So kann es nicht weitergehen, etwas muss passieren. Mit diesem Vorsatz im Kopf trank er Kaffee und blätterte in der Zeitung. Ein Artikel behandelte den Drogenfund bei Ralf Sedin. Axberg war überrascht, dass alles, was da stand, korrekt war und völlig frei von unsachlichen Spekulationen.

Als es fast acht Uhr war, faltete er die Zeitung zusammen und trank den Kaffee aus. Im Schlafzimmer lag Carolina in exakt derselben Position, in der er sie verlassen hatte. Er verstand, dass sie müde war und lange schlafen würde nach den Spätnachrichten gestern Abend. Axberg hatte sie selbst gesehen, wie sie die Nachrichten verlas, und er fand es immer noch faszinierend, wenn sie dann eine Stunde später zur Tür hereinkam und ihn umarmte. Das Bild bekam Bewegung, Duft und Wärme.

Draußen im Flur überlegte er einen Augenblick, ob er ihren Schirm ausleihen sollte, ließ es dann aber sein. Stattdessen nahm er die Zeitung und hoffte, dass sie als kurzfristiger Schutz während des Laufs zum Auto genügen würde. Im selben Moment, in dem er die Tür schloss, war er mit seinen Gedanken bei Lena Forsell. Als er in den Sparvväg einbog, dachte er, dass der zweite Besuch bei einem Verbrechensopfer immer der schlimmste war. Beim ersten Mal waren alle verwirrt und standen unter Schock. Beim zweiten Mal hatte sich das böse Auge der Wirklichkeit geöffnet und weigerte sich nun zu blinzeln. Und er tauchte dann auf wie eine Welle Salzwasser über einer offenen Wunde.

Mats Forsell öffnete. Er sah blass, aber gefasst aus. Sie gingen ins Wohnzimmer. Mats Forsell setzte sich in einen drehbaren Ledersessel, Axberg wählte einen einfachen Stuhl. Mia Forsell kam aus dem Obergeschoss herunter und stellte sich neben ihren Mann. Ihre Augen waren verweint, ihr Händedruck schlapp und verschwitzt. Axberg dachte wieder daran, dass sie beim ersten Mal irgendetwas gesagt hatte, was wichtig war. Der Regen prasselte auf die Terrasse vor dem Fenster. Axberg fiel auf, dass sich niemand darum kümmerte, die Kissen hereinzuholen, die schwer und aufgequollen auf den Gartenmöbeln lagen. Wie immer in solchen Situationen fand er, dass die einleitende Frage die schwierigste war. Es war schwer, das Thema anzusprechen, ohne gefühllos zu wirken. Gleichzeitig fiel es ihm nicht leicht, Konversation zu machen, schließlich wussten alle im Zimmer, warum er gekommen war.

»Wenn wir noch einmal zu dem Abend zurückkehren, als Lena von dem Fest nach Hause kam«, begann er. »Ist Ihnen dazu seit dem letzten Mal noch etwas eingefallen?«

Mats Forsell schüttelte den Kopf, seine Frau stand reglos da, ohne eine Miene zu verziehen.

»Sie erinnern sich vielleicht, dass wir eine Quittung vom Kasino unter Lenas Bett gefunden haben«, fuhr Axberg fort. »Sie war am selben Abend um dreiundzwanzig Uhr dreißig abgestempelt.«

Er machte eine Pause und ließ diese Information wirken.

»Ich habe das Kasino überprüft. Aus deren Unterlagen geht hervor, dass Lena nie dort gewesen ist …«

Beide Elternteile hörten traurig zu, Mia Forsell strich ein paar Krümel von ihrem Rock und setzte sich Axberg gegenüber aufs Sofa.

»Es war also jemand anderes im Kasino und hat Chips eingewechselt. Und eine Stunde später kommt Lena nach Hause.«

Axberg machte mit den Händen eine fragende Geste. Mats Forsell drehte sich im Sessel ununterbrochen hin und her.

»Ich verstehe gar nichts«, sagte er. »Sie muss sie aus irgendeinem Grund mit nach Hause genommen haben.«

Axberg nickte zweifelnd.

»Das ist die eine Alternative …«

Mia Forsell sah Axberg erschrocken an. Er sah, wie sich sein Gedanke in ihren Augen spiegelte.

»Was meinen Sie? Glauben Sie, dass jemand während der Nacht im Haus gewesen sein könnte? Und die Quittung verloren hat?«

»Was glauben Sie selbst?«

Mats Forsell schüttelte misstrauisch den Kopf.

»Das klingt völlig absurd. Das hätten wir hören müssen. Und warum hätte jemand hier herein kommen sollen?«

Axberg zuckte mit den Schultern und änderte den Ansatz.

»Erzählen Sie von dem Fest, auf dem Lena war.«

Die Mutter begann zu schluchzen und erzählte stockend.

»Sie haben sich bei einer Freundin in Granloholm getroffen, wie Jugendliche das eben tun.«

»Wissen Sie, wer sonst noch da war?«

»Ich nehme an, die übliche Clique.«

»Ich wäre Ihnen dankbar, wenn Sie mir ein paar Namen geben könnten.«

Sie nannte ihm drei Freundinnen. Draußen wurde der Regen immer stärker.

»Hatte Lena einen Freund?«

»Ja«, sagte sie leise. »Seit ungefähr einem Jahr. Er heißt Erik, Erik Lundin. Sie waren Klassenkameraden.«

»War er auch auf dem Fest?«

Sie nickte.

»Sie sind zusammen hingegangen.«

Axberg versuchte weiterzumachen, ohne einen Fauxpas zu begehen.

»Haben sie sich oft gesehen?«

»Fast täglich«, sagte Mia Forsell in ein Taschentuch hinein.

»Hat er manchmal hier übernachtet?«

»Nein«, unterbrach Mats Forsell ihn bestimmt. »Das kam nie vor. Was hat das mit all dem zu tun?«

»Hatte er einen Schlüssel?«, fragte Axberg.

»Nein, es sei denn, Lena hätte einen für ihn nachmachen lassen, was wir hätten wissen müssen«, sagte Mats Forsell, der seine Beine übereinandergeschlagen hatte und einen Lederpantoffel auf der Fußspitze balancierte.

Axberg notierte es sich und versuchte gleichzeitig, sich an den ersten Eindruck zu erinnern, als er das Zimmer des Mädchens betreten hatte.

»Kehren wir zu dem Moment zurück, als Sie sie gefunden haben«, sagte Axberg. »Sie haben etwas darüber gesagt, dass Ihnen aufgefallen war, wie sie im Bett lag?«

Mats Forsell machte eine Vierteldrehung mit dem Sessel.

»Darüber haben wir doch gestern schon gesprochen«, sagte er widerwillig. »Es sah seltsam aus, irgendwie steif ...«

Inszeniert, dachte Axberg und sah das Bild des toten Mädchens im Bett vor sich.

»War noch etwas im Zimmer anders? Fehlte etwas oder war etwas verändert?«

»Nein«, sagte Mats Forsell und stellte die Füße auf die Fußbank.

Mia Forsell schüttelte resigniert den Kopf. Axberg erinnerte sich an das, was Jensen erzählt hatte, als sie das letzte Mal zusammen ein Bier getrunken hatten.

»War Lena in letzter Zeit krank?«, fragte er.

»Nein, sie litt manchmal an Migräne, aber das war alles. Mein kleines Mädchen ...«

Sie senkte den Kopf und zupfte einen Fussel von ihrem karierten Rock. Axberg hörte, wie sie schluckte und zu schluchzen begann, still und leise. Ihm fiel auf, wie unterschiedlich Trauer ausgedrückt werden konnte. Die Mutter zitternd und zerbrechlich, dem Zusammenbruch nah. Der Vater kalt, gefasst und fast gleichgültig.

»Schlafen Sie im Obergeschoss?«, fragte Axberg.

»Ja«, sagte Mats Forsell trocken. »Warum?«

»Sie haben nachts keine seltsamen Geräusche gehört? Oder war einer von Ihnen mal unten?«

Mia Forsell stand abrupt auf und starrte Axberg wütend an. Ein Wortschwall schoss aus ihrem Mund. Sie verstand die Frage als eine Art Anklage, als hätte einer von ihnen, Lenas eigenen Eltern, ihrer Tochter etwas angetan. Die Reaktion war unerwartet heftig. Axberg erklärte, dass er es nicht so gemeint habe. Aber er behielt den Gedanken im Hinterkopf. Fast alle Morde wurden eben doch von jemandem aus dem innersten Kreis begangen. Axberg wandte sich einem neutraleren Thema zu.

»Mit wem wollte sie aufs Land fahren?«

»Mit Mia, einer der Freundinnen, die ich bereits genannt habe.«

Axberg sah, dass er den Namen schon auf seinen Notizblock geschrieben hatte. Gleichzeitig hatte er das Gefühl, dass er immer noch kein vollständiges Bild von dem Mädchen hatte. Er bekam nur Antworten auf Detailfragen, die nicht viel über sie als Person aussagten.

»War Lena mit ihrem Leben zufrieden?«, fragte er.

»Ja«, sagte Mats Forsell. »So zufrieden, wie man mit seinem Leben eben ist, wenn man neunzehn ist.«

»Wie meinen Sie das?«

Er machte eine Handbewegung.

»Vieles ist unsicher. Die Zukunft, die Liebe, die Karriere.«

Axberg wusste, was er meinte, gleichzeitig fragte er sich, ob sich hinter diesen allgemeingültigen Phrasen etwas verbarg, das bei Lena besonders gewesen war.

»Welche Pläne hatte Lena für den Sommer?«

»Sie hatte ein Praktikum bei der Sundsvall Tidning bekommen, worüber sie sich sehr gefreut hat.«

Axberg nickte. Jetzt blieb nur noch, die Eltern mit der Haschepisode zu konfrontieren. Er hatte bewusst bis zum Schluss damit gewartet, weil er riskierte, das Gespräch damit endgültig zu beenden.

»Wir haben in unseren Unterlagen gesehen, dass Lena vor zwei Jahren in der Schule Hasch geraucht hat …«

Mats Forsell hörte mit einem Ruck auf, sich im Sessel zu drehen. Er blaffte Axberg beleidigt an.

»Das ist überstanden und vergessen. Warum graben Sie diesen Müll wieder aus?«

»Es gehört zu meinem Beruf, unangenehme Fragen zu stellen«, sagte Axberg.

Mia Forsell stand auf und verließ das Zimmer. Axberg hörte, wie in der Küche ein Wasserhahn geöffnet wurde. Mats Forsell starrte nach draußen in den Regen.

»Wenn Sie es unbedingt wissen müssen«, sagte er schließlich, »Lena hatte eine schwierige Phase. Sie fühlte sich im Leben verloren. Wir wussten von nichts, bis es herauskam. Aber danach hat sie sich einwandfrei verhalten. Und sie hat mit den so genannten ›Freunden‹ von damals nichts mehr zu tun.«

Er malte mit den Händen die Geste für Anführungszeichen in die Luft.

»Welche Freunde?«, fragte Axberg.

»Zwielichtige Typen und verlorene Seelen. Ich kenne keine Namen.«

Die Mutter kam mit einem Glas Wasser zurück.

»Sagt Ihnen der Name Tony Wollmar etwas?«

»Nur zu viel«, sagte Mats Forsell. »Ein Dreckskerl, dem ein paar Kneipen gehören.«

Eine treffende Definition, dachte Axberg und blieb ruhig sitzen.

»Lena hat bis vor zwei Wochen bei ihm im Restaurant Skvadern gearbeitet«, fuhr Mats Forsell fort.

Axberg spürte die Spannung, die so typisch für die Momente war, wenn man eine Spur vermutete, eine plötzliche Verbindung innerhalb einer Ermittlung.

»Warum hat sie aufgehört?«

»Weiß ich nicht. Es gab wohl eine Auseinandersetzung. Lena war sehr schlecht gelaunt. Aber nachdem sie gekündigt hatte, wirkte sie sichtlich erleichtert.«

»Was ist passiert?«

»Ich kenne keine Einzelheiten. Sie hat nicht viel erzählt.«

Mia Forsell fuhr mit dem Zeigefinger nachdenklich über die Linien auf ihrem Rock. Axberg sah, dass sie etwas fragen wollte. Er ließ ihr die Zeit, die sie brauchte. Dann hob sie den Kopf.

»Glauben Sie, dass Drogen etwas mit Lenas Tod zu tun haben könnten?«

Axberg zuckte mit den Schultern.

»In dem Fall erkennen wir das an den Blutproben. Aber Sie haben doch gesagt, dass sie aufgehört hatte?«

Sie sah auf ihren Mann, Tränen stiegen ihr in die Augen, ihre Stimme war schwer und dumpf.

»Was weiß man eigentlich von seinen Kindern?«

Mats Forsell stand aus dem Sessel auf.

»Für heute reicht es. Wir können jetzt nicht mehr.«

Axberg nickte. Auf dem Weg nach draußen fiel sein Blick auf ein Foto im Bücherregal. Es stand zwischen einem Hochzeitsbild und Mats Forsell in einem Militärflugzeug. Axberg blieb stehen und nahm ein Porträt von Lena Forsell mit Abiturmütze und weißer Kleidung in die Hand. Sie war sehr hübsch. Ein strahlendes Lächeln, charmante Grübchen. Auf der linken Wange ein deutliches Muttermal. Aber das, was Axberg am meisten auffiel, war der traurige, flehende Blick. Braune Augen, die als einziges hinter die scheinbar glückliche Fassade blicken lassen, dachte er und stellte das Bild zurück.

»Das wurde beim Abitur aufgenommen«, sagte die Mutter und begann wieder heftig zu schluchzen.

Sie gingen in den Flur. Als Axberg seine Jacke anzog, fiel ihm auf, dass er ein wichtiges Detail übersehen hatte.

»Nur noch eine letzte Frage«, sagte er.

Mats Forsell nickte erschöpft.

»War die Haustür gestern Nacht abgeschlossen?«

»Ja. Ganz sicher. Als Lena nach Hause gekommen war, bin ich selbst hingegangen, um es zu überprüfen.«

»Und war sie am Morgen auch abgeschlossen?«, fragte Axberg.

»Ja, ich habe sie aufgeschlossen, als ich hinausging, um die Zeitung zu holen.«

»Und niemand hat einen Extraschlüssel?«

»Nein.«

»Dann will ich nicht länger stören«, sagte Axberg und verabschiedete sich.

Als er hinaustrat, fiel ihm auf, dass die Haustür über zwei Schlösser verfügte, eines davon ein Sicherheitsschloss mit zwei Zylindern. Sicherlich nichts Ungewöhnliches in diesem Viertel, dachte er und sah sich um.

Und doch.

Kapitel neunzehn

Axberg spürte immer noch, wie seine linke Wange intensiv heiß wurde.

Obwohl es heute Morgen nur vierzehn Grad waren und die Sonne stumm hinter dicken Wolken stand. Obwohl es schon über zwölf Stunden her war, dass Carolina ihn geschlagen hatte. Eine Ohrfeige, die er wirklich verdient hatte, das wusste er, aber sie hatte früher noch nie so heftig reagiert. Vielleicht war es auch Carolinas Enttäuschung, die auf der Wange brannte. Vielleicht sein eigenes Gewissen.

Gestern Abend hatte er versucht, mit wenigen, zögerlichen Worten von seinem Fehltritt zu erzählen. Widerwillige Sätze kamen in vorsichtigen Stücken. Carolina hatte sofort begriffen, was er zu sagen versuchte. Dann hatte sie ihm selbst die Worte in den Mund gelegt. Er hatte geschwiegen. Sie hatte ihn angeschrien, geweint, dann wieder geschrien. Alles mit derselben vernichtenden Qual. Dann die Ohrfeige. Dann der Satz, dass nun Schluss sei. Endgültig.

Axberg hatte das alles schon früher gehört, aber dieses Mal hörte es sich zum ersten Mal so an, als ob sie wirklich meinte, was sie sagte. Irgendetwas in ihrer Stimme und die Kälte in ihren Augen sagten ihm das.

Der Regen, der während der Nacht gefallen war, hatte fast aufgehört. Axberg ging im Zickzack an den Wasserpfützen vorbei durch die Fußgängerzone, er hoffte, dass der Fußmarsch zum Revier ihn in einen akzeptablen Zustand versetzen würde. Die Nacht war so gut wie schlaflos gewesen, nachdem Carolina ihn verlassen hatte. Er hatte sogar gegen ein ehernes Prinzip verstoßen und an einem Wochentag noch nach Mitternacht Whisky getrunken. Genutzt hatte es kaum etwas, der Körper war langsam weggedämmert, aber der Kopf kochte vor Selbstbeschuldigungen und Angst weiterhin über. Jetzt lag die Müdigkeit wie ein Schleier um ihn.

Mitten auf dem Stora Torg blieb er stehen und sah in eine Pfütze, betrachtete sein Spiegelbild ganz ohne Stolz. Plötzlich kräuselte ein einzelner Regentropfen die Oberfläche, und sein müdes Gesicht verschwand für einen Augenblick. Auf dieselbe Weise werde ich mich auflösen, wenn ich Carolina nicht zurückbekomme. Genau so.

Diese Nacht mit der fremden Frau bedeutete einen absoluten Wendepunkt. Freiheit war nichts wert, wenn er sie nicht mit Carolina teilen konnte. Jetzt sah er das deutlich. Wie pathetisch das auch schien, genauso fühlte er sich. Im selben Moment traf er einen Entschluss. Er würde Carolina zurückgewinnen. Alles andere war nebensächlich. Nun konnte er weitergehen.

»Mann, siehst du müde aus«, sagte Sankari genau in dem Augenblick, in dem Axberg das Konferenzzimmer betrat.

»Hab nicht so gut geschlafen, aber die Arbeit sollte mich heute wohl wach halten.«

»Ja. Wir warten nur noch auf Pablo. Er wollte vor der Besprechung noch in den Fitnessraum.«

»Wie ehrgeizig«, sagte Sofia ironisch und versuchte, mit einer Hand vor dem Mund ein Gähnen zu verbergen.

Axberg wählte am Kaffeeautomaten einen doppelten Espresso.

»Der hier lohnt sich wirklich«, sagte er und schlug mit der flachen Hand auf die Maschine.

»Ja. Das hier ist mein dritter heute«, sagte Sankari, drehte seinen Becher um und sah zufrieden auf den Elch im Warndreieck, der die Tasse zierte.

Pablo kam hereingestürzt und setzte sich auf seinen Platz.

»Also, fangen wir an«, sagte Axberg.

Sankari lehnte sich umständlich vor und sah auf seine Notizen. Das Einzige, was zu hören war, war eine Fliege, die hektisch gegen das Fenster flog.

»Ralf Sedin sagt nicht viel«, seufzte er schließlich. »Im Grunde genommen gar nichts. Er weigert sich zu erklären, woher die Drogen in seiner Wohnung stammen.«

»Aber er gibt zu, dass sie ihm gehören?«, fragte Axberg.

»Ja«, antwortete Sankari. »Er hat ja keine andere Wahl. Bei dieser Menge ist es schwierig, Ausreden zu finden ... Er hat wohl eingesehen, dass er seiner Strafe nicht mehr entkommen kann, was es nicht gerade leichter macht, ihn zum Reden zu bringen.«

Ein Paradox im Rechtssystem, dachte Axberg. Er kannte das Phänomen gut. Oft war es leichter, Verdächtige zum Reden zu bringen, die hofften, davonzukommen, auch wenn ihr Geständnis schlussendlich zu ihrem Nachteil war. Wenn sie sich jedoch von vornherein schon verurteilt fühlten, dann versuchte kaum einer, seine Situation zu verbessern.

»Habt ihr mit den Mädchen gesprochen, die die Pillen gekauft haben?«, fragte er.

»Das habe ich gemacht«, antwortete Pablo schnell. »Sie sagen, sie hätten Gerüchte gehört, dass Sedin dealt, aber wir bekommen nichts Konkretes aus ihnen heraus.«

Sankari blätterte um und räusperte sich.

»Eine Sache haben wir gefunden, die was sein könnte. Ein Detail von der Tatortuntersuchung in Sedins Wohnung.«

Alle saßen still da und warteten auf die Fortsetzung. Sankari fuhr sich nachdenklich mit der Hand über den Kopf. Der feuerrote Sonnenbrand war deutlich blasser geworden.

»In Sedins Taschenkalender haben wir einen alten Bekannten entdeckt. Eine Person, die über das letzte halbe Jahr jeden Donnerstag eingetragen war …«

»Wen?«, fragte Axberg ungeduldig.

Sankari sah enttäuscht in seine leere Kaffeetasse, bevor er antwortete.

»Tony Wollmar.«

Axberg spürte, wie die Müdigkeit verflog.

»Ist das wahr?«, rief er aus.

»Ja, sicher ist das wahr«, sagte Sankari.

»Was sagt Sedin dazu?«

»Dass sie alte Freunde sind, die sich treffen, Bier trinken und reden.«

»Klingt wie die Lüge der Woche. Habt ihr das überprüft?«

»Nein. Sedin behauptet, sie würden sich jeweils zu Hause treffen. Da sie beide allein wohnen, ist es fast unmöglich, das zu kontrollieren. Mit Tony Wollmar haben wir noch nicht gesprochen, wir wollten erst deine Meinung hören.«

Axberg nickte. Er hatte das Gefühl, dass sich ihnen da vielleicht die Möglichkeit bot, ein für alle Mal an Tony Wollmar heranzukommen.

»Dann erzähle ich mal, was ich in der letzten Zeit gemacht habe. Vor zwei Tagen wurde ein neunzehnjähriges Mädchen tot im Bett entdeckt. Ihr Name ist Lena Forsell.«

Axberg sah sich am Tisch um. Niemand schien auf den Namen zu reagieren.

»Es gab kein Anzeichen für äußere Gewaltanwendung und auch keine offensichtliche Todesursache. Sie war am Abend bei Freunden in Granloholm auf einem Fest gewesen, kam gegen halb eins nachts nach Hause, völlig nüchtern und auch sonst genau wie immer. Sie spricht noch kurz mit ihrer Mutter, geht in ihr Zimmer und legt sich schlafen. Morgens findet ihr Vater sie tot im Bett.«

Axberg machte eine Pause, um auf eventuelle Fragen zu warten. Niemand hatte einen Kommentar.

»Die Eltern sind natürlich schockiert und haben keine Erklärung dafür. Unter dem Bett des Mädchens haben wir eine Quittung aus dem Kasino gefunden, die am Abend vorher um dreiundzwanzig Uhr dreißig abgestempelt wurde. Das Problem ist, dass weder Lena Forsell noch ihre Eltern im Kasino gewesen sind …«

Alle hörten aufmerksam zu, Pablo schrieb etwas auf seinen Block. Es begann wieder zu regnen.

»Es stellte sich weiterhin heraus, dass Lena Forsell als Bedienung für Tony Wollmar gearbeitet hat. Und damit nicht genug. Vor gut zwei Jahren hat sie auf der Schultoilette Hasch geraucht, mit einer Freundin, die in der Vernehmung angegeben hat, dass es ausgerechnet Tony Wollmar war, der ihnen die Joints besorgt hat. Es konnte jedoch nicht bewiesen werden. Lena Forsell arbeitete weiter für Wollmar. Bis vor zwei Wochen, als sie plötzlich nach irgendeiner Auseinandersetzung aufhört.«

Sankari sah Axberg nachdenklich an.

»Das ist ja unglaublich. Glaubst du, dass zwischen Wollmar und dem Tod des Mädchens eine Verbindung besteht?«

»Nichts ist unmöglich. Aber wir haben noch keinen Obduktionsbericht, es ist also noch zu früh, um etwas zu sagen. Es kann trotz allem eine natürliche Todesursache geben.«

Axberg sagte die letzten Worte, weil er wusste, dass ansonsten irgendjemand der Möglichkeit, dass überhaupt ein Verbrechen vorlag, widersprechen würde. Er zog es vor, die seltsame Inszenierung der Toten und mögliche Verbindungen mit Gerd Ekstedt und Kent Öberg nicht zu erwähnen. Im Augenblick waren das zu vage Indizien. Gleichzeitig war ihm bewusst, dass sein Interesse für die Kasinoquittung zu diesem frühen Zeitpunkt übertrieben wirken konnte. Aber irgendetwas aus den Erzählungen des Pfarrers und Birgit Öbergs bekam er nicht mehr aus dem Kopf. Irgendetwas wollte weiter, ohne dass er die Richtung kannte.

»In jedem Fall müssen wir eine Erklärung dafür finden, wie die Quittung unter dem Bett gelandet ist«, fuhr er fort. »Ich habe gerade den Bericht von Norén erhalten.«

Axberg schlug einen Ordner auf und las.

»Leider fanden sich keine identifizierbaren Fingerabdrücke auf der Quittung ... Der Grund dafür sind zu viele überlappende Abdrücke, so dass sich kein einzelner erkennen lässt.«

»Wir wissen also auch nicht, ob das Mädchen die Quittung in der Hand gehabt hat?«, fragte Sofia und strich ihren Pony zur Seite.

»Nein, aber die von der Spurensicherung glauben, dass es sich um die Abdrücke von höchstens zwei Personen handelt. Das Problem ist, dass diese Personen den Zettel zu oft angefasst und so eine sichere Analyse unmöglich gemacht haben.«

»Was hat man sonst noch gefunden?«, fragte Pablo.

»Merkwürdigerweise gar nichts«, sagte Axberg. »Keine fremden Fingerabdrücke, keine Haare, keine Fasern ... Laut Norén ist das sehr ungewöhnlich. Es ist fast unmöglich, sich in einem Zimmer zu bewegen, ohne Spuren zu hinterlassen.«

»Was bedeutet das?«, fragte Åkerman.

»Es spricht vielleicht dafür, dass sie die Quittung aus irgendeinem Grund mit nach Hause genommen hat. Gleichzeitig erscheint es unwahrscheinlich, wenn man bedenkt, dass sie eine Stunde nachdem die Quittung abgestempelt wurde, direkt von dem Fest nach Hause kam.«

Axberg machte eine Pause, sah zögernd in die Gesichter der Kollegen.

»Ich gebe zu, dass noch vieles unklar ist. Aber wir müssen herausfinden, wie die Quittung unter dem Bett gelandet ist. Wir können damit anfangen, die Freunde von dem Fest zu befragen. Ich habe ein paar Namen hier. Dann klopfen wir bei den Nachbarn der Forsells an die Tür.«

Pablo verjagte die Fliege, die das Fenster aufgegeben hatte und nun um seinen Kopf irrte.

»Ich verstehe das nicht ganz. Wie sollte jemand dem Mädchen etwas antun, ohne Spuren zu hinterlassen?«

»Du vergisst die Quittung«, sagte Axberg.

»Aber wie?«

»Es gibt mehrere denkbare Alternativen«, stellte Axberg fest und verschränkte die Hände im Nacken. »Sie könnte eine Droge verabreicht bekommen haben oder erstickt worden sein oder … Vergesst nicht, dass zehn Prozent aller Verbrechen erst bei der Obduktion erkannt werden.«

»Und was sollte das Motiv sein?«, fragte Sofia.

Axberg machte ein Handbewegung.

»Auch unklar. Daher müssen wir uns ein besseres Bild der letzten Stunden in Lena Forsells Leben machen und dabei Tony Wollmar besondere Aufmerksamkeit widmen.«

»Ich habe mit Sedin genug zu tun«, warf Sankari ein.

»Gut«, sagte Axberg. »Pablo und Åkerman können sich um Lena Forsell kümmern, ich selbst nehme mir Tony Wollmar vor. Conrad hat versprochen, dass der Obduktionsbericht morgen kommt, dann werden wir mehr wissen.«

Es war an der Zeit, die Besprechung zu beenden, und Axberg stand auf.

»Übrigens«, erinnerte er sich. »Hier habt ihr eine Zusammenfassung des Falls.«

Er öffnete sein Aktentasche und gab einen Stapel Papier

rund. Pablo ließ ärgerlich den Stift neben seinen vollgeschriebenen Block fallen.

»Wir überspringen die Nachmittagsbesprechung und sehen uns morgen wieder«, rief Axberg den Rücken der Kollegen nach.

Allein im Zimmer, kamen die Ereignisse des vorigen Abends wieder zurück. Eine große Verzweiflung vibrierte in seinem Körper. Was war die Arbeit schon wert, wenn er Carolina verlor?

Er hatte beschlossen, sie am Abend anzurufen. Und dann jeden Tag, wieder und wieder, bis sie zurückkam. Wenn sie das wollte, würde er sie schon morgen heiraten. Dann würden sie sich so viele Kinder anschaffen, wie sie bekommen könnten. Mit diesen Gedanken nahm er seinen Kaffeebecher und ging in sein Büro.

Auf dem Schreibtisch lag der Bericht der Tatortuntersuchung, den er vor der Morgenbesprechung nur überflogen hatte. Axberg hörte, wie sein Magen knurrte. Ihm war klar, dass sich das übersprungene Frühstück bemerkbar machte. Er griff nach einem Apfel, der seit ein paar Tagen im Regal lag, und aß, während er den Bericht noch einmal las. Als er fertig war, wusste er plötzlich, was Lena Forsells Mutter beim ersten Besuch Wichtiges gesagt hatte. Und warum es so wichtig war. Die Worte waren so gewöhnlich, dass es schwerfiel, sich an sie zu erinnern. Im Bericht fehlte etwas.

Als er das Auto aufschloss, merkte er, dass er immer noch den Apfelrest in der Hand hielt. Er warf ihn über den Zaun, der das Polizeirevier umgab und sah, wie er in einem Beet voller Rosenbüsche verschwand. Dann fuhr er zum dritten Mal innerhalb von genauso vielen Tagen zum Norra-Berg und in den Sparvväg.

Kapitel zwanzig

Als Axberg die erste Stufe der Veranda betrat, öffnete Mia Forsell die Tür. Er nahm an, dass sie ihn kommen gesehen hatte. Sie gingen in die Küche. Sie fragte, ob er Kaffee oder Tee wolle.

»Kaffee«, antwortete er, obwohl er keinen Durst hatte.

Sie bot ihm Platz an und schaltete die Kaffeemaschine ein. Axberg setzte sich auf das Küchensofa. Im selben Augenblick sah er die beiden geschockten Eltern vor sich, wie sie vor erst drei Tagen auf demselben Platz gesessen hatten. Das Unbehagen des ersten Besuchs stellte sich wieder ein. Aber Mia Forsell hatte anscheinend ihre Fassade überraschend schnell wieder aufgebaut. Sie sah frisch und ausgeschlafen aus und hatte diskrete Kajalstriche um die Augen. An den Ohren hingen Silbertropfen. Mit energischen Bewegungen erledigte sie die Hausarbeit.

Axberg nahm an, dass sie das, was passiert war, verdrängte und versuchte, auf das frühere Gleis zurückzugelangen. Er saß still da und sah sich im Zimmer um, während sie den Tisch deckte. Die Kaffeemaschine gurgelte gemütlich auf der Arbeitsfläche. Ein Gefühl der Unwirklichkeit überkam ihn. Es war, als wäre all das Schreckliche nie geschehen. Die Tochter des Hauses lebte und würde schon bald durch die Tür treten. Axberg holte tief Luft und schüttelte sich. Sein Blick blieb an einer gerahmten Kinderzeichnung an der Wand hängen. Sie stellte eine Prinzessin auf einem weißen Pferd dar. In der unteren, rechten Ecke stand in krakeligen Buchstaben LENA. Axberg kehrte gezwungenermaßen in die Wirklichkeit zurück.

Er fragte sich, ob die Familie es ertragen würde, die Zeichnung zukünftig dort hängen zu lassen. Von früher wusste er, dass Eltern, die ein Kind verloren haben, zwei Alternativen haben. Entweder räumte man alles weg, das an den Toten erinnern konnte, oder alles blieb, als sei nichts geschehen. Axberg fragte sich einen Augenblick lang, wie er selbst reagieren würde.

»Mats ist bei der Arbeit«, sagte Mia Forsell und setzte sich gegenüber von Axberg hin. »Er hat einen Flug nach Arlanda und kommt morgen zurück.«

Axberg nickte.

»Das macht nichts. Ich wollte vor allem mit Ihnen sprechen.«

Sie bot ihm Hefezopf an, den sie im Ofen aufgewärmt hatte. Er nahm pflichtbewusst eine Scheibe und legte sie auf den Teller vor sich.

»Ich würde gern auf etwas zurückkommen, das Sie gesagt haben, als ich das erste Mal hier war«, fuhr er fort.

Sie sah ihn fragend an.

»Erzählen Sie mir doch bitte noch einmal von dem Abend, als Lena vom Fest nach Hause kam. Was von dem Moment an passiert ist, in dem sie durch die Tür kam, bis zu dem Zeitpunkt, als sie ins Bett gegangen ist.«

Mia Forsell drehte nachdenklich die Kaffeetasse.

»Ja …«, sagte sie zögernd. »Sie kam, wie gesagt, gegen halb eins nach Hause. Hängte die Jacke im Flur auf, ging in die Küche und trank ein Glas Wasser. Dann kam sie ins Wohnzimmer und begrüßte uns. Wir waren aufgeblieben und hatten Fernsehen geschaut.«

Sie machte eine kleine Pause.

»Dann habe ich ein bisschen ironisch gefragt, ob sie wüsste, wie viel Uhr es ist, was dumm von mir war, weil sie normalerweise immer pünktlich war.«

»Und dann?«, fragte Axberg, ohne die Abschweifung zu kommentieren.

»Dann ging sie in ihr Zimmer und schloss die Tür.«

»Aber dazwischen«, beharrte Axberg. »Sie haben erzählt, dass Lena etwas getan habe, als Sie sie gefragt haben, wie viel Uhr es sei?«

Mia Forsell stand auf und holte die Kaffeekanne. Die noch halb vollen Tassen wurden aufgefüllt.

»Ja, stimmt«, sagte sie, als sie wieder an den Tisch kam. »Klar. Sie sah auf ihre eigene Uhr und seufzte demonstrativ.«

»Genau«, sagte Axberg. »Entschuldigen Sie, falls ich umständlich wirke, aber ich wollte absolut sicher sein, dass ich mich richtig erinnere.«

Sie sah ihn fragend an.

»Warum ist das so wichtig?«

Axberg stellte fest, dass er keine gute Antwort auf diese Frage hatte. Das Einzige, was er hatte, war die vage Vermutung einer Verbindung. Einer Verbindung zu den Uhren, die angeblich bei Gerd Ekstedt und Kent Öberg verschwunden waren. Und damit wollte er Mia Forsell nicht beunruhigen.

»Es ist noch zu früh, um darauf zu antworten«, sagte er und sah ihr in die hellblauen Augen. »Es ist nur so, dass bei der Untersuchung des Tatortes keine Uhr gefunden wurde ...«

Mia Forsell hob die Augenbrauen.

»Seltsam. Ich weiß, dass sie die Uhr getragen hat, als sie in ihr Zimmer ging.«

Sie berührte nachdenklich den Silbertropfen am linken Ohr.

»Außerdem bin ich noch eine Weile wach gewesen und habe ein Buch gelesen«, fuhr sie fort. »Und bevor ich zu Bett ging, habe ich noch bei Lena hineingesehen. Da schlief sie schon fest.«

Axberg begriff sofort, dass das hier wichtig war. Noch ein bedeutsames Detail.

»Sie kam also nicht mehr aus ihrem Zimmer, bevor sie einschlief?«

»Nein. Und ich glaube auch nicht, dass sie nachts noch einmal aufgestanden ist. Ich höre es nämlich, wenn sie die Toilettenspülung benutzt.«

Axberg versuchte, alle Gedanken, die vorüberflogen, festzuhalten.

»Welche Art von Uhr hatte sie?«

Mia Forsell zog den Ärmel ihrer weißen Bluse hoch und löste ihre eigene Armbanduhr.

»So eine.«

Sie gab ihm die Uhr. Axberg nahm sie in die Hand und betrachtete sie. Eine durchschnittliche Damenuhr mit Zifferblatt, nur das Armband war etwas Besonderes. Eine schnörkelige Zinnstickerei auf schwarzem Samt.

»Schön«, sagte er und gab die Uhr zurück. »Hatte Lena genau die gleiche?«

»Ja, sie selbst hat das Armband gemacht. Sie hat vor ungefähr einem Jahr einen Kurs in Zinnstickerei besucht. Da hat sie zwei Armbänder gemacht. Ich bekam das eine.«

Axberg sah noch einmal bewundernd auf die Uhr.

»Ich verstehe. Sie war geschickt.«

Einen Augenblick lang kehrte die Verzweiflung in Mia Forsells Augen zurück, dann schluckte sie und füllte Axbergs Tasse randvoll, ohne nachzufragen. Wie eine Art Übersprungshandlung, dachte er. Als sie weitersprach, klang die Stimme zerbrechlich.

»Lena hing sehr an der Uhr. Sie trug sie sogar, wenn sie schlief.«

Noch einmal hatte er eine wichtige Antwort auf eine Frage bekommen, die er nicht gestellt hatte.

»Sie meinen, dass sie die Uhr nie auszog, selbst wenn sie schlafen ging?«

Sie nickte.

»Diese Angewohnheit hatte sie seit ein paar Jahren. Fragen Sie mich nicht, warum. Das ist wohl so etwas, das Teenagern in den Sinn kommt.«

Lena Forsell hatte keine Uhr getragen, als sie im Bett lag. Dessen war sich Axberg absolut sicher. Und er wusste, dass Conrad sehr darauf achtete, nichts von der Leiche, die er untersuchte, zu entfernen. Auch Rut Norén würde so etwas nie übersehen. Das Zimmer war bis zum letzten Molekül gestaubsaugt worden. Aber die Uhr hatte man nicht gefunden. Mia Forsells Blick wanderte abwesend in den Regen. Axberg spürte, dass sie das hier nicht mehr lange aushalten würde. Er legte seine Hand auf ihre.

»Ich werde jetzt gehen«, sagte er sanft. »Ich werde mich melden, sobald wir mehr wissen. Haben Sie alle Hilfe, die Sie brauchen?«

Sie nickte kaum merklich, ohne ihn anzusehen. Als er ging, saß sie immer noch reglos auf dem Stuhl. Axberg nahm an, dass sie noch lange dort sitzen und über das, was er gesagt hatte, nachdenken würde. Und über den Sinn des Lebens. Darüber, warum ausgerechnet ihre Tochter sterben musste.

Sie würde nie Antworten bekommen. Er fühlte sich selbst verwirrt, als er ins Auto einstieg. Dass die Uhren verschwanden, konnte kein Zufall mehr sein. Aber was bedeutete es dann? Dass jemand drei Menschen umgebracht hatte, um ihre Uhren zu stehlen?

Der Gedanke war absurd. Aber Lena Forsells selbstgemachte Armbanduhr war irgendwie während der Nacht verschwunden. Die Frage war, wie er weitermachen sollte.

Momentan konnte er nicht viel mehr tun als das, was

er schon veranlasst hatte. Die Bestandsaufnahme der letzten Stunden in Lena Forsells Leben lief auf vollen Touren. Das Obduktionsergebnis würde bald da sein. Tony Wollmar würde befragt werden. Axberg holte eine Blend Menthol aus der Jackentasche und zündete sie an. Es schien, als würde Lena Forsells Tod komplizierter, je mehr Fakten auftauchten. Wie ein Spinnennetz mit ständig neuen Fäden ohne ein übersichtliches Muster.

Als er vor dem Revier parkte, war Axberg ratloser, als er sich seit langem gefühlt hatte. Es regnete immer weiter, mit Tropfen so groß wie Walderdbeeren.

Im selben Augenblick, in dem die Scheibenwischer stehen blieben, verwandelte sich die Windschutzscheibe in einen undurchdringlichen Vorhang aus Wasser.

Kapitel einundzwanzig

Tony Wollmar hatte widerwillig zugestimmt, Axberg am Donnerstagnachmittag zu treffen.

Wollmar hatte eine seiner eigenen Gaststätten als Treffpunkt vorgeschlagen, weil er behauptete, einen straffen Zeitplan zu haben. Axberg hatte nach kurzer Überlegung zugestimmt. Es war immer gut, faule Fische in ihren eigenen trüben Wassern zu treffen. Dort und sonst nirgendwo entspannten sie sich und zeigten ihr wahres Gesicht. Wollmar nannte das Restaurant Skvadern als Treffpunkt. Das Lokal hatte lange einem von Axbergs engsten Freunden gehört, den er während der Rennsaison in Bergsåker kennen gelernt hatte. Jetzt hatte Wollmar den Betrieb übernommen.

Die große, gemaserte Holztür war nicht abgeschlossen, und Axberg trat ein. Sofort traf ihn die wohl bekannte Geruchsmischung aus Putzmitteln, Bier und Rauch. Das Lokal lag leer in einer ruhigen Dunkelheit. Alles, was man hörte, war das schwache Surren von drei Ventilatoren, die sich an der Decke drehten. Axberg setzte sich an einen Tisch in der Nähe der ovalen Theke, die das Zentrum des Raumes bildete. Er zündete eine Zigarette an und wartete. Hier hatten er und Carolina das letzte Sylvester mit Hummer und Champagner gefeiert. Für beide eine glückliche Zeit. Und obwohl diese Feier selbst eine Erinnerung an die vergehenden Jahre und die Veränderlichkeit von allem war, so hatte Axberg genau in dieser Nacht das Gefühl gehabt, dass ihre Beziehung ewig und unzerstörbar war. Jetzt war dieses Gefühl schmerzhaft weit weg. Axberg spürte, wie Wehmut und Dunkelheit ihn wieder überkamen. Er sah, wie der Rauch seiner Zigarette zu einem der rotierenden Ventilatoren aufstieg, ihn berührte und zerstückelt wurde. Die Leere nach Carolina war monumental. Obwohl sie ihn erst vor zwei Tagen verlassen hatte. Zwei Tage und mindestens hundert ergebnislose Telefonanrufe. Da Axberg wusste, dass sie gestern Abend zu Hause gewesen war, nahm er an, dass sie nach einem kurzen Blick auf die Nummernerkennung nicht antworten wollte. Sollte er sie heute Abend nicht erreichen, würde er all seinen Mut zusammennehmen und zu ihr fahren. Er musste die Chance bekommen zu erklären, dass er alles verändern wollte, um ihr Vertrauen zurückzugewinnen. Sofort.

Die Schwingtür zur Küche wurde aufgestoßen. Tony Wollmar trat auf. Ein kaltes Lächeln, eine theatralische Verbeugung.

»Ah, da sind Sie ja! Der Kriminalkommissar höchstpersönlich!«

Axberg drückte seine Zigarette aus und blieb sitzen. Wollmar schritt majestätisch wie ein König über den weinroten Teppichboden. Er trug einen schwarzen Anzug, ein aufgeknöpftes weißes Hemd, aus dem die Brusthaare halb den Hals hinaufwuchsen und dort eine Goldkette mit schweren Gliedern teilweise verdeckten. Axbergs Blick wurde sofort von dem Goldzahn angezogen, der den einen Schneidezahn ersetzte. Eine Erinnerung an die gemeinsame Episode vor zehn Jahren. Ein Wohnungsstreit, bei dem Wollmar, groß wie ein Haus, eine Frau schwer misshandelt hatte. Axberg war mit einem Kollegen gekommen. Wollmar hatte sie mit einem Messer bedroht. Axberg hatte als Erinnerung immer noch eine Narbe am Knöchel. Sie gaben sich die Hand, und Axberg sah Wollmar in die stechenden Augen.

»Sie müssen die Zigarette nicht ausmachen, nur weil ich komme«, sagte Wollmar, nahm ein Etui mit Zigarillos aus der Innentasche seines Jacketts und bot sie ihm mit einer großspurigen Geste an.

Axberg schüttelte den Kopf. Wollmar zündete seinen Zigarillo an, schlug ein Bein über das andere und lehnte sich gegen die Rückenlehne. Eine entspannte und überlegene Pose.

»Heute werden wir über zwei Sachen sprechen«, begann Axberg.

»Sie haben zwanzig Minuten«, sagte Wollmar und blies einen Rauchring.

»Ich bin hier derjenige, der bestimmt, wie lange es dauert«, sagte Axberg. »Entweder hier oder auf dem Revier.«

Wollmar legte den Kopf zurück und fing an, sich selbst im Deckenspiegel zu betrachten. Axberg merkte, wie er sich ärgerte.

»Werden Sie kooperieren?«

Wollmar seufzte und sah ihn müde an.

»Okay, fragen Sie.«

»In welcher Beziehung stehen Sie zu Ralf Sedin?«

»In keiner besonderen. Wir sind nur oberflächlich befreundet, treffen uns manchmal zu einem Bier oder zwei.«

Axberg fiel auf, dass die Frage Wollmar nicht überraschte.

»Wie Sie sicherlich wissen, haben wir bei Sedin eine große Menge Drogen beschlagnahmt. Außerdem wurde er auf Video aufgenommen, während er Drogen an Schulkinder verkauft. Das ist mehr als genug für ein paar Jahre hinter Gittern.«

Wollmar verzog keine Miene.

»Davon wusste ich gar nichts, schade für ihn. Was weiß man eigentlich über seine Freunde?«

»Sie meinen, dass Sie nicht wussten, was er tat?«

Axberg bereute die Formulierung. Es ist immer einfacher zu lügen, wenn man eine passende Frage hatte.

»Natürlich nicht«, sagte Wollmar lächelnd. »Ich bin jetzt ehrlich. Habe allen Scheiß hinter mir gelassen.«

Der Goldzahn glänzte, als stimme er in das fiese Grinsen ein.

»Wie erklären Sie dann, dass Ihr Name das letzte halbe Jahr über jeden Donnerstag in Sedins Taschenkalender steht? Es scheint sich nicht um eine besonders oberflächliche Bekanntschaft zu handeln.«

»Wie gesagt, wir haben uns getroffen, Bier getrunken und geredet. Er hat manchmal bei verschiedenen Sachen in den Lokalen ausgeholfen. Meistens bei einfachen Dingen, er hat kaputte Lampen repariert, als Chauffeur gearbeitet, als allgemeine Hilfskraft.«

Tony Wollmar sah auf seine behaarten Hände. An jedem Finger steckte mindestens ein Ring. Natürlich aus Gold, bemerkte Axberg. Wahrscheinlich nicht nur mit erfolgreichen Restaurants verdient.

»Und wie steht es heute mit Ihren eigenen Drogengewohnheiten?«, fuhr Axberg fort.

Wollmar lächelte.

»Das hier ist das Stärkste, was ich nehme«, sagte er und klopfte mit der Hand auf das Etui mit den Zigarillos in seinem Jackett.

Axberg sah ein, dass es keine gute Idee war, Wollmar eindringlicher über seine Beziehung zu Ralf Sedin zu befragen. Er befand sich in einer Sackgasse und entschloss sich, das Thema zu wechseln.

»Sagt Ihnen der Name Lena Forsell etwas?«

Wollmars Gesicht erstarrte. Die Pupillen wurden etwas kleiner, der Blick härter.

»Lena Forsell«, sagte er zögernd, als wollte er Zeit gewinnen. »Sicher weiß ich, wer das ist. Sie hat früher bei mir gearbeitet.«

Axberg fielen die beiden unterschiedlichen Zeiten »ist« und »früher« auf. Er beschloss, nicht sofort zu enthüllen, dass Lena Forsell tot war. Es bestand die Möglichkeit, dass Wollmar tatsächlich nichts davon wusste.

»In welcher Position war sie angestellt?«

»Als Bedienung.«

»Gefiel es ihr gut?«

»Allen meinen Angestellten gefällt es ausgesprochen gut«, sagte Wollmar und nahm für einen Sekunde wieder seine großspurige Haltung an.

»Warum hat sie dann aufgehört?«, fuhr Axberg fort.

Wollmar nahm einen tiefen Zug, die Pupillen hatten wieder ihre ursprüngliche Größe.

»Sie wissen schon, die Leute kommen und gehen, sowohl Gäste als auch Personal. Vielleicht hat sie einen anderen Job gefunden, das weiß ich nicht so genau.«

Axberg entschied, das Spiel noch etwas weiter zu treiben.

»Haben Sie eine Ahnung, was sie jetzt so macht?«

Wollmar schüttelte den Kopf und biss die Lippen zusammen.

Es war unmöglich festzustellen, ob er log oder nicht. Axberg fragte sich, ob das daran lag, dass Tony Wollmar ein bisschen schielte. Es war irgendwie schwierig zu wissen, in welchem Auge er sich gerade befand. Die eine Pupille sagte ja, die andere nein. Gleichzeitig.

»Nach dem, was ich gehört habe, brachte irgendeine Auseinandersetzung sie dazu zu kündigen?«, machte Axberg weiter.

Wollmar drückte den Zigarillo aus und blies Rauch durch die Nase aus.

»Ich erinnere mich jedenfalls an keine. An einem Arbeitsplatz gibt es immer mal Diskussionen, das wissen Sie ja. Aber dass es bei Lena etwas Besonderes gegeben hat, daran erinnere ich mich nicht. Wer hat das gesagt?«

Axberg beantwortete die Frage nicht. Er beschloss, dass es an der Zeit war, mit der Wahrheit herauszurücken, das Spiel würde nichts mehr bringen.

»Lena Forsell ist tot«, sagte er ernst.

Wollmar sprang wie eine Feder aus dem Stuhl und sah ehrlich überrascht aus.

»Was sagen Sie da?«

»Sie wurde vor drei Tagen tot in ihrem Bett gefunden …«

»Ach du Scheiße! Woran ist sie gestorben?«, sagte Wollmar, immer noch völlig verblüfft.

»Weiß ich nicht. Aber gewisse Indizien deuten darauf hin, dass es kein natürlicher Tod war.«

Wollmar sah ihn traurig an.

»Sie meinen, sie wurde ermordet?«

Axberg ließ die Frage in der Luft hängen und betrachtete Wollmar gleichzeitig sehr genau. Entweder war der Mann ein sehr guter Schauspieler oder seine Verwunderung war echt. Axberg konnte es nicht mit Sicherheit sagen. Außerdem erschwerten die Dunkelheit im Lokal und die Rauchwolken, die ständig um Wollmars Gesicht schwebten, die Einschätzung noch.

»Wir schließen es nicht aus«, sagte Axberg. »Was haben Sie am Abend des 2. Juli gemacht?«

Wollmar sank wieder auf den Stuhl zurück.

»Sie glauben doch nicht etwa, dass ich etwas damit zu tun habe?«

»Im Augenblick glauben wir noch gar nichts, wir halten uns an das, was wir wissen«, entgegnete Axberg trocken.

»Das ist doch lächerlich.«

Tony Wollmar holte noch einen Zigarillo hervor und zündete ihn an. Axberg hatte das Gefühl, hinter der glattpolierten Fassade Nervosität zu spüren.

»Wenn Sie es unbedingt wissen müssen, ich war den ganzen Abend im Kasino«, sagte Wollmar. »Dann bin ich kurz hier gewesen und dann nach Hause gegangen.«

Er schwieg eine Sekunde lang und blinzelte durch den Rauch.

»Außerdem habe ich ein Alibi für die ganze Nacht, sollte das notwendig sein.«

Axbergs Aufmerksamkeit wurde schärfer. Er sah die Kasinoquittung wieder vor sich. Alle Wege führen nach Rom.

»Was haben Sie im Kasino gemacht?«, fragte er so ruhig wie möglich.

»Gespielt natürlich, was glauben Sie denn?«

»Können Sie mir sagen, um wie viel Uhr Sie angekommen und wieder gegangen sind?«

Wollmar verschwand in einer Rauchwolke.

»Von sieben bis zwölf war ich wohl dort, so ungefähr.«

»Wie groß waren Ihre Einsätze?«

Das Glitzern des Goldzahns war verschwunden, als Wollmar wieder breit lächelte.

»Auf so etwas antwortet ein Gentleman nicht.«

Axberg spürte, wie er langsam wütend wurde. Gleichzeitig wusste er, dass es nicht gut war, die Urteilsfähigkeit von aufflammenden Gefühlen trüben zu lassen.

»Ein Gentleman muss auch nicht mit aufs Revier, um ein paar einfache Fragen zu beantworten«, sagte er bestimmt.

Wollmar grinste und sagte: »Zwischen fünf- und zehntausend, plus, minus, pro Abend.«

»Wie viel haben Sie am 2. Juli gewonnen oder verloren?«

Wollmar sah wieder an die Decke, als suchte er in seinem eigenen Spiegelbild nach der Antwort.

»An diesem Abend habe ich tatsächlich verloren, ich hatte verdammtes Pech. Um die zweitausend ungefähr.«

»Sie haben nicht einmal ein paar kleine Gewinne eingetauscht?«

»Nein. Es ist schwierig, Gewinne einzutauschen, wenn man verliert ...«

Axberg ignorierte den Sarkasmus.

»Waren Sie allein da?«

»Ich bin allein hingegangen, ja. Wenn man dort ist, trifft man ja immer verschiedene Leute.«

»Und das Alibi für die Nacht?«

Wollmar lachte barsch auf.

»Sie lassen nicht locker. Eine Frau, deren Namen ich nicht nennen werde. Egal, was Sie sagen ...«

Axberg war klar, dass Wollmar nicht erzählen würde, mit wem er zusammen gewesen war, es sei denn, er würde zu einer offiziellen Vernehmung aufs Revier bestellt. Er suchte in seinem Gedächtnis nach weiteren Fragen. Die Geschichte mit Lena Forsells Joint war durch. Wollmar hatte in den Vernehmungen, die letztes Jahr stattgefunden hatten, verneint, irgendetwas darüber zu wissen, und er würde jetzt keine andere Version erzählen. Also sprach Axberg die Sache gar nicht erst an. Jedes Mal, wenn er Wollmar den Spielraum ließ, als Sieger aus einem Wortwechsel hervorzugehen, schwoll das Selbstbewusstsein des Mannes um das Doppelte an.

Hinter Axbergs Rücken wurde eine Tür geöffnet. Ein kräftig gebauter Mann in seinem Alter stand in der Tür. Der Mann war völlig kahl, das Gesicht viereckig und hart. In einer Hand trug er eine schwarze Plastiktüte.

»Okay«, sagte Wollmar. »Ich muss los. Sind wir fertig?«

Axberg wandte sich ihm wieder zu und sah ihm lange in die Augen. Dann stand Axberg auf und gab damit das Zeichen, dass das Treffen beendet war. Wollmar verschwand in der Tür, die gerade geöffnet worden war. Axberg fiel auf, dass Wollmar ihm zum Abschied nicht die Hand reichte. Das war früher noch nie passiert. Der weltgewandte Wollmar nahm es mit der Etikette sehr ernst. Etwas bei der Befragung hatte ihn offensichtlich verstört. Die Frage war, was genau?

Es wäre einfacher, würde es sich nur um einen Verdacht handeln, dachte Axberg und ging auf die Straße hinaus. Der Regen hatte etwas nachgelassen, die Luft war kühl. Er klappte den Regenschirm auf, den Monika Roos ihm so umsichtig in die Hand gedrückt hatte. Die Sonne und die hellen Nächte fühlten sich sehr weit weg an. Das Wettergedächtnis ist kurz, dachte er. Bis vor einer Woche hatte es einen Monat lang nur Sonne und blauen Himmel gegeben. Jetzt, seit der Regen gekommen war, waren die Wärme und die endlosen Abende nur noch eine vage und flüchtige Erinnerung.

Sogar das Gedächtnis bestimmter krimineller Typen war kurz, dachte er weiter. Sollte er wirklich glauben, dass Tony Wollmar keine Ahnung hatte, warum Lena Forsell gekündigt hatte? Dass er wirklich nicht gewusst hatte, dass sie tot war? Dass er nichts von Ralf Sedins Aktivitäten gewusst hatte?

Axberg bemerkte, dass es viele Fragezeichen gab, die in der nächsten Zeit aufgelöst werden mussten.

Kapitel zweiundzwanzig

Um Viertel vor sechs ging Erik Jensen durch die Türen des Alkoholgeschäfts auf der Storgata.

Er sah sofort, dass er Pech hatte. Ein Dutzend fröhlicher Rentner in neongelben T-Shirts mit der Aufschrift »Bridgeclub Gävle« auf dem Rücken nahmen den halben Laden ein. Sie quatschten sowohl laut als auch lange über ihre umfangreichen Einkaufslisten. Die Schlange hinter ihnen glich schon bald einem gewundenen Drachen der Ungeduld.

Jensen spürte, wie der Stress angekrochen kam. Er wollte nach Hause zur Familie, er wollte Sara unbedingt von seinen Umzugsplänen erzählen. Aber zuerst brauchte er seinen Champagner. Daher biss er die Zähne zusammen und wartete. Als er seine Flasche bekommen hatte, lief er vor dem Regen geschützt weiter zu einem nahen Blumenladen. Sogar hier musste er lange warten, da er von einer Praktikantin bedient wurde, die sich weder mit den Blumen noch mit der Kasse auskannte.

Daher war es bereits Viertel vor sieben, als er den BMW in der Garage parkte. Trotz der Verspätung war er gut gelaunt. Während all der Warterei hatte er wenigstens Zeit gehabt, sich zu überlegen, was er Sara sagen wollte. Er betrat den Flur und hörte all die gemütlichen Geräusche, die ihn sich entspannen und er selbst werden ließen. Geräusche und Gerüche, von denen er hoffte, dass sie ihnen in ihr neues Zuhause folgen würden.

Er hängte seine Jacke auf, stellte die Tüte mit dem Champagner und den Rosen auf den Boden. Mit der Überraschung wollte er bis nach dem Abendessen warten.

Sara saß in der Küche auf einem Hocker und telefonierte. Sie warf ihm einen Kuss zu und ihr hübsches Lächeln. Jensen brauchte nur ein paar Sätze zu hören, um zu wissen, mit wem sie sprach. Der Tonfall, die Wortwahl und die Statistik verriet sie. Er täuschte sich nie. Sara rief ihre Mutter mehrmals täglich an und sprach über alles Mögliche mit ihr. Wenn Jensen richtig verärgert war, dachte er, dass es wie ein unkontrollierbarer Tick war, an dem sie litt: Nach dem schnurlosen Hörer zu greifen, zu wählen und die Worte fließen zu lassen. Die Telefongespräche konnten Stunden dauern.

Jensen bückte sich und hob Erika hoch, die auf dem Küchenteppich lag und mit einem Topf spielte. Er warf sie ein paar Mal in die Luft, bis sie vor Lachen fast erstickte. Ein kleiner Speichelfaden aus ihrem Mundwinkel landete auf seiner Stirn. Er sank auf den Boden, legte sich auf den Rücken und lehnte Erika an seine gebeugten Beine. Mit einem festen Griff um seinen Zeigefinger zog sie sich ins Sitzen hoch. Sie lächelte sofort und intensiv. Das hat sie von ihrer Mama, dachte Jensen.

Das Telefongespräch wurde mit dem Versprechen, sich bald wieder zu melden, beendet. Sara stand auf und sah ihn an. Sofort merkte er, dass nicht alles so war wie immer. Ihr Blick hatte etwas Neues, Tiefes, das Lächeln war wärmer. Sie wirkte, genau wie er, aufgedreht und geheimnisvoll.

»Hallo Liebling«, sagte sie und umarmte sowohl ihn als auch Erika.

Jetzt war er sich sicher. Etwas war geschehen.

»Du wirkst so fröhlich?«, sagte er vorsichtig.

Sie nickte, fasste ihre langen Haare zu einem Pferdeschwanz zusammen und ließ sie los.

»Ich habe etwas Schönes zu erzählen. Aber zuerst essen wir.«

Sie nahm seine Hand und führte ihn ins Wohnzimmer, wo der Esstisch feierlich gedeckt war. Schon wieder, dachte er. Es geht mir wirklich gut. Krabben und Weißwein, frisch getoastetes Brot und Lachs im Salzmantel. Eines seiner Lieblingsessen. Über Erikas Platz schwebte ein rosa Ballon, der mit einer Schnur am Kinderstuhl befestigt war. Jensen fühlte sich überwältigt und beschloss, das Spiel mitzumachen. Seine eigene Überraschung konnte warten. Außerdem wäre es mit ein bisschen Wein im Bauch einfacher, sie zu verkünden.

»Du hast dir wirklich Mühe gegeben«, sagte er. »Was feiern wir?«

Sara antwortete nicht. Stattdessen verstärkte sie ihr geheimnisvolles Lächeln und legte einen Zeigefinger auf die Lippen. Dann hob sie Erika in den Kinderstuhl.

»Setz dich doch.«

Jensen setzte sich auf seinen üblichen Platz am Fenster. Er öffnete die Weinflasche und hob sie fragend in Richtung von Saras Glas. Sie nickte begeistert.

»Ich kann doch sicher ein bisschen trinken, obwohl ich stille?«

Jensen nickte und lächelte. Während der nächsten Stunde genossen sie das Essen und einander. Sara schaffte es mit viel Geschick, Erika ein Gläschen Kartoffelpüree einzuverleiben. Im Zimmer entstand eine erwartungsvolle Stimmung. Durch Blicke, dadurch, wie sie das Porzellan berührten, durch ihren Tonfall. Alles sprach dieselbe deutliche Sprache. Sogar Erika schien zu verstehen, dass irgendetwas passierte. Als sie aufgegessen hatten, konnte Jensen sich nicht mehr zurückhalten. Aber zuerst wollte er Saras Geheimnis hören.

»Ich habe auch etwas zu erzählen«, sagte er.

Sara legte das Besteck still hin und sah ihn neugierig an.

»Was denn?«

Er hob höflich eine Hand.

»Ladys first.«

Sara senkte den Blick und wurde rot.

»Ja, es ist so …«, fing sie zögernd an.

Erik merkte plötzlich, dass Sara nervös war. Ihre sonst so selbstverständliche Freude war verschwunden. Er begriff, dass etwas wirklich Wichtiges passiert war. Sie feierten nicht einfach einen neuen Erfolg in ihrer Karriere. Es war etwas anderes. Er spürte, wie sein Puls schneller wurde. Dann sagte sie es. Er würde sich in Zukunft immer daran erinnern.

»Erika bekommt ein Geschwisterchen.«

Sie sagte die Worte so schnell, dass Jensen zunächst nicht verstand, was sie sagte.

»Was?«

Sara legte die Hände über Kreuz auf den Bauch.

»Es stimmt. Ich habe heute einen Test gemacht.«

Ihm wurde der Ernst der Situation sofort klar. Eine Mischung aus Überraschung und Wut stieg in ihm auf.

»Das ist nicht möglich! Du nimmst doch die Pille?«

Sara schlug verdrossen die Augen nieder. Sie schüttelte den Kopf.

»Nein«, flüsterte sie. »Seit zwei Monaten nicht mehr.«

Jensen spürte, wie sich seine Welt drehte. Eine Sekunde lang verlor er die Bodenhaftung. Der Streit um ein zweites Kind währte schon Monate. Sara wollte so schnell wie möglich ein Geschwisterchen für Erika. Jensen wollte sich zunächst um den Beruf kümmern. Außerdem fand er, dass ein Kind reichte. Gemeinsam hatten sie beschlossen, noch mindestens zwei Jahre zu warten. Jetzt war alles ruiniert. Er konnte die Wut nicht länger unterdrücken.

»Du hast mich hintergangen«, brüllte er.

Sara schüttelte den Kopf, die erste Träne lief ihr über die Wange. Normalerweise waren ihre Streits immer beendet, wenn einer von ihnen zu weinen begann. Damit war der Kampf vorbei, und der, der am traurigsten war, bekam eine tröstende Hand. Jetzt war alles anders. Jensen spürte, wie ihm die Worte fehlten. Wut und Enttäuschung lähmten seine Zunge. Dabei merkte er selbst, wie kindisch seine Reaktion war, doch er konnte die Tür nicht öffnen und den zornigen, kleinen Jungen hinauswerfen. Er stand auf und begann im Zimmer auf und ab zu gehen. Sara hob Erika aus dem Kinderstuhl und drückte sie fest an sich.

»Du hast mich reingelegt«, fuhr er schließlich fort. »Begreifst du, was das bedeutet?«

Sara weinte und wiegte Erika auf ihrem Schoß, um sie beide zu trösten. Jensen stand mitten im Zimmer und sah an ihnen vorbei in den Regen.

»Es bedeutet, dass ich dir nicht vertrauen kann, Sara. Nie wieder.«

Dann ging er die Treppe hoch ins Obergeschoss. Sara war geschockt. Wie konnte ihr Mann die Nachricht über ihre Schwangerschaft mit so einer Raserei aufnehmen?

Sie fühlte sich völlig verwirrt. Sie hatte seinen Widerstand gegen weitere Kinder nicht ernst genommen. Ein neues Leben stand doch über allem? Ein Geschwisterchen für Erika?

Sie hatte geglaubt, dass Erik sich freuen würde, wenn sie es erzählte. Dass er das Wunder erkennen würde. Außerdem hoffte sie, dass er dann mehr Zeit mit der Familie verbringen würde. Im Augenblick sahen sie sich zu selten. Für ihren Mann zählte nur Arbeit und noch mal Arbeit. Er war nie zu Hause. Sara trocknete die Tränen im Gesicht und setzte Erika auf den Boden. Sie kroch brabbelnd auf die Stereoanlage zu und begann, auf Knöpfe zu drücken. Nach einer Weile hörte man wieder Schritte auf der Treppe. Jensen kam mit einer Reisetasche in der Hand herein.

»Ich schlafe heute Nacht im Krankenhaus«, sagte er tonlos.

»Das kannst du doch nicht machen! Was ist denn in dich gefahren?«

Er antwortete nicht. Stattdessen beugte er sich zu Erika hinunter und küsste sie auf den Kopf. Als Sara hörte, wie er das Auto anließ und über den Schotter wegfuhr, durchfuhr sie ein Schauer. Die Tränen flossen über ihre Wangen, und ein Wimmern stieg in ihrem Hals auf. Erika sah ihre Mama eine Weile überrascht an, dann drehte sie wieder am Lautstärkeregler.

Jensen fuhr zurück ins Krankenhaus. Er sah den Weg vor sich nicht. Stattdessen war sein Kopf voller Bilder. Er selbst vor dem Computer, wie er Stockholm zusagte. Saras Hände auf dem Bauch mit dem neuen Kind. Die Tüte mit den Blumen und dem Champagner, die immer noch im Flur stand. Ein Symbol für die Zukunftspläne, die innerhalb einer Sekunde zunichtegemacht worden waren. Was nun passieren würde, wusste er nicht, nur, dass er eine Weile Ruhe brauchte. Im Krankenhaus gab es mehrere Bereitschaftsräume für verschiedene Schichten, die immer leerstanden. Einen davon würde er für diese Nacht belegen.

Im Augenblick konnte er nicht weiter denken.

Kapitel dreiundzwanzig

Am Freitag, dem 14. Juli, hatte Johan Axberg einen sehr intensiven Morgen.

Er war kaum auf dem Revier angekommen, als er merkte,

dass etwas Wichtiges passiert war. Pablo stand im Flur und wartete mit dem offensichtlichen Eifer von jemandem, der etwas Großes zu erzählen hat.

»Mann, bist du früh dran«, sagte Axberg. »Ist etwas passiert?«

Pablo nickte.

»Kann man wohl sagen ...«

»Komm mit rein.«

Axberg fischte die Schlüssel aus der Jackentasche und schloss auf. Pablo setzte sich auf einen der zwei Besucherstühle. Axberg hängte seine Lederjacke auf und stellte seinen neu gekauften Regenschirm neben den Hallenhockeyschläger im Kleiderschrank. Hoffentlich wird der Regenschirm genauso selten benutzt wie der Hockeyschläger, dachte er. In der letzten Zeit hatte das Hallenhockeytraining sonnigen Biergärten und dazugehörigem Spaß weichen müssen. Und seit der Regen eingesetzt hatte, hatte er sich nicht mehr dazu motivieren können, die Sportklamotten anzuziehen.

»Erzähl«, sagte er und setzte sich an den Schreibtisch.

Pablo verschränkte die Arme vor der Brust und feuchtete die Lippen an.

»Wir haben getan, was du gesagt hast, und im Stadtviertel der Familie Forsell an Türen geklopft ...«

Axberg schob einen Stapel ungelesener Papiere zur Seite und holte sich einen Stift und einen Block aus einer Schublade.

»Wir hatten schon fast aufgegeben, als wir zum rechten Nachbarn der Forsells kamen – von der Straße aus gesehen.«

Axberg rief sich ein vages Erinnerungsbild ins Gedächtnis: ein großes, durchschnittliches Haus, das allen anderen am Sparvväg ähnelte. Möglicherweise grün.

»Ein pensioniertes Paar wohnt dort«, fuhr Pablo fort.

»Anna und Bertil Hedin, die Hedin-Schuhe in der Rådhusgata gegründet haben, du weißt schon.«

Axberg nickte. Er hatte selbst mal ein Paar Sandalen dort gekauft.

»Anna Hedin leidet an Schlaflosigkeit, sie ist oft nachts noch auf und löst Kreuzworträtsel. Die Nacht, in der Lena Forsell gestorben ist, war keine Ausnahme, da saß sie bis vier Uhr früh in ihrer Küche. Und von der Küche hat man einen guten Blick auf das Haus der Forsells und die Straße davor.«

Pablo machte eine Pause, beugte sich vor und legte seine Unterarme auf den Schreibtisch.

»Um halb drei hebt Anna Hedin den Blick vom Kreuzworträtsel und sieht aus dem Fenster. Da merkt sie, wie jemand über den Kiesweg auf Forsells Haus zugeht …«

Axberg begriff, dass Pablo ein weiteres Puzzlestück im Rätsel um Lena Forsells Tod gefunden hatte. Diese neue Zeugenaussage konnte für die gesamte Ermittlung entscheidend sein.

»Sprich weiter«, bat er.

»Derjenige bleibt auf der Treppe stehen, schließt die Tür auf und geht ins Haus.«

Tausend Gedanken gingen Axberg durch den Kopf.

»Ist sie sich sicher, dass dieser Jemand … ist es übrigens ein Mann oder eine Frau?«

»Ein Mann. Mit neunzigprozentiger Sicherheit. Aber es war dunkel und die Beleuchtung draußen schlecht, also ist sie sich nicht ganz sicher … die Beschreibung ist vollkommen nutzlos: ein Mann mittleren Alters, normaler Körperbau, weder groß noch klein, keine besonderen Kennzeichen.«

Axberg seufzte. Er hatte diese Beschreibung schon öfter gehört.

»Sie hat das Gesicht des Mannes also nicht gesehen?«, fragte er.

»Leider nicht«, sagte Pablo. »Ich habe sie mehrmals danach befragt, ohne Ergebnis.«

»Aber sie behauptet, dass sie gesehen hat, wie er die Tür aufschloss?«

»Das sind ihre Worte. Sie beschreibt, wie der Mann auf der Veranda stehen bleibt und etwas aus der Jackentasche holte. Dann fährt er mit der Hand an das Schloss, öffnet die Tür und geht hinein. Alles dauert nur ein paar Sekunden, weswegen sie annahm, dass es ein Schlüssel war.«

Axberg versuchte, sich den Ablauf vorzustellen.

»Und auf dem Weg nach draußen?«

»Dasselbe. Er kommt heraus, schließt die Tür ab und geht.«

Die Tür bei den Forsells hat zwei Schlösser, dachte Axberg. Die Eltern waren sich sicher, dass sie an diesem Abend abgeschlossen war. Dass jemand es schaffte, die Tür innerhalb von wenigen Sekunden mit einem Dietrich zu öffnen, schien nicht wahrscheinlich. Und warum sollte er sie dann beim Hinausgehen wieder abschließen?

Pablo legte eine Hand vor den Mund und räusperte sich, als Zeichen, dass er weitermachen wollte.

»Der Mann bleibt ungefähr eine halbe Stunde im Haus. Er geht schließlich in südlicher Richtung des Sparvvägs und verschwindet. Er kommt also nicht an Anna Hedins Küchenfenster vorbei. Deswegen kann sie ihn nicht deutlicher sehen. Dann sieht sie ihn gar nicht mehr.«

»Wurden Lampen angeschaltet, und waren andere Lebenszeichen zu sehen, während er im Haus war?«

Pablo schüttelte den Kopf.

»Das fiel Anna Hedin auch auf, sie hatte sogar daran gedacht, die Polizei zu rufen. Aber als sie ihren Mann weckte und ihm davon erzählte, beruhigte er sie. Dann nahm sie eine Schlaftablette und ging zu Bett.«

»Volltreffer«, seufzte Axberg. »Manchmal sind wir dem Hasen näher, als wir glauben.«

»Leider«, sagte Pablo. »Aber da der Mann einen Schlüssel hatte, dachten sie, dass alles in Ordnung wäre. Dass es ein Verwandter oder Bekannter wäre, der irgendwas erledigte.«

Axberg machte mit den Armen eine verärgerte Geste.

»Mitten in der Nacht? Einen Liter Milch borgen oder was?«

Pablo zuckte verlegen mit den Schultern, als hätte der Sarkasmus ihm gegolten. Axberg zeichnete einen Stern in seinen Block und versuchte, die neuen Informationen zu verdauen. Er spürte, dass der Mann, den Anna Hedin beobachtet hatte, etwas mit Lena Forsells Tod zu tun hatte. Gleichzeitig erinnerte er sich an den Bericht, den Rut Norén nach der Untersuchung von Forsells Haus geschrieben hatte. Keine unbekannten Fingerabdrücke, Haare oder anderes fremdes Material war gefunden worden. Also ein Mann, der keine Spuren hinterlässt. Wie war das möglich?

»Übrigens«, sagte Pablo mit neuem Enthusiasmus. »Anna Hedin fiel noch etwas auf, das wichtig sein könnte: Der Mann trug sowohl beim Hinein- als auch beim Herausgehen eine Tasche.«

Axberg runzelte die Stirn.

»Eine kleinere Reisetasche«, erklärte Pablo. »Nicht dieses übliche Nullachtfünfzehn-Chartermodell, sondern kleiner und dicker.«

Pablo zeichnete eine Skizze auf seinen Block und erläuterte das Aussehen näher. Axberg fand, dass es einem großen Werkzeugkasten ähnelte. Er hatte sofort das Gefühl, dass der Inhalt ihn überrascht hätte.

»Das war alles«, sagte Pablo und stand halb von seinem Stuhl auf.

Axberg hob eine Hand, um ihn aufzuhalten. Er hatte noch mehr Fragen.

»Wie ist es mit der Rekonstruktion des Festes gelaufen?«

Pablo ließ sich wieder auf seinen Stuhl sinken.

»Gut. Wir haben im Großen und Ganzen den Überblick.«

»Die kurze Version bitte«, bat Axberg.

»Sie waren zu Hause bei einer Klassenkameradin von Lena Forsell in Granloholm. Insgesamt waren fünfzehn Jugendliche da. Sie haben Musik gehört, geredet und ein Video angesehen. Der einzige Alkohol, der getrunken wurde, war Leichtbier. Lena war nüchtern. Sie war wie immer fröhlich und witzig und vor allem mit ihrem Freund Erik Lundin zusammen.«

»Erik Lundin«, wiederholte Axberg. »Was ist das für ein Typ?«

»Ein durchschnittlicher, netter Kerl. Er spielt Bass in einer Tanzband, verdient sich was als Briefträger dazu. Er war völlig fertig, als wir mit ihm gesprochen haben. Lundin bestätigt, dass Lena um halb zwölf ihre Eltern angerufen hat. Eine halbe Stunde später wurden ein paar der Jugendlichen ins Zentrum gebracht.«

»Von wem?«, warf Axberg ein.

»Vom Vater des Mädchens, das das Fest organisiert hat. Erik Lundin und sein Cousin, der aus Ånge zu Besuch da ist, begleiten Lena nach Hause. Sie trennen sich auf der Straße vor dem Haus. Da ist es halb eins.«

»Die Uhrzeit stimmt mit der Version der Mutter überein«, sagte Axberg.

»Genau. Erik Lundin ist sich außerdem sicher, dass Lena

die Tür abgeschlossen hat. Er behauptet, er habe das Klicken des Schlosses gehört.«

Axberg rutschte tiefer in seinen Stuhl und streckte die Beine unter dem Schreibtisch aus.

»Was hat er dann gemacht?«

Pablo blätterte um und las ein paar Sekunden, bevor er weitersprach. Als wiege er jedes Wort auf der Goldwaage und wolle mit keiner Formulierung danebenliegen, dachte Axberg.

»Er geht zusammen mit dem Cousin nach Hause in seine Wohnung in der Dalgata und bleibt die restliche Nacht dort.«

Axberg nickte. »Und das Allerwichtigste: Gibt es eine Möglichkeit, dass Lena Forsell die Kasinoquittung mit nach Hause genommen hat?«

Pablo sah ein bisschen empört aus, als er antwortete. Immer mit dem Wichtigsten beginnen, dachte er.

»Das ist wohl ausgeschlossen. Sie hat niemanden getroffen, der ihr in der Zeit zwischen dem Umtausch und ihrem Nachhausekommen die Quittung hätte geben können.«

Axberg trommelte mit einem Bleistift an die Tischkante. Er spürte, wie jede neue Einzelheit seiner Intuition Nahrung gab. Irgendetwas an Lena Forsells Tod war seltsam.

»Was Neues von Tony Wollmar?«

»Nicht viel. Eines der Mädchen arbeitet manchmal in seinen Kneipen, aber niemand wusste, warum Lena aufgehört hat.«

Axberg stand auf, ihm tat nach einer weiteren schlaflosen Nacht im Sessel vor dem Fernseher der Rücken weh.

»Herr Wollmar spielt sein schmutziges Spiel wohl unter dem Tisch. Ist die Befragung auf Band aufgenommen?«

»Natürlich«, sagte Pablo, nahm eine Kassette aus seiner Schultertasche und gab sie Axberg.

Sie gingen gemeinsam zum Pausenraum und holten sich eine Tasse Kaffee. Sankari stand an der Spüle und legte gerade Apfeltaschen auf einen Teller. Er strahlte, als er seine Kollegen sah.

»Bitte schön«, rief er in seinem melodiösen Finnlandschwedisch. »Inga und ich feiern heute unseren vierzigsten Hochzeitstag.«

Er lächelte breit und blinzelte schelmisch mit einem Auge. Axberg und Pablo gratulierten, nahmen sich jeder eine Apfeltasche und gingen zurück in ihre Büros. Im selben Augenblick, als Axberg sich wieder an seinen Schreibtisch setzte, klopfte es an der Tür. Monika Roos trat ein.

»Morgen, Kommissar«, sprach sie ihn scherzhaft mit seinem Titel an. »Dieses Fax ist gerade angekommen.«

Sie wedelte mit ein paar Blättern und drückte sie ihm in die Hand.

»Von Doktor Conrad aus der Rechtsmedizin«, erklärte sie, bevor Axberg die Papiere ordnen konnte.

Axberg spürte, wie seine Spannung stieg. Er wusste, worauf er wartete. Das Ergebnis der Obduktion von Lena Forsell. Monika Roos verließ das Büro. Axberg biss in die Apfeltasche und fing an zu lesen. Wie immer überflog er die ersten Seiten, übersprang all die komplizierten lateinischen Begriffe. Als er zur Zusammenfassung am Schluss kam, konzentrierte er sich wieder. Endlich würde er die Ursache für Lena Forsells Tod erfahren.

Sie hatte keine schweren Krankheiten gehabt. Die Blutproben zeigten keinerlei Spuren von Alkohol, Drogen oder Medikamenten. Axberg unterstrich die wichtigsten Stellen mit einem grünen Textmarker. Keine Erwürgungsblutungen in der Bindehaut der Augen, keine Injektionsspuren in den Armbeugen, die Haut völlig intakt, ohne Griffspuren oder Abschürfungen, die Luftwege frei von Fremdkörpern.

Axberg las und las es noch einmal. Jede Zeile war voll von Fakten und der Text sehr schwer lesbar. Da keine direkte Todesursache nachgewiesen werden konnte, blieb als letzte Diagnose »plötzlicher Herztod«. Axberg wusste nicht, ob er überrascht sein sollte. Er erinnerte sich daran, dass Conrad früher einmal gesagt hatte, dass es sich dabei um eine Art Ausschlussdiagnose handelte. Etwas, auf das man zurückgriff, wenn nichts anderes mehr übrigblieb.

Axberg sah Conrad vor sich, hörte seine heisere Stimme und sah, wie er mit ausladenden Gesten die Bedeutung erklärte. Das Herz hört ganz plötzlich und ohne offensichtliche Ursache auf zu schlagen. Die Blutzufuhr zum Gehirn ist unterbrochen und akuter Sauerstoffmangel stellt sich ein. Der Betroffene ist unwiderruflich tot. Aber bei der Obduktion kann keine sichere Todesursache nachgewiesen werden. Es bleibt die Frage, was eigentlich passiert ist.

Axberg stand auf und ging ans Fenster. Die hellblauen Risse in der Wolkendecke waren größer geworden. Die Antwort auf die Frage, warum Lena Forsell gestorben war, blieb also aus, dachte er düster. Er fühlte sich jetzt fast noch verwirrter als vor der Lektüre des Berichts. War es möglich, dass man der Wahrheit nicht näher kommen konnte?

Er begriff, dass die Methoden der Ärzte immer noch zu ungenau waren, um auf alle Mechanismen des Todes eine Antwort zu finden. Genau wie die Polizei nicht alle Verbrechen aufklären konnte, die begangen wurden.

Sein Blick fiel auf einen handgeschriebenen Teil ganz unten auf dem letzten Blatt. Axberg erkannte Conrads unregelmäßige Schrift: *Lieber Johan! Dieser Fall verwirrt mich sehr. Wie du siehst, können wir ein Verbrechen weder nachweisen noch ausschließen. Ruf mich an, wenn du noch Fragen hast.*

Axberg zündete die zweite Zigarette des Tages an und

sah auf die Uhr. In fünf Minuten fing die morgendliche Besprechung an. Er versuchte sich an einer Zusammenfassung. Alles beginnt damit, dass jemand am Sonntag, dem 9. Juli, um halb zwölf im Kasino Chips in eintausendsechshundert Kronen umtauscht. Dieser Jemand erhält eine Quittung, die am nächsten Morgen unter Lena Forsells Bett gefunden wird. Während der Nacht stirbt Lena Forsell unter ungeklärten Umständen. Die Obduktion kann ein Verbrechen weder nachweisen noch ausschließen. Es kommt wieder zur nichtssagenden Verlegenheitsdiagnose »plötzlicher Herztod«, dieselbe Todesursache wie bei Gerd Ekstedt und Kent Öberg.

Axberg zog an der Zigarette und behielt den Rauch ein paar Sekunden im Mund. Nachts um halb drei kommt ein Mann zum Haus der Familie Forsell, schließt die Tür auf und geht hinein. Eine halbe Stunde später verlässt er das Haus und verschwindet. Es kann als sicher gelten, dass Lena Forsell die Quittung nicht bei sich hatte, als sie nachts nach Hause kam. Ergo?

Jemand war nach diesem Zeitpunkt im Zimmer gewesen und hatte die Quittung dort verloren. Die Eltern geben einander ein Alibi und sind außerdem an dem betreffenden Abend nicht im Kasino gewesen. Lenas Freund hat dieselbe doppelte Deckung wie die Eltern und kann abgehakt werden. Die Person, die die Quittung verloren hat, muss daher mit großer Sicherheit der Mann sein, den Anna Hedin vom Küchenfenster aus beobachtet hat. Axberg drückte die Zigarette am Fensterblech aus und sortierte seine Gedanken in unterschiedliche Fächer.

Lena Forsells Uhr verschwindet über Nacht. Auch bei Gerd Ekstedt und Kent Öberg fehlen Uhren. Das ist zwar nicht zu hundert Prozent nachgewiesen, kann aber trotzdem als wahrscheinlich betrachtet werden. Sowohl bei Gerd

Ekstedt als auch im Fall Lena Forsell hatten die Leichen etwas Inszeniertes. Birgit Öberg war überzeugt davon, in der Nacht, in der ihr Mann starb, einen »Schatten« im Zimmer gesehen zu haben.

Und dann war da noch dieser Tony Wollmar, der wenige Wochen vor ihrem Tod irgendeine Auseinandersetzung mit Lena gehabt hatte.

Axberg fühlte sich plötzlich von all den Fakten, die einander in einem immer größeren Kreis jagten, ganz erschöpft. Ihm wurde klar, dass er die Bodenhaftung nicht verlieren durfte und versuchen musste, die Situation in den Griff zu bekommen. Er musste alle Ereignisse in ein übersichtliches Bild einordnen. Dem Instinkt folgen. Mit diesem Vorsatz ging er um fünf nach neun in die morgendliche Besprechung.

Sankari, Pablo und Åkerman saßen am Konferenztisch und hörten sich Axbergs Zusammenfassung an. Später würden sie sich an den Vortrag als einen der besten, den sie jemals gehört hatten, erinnern. Axberg ging im Zimmer auf und ab. Wenn er zu einem besonders wichtigen Abschnitt kam, blieb er stehen und sah über die fünf Hochhäuser auf der anderen Straßenseite hinweg. Sachlich und konkret berichtete er von dem Fall. Mit jeder neuen Indizienkette, die er präsentierte, war er selbst mehr und mehr davon überzeugt, dass seine Schlüsse richtig waren.

»Ich glaube also, dass Lena Forsell ermordet wurde«, sagte er schließlich. »Der Mörder ist im Kasino. Vier Stunden später kommt er zu Lena Forsell nach Hause, betritt das Haus und bringt sie um.«

Åkerman öffnete den Mund, um etwas zu sagen, Axberg hob abwehrend eine Hand.

»Weiterhin können wir aus den Gründen, die ich angeführt habe, nicht mehr ausschließen, dass es eine Verbindung zwischen Lena Forsell, Gerd Ekstedt und Kent Öberg gibt.«

Eine gespannte Stille herrschte im Zimmer. Schließlich meldete Pablo sich zu Wort.

»Glaubst du, dass wir es mit einem Serienmörder zu tun haben?«

Axberg hatte den Eindruck, Hoffnung in der Stimme zu hören.

»Ich weiß nicht, was ich glauben soll. Aber wenn wir meine Ausführungen auf die Spitze treiben, dann kann man es nicht ausschließen. Wir können unsere Augen nicht länger vor all den Indizien, die in diesen Fällen zusammentreffen, verschließen.«

Sie versanken wieder in Gedanken, über den Tisch wurden flüchtige Blicke gewechselt. Das Wesentliche in Axbergs Ausführungen schien ihnen langsam aufzugehen. Mehrere Minuten lang sagte niemand etwas. Dann kamen die Fragen.

»Was sollte das Motiv sein?«, fragte Sankari. »Und diese anderen zwei … Du meinst doch wohl nicht, dass jemand drei Menschen umgebracht hat, um deren Uhren zu stehlen?«

Åkerman lächelte über die Formulierung.

»Natürlich nicht«, sagte Axberg. »Aber die Verbindung durch die Uhren besteht. Wir können sie nicht länger als Unsinn abtun. Selbst wenn der Pfarrer Birgit Öberg vielleicht ziemlich beeinflusst hat.«

Sankari holte die Kautabakdose hervor und nahm etwas davon.

»Wie sollte dieser Mann ins Haus gekommen sein, ohne dass die Eltern etwas gehört haben? Und noch dazu das Mädchen umgebracht haben?«

Axberg war der Schwachpunkt bei seinen Ausführungen bewusst.

»Ich stimme dir zu, dass das weit hergeholt klingt. Aber es war erwiesenermaßen jemand im Haus.«

»Aber warum?«, sagte Pablo. »Das Risiko, entdeckt zu werden, muss doch enorm gewesen sein.«

»Vielleicht ist das ein Teil des Plans. Etwas so Unwahrscheinliches zu tun, dass niemand auf die Idee kommt, ein Verbrechen zu vermuten. Hätten wir nicht die Kasinoquittung gefunden, wäre die Voruntersuchung schon lange beendet worden. Wirklich schwierig ist es, eine Antwort auf die Frage zu finden, *wie* er sie getötet hat.«

Axberg klopfte fordernd mit dem Zeigefinger auf den Tisch.

»Aber da die Obduktion ein Verbrechen nicht ausschließt, können wir das auch nicht tun.«

»Und woher hat er den Schlüssel?«, fragte Pablo.

Die Antwort blieb aus. Sankari zog seine Hose hoch bis halb über den Bauch.

»Johans Ausführungen enthalten viele unsichere Variablen«, sagte er. »Vielleicht gibt es für alles eine natürliche Erklärung. Aber falls es sich hierbei um Mord handelt ...«

Sankari ließ den Gedankengang unvollendet.

»... dann müssen wir den Mörder bald finden«, ergänzte Axberg. »Bevor er wieder zuschlägt.«

Er sah seine Kollegen schweigend an. Die Zusammenfassung hatte anscheinend den gewünschten Effekt gehabt.

»Wie ihr seht, ist noch vieles unklar«, fuhr er fort. »Aber wenn wir uns darauf einigen können, nach meiner Theorie zu arbeiten, haben wir jedenfalls etwas. Sind alle einverstanden?«

Zustimmendes Brummeln war die Antwort.

»Also legen wir los«, sagte Axberg. »Ich werde die Eltern anrufen und noch ein paar zusätzliche Fragen stellen.

Dann müssen wir Anna Hedin dazu bringen, eine bessere Beschreibung des Mannes abzugeben, den sie gesehen hat. Könnte es Lenas Freund gewesen sein? Oder Tony Wollmar?«

»Das überprüfe ich«, sagte Pablo.

»Außerdem muss jemand den Pfarrer und Birgit Öberg fragen, ob ihre Türen verschlossen oder offen waren, ob es Ersatzschlüssel gibt und so weiter. Und versucht, Gemeinsamkeiten zwischen den Opfern zu finden.«

Axberg fuhr sich mit der Hand über das Kinn und merkte, dass er vergessen hatte, sich zu rasieren.

»Dann dürfen wir Tony Wollmar nicht vergessen. Auch wenn meine Befragung von ihm nicht viel ergeben hat. Wir müssen herausfinden, warum Lena Forsell so plötzlich gekündigt hat. Befragt ein paar der anderen Angestellten im Restaurant Skvadern«, forderte er, ohne jemanden direkt anzusprechen.

Sankari schüttelte den Kopf.

»Ståhl wird wahnsinnig werden …«

»Er kann werden, was er will«, unterbrach Axberg ihn. »Solange ich diese Gruppe leite, bestimme ich, wie wir arbeiten.«

Irgendwo im Haus hörte man eine Bohrmaschine.

»Außerdem arbeiten wir weiter an diesem Drogenfall«, fuhr Axberg fort. »Wer ist nächste Woche hier?«

Sankari, Pablo und Åkerman hoben die Hand.

»Hamrin kommt am Montag aus dem Urlaub zurück«, sagte Åkerman.

»Gut«, sagte Axberg. »Dann müssten wir es schaffen.«

Die Besprechung war beendet. Axberg stand noch eine Weile da und sah aus dem Fenster. Er war zufrieden, wie die Arbeit sich entwickelte. Da er es geschafft hatte, seine Mitarbeiter davon zu überzeugen, dieser Spur, die er aufgezeigt hatte, zu folgen, konnten seine Schlüsse nicht völlig falsch sein.

Er hatte das intuitive Gefühl, auf dem richtigen Weg zu sein.

Kapitel vierundzwanzig

Der Mann sah Elin Hysén in die Augen und begrüßte sie.

»Hallo, wie geht's?«

»Danke, besser. Ich habe den Hund verkauft.«

»Ach ja, wann denn?«

»Vor fast zwei Wochen, letzten Freitag.«

»Warum haben Sie das denn getan?«

Sie seufzte schwer.

»Es wurde zu anstrengend. Ich schaffte es einfach nicht mehr, so oft mit ihm Gassi zu gehen, wie er das brauchte. Meine Knie sind ja nicht mehr das, was sie mal waren.«

»Tut mir leid, das zu hören.«

»Ja, es fühlt sich sehr leer an. Er war ja immer hier, hat mir auch ein Gefühl der Sicherheit gegeben. Aber es war wohl für uns beide das Beste.«

Ein paar Sekunden wurde es still. Durch das Fenster drangen die Geräusche des Spielplatzes.

»Wer hat ihn gekauft?«

»Eine Familie aus Kvissleby, mit zwei Kindern. Sie schienen nett zu sein. Ludde wird es bestimmt gut haben.«

»Schaffen Sie es, allein auszugehen?«

»Ich versuche es. Aber mit den Morgenspaziergängen ist das so eine Sache. Bei schlechtem Wetter bleibe ich zu Hause. Außerdem sind die Knie morgens am schlimmsten.«

»Ja, ich weiß. Haben Sie einen Aufzug?«

Ein erleichtertes Lächeln huschte über ihren Mund.

»Ja, Gott sei Dank. Ich kann schon lange keine Treppen mehr steigen.«

Er lächelte zurück.

»Und wie ist es nachts? Können Sie schlafen?«

»Besser als früher. Aber manchmal habe ich Schwierigkeiten.«

»Was machen Sie dann?«

»Ich mische einen Schluck Cognac mit warmer Milch und trinke das.«

»Und das funktioniert?«

»Ja.«

Wieder blieb es eine Weile still. Er merkte, dass er noch etwas fragen musste.

»Wann gehen Sie abends zu Bett?«

»Nach den Zehnuhrnachrichten, so gegen halb elf.«

»Kommt es vor, dass Sie wieder aufwachen, wenn Sie schon geschlafen haben?«

»Nein, dann schlafe ich wie ein Stein bis morgens durch.«

»Ich finde, Sie sehen frisch aus.«

Sie legte eine Hand auf seinen Arm.

»Danke. Sie sind nett.«

»Wie geht es mit der Hausarbeit, schaffen Sie die noch selbst?«

»Putzen und Waschen geht gut, und mein Sohn hilft mir einmal die Woche beim Einkaufen.«

»Das ist aber nett von ihm.«

»Ja, wir machen jeden Mittwoch einen Großeinkauf. Er hat dann frei.«

Er sah auf die Uhr. Das Golddublee glitzerte. Der Zeitplan war aus den Fugen geraten. Heute standen noch viele in der Schlange, um ihn zu sehen.

»Haben Sie noch andere Freunde oder Bekannte, zu denen Sie Kontakt haben?«

»Eigentlich nicht. Außer den Leuten beim Bingo am Donnerstagabend. Daher ist es ohne Ludde so einsam.«

Sie holte ein Taschentuch aus der Tasche und schnäuzte sich.

»Laden Sie Leute zu sich nach Hause ein?«, fragte er.

»Nein, nie. Das würde ich nicht schaffen. Ich habe mein letztes Kaffekränzchen wohl schon gegeben.«

Er legte den Kopf schief und lächelte einfühlsam. Elin Hysén wusste nicht, wie Recht sie hatte.

Kapitel fünfundzwanzig

Axberg saß vor dem Fernseher und zappte sich durch die Kanäle.

Kein Programm schaffte es, seine Aufmerksamkeit zu fesseln. Er war viel zu sehr damit beschäftigt, an Carolina zu denken. Immer und immer wieder ging er durch, was sich heute Abend vor ihrer Tür abgespielt hatte.

Zuerst hatte sie ihn nur mit einer Mischung aus Überraschung und Ärger angestarrt. Axberg hatte sofort gespürt, dass es ein Fehler gewesen war, sie unangemeldet zu besuchen. Als er gefragt hat, ob er unpassend käme, hatte sie mit einer Gegenfrage geantwortet, hatte gefragt, was er wolle. Und hatte hinzugefügt, dass sie einander nichts mehr zu sagen hätten.

Axberg schloss die Augen und nahm einen Schluck aus der Bierdose auf dem Tisch. Er sah Carolina deutlich vor sich. Sie hatte ihre kaputte Jeans und den hellgrünen Batikpullover an, den er ihr letztes Jahr zum Geburtstag geschenkt hatte. Sie war hübscher gewesen als je zuvor. Hübsch und stur.

Die Worte und Sätze, die er sich vorher überlegt hatte,

waren wie weggeblasen gewesen. Carolina hatte ihn mit einem abschätzigen Blick durchbohrt und gesagt, dass ihre Beziehung beendet sei. Dass sie nicht länger gestört werden wolle. Genau das hatte sie gesagt. Dass er sie *störe.*

Axberg überkam ein intensives Gefühl der Verzweiflung. Er umklammerte die Bierdose so fest, dass sie in der Mitte nachgab und nun so kantig und missraten aussah, wie er selbst sich fühlte. Das unangenehme Schauspiel war erbarmungslos weitergegangen. Gerade als sie die Tür schloss und ihn allein im Treppenhaus stehen ließ, hatte er einen Teller fallen hören. Das Geräusch schien aus der Wohnung zu kommen. Hatte sie jemanden zum Abendessen zu Besuch gehabt?

Axberg spürte, wie die Eifersucht in seiner Brust brannte. Ein Gefühl, das er seit vielen Jahren nicht mehr empfunden hatte, das er aber sofort wiedererkannte. Diese heiße Lava, die fauchte und alle Sinne verdunkelte. Im Kühlschrank gab es noch mehr Bier. Er beschloss, nicht sitzen zu bleiben und sentimental zu werden. Wie üblich war das beste Gegenmittel, an die Arbeit zu denken. Wieder ging er die Zusammenfassung durch, die er der Ermittlungsgruppe präsentiert hatte. Mit jedem weiteren Durchgang war er noch überzeugter, dass er mit seinen Schlüssen Recht hatte. Vielleicht nicht in allen Einzelheiten, aber mit der Hauptthese. Dass Lena Forsell nicht eines natürlichen Todes gestorben war. Und dass es irgendeine verborgene Verbindung zu Gerd Ekstedt und Kent Öberg gab.

Der restliche Arbeitstag hatte keine größeren Überraschungen bereitgehalten. Er hatte Mia und Mats Forsell angerufen, die wieder bezeugten, dass sie die ganze Nacht nebeneinander geschlafen und keine ungewöhnlichen Geräusche gehört hatten. Ganz sicher nicht von jemandem, der um drei Uhr nachts das Haus betreten hatte. Gleichzeitig bekamen sie Angst und fragten, worum es eigentlich ginge. Sie hatten keinerlei Ahnung, wer der Mann mit der Tasche war, und noch weniger, was er in ihrem Haus getan hatte.

Axberg war aufgefallen, dass sie keine Sekunde an Anna Hedins Aussage gezweifelt hatten, was wichtig zur Einschätzung der Glaubwürdigkeit ihrer Erzählung war. Die Leute wussten normalerweise, wenn ihre Nachbarn Lügner, dement oder sonst irgendwie unzurechnungsfähig waren. Auf die Frage nach dem Schlüssel antworteten die Eheleute ebenfalls sehr bestimmt. Es gab keinen Ersatzschlüssel. Axberg war mit der Zeit immer nachhaltiger überzeugt davon, dass die Eltern nichts mit dem Tod der Tochter zu tun hatten. Sie hatten kein Motiv, und ihre Trauer war echt. Außerdem war es schwierig, eine Verbindung von ihnen zu Gerd Ekstedt und Kent Öberg herzustellen. Axberg ging in den Flur, nahm eine Zigarette aus dem Päckchen, das auf der Hutablage lag, und kehrte wieder zum Sessel zurück. Seit Carolina verschwunden war, machte er sich nicht mehr die Mühe, unter der Dunstabzugshaube zu rauchen. Und verspürte deswegen eine befriedigende Mischung aus Trotz und Rebellion. Zwar wusste er, dass das eine kindische Reaktion war, doch sie gefiel ihm trotzdem.

Jeff Conrad hatte bestätigt, all sein Können eingesetzt zu haben, um bei der Obduktion von Lena Forsell die Todesursache festzustellen. Ohne Erfolg. Nach den fortlaufenden Berichten, die Axberg Conrad gegeben hatte, war dessen Meinung klar: Der Tod hatte keine natürliche Ursache, und der Verdacht eines Verbrechens war groß. Trotzdem lag die Todesursache noch im Dunkeln.

Axberg war wieder mal aufgefallen, dass Conrad müde und lustlos wirkte. Als hätte er überhaupt keine Energie mehr. Axberg nahm an, dass das ein vorübergehendes Tief war, hervorgerufen von einem viel zu straffen Arbeitsplan. Die rechtsmedizinische Abteilung in Umeå verfügte nur über zwei Ärzte, die sich rund um die Uhr und das gesamte Jahr hindurch eine ständige Bereitschaft teilten.

Axberg fühlte sich rastlos, er schaltete den Fernseher aus und begann, ziellos zwischen den Zimmern der Wohnung hin und her zu wandern. Ihm kam der Gedanke, bereits heute Abend beim Kasino vorbeizuschauen und nicht, wie geplant, bis Montag zu warten. Es war Freitag, und er hatte keine anderen Pläne, als im Sessel vorm Fernseher einzuschlafen. Er ging ins Badezimmer und betrachtete sich im Spiegel. Keine Überraschungen. Er sah aus wie erwartet: müde und finster, aber frisch rasiert und sonnengebräunt.

Draußen war es erstaunlich warm, und hinter einem Streifen milchiger Wolken leuchtete ein hellblauer Himmel. Ein frischer Ostwind blies um die Häuser. Eine Gruppe angetrunkener Jugendlicher zog im Zickzack über die Straße auf den Stora Torg zu. Ihr lautes Gegröle wurde vom Klirren der mit Flaschen gefüllten Tüten begleitet, die sie mitschleppten. Axberg ging den kurzen Weg zum Hafen und dem Kasino, das im alten Bahnhof untergebracht worden war, zu Fuß. Die Sicherheitsleute am Eingang erkannten ihn und nickten ihm zu. Wie alle Gäste zeigte er seinen Ausweis und wurde fotografiert. Er beschloss, zuerst herumzuspazieren und sich die Umgebung wie ein gewöhnlicher Besucher anzusehen. So sah man das Offensichtliche und kam auf die richtigen Fragen.

Zunächst kam er in eine riesige Spielhalle mit funkelnden, einarmigen Banditen und sich drehenden Zählwerken. Überall standen Menschen und spielten fieberhaft. Ausrufe der Enttäuschung und der Freude vermischten sich mit den Geräuschen der rasselnden Maschinen zu einer chaotischen Kakophonie. Axberg ging die Treppe hinauf ins erste Geschoss. Hier war es leiser, geräumiger. Er spazierte herum, sah sich um.

Mehrere Überwachungskameras waren diskret in der Decke versteckt. Wohin man sich auch wandte, traf man eine kaum sichtbare Linse, die einen wie ein wachsames Auge anstarrte.

Axberg fiel etwas ein. Etwas, das er bisher übersehen hatte. Der Mann, den wir suchen, muss während seines Besuchs von mehreren Kameralinsen aufgenommen worden sein, dachte er. Falls die Kameras immer liefen und die Filme aufgehoben wurden, musste er sich darauf befinden. Der Mann mit der Kasinoquittung.

Axberg wurde klar, dass er Hans Edström unbedingt ein paar Fragen stellen musste. Aber zuerst wollte er spielen. Er ging zum Roulette, wechselte zweihundert Kronen und fand Platz neben einem großen Mann mit Pferdeschwanz und Lederweste. Axberg setzte sich und verfolgte die Kugel mit dem Blick, versuchte, seine Gedanken zu strukturieren.

Unser unbekannter Verbrecher ist also hier und spielt, begann er. Um halb zwölf wechselt er seine Chips ein. Vier Stunden später taucht er vor Lena Forsells Zuhause auf. Er schließt die Tür auf, geht hinein und bringt sie um. So muss es gewesen sein. Aber was tut er in der Zeit zwischen Kasinobesuch und Mord? Und warum kommt er vor der Tat hierher? War der Mord überhaupt im Voraus geplant?

Axberg verlor, und ihm wurde wieder mal bewusst, dass er zu wenig wusste. Er hob sich die letzten zwei Chips auf und suchte nach den Glaskäfigen, an denen man die Chips eintauschte. Er schaute sich sehr genau um, ohne irgendwelche Überwachungskameras zu entdecken. Das ist nicht möglich, dachte er. Wenn man irgendwo eine Kamera braucht, dann doch wohl dort, wo es ums Geld geht, oder?

Axberg ging zurück zum Eingang und bat darum, mit dem Sicherheitschef sprechen zu können. Eine der Wachen hob ein internes Telefon ab und wechselte ein paar kurze Worte. Edström wartete im zweiten Stock.

»Hallo Johan«, sagte er und reichte ihm die Hand. »Schön, dich hier zu sehen.«

»Beeindruckender Laden.«

»Komm mit«, sagte Edström und winkte Axberg mit sich durch einen dunklen Korridor.

Als sie dessen Ende erreicht hatten, zog Edström eine Karte durch ein Lesegerät. Eine Tür öffnete sich.

»Das ist mein Büro«, sagte Edström stolz und machte eine schwungvolle Geste.

An der einen Wand befanden sich ungefähr dreißig Monitore, die unterschiedliche Innenaufnahmen des Kasinos zeigten. Ein Mann um die fünfzig saß davor und betrachtete sie aufmerksam. Seine Hände ruhten auf einem Pult mit blinkenden Lampen und verschiedenen Reglern. Aus zwei Lautsprechern hörte man leises Hintergrundrauschen.

»Das hier muss einiges gekostet haben«, sagte Axberg und setzte sich auf einen der ochsenblutroten Ledersessel im Zimmer.

Edström zeigte auf einen Monitor, auf dem ein vollbesetzter Blackjacktisch zu sehen war.

»Die bezahlen. Du ahnst nicht, wie viel Kohle wir pro Tag einnehmen.«

Axberg wollte es gar nicht wissen. Aber er nahm an, dass es so war, wie stündlich sechs Richtige zu haben.

»Ich bin allerdings nicht hergekommen, um über Geld zu reden.«

Er stellte überrascht fest, dass er verärgert klang. »Du kennst ja die Geschichte, weißt, warum ich hier bin«, fuhr Axberg fort.

Edström nickte und stellte eine Karaffe mit Zitronenwasser auf den ovalen Eichentisch. Axberg berichtete über die neuen Fakten, die im Fall aufgetaucht waren. Als Letztes erzählte er von dem Mann, der vor dem Haus der Familie Forsell beobachtet worden war.

»Zusammenfassend glauben wir also, dass Lena Forsell von dem Mann umgebracht worden ist, der am Sonntag, dem 9. Juli, um dreiundzwanzig Uhr dreißig an Kasse vier seine Chips umgetauscht hat …«

Edström machte ein betroffenes Gesicht.

»Schlimme Geschichte. Wir helfen natürlich, wo wir können.«

»Gibt es an den Kassen Überwachungskameras?«, fragte Axberg.

»Nein, dort wurden bei der Installation leider keine aufgehängt. Aber sie müssten jetzt jeden Tag angebracht werden.«

Axberg fluchte leise.

»Gibt es in der Nähe eine andere Kamera?«

Hans Edström wandte sich den Bildschirmen zu und dachte nach.

»Die nächste ist beim Roulette, aber da sieht man nicht, was an den Umtauschkassen geschieht. Die Kameras haben ein ziemlich begrenztes Bild und fangen vor allem das ein, was an den Spieltischen passiert. Wenn betrogen wird, dann dort.«

Axberg verstand die Logik dieser Überlegungen, aber die Verärgerung ließ nicht nach.

»Hebt ihr alle Filme auf?«

»Ja. Zwei Monate lang.«

»Wie viel Film ist das pro Abend?«

»Zweihundert Stunden bei allen Kameraperspektiven.«

Edström ging zu einem Archivschrank und schloss ihn

auf. Der Inhalt bestand aus langen Reihen datierter Videobänder.

»Hier ist der 9. Juli«, sagte er und nahm eine Kassette heraus.

»Was braucht ihr, damit wir sie uns ansehen können?«, fragte Axberg.

»Eine richterliche Anweisung.«

»Die können wir wohl am Montag besorgen.«

»Dasselbe gilt für die Besucherliste«, stellte Edström fest.

Axberg sah auf die Monitore an der Wand, auf denen die beweglichen Farbbilder immer wieder mal zu Momentaufnahmen erstarrten. Ihm wurde bewusst, welche Sisyphusarbeit vor ihnen lag.

»Ich hätte auch gern, dass du die Angestellten befragst, die an dem fraglichen Abend gearbeitet haben, ob ihnen irgendetwas Ungewöhnliches aufgefallen ist«, sagte Axberg.

Edström lehnte sich im Sessel zurück und lächelte.

»Du ahnst nicht, wie viele Merkwürdigkeiten hier jeden Abend geschehen. Du wirst in unterschiedlichen Beobachtungen ertrinken.«

»Das passiert mir tagtäglich«, sagte Axberg kurz. »Du könntest die Informationen anhand dessen, was ich dir erzählt habe, vorsortieren. Und dich auf den betreffenden Zeitpunkt konzentrieren.« Axberg trank einen Schluck Wasser und ging in Gedanken zurück. »Außerdem trug der Mann vor Forsells Haus eine Tasche. Es ist nicht ausgeschlossen, dass er die beim Besuch hier dabeihatte.«

»Welche Art von Tasche?«

Axberg versuchte, Pablos Skizze auf dem Briefpapier des Kasinos nachzuzeichnen. Edström versprach zu tun, was er konnte.

»Noch eine Frage, bevor ich gehe«, sagte Axberg und stand auf. »Im Erdgeschoss wird nur mit Bargeld gespielt?«

»Ja.«

»Und die Kassen im ersten Stock tauschen nur Chips für die Spieltische um?«

»Ja.«

»Das bedeutet, dass unser Freund, der die Quittung verloren hat, irgendwann während des Abends im ersten Stock gespielt hat ...«

»Da hast du Recht«, stimmte Edström zu. »Aber das sagt uns nicht, wo er gespielt hat, an allen Tischen gelten dieselben Chips.«

Trotzdem fand Axberg, dass das die eventuellen Aktivitäten des unbekannten Mannes etwas eingrenzte. Er bedankte sich für die Hilfe und versprach, bald mit einer richterlichen Anordnung wiederzukommen.

Als er ins Erdgeschoss kam, sah er sie. Sie stand direkt vor ihm da und redete mit einer Freundin. Ein Treffen war unausweichlich. Axbergs Mund wurde vor Nervosität ganz trocken. Die Frau des schicksalsträchtigen Kneipenabends. Die Frau, deren Namen er nicht einmal kannte. Jetzt entdeckte sie ihn. Sie lächelte freudig überrascht.

»Ja, hallo!«

Dann flüsterte sie schnell ihrer Freundin etwas zu, die Axberg angrinste und ging.

»Hallo«, sagte Axberg. »Du hier?«

Im selben Augenblick, in dem er die Worte ausgesprochen hatte, merkte er, wie dumm sie klangen.

»Sieht so aus. Warum hast du nicht angerufen?«, fragte sie und kam einen Schritt auf ihn zu.

Er roch ihr blumiges Parfum, erkannte es wieder. Ein sachter Schauer wanderte langsam das Rückgrat hinauf, Wirbel für Wirbel.

»Ich hatte viel zu tun, du weißt schon, auf der Arbeit und so«, log er.

Sie nickte und nippte an einem erdbeerroten Drink. Ihre Augen, ihre Kleidung und ihre Bewegungen sprachen dieselbe deutliche Sprache. Die Art und Weise, wie sie ihre Haare hin und her schwingen ließ.

»Jetzt weiß ich jedenfalls, wer du bist«, sagte sie und lächelte.

»Gut.«

»Bist du allein hier?«

Axberg merkte, wie sein Blick unwiderstehlich zu ihrer Brust wanderte. Er erinnerte sich. Der elektrische Strom, der seinen Rücken hochwanderte, erreichte seinen Nacken. Er bekam Gänsehaut. Gleichzeitig wusste er, dass er der Versuchung widerstehen musste. Er liebte Carolina. Wollte er sie irgendwann zurückbekommen, musste er ehrlich sein. Vor allem gegenüber sich selbst.

»Ja, aber ich werde jetzt nach Hause gehen«, sagte er. »Ich bin ein bisschen müde.«

Sie sah ihn mit einer Mischung aus Enttäuschung und einer letzten Aufforderung an.

»Sicher?«

»Leider.«

Axberg ging schnell hinunter zur Garderobe und holte seine Jacke. Der Sommerabend war lauwarm, der Himmel klarte immer weiter auf. Der Wind hatte nachgelassen und die Segelboote im Hafen schwankten nur noch sanft.

Auf dem Nachhauseweg kaufte er einen Wrap mit Wurst und Kartoffelbrei. Der Besuch im Kasino war nicht völlig umsonst gewesen, selbst wenn die fehlende Kameraüberwachung der Kassen ärgerlich war. Aber sie würden sich die Filme und die Besucherliste anschauen. Am besten schon am Montag. Wenn die Maschinerie des Gerichts ihnen keine

Knüppel zwischen die Beine warf. Außerdem hatte er sich und Carolina gezeigt, dass er seinen Fehltritt bereute. Dass er ihn bereute und seine Lektion gelernt hatte.

Er hoffte, dass das ein Schritt zurück zu der Beziehung war, die sie einmal gehabt hatten.

Kapitel sechsundzwanzig

»Um dieses Schwein Tony Wollmar kümmere ich mich gern«, donnerte Sven Hamrin und schlug mit der flachen Hand auf Axbergs Schreibtisch.

Dann zuckte Hamrins linker Nasenflügel ein paar Mal, und der obligatorische Nieser kam postwendend. Obwohl Axberg darauf vorbereitet war, zuckte er unwillkürlich auf seinem Stuhl hinter dem Schreibtisch zusammen. Die ansteckenden Partikel, die Hamrin verbreitete, hingen eine Sekunde lang in der Luft. Axberg fand, dass sie zu der Zusammenfassung des Ermittlungsstandes, die er gerade eben abgeschlossen hatte, ein symbolisches Ausrufezeichen bildeten.

Hamrin, der gerade von seinem Angelurlaub in Norwegen zurückgekommen war, hatte sich seine jährliche Sommererkältung eingefangen. Das war niemandem in der Abteilung entgangen. Die Ausbrüche hörte man auf dem gesamten Stockwerk, sie weckten erbarmungslos jeden, der vielleicht gerade dasaß und döste. Axberg betrachtete Hamrin mit einem leichten Lächeln. Der Urlaub hatte den unerschütterlichen Kollegen nicht verändert. Er sah genauso aus wie immer, war absolut derselbe.

»Jetzt weißt du, wie's aussieht«, sagte Axberg.

Hamrin nickte.

»Ich werde noch heute Abend mit der Überwachung von

Wollmar anfangen, ich muss mir nur noch ein passendes Zivilauto besorgen.«

Er holte ein Taschentuch hervor und schnäuzte sich.

»Das ist übrigens wenigstens was, womit ich mich trösten kann.«

»Was meinst du?«

»Der Chevy ist immer noch in der Werkstatt. Sie mussten irgendein dämliches Ersatzteil bestellen.«

Hamrin ballte die Hände zu Fäusten.

»Das ist unmöglich! Ich habe schon über einen Monat gewartet.«

Eine Aura der Wut legte sich rund um ihn. Axberg dachte, dass er denjenigen, der für die Reparatur verantwortlich war, nicht beneidete.

»Sind wir fertig?«, fragte Hamrin und stand auf.

»Ja. Und mach bei Wollmar langsam. Wenn er merkt, dass er beschattet wird, verschwindet er in seiner Höhle, noch bevor wir blinzeln können.«

Hamrin murmelte eine Antwort und ging. Axberg saß eine Weile da und sah ihm nach. Selbst wenn Hamrin in den Augen vieler ein großer, ungeschickter Büffel war, so war er doch ein guter Polizist. Einer der besten der gesamten Überwachungsmannschaft. Trotz seiner enormen Körperfülle hatte Hamrin die Gabe, sich unsichtbar zu machen, sich zum richtigen Zeitpunkt an der richtigen Stelle zu befinden. Wollmar stand einiges bevor.

Axberg stand auf und ging ans Fenster. Er spürte, wie er Lust auf eine Zigarette bekam. Aber die drei Zigaretten, die er sich als tägliche Ration erlaubte, waren bereits geraucht. Alles, was um ihn herum passierte, verstärkte das Bedürfnis nach Nikotin und Ablenkung noch. In einer Schreibtischschublade fand er ein Päckchen Kaugummi. Er nahm drei Stück und hoffte, dass sie als Ersatz taugten.

Es war Montag, der 17. Juli, und kurz vor fünf Uhr nachmittags. In der Stadt herrschte wieder schönes Sommerwetter. Axberg spürte, wie die Sonne seinen Nacken wärmte. Besonders angenehm war das für seinen steifen Rücken, der ihn immer wieder an die Nächte im abgenutzten Sessel erinnerte.

Er lehnte sich im Stuhl zurück und schloss die Augen. Staatsanwältin Fridegård hatte versprochen, die richterliche Anordnung für die Besucherliste und die Überwachungskameras des Kasinos zu besorgen.

Pablo und Åkerman hatten vormittags einige der Angestellten im Restaurant Skvadern befragt. Angeblich wusste niemand, warum Lena Forsell plötzlich gekündigt hatte. Aber Pablo hatte bemerkt, dass die Fragen ein paar der Mädchen nervös gemacht hatten. Er war davon überzeugt, dass sie etwas zu verbergen hatten. Etwas, das mit dem Restaurant, Tony Wollmar und vielleicht auch Lena Forsell zu tun hatte. Axberg fragte sich, was sich eigentlich hinter der Fassade von Wollmars Imperium verbarg.

Ralf Sedin saß immer noch im Gefängnis und weigerte sich zu reden, obwohl das Urteil bald gefällt werden würde. Der Staatsanwalt glaubte an drei Jahre Gefängnis. Axberg fand das zu wenig. In letzter Zeit hatte ihn immer häufiger das Gefühl überkommen, dass seine Arbeit sinnlos war. Es war leicht, den Glauben zu verlieren, wenn man unendlich viel Energie darauf verwandte, einen Verbrecher zu fangen, und der dann zu einer minimalen Strafe verurteilt wurde. Er schlug die Augen auf.

Vor ihm auf dem Schreibtisch lag die Niederschrift der Vernehmung von Anna Hedin. Sie hatte die Person, die sie vor Forsells Haus gesehen hatte, nicht genauer beschreiben können. Auch die Haustürbefragungen in der Umgebung hatten nichts ergeben. Niemand hatte etwas Ungewöhnliches gesehen oder gehört.

Axberg leerte das Kaugummipäckchen, zerknüllte es und traf dann tatsächlich den Papierkorb damit. Er fuhr mit seiner chronologischen Wanderung durch den Tag fort. Während der Mittagspause hatte er sich einen *salade niçoise* aus Nikos Pizzeria kommen lassen, um Zeit zu gewinnen. Zwischen den einzelnen Bissen hatte er mit Pfarrer Ekstedt und Birgit Öberg telefoniert. Mit vagen Worten hatte er erzählt, dass neue Indizien aufgetaucht waren, so dass ein Verbrechen bei ihren Angehörigen nun nicht mehr ausgeschlossen werden konnte. Ekstedt hatte die Nachricht positiv aufgenommen. Gleichzeitig hatte er Axberg zu verstehen gegeben, dass es keinen Tag zu früh war. Birgit Öberg dagegen hatte Angst bekommen und sich gewünscht, nie etwas gesagt zu haben. Sie wollte die ganze Geschichte am allerliebsten so schnell wie möglich vergessen.

Keiner der beiden konnte etwas Neues beitragen. Die Uhren waren und blieben verschwunden. Axberg ging in den Pausenraum und holte einen Apfel. Er hatte immer noch Lust auf eine Zigarette, konnte sie aber unterdrücken. Dann kehrte er wieder in sein Büro und zu der Frage nach einem möglichen Motiv zurück.

Die Gespräche mit den Betroffenen und der Blick in verschiedene Register hatte keine Verbindung zwischen Gerd Ekstedt, Kent Öberg und Lena Forsell gezeigt. In Momenten der Müdigkeit hatte Axberg Zweifel bekommen. Vielleicht gab es keinen gemeinsamen Nenner. Vielleicht war die Gleichung von vornherein falsch aufgestellt.

Als sich diese Zweifel bemerkbar machten, hatte er sich noch einmal hingesetzt und war alles, was passiert war, durchgegangen. Er hatte alle Ermittlungsergebnisse nebeneinandergelegt und verglichen. Der Schluss blieb derselbe. Lena Forsell war ermordet worden. Und es gab eine Verbindung zwischen den drei Todesfällen.

Die Frage war bloß, welche? Was war das Motiv? Was war die Methode?

Es war, als lägen die Puzzleteile zu weit voneinander entfernt und passten nicht aneinander.

Die Gedankensprünge zwischen den vereinzelten Inseln mit Tatsachen waren zu groß und zu zufällig. Axberg hatte keine Ahnung, wie das Bild letztlich aussehen würde. Er stand auf, ging zum Bücherregal und betrachtete die Rücken der Ordner. Auf eine Frage kam er immer wieder zurück: Wieso hatte der Mann einen Schlüssel zum Haus der Forsells gehabt? Und vielleicht sogar zum Pfarrhaus? Bedeutete das, dass der Mörder seine Opfer gekannt hatte?

In seinem Kopf jagten einander die Fragen. Axberg nahm den Plastikteller vom Schreibtisch und warf ihn weg. Er sah widerwillig auf den stetig wachsenden Stapel mit ungelesenen Akten, der sich vor ihm auftürmte. Ihm wurde bewusst, dass er noch mehr arbeiten müsste, wenn er bis zu seinem Urlaub in zwei Wochen fertig werden wollte. Ein Urlaub, den er vielleicht ohne Carolina würde verbringen müssen. Dann konnte er genauso gut in seinem Büro bleiben und arbeiten. Der Gedanke stimmte ihn wehmütig. So konnte es nicht weitergehen. Er musste sie erreichen. Er wusste, dass sie in der Nachrichtenredaktion war und heute Abend auf Sendung. Bisher hatte er noch nicht versucht, sie auf der Arbeit zu überraschen.

Also eine goldene Möglichkeit, das bisherige Muster seiner Bemühungen, bei ihr Gehör zu finden, zu durchbrechen. Gerade als er den Hörer abheben wollte, klingelte das Telefon. Er drückte auf den roten Knopf und antwortete. Monika Roos teilte ihm mit, dass Polizeichef Ståhl aus dem Urlaub zurück sei. Er wolle Axberg sofort in seinem Büro sprechen.

»Ich komme«, sagte Axberg und verzog das Gesicht.

Ståhl die aktuellen Ermittlungen zu erklären würde nicht einfach werden.

Polizeichef Ståhl war gut fünfzig und Polizeichef in Sundsvall, solange sich Axberg zurückerinnern konnte. Ståhl konnte sich schriftlich und mündlich sehr gut ausdrücken und übernahm mehr als gern alle Medienkontakte. Er war charismatisch und machte sich gut im Radio und im Fernsehen. Gleichzeitig benahm er sich seinen Untergebenen gegenüber wie ein arroganter, mürrischer Idiot. Eine Persönlichkeitsspaltung, die für die Mitarbeiter oft schwer nachzuvollziehen war.

Axberg klopfte an die Tür zu Ståhls Büro und wartete auf eine Antwort. Er fragte sich, welches Gesicht ihm heute entgegenblicken würde. Ståhl saß hinter seinem Schreibtisch, bequem zurückgelehnt in seinem Bürostuhl. Auf den Lippen hatte er ein durchschnittlich freundliches Lächeln, die Fingerspitzen waren in einer nachdenklichen Pose aneinandergelehnt.

»Gut, dass Sie kommen.«

Axberg dachte, dass er ja keine Wahl gehabt hatte.

»Wie war der Urlaub?«

Ståhls Lächeln wurde noch breiter.

»Wunderbar. Sie sollten selbst mal an die Riviera fahren.«

»Ja, vielleicht.«

»Ich habe das hier gelesen«, sagte Ståhl und wedelte mit der internen Mitteilung, die Axberg geschrieben hatte.

Axberg saß schweigend da und wartete auf die Fortsetzung. Er nahm an, dass Ståhl mit den Ermittlungen nicht zufrieden war, und wollte ihm nicht sofort die Vorlage zu einer vernichtenden Äußerung liefern, indem er nach seiner Meinung fragte.

»Das hier ist nicht stichhaltig«, fuhr Ståhl fort, der immer noch die Papiere in der Hand hielt.

»Könnten Sie etwas genauer sein?«, sagte Axberg.

»Es fehlt der Überblick, die Verbindungen sind zu vage. Eine Kette mit schwachen Indizien reicht nicht, um eine ganze Gruppe auf diese drei Todesfälle anzusetzen.«

»Das finde ich nicht«, wandte Axberg ein. »Ich bin davon überzeugt, dass ich Recht habe. Es gibt vieles, das ...«

Ståhl legte den Bericht demonstrativ auf den Tisch und ging dazu über, an dem Modellflugzeug herumzuspielen, das auf seinem Schreibtisch eine zentrale Position einnahm.

»Außerdem sind neue Anordnungen von der Landespolizei gekommen, wir sollen den Kampf gegen die Drogen zur Priorität machen. Deswegen müssen wir uns mehr um Drogenmissbrauch unter Jugendlichen kümmern. Besonders nach dem Fund bei Ralf Sedin.«

Ståhl hob den Blick wieder und sah Axberg an.

»Sankari leitet diese Untersuchung«, sagte Axberg kurz. »Er hat bisher noch nicht um Unterstützung gebeten, um die Aufgabe zu erledigen.«

»Aber jetzt sage ich, dass er sie bekommt«, sagte Ståhl.

Axberg fiel der schulmeisterliche Tonfall auf, der nicht eben dazu aufforderte, in Frage gestellt zu werden. Aber er ging das Risiko ein.

»Ich werde den Fall Lena Forsell nicht fallen lassen, es sei denn, Sie bestimmen jemand anderen zum Ermittlungsleiter.«

Es wurde still. Ståhl knöpfte den obersten Hemdknopf auf und schien nachzudenken.

»Okay«, sagte er schließlich. »Tun Sie, was Sie wollen. Aber die Drogenermittlungen dürfen auf gar keinen Fall darunter leiden.«

»Das werden sie nicht«, sagte Axberg und stand auf.

Ståhl klopfte mit seinem vergoldeten Brieföffner auf den Schreibtisch und sah Axberg fest an.

»Ich erwarte tägliche Berichte.«

Axberg verspürte den Drang zu salutieren, aber er hielt sich zurück. Stattdessen versprach er, dass Ståhl seine Berichte bekäme. Dann ging er in sein Büro zurück, stellte sich ans Fenster, zündete eine Zigarette an und sah nach draußen in den Sommer.

Auf dem asphaltierten Platz zwischen den Hochhäusern fuhren vier Kinder im Kreis Fahrrad und riefen einander fröhliche Bemerkungen zu. Als Axberg wieder zu den Papierstapeln auf seinem Schreibtisch zurückkehren wollte, sah er aus dem Augenwinkel, wie ein Mädchen hinfiel. Zwei Frauen, die auf einer Bank in der Nähe saßen, liefen panisch vor. Das Mädchen stand schnell wieder auf und schwang sich erneut aufs Fahrrad.

Axberg bekam das bestimmte Gefühl, dass bald etwas Entscheidendes passieren würde. Etwas, das bewies, dass er mit seinem Verdacht Recht hatte. Dass hinter diesen merkwürdigen Todesfällen mehr steckte, als sie bisher ahnten.

Im Moment raste die Kompassnadel noch rund und rund, ohne anzuhalten.

Kapitel siebenundzwanzig

Die Wanduhr schlug Mitternacht.

Es blieben noch fünf Stunden. Obwohl er letzte Nacht genau acht Stunden geschlafen hatte, waren seine Augenlider schwer. Er war eigentlich nie müde, und es störte ihn, den Grund für seine Erschöpfung nicht zu kennen. Die einzige denkbare Erklärung wollte er nicht anerkennen. Er ließ die unerwünschten Impulse vorübergehen, versuchte, sich unsichtbar und unangreifbar zu machen. Es war unmöglich. Der Alptraum kehrte ständig wieder und quälte ihn nachts.

Das Quietschen der Reifen auf dem rutschigen Asphalt, die Flugbahn des roten Schulranzens durch die Luft, die Mütze und der blonde Haarschopf, der auf die Autoscheinwerfer prallt. Dann Stille.

Die Stille, die bis heute anhält. Er schüttelte sich, ging in die Küche und nahm eine Portion der direktimportierten mexikanischen Bohnen aus dem Kühlschrank. Starker Kaffee musste ihn wach halten. Er knipste die Plastikklammer der Tüte auf und schüttete fünfundzwanzig Bohnen in seine Hand. Dann ließ er sie drei Mal zwischen seinen Händen hin und her wandern, um zu kontrollieren, ob die Schale intakt war. Nachdem er sich von der Qualität überzeugt hatte, legte er die Bohnen in die Kaffeemühle und mahlte sie. Er drehte ruhig und rhythmisch hundert Mal. Der Duft, der das Zimmer erfüllte, und die Gedanken an das, was geschehen würde, munterten ihn auf.

Noch ein Schritt, dessen Richtung Janus ihm offenbart hatte, würde sich vollenden. Dann würde die große Rache kommen, unwiderruflich und süß. Das leere Feld um die Nummer acht würde sich für immer mit dem Strich des Todes füllen. Er würde beweisen, dass er der Aufgabe gewachsen war, dass seine frühere Fehlberechnung eine Ausnahme war. Die Einzelheiten waren noch nicht klar, aber er wusste, was das Ergebnis der Vergeltung sein würde. Sein musste.

Die Spielkarten im Kasino hatten ihm den Weg gezeigt. Zwei schwarze Könige. Seine Idee war so einfach wie genial. Aber zuerst würde er die heutige Aufgabe erledigen. Alles sollte in der Reihenfolge geschehen, wie es von Anfang an geplant gewesen war. Er kochte Wasser und goss es über den feingemahlenen Kaffee. Der schmeckte wie immer ausgezeichnet. Mit der Tasse in der Hand setzte er sich an den Schreibtisch und hörte sich die Aufnahme des Gesprächs mit Elin Hysén an. Dann überprüfte er die Adresse auf dem Stadtplan und lernte den Türkode auswendig. Während der letzten Stunde, bevor er losging, reinigte er die Wasseroberfläche des Aquariums von toten Pflanzenteilen und aufgequollenem Futter.

Draußen war die Sommernacht hell und dünn. Alles war still. Keine Autos waren unterwegs. Trotzdem überquerte er die Straße auf dem Zebrastreifen, fünfzig Meter nach dem natürlichen Schnittpunkt der Linien von Haustür und Garage. Er drückte auf den Knopf und wartete auf Grün. Er achtete sorgfältig darauf, nicht auf die breiten, weißen Streifen zu treten. Das verlieh ihm ein Gefühl der vollkommenen Kontrolle.

Alles, was Elin Hysén gesagt hatte, stimmte auf den Punkt. Um das Risiko, im Treppenhaus gesehen zu werden, zu minimieren, nahm er den Aufzug, sperrte seine Klaustrophobie in einen seiner inneren, geschlossenen Räume und fuhr in den zweiten Stock. In der Wohnung roch es immer noch nach Hund. Als er durch den Flur ins Schlafzimmer schlich, schienen große, weiße Staubflocken aufzuwirbeln. Er spürte, wie seine Augen zu jucken begannen, obwohl er seine Allergiemedikamente genommen hatte. Er fluchte leise vor sich hin. Elin Hysén hatte sicher noch nicht geputzt, seit sie den Hund verkauft hatte, dachte er.

Methodisch und automatisch führten seine Hände die gewohnten Bewegungen aus. Als alles vorüber war, öffnete er die Uhr, die Elin Hysén ums Handgelenk trug, zog das Rädchen an der Seite heraus und kontrollierte, ob die Zeiger stehen blieben. Vierzehn Minuten nach drei. Jetzt gehörte die eigentlich ihr zugedachte Zeit ihm. Noch ein Schritt in die richtige Richtung. Bald war er an der Endstation angekommen.

Er kehrte nach Hause zurück und duschte sechzig Minuten lang. Sorgfältig rieb er den Körper mit Lavendelöl ein und ließ ihn während seines üblichen Gymnastikprogramms auf dem Wohnzimmerboden an der Luft trocknen. Danach legte er sich im Bett zurecht, dachte sich seinen Körper fort und redete sich ein, dass sein Leib nicht mehr existierte. Der Tunnel aus Licht und Bewusstsein verlosch schnell um ihn herum. Bald schlief er fest. Tief in seinem Unterbewusstsein spürte er, dass der Zeitpunkt des Einschlafens im Rahmen lag.

Der Zeitabstand, den er mit Janus abgesprochen hatte, stand seit heute früh auf dem Computerbildschirm.

Kapitel achtundzwanzig

Um sechs Uhr abends am 19. Juli trafen sich Axberg und Jensen in der Kneipe am Stora Torg.

Wie immer am Donnerstag wollten sie versuchen, die Sieger der fünf Trabrennen morgen in Bergsåker zu erraten. Das Bier war serviert worden, jeder hatte ein Pint schwarzes Guinness. Bisher war alles wie immer. Dass sich über siebentausend Kronen im Topf befanden, war allerdings nicht alltäglich. Ein unerwarteter Galopp des Favoriten beim letzten Rennen hatte den Weg zum Gewinn frei gemacht. Trotzdem war die Stimmung gedrückt. Axberg sah auf den Schaum herunter, Jensen schaute abwesend auf eine Dartscheibe.

»Ein Prost beim Leichenschmaus ist besser als gar nichts«, sagte Axberg in einem Versuch, die Stimmung aufzuheitern.

Jensen lächelte über die Ironie und hob sein Glas.

»Zwei unfreiwillige Strohwitwer«, sagte er.

Axberg sah seinen Freund an. Die blauen Augen hatten ihr Leuchten verloren.

»Du kannst jedenfalls nach Hause fahren, wenn du willst.«

»So einfach ist das nicht«, sagte Jensen und fuhr mit dem Daumen durch die Feuchtigkeit auf dem Glas.

Sie versanken wieder in gemeinsamem Schweigen. Ihre Freundschaft war schon immer so gewesen, dass sie ewig zusammensitzen konnten, ohne ein Wort zu wechseln. Die wortlose Kommunikation war oft die angenehmste. Wie jetzt. Das leichte Gemurmel im Lokal als Hintergrund, sonst nichts.

Die Kneipe füllte sich langsam mit Leuten, die Feierabend hatten, und ein paar Touristen, die aussahen, als hätten sie gerade einen Einkaufsbummel hinter sich. Als der sahneartige Schaum den Boden des Glases erreichte, gingen sie zu hellem Bier und einem doppelten Glenlivet über. Axberg eröffnete das Gespräch.

»Wohnst du immer noch im Krankenhaus?«

Jensen nickte schwer.

»Sara ist mit Erika zu ihrer Mama gezogen.«

»Das Haus ist also leer?«

»Paradoxerweise schon.«

Jensen machte eine Pause und nippte am Whisky.

»Aber wenn ich nach Hause zurückkehre, hat sie die Schlacht gewonnen.«

Axberg sah seinen Freund traurig an.

»Bei dir klingt es, als handele es sich um eine Art Krieg.«

»Du weißt, was ich meine. Wenn ich nach Hause ziehe, wird Sara das so interpretieren, dass ich mein Verhalten bereue und die Situation akzeptiere.«

»Ich verstehe deine Logik nicht ganz. Wenn sie eine Abtreibung ablehnt, hast du doch gar keine Wahl?«

Jensen antwortete nicht. Stattdessen griff er nach ein paar Erdnüssen und warf sie sich in den Mund. Irgendwo tief drinnen wusste er, dass Axberg Recht hatte. Früher oder später würde er dazu gezwungen sein, seine Enttäuschung zu begraben und zu seiner Familie zurückzukehren. Aber zuerst musste er die Zeit bekommen, den Eisberg, der sich in seiner Brust befand, zum Schmelzen zu bringen. Und es war unmöglich zu sagen, wie lange das dauern würde. Der Intellekt herrscht nun mal nicht über das Gefühlsleben, dachte er.

Gedanken, Meinungen und Vorstellungen konnte man verändern, berichtigen und neu bewerten. Aber Gefühle, Instinkte und reflexartige Reaktionen waren schwieriger zu beeinflussen. Sara hatte ihn hintergangen. Das Kind in ihrem Bauch bedeutete, dass die Umzugspläne begraben waren. Für den Moment und wahrscheinlich für alle Zeit.

Jensen wusste, wie schwer es war, sich aus der Erde zu lösen, wenn die Wurzeln erst einmal richtig festgewachsen waren. Die Karriere wäre mit einer Oberarztstelle im Krankenhaus zu Ende, und nach ein paar Jahren würde er vielleicht Klinikchef. Die Forschung und die zukünftige Professur, die er sich erhofft hatte, musste er ad acta legen. Damit könnte er leben. Die Familie war schließlich das Wichtigste. Aber schwieriger war es, über Saras Betrug hinwegzukommen. Er brauchte Zeit. Die letzte Nuss knirschte zwischen seinen Zähnen.

Axberg dachte an Carolina. Langsam war er in einem apathischen Zustand versunken. Während der letzten Tage waren seine Versuche, sie zu erreichen, immer seltener geworden. Warum, wusste er nicht, aber es machte ihm Angst. Wahrscheinlich lag es daran, dass er es nicht mehr ertrug, noch öfter abgewiesen zu werden. Es zehrte an seinen Kräften, sein Selbstvertrauen ging gegen null. Was sollte er tun, damit sie begriff?

Letzte Nacht hatte er geträumt, dass Carolina mit einem unbekannten Mann schlief. Axberg hatte neben Carolinas Bett gestanden und zugesehen, unfähig, sich zu rühren. Sein Körper war gelähmt, und seine Stimme ließ ihn im Stich. Er hatte sich wie eine stumme Statue gefühlt, die in einem Fluch gefangen war. Nach einer Weile, es fühlte sich unendlich lang an, hatte Carolina sich an der Seite des Bettes auf den Rücken gedreht und ein Kind geboren. Dann hatte sie das schreiende Baby hochgehoben und war zu Axberg gegangen. Gerade als er das Kind auf den Schoß nehmen wollte, war er mit einem Zucken im Sessel aufgewacht. Völlig angezogen und schweißdurchnässt.

Da er unmöglich wieder einschlafen konnte, hatte er einen langen Spaziergang in der menschenleeren Stadt gemacht. Nach zwei Stunden Herumirrens hatte er an der Statoil-Tankstelle einen Kaffee und ein Käsebrot gekauft. Dann war er um sieben Uhr direkt aufs Revier gegangen. Die Angst, mit der er aufgewacht war, verfolgte ihn immer noch. Die Botschaft aus seinem Traum war nicht schwer zu deuten. Er konnte so nicht weiterleben. Aber was sollte er tun?

Er sah in seinen Whisky, bewegte die Hand im Kreis und beobachtete, wie das Getränk an den Rand schwappte. Wie meine eigene Seele in einer unnachgiebigen Welt, dachte er.

»Wie läuft's bei der Arbeit?«, fragte Jensen.

Axberg war dankbar, aus seinen tristen Gedanken gerissen zu werden.

»Gut. Viel zu tun, wie immer.«

»Fangt ihr noch ein paar Gauner?«

»Einen jede Viertelstunde«, entgegnete Axberg. »Im Drogenhandel ist im Moment viel los.«

Jensen nickte.

»Das sehen wir auch in der Notaufnahme. Viele Jugendliche kommen halbtot bei uns an, durch Liquid Ecstasy, Pilze und allen möglichen anderen Scheiß. Nach einem Tag unter Beobachtung sind sie dann wieder fit. Dann werden sie entlassen und feiern weiter, als wäre nichts passiert. Der Kreis schließt sich.«

Axberg ließ das Thema fallen. Er dachte an die aktuelle Ermittlung im Fall Lena Forsell. Hatte Jensen nicht genau an diesem Tisch von ungeklärten Todesfällen erzählt, die in letzter Zeit passiert waren? Irgendetwas über ein Forschungsprojekt, das er beginnen wollte?

Axberg sah sich im Lokal um. Die Tische um sie herum waren leer, und der Geräuschpegel war laut genug, so dass niemand etwas hören würde. Das gab den Ausschlag. Selbst wenn es unwahrscheinlich war, dass es eine Verbindung zwischen Jensens Beobachtungen und seiner eigenen Ermittlung gab, war es doch immer gut, Ideen zu vergleichen.

»Woran denkst du?«, fragte Jensen und versuchte, Axbergs Gedankenblase zu sprengen.

Axberg lächelte, weil sein Freund ihn durchschaut hatte.

»An etwas, das du gesagt hast, als wir vor ein paar Wochen hier gesessen haben.«

Jensen zog fragend eine Augenbraue hoch.

»Was denn?«

Axberg wägte verschiedene Worte ab, holte eine Zigarette hervor und zündete sie an.

»Du hast erwähnt, dass es hier in der Stadt mehrere unerwartete Todesfälle bei vorher gesunden Menschen gegeben hat. Wobei die eigentliche Todesursache unklar war. Du hattest eine Theorie, dass es an einem Virus liegen könnte?«

»Genau. Ich stehe in den Startlöchern, um meine Studie zu beginnen.«

»Wie weit bist du gekommen?«

Jensens Blick bekam wieder sein neugieriges Leuchten. Er berichtete von den Krankenakten, die er gesammelt hatte und von der geplanten Zusammenarbeit mit der Rechtsmedizin in Umeå. Dann erzählte er von den Blutproben der Verstorbenen, die auf eventuelle Viren untersucht werden sollten. Axberg hörte aufmerksam zu.

Obwohl er schon einiges an Alkohol getrunken hatte und sein Gehirn nach all den stetig wiederkehrenden Grübeleien über Carolina ziemlich erledigt war, hatte er nun das Gefühl des ersten klaren Augenblicks für heute. Ihm wurde bewusst, dass das Szenario, das Jensen untersuchte, im Großen und Ganzen dasselbe war wie das, dem er sich gegenübersah. Der Unterschied war, dass es in Jensens Fällen keinerlei Anzeichen für ein Verbrechen gab. Zumindest keine offensichtlichen. Axberg fragte sich, ob das nur daran lag, dass man nicht nach kriminellen Ursachen für die Todesfälle gesucht hatte. In derselben Sekunde, in der er diesen Gedanken formuliert hatte, bekam er Angst. Er wagte es nicht, den Gedankengang zu Ende zu führen.

»Warum fragst du eigentlich?«, sagte Jensen.

Die Frage blieb in der Luft hängen. Einer der bekanntesten Junkies der Stadt torkelte auf ihren Tisch zu und legte seine Hände auf die Rückenlehne eines leeren Stuhls.

»Sitzt hier jemand?«, lallte er.

Dann fiel sein wirrer Blick auf Axberg.

»Ach, Kacke, ist das nicht der Bulle persönlich?«

Axberg musste einsehen, dass der Frieden gebrochen war. Da es zu anstrengend gewesen wäre, sich aus der Situation herauszureden, schlug er Jensen vor zu gehen.

Draußen wehte ein lauer Wind, die Abendsonne schien blass hinter dünnen Wolken. Auf dem Stora Torg arbeiteten Bauarbeiter wegen des sommerlichen Straßenfestes.

Von der Lastfläche eines LKWs wurden blaue Miettoiletten abgeladen und reihenweise hinter der großen Bühne aufgestellt.

»Zum Glück habe ich am Wochenende keinen Dienst«, sagte Jensen. »Das hier ist eine Garantie dafür, dass man die gesamte Nacht wach bleiben muss«, fuhr er fort und machte eine weite Geste über den Markt.

»Dasselbe gilt für uns«, stimmte Axberg zu. »Die Leute können nicht miteinander feiern und trinken, ohne dass es die totale Hölle wird. Apropos, kommst du noch kurz mit zu mir nach Hause?«

Jensen sah zur Uhr am Rathaus hoch und zögerte. Schon fünf vor zehn. Am nächsten Tag sollte er an drei frühmorgendlichen Herzschrittmacheroperationen teilnehmen. Dafür brauchte es ruhige Hände und ein rasches Auffassungsvermögen. Dann dachte er an Sara, Erika und das kahle Arztzimmer, das sein vorübergehendes Zuhause war.

»Okay, aber es darf nicht zu spät werden.«

Sie gingen die hundert Meter zum Knausthus und fuhren mit dem Aufzug in Axbergs Wohnung. Jensen setzte sich auf Axbergs durchgesessenen Sessel. Zwei Decken lagen auf dem Boden daneben herum.

Axberg fiel auf, wie unordentlich die Wohnung war. Erst jetzt, als er einen Gast hatte, merkte er, wie schlimm es war. Staubflusen in den Ecken, Chipskrümel auf dem Tisch, vertrocknete Blumen und eine Gardine, die sich von den zwei mittleren Ringen gelöst hatte. Hier hatte er Abend um Abend gesessen, ohne einen Gedanken daran, was für ein Saustall ihn umgab. Die Wahrnehmung ist äußerst selektiv, dachte er, und beschloss, am nächsten Tag aufzuräumen. Dann holte er zwei Gläser Lagavulin und nahm das Gespräch wieder auf.

»Im Moment ermitteln wir in ein paar Todesfällen, genau gesagt drei Stück, bei denen merkwürdige Umstände vorliegen. Einzelheiten, auf die ich jetzt nicht genauer eingehen kann, lassen uns vermuten, dass es sich um Verbrechen handelt.«

Axberg hob das Glas und lehnte sich auf dem Sofa zurück.

»Ich erzähle dir das deshalb, weil die Todesursache in allen Fällen plötzlicher Herztod lautet.«

Jensen nickte nachdenklich.

»Ist die Rechtsmedizin eingeschaltet worden?«, fragte er.

»Bei zweien der Fälle.«

»Und sie haben nichts Ungewöhnliches entdeckt? Etwas, das darauf hindeutet, dass der Tod nicht natürlich war?«

»Nein.«

»Warum glaubst du dann, dass es sich um Verbrechen handelt?«

Axberg musste zugeben, dass die Frage berechtigt war. Aber er würde gegen das Dienstrecht verstoßen, wenn er alle Einzelheiten dieser komplizierten Ermittlung preisgeben würde.

»Das kann ich nicht genauer erläutern. Aber es gibt gewisse Indizien ... Außerdem glauben wir, dass es zwischen den Opfern vielleicht eine Verbindung gibt.«

»Drei Menschen sollen also ermordet worden sein, ohne dass man das bei der Obduktion hat feststellen können?«

»Wir arbeiten mit dieser Annahme.«

Jensen sah seinen Freund ernst an.

»Ich glaube, ihr täuscht euch. Wie soll das passiert sein?«

Axberg schwieg. Er hatte keine gute Antwort auf diese Frage, nicht einmal eine halbherzige Theorie. Das war das schwächste Glied in der Indizienkette. Ein vermuteter

Mord, bei dem die Ausführung nicht feststand, war etwas Einzigartiges und Unbegreifliches.

»Habt ihr überhaupt einen Verdächtigen?«, fuhr Jensen fort.

Axberg schüttelte den Kopf und leerte das Glas. Plötzlich fiel ihm selbst eine Frage ein.

»Kann man jemanden umbringen, ohne dass man es bei einer Obduktion feststellen kann?«

»Nicht dass ich wüsste«, sagte Jensen. »Aber auch eine Obduktion beantwortet nicht alle Fragen, selbst wenn die Technik heute sehr fortgeschritten ist. Außerdem darf man den menschlichen Faktor nicht vergessen … Ärzte sind keine Übermenschen.«

Axberg hörte aufmerksam zu. Diese Möglichkeit hatte er noch nicht in Betracht gezogen. Dass es tatsächlich etwas gab, das übersehen worden war. Conrad hatte in letzter Zeit wirklich etwas müde und abwesend gewirkt. Aber war das bei dieser Arbeitsbelastung verwunderlich?

»Darfst du die Namen der Opfer sagen?«, fragte Jensen. »Dann kann ich nachsehen, ob der Name bei den vier Fällen, die ich zusammengesucht habe, vorkommt.«

Axberg zögerte einen Augenblick. Dann nannte er die drei Namen. Jensen schüttelte den Kopf. Axberg fragte sich, wie viele Fälle mit ähnlichen Umständen es da draußen eigentlich gab.

Jensen hatte seine vier Patienten, er selbst drei. Machte zusammen sieben. Alle mit derselben unklaren Todesursache. Was würde man entdecken, wenn man auch in Jensens Fällen nach einem Verbrechen suchen würde?

Axberg wurde es mulmig. Jensen stellte sein Glas ab und stand auf.

»Ich glaube jedenfalls, dass du auf ganz dünnem Eis unterwegs bist. Meine Einschätzung ist, dass ein Virus der

Grund für die Todesfälle ist. Oder dass der Zufall uns einen Streich spielt.«

»Ich hoffe, dass du Recht hast«, sagte Axberg und begleitete ihn zur Tür.

»Übrigens, danke für den Whisky«, sagte Jensen. »Falls du es schaffst, kannst du morgen gern eine Top-5-Wette abgeben.«

Axberg grinste schief.

»In dem Fall fünf Siegwetten.«

Als Jensen gegangen war, setzte Axberg sich in den Sessel. Er nahm sein Glas, goss das bisschen, das noch in der Flasche war, ein, und langsam wurde ihm innerlich warm. Das mulmige Gefühl verschwand.

Er beschloss, ein Bad zu nehmen und ließ heißes Wasser in die Wanne. Bob Dylan wartete im CD-Spieler und nach einem Druck auf die Fernbedienung lief die Scheibe los.

»If you see her, say hello.«

Als Axberg nach dem Badeschaum suchte, fiel sein Blick überrascht auf eine von Carolinas Shampooflaschen. Sie musste beim Auszug vergessen haben, sie mitzunehmen, dachte er. Als er den Deckel aufschraubte und den fruchtigen Duft roch, überkam ihn heftige Sehnsucht. Er würde gern in Carolinas Haaren ertrinken, wenn er es nur dürfte. Und dann für immer da bleiben, begraben und eingewickelt. Dafür könnte er auf den Rest der Welt verzichten. Morgen werde ich die Flasche zurückbringen, beschloss er. Die Entscheidung ließ ihn die Einsamkeit besser ertragen.

Er ließ sich ins Wasser gleiten und stellte das Glas auf den Badewannenrand. Während um ihn herum der Dampf aufstieg, gingen seine Gedanken zurück zu dem Gespräch mit Jensen. Vielleicht überinterpretierte er die Verbindungen zwischen all den unklaren Todesfällen. Hätte es in den Fällen, von denen Jensen erzählt hatte, den Verdacht auf ein

Verbrechen gegeben, wäre die Polizei sicher schon lange eingeschaltet worden.

Axberg wurde bewusst, dass er dabei war, sich zu verzetteln. Er musste diese mögliche Verbindung vorerst ruhen lassen. Selbst wenn dem Ganzen etwas gleichzeitig Faszinierendes und Unheimliches anhaftete. Dieser Anhäufung von unerwarteten Todesfällen ohne offensichtliche Erklärung. Es war, als schaue man in ein Glas mit Wasser, auf dessen Oberfläche plötzlich ein Tropfen Konzentrat trifft. Der Inhalt des Glases färbt sich schnell, die Sicht trübt sich. Man glaubt, etwas zu sehen, das nicht dorthin gehört, eine Vorahnung, dass sich plötzlich etwas verändert hat. Dann blinzelt man, und wenn man wieder genau hinsieht, ist alles wie immer. Das Gefühl ist vage und undeutlich, die Erinnerung liefert keine sicheren Antworten.

Übrig bleibt nur eine Ahnung davon, dass etwas verändert wurde.

Axberg zuckte zusammen, als er Badeschaum in den Mund bekam. Im warmen Wasser und mit dem Alkohol in den Adern war er eingenickt. Die Haut der Handinnenflächen war runzelig. Ein Blick auf die Uhr sagte ihm, dass er mindestens vierzig Minuten in der Badewanne gelegen hatte. Er fluchte laut. Früher war ihm das nie passiert, dass er beim Baden eingeschlafen war; er musste wirklich müde sein. Er stieg aus der Wanne, trocknete sich ab, ging in die Küche und trank drei Gläser kaltes Wasser. Danach fiel er erschöpft ins Bett, lag ruhig auf dem Rücken und starrte an die Decke. Eine dumpfe Übelkeit ergriff ihn, und der Schwindel kam in Wellen. Er wusste nicht, was ihn schwindeliger machte, das viel zu lange Bad, der Alkohol oder all die unbeantworteten Fragen, die in seinem Kopf rotierten.

Morgen würde er loslegen und zum Kern der Ermittlung zurückkehren. Wer war der Mann, der in der Nacht, in der

Lena starb, das Haus der Familie Forsell betreten hatte? Was hatte er für ein Motiv und wie hat er sie umgebracht? Gab es einen Zusammenhang zwischen den drei Todesfällen?

Als er die Augen schloss und in Halbschlaf sank, hörte er Tony Wollmars heiseres Lachen zwischen den Schläfen widerhallen.

Das Letzte, was er sah, bevor er einschlief, waren Lena Forsells flehende Augen auf ihrem Abiturfoto.

Als versuche sie, ihm etwas Wichtiges zu sagen.

Kapitel neunundzwanzig

Am Donnerstagmorgen um fünf nach neun machte Pablo die Tür zum Konferenzraum zu. Jens Åkerman hatte einen großen Fernseher mitten ins Zimmer gestellt und drückte fieberhaft auf die Fernbedienung, um den richtigen Kanal zu finden.

Axberg und Sankari saßen am Tisch und betrachteten den Stapel Videokassetten, der sich vor ihnen auftürmte. Hamrin lehnte an der Wand und sah geistesabwesend und mit glasigen Augen aus dem Fenster. Alle zwei Minuten nieste er in die Armbeuge. Auf die Explosion folgte jedes Mal eine unverständliche Tirade, die der Satzmelodie nach zu urteilen seinen Gesundheitszustand und die ganze Welt verfluchte.

»Das hier wird verdammt lang dauern«, murmelte Hamrin in Richtung des Bildschirms.

»Wir müssen uns aufteilen«, sagte Axberg. »Dann wird es machbar. Zu Anfang konzentrieren wir uns auf die erste Etage. Da hat unser unbekannter Mann seine Chips eingetauscht. Auch Tony Wollmar müsste kurz im Bild auftauchen ...«

Hamrin räusperte sich.

»Im Augenblick befindet er sich jedenfalls auf Alnö, in der alten Landwirtschaftsschule. Ich habe gerade einen Anruf von Jansson von der Überwachung erhalten.«

Axberg sah Hamrin fragend an.

»Was macht Wollmar da?«

»Keine Ahnung. Aber er ist schon zum zweiten Mal innerhalb von drei Tagen da draußen. Außerdem ist die Schule seit den siebziger Jahren verlassen und ziemlich verfallen.«

»Überprüf das«, sagte Axberg.

»Was glaubst du, tun wir gerade?«, entgegnete Hamrin und unterdrückte noch einen Nieser.

Ihr Wortwechsel wurde dadurch unterbrochen, dass Jens Åkerman den richtigen Kanal fand. Ein donnerndes Rauschen dröhnte aus dem Fernseher. Åkerman fummelte wieder an der Fernbedienung herum und stellte leiser. Auf dem Bildschirm tauchte einer der Roulettetische auf. Leute setzten sich auf Barhocker oder stiegen herab, eine Kellnerin sammelte leere Bierflaschen ein, und die Kugel surrte.

»Nichts geht mehr«, hörte man den Croupier. Axberg war beeindruckt, wie scharf das Bild war und wie klar der Ton.

»Sektion vier, erster Stock, zweiundzwanzig bis null Uhr eins«, las Sankari auf der Kassettenhülle.

Axberg nickte.

»Insgesamt sind es über hundert Filmstunden. Wir bekommen Hilfe von der Ordnungspolizei. Aber es bleiben immer noch zehn Stunden pro Kopf.«

»Und dabei hatte ich immer gedacht, wir würden uns bei der Arbeit viel bewegen«, sagte Pablo und grinste breit.

»Du kannst dich gern aufs Trimmrad setzen und dabei fernsehen«, sagte Axberg.

Sankari und Åkerman brachen gemeinsam in Lachen aus.

»Zurück zum Ernst des Lebens«, sagte Axberg. »Hier ist das Arbeitsschema, nach dem wir vorgehen.«

Er holte den Papierstapel hervor, bei dem Monika Roos ihm beim Kopieren geholfen hatte, und verteilte ihn.

»Hamrin fällt weg, weil er genug mit der Beschattung Wollmars zu tun hat. Wie ihr seht, habe ich bereits verschiedene Prioritäten gesetzt. Wir werden uns auf den ersten Stock konzentrieren und besonders auf die Zeit gegen dreiundzwanzig Uhr dreißig, laut Quittungsstempel die Zeit des Umtauschs.«

»Wonach suchen wir?«, fragte Pablo.

»Alles, was ungewöhnlich aussieht. Und nach Tony Wollmar. Was er tut, mit wem er spricht und so weiter.«

Axberg machte eine Pause, um die Aufmerksamkeit seiner Zuhörer zu schärfen.

»Denkt daran, dass wir zwei Fragen beantworten müssen: Was verbindet Wollmar mit Ralf Sedin und dem Drogenfund? Wer ist der Mann, der die Kasinoquittung unter Lena Forsells Bett verloren hat?«

Keiner der Kollegen sah besonders enthusiastisch aus. Die Lockerheit, die normalerweise typisch für die Sommermonate war, war wie weggeblasen. Axberg wusste, dass es eine seiner wichtigsten und schwierigsten Aufgaben als Ermittlungsleiter war, die Moral auch während der trostlosesten Momente einer Ermittlung aufrechtzuerhalten. Wenn es hektisch wurde, lief alles von selbst, es hagelte Vorschläge, und die Energie war grenzenlos. Jetzt, in der aktuellen Flaute, war der Zeitpunkt, zu dem er Wind in die Segel blasen musste.

»Und vergesst nicht, nach der Tasche Ausschau zu halten, die Anna Hedin bei dem Mann gesehen hat«, schloss er.

Sankari nahm eine Dose Kautabak heraus und legte sie vor sich auf den Tisch. Er runzelte besorgt die Stirn.

»Was sagt Ståhl hierzu?«

»Nichts«, sagte Axberg. »Solange du nicht mehr Leute für die Drogenermittlungen verlangst.«

Axberg griff sich ein Video aus dem Stapel und wedelte damit in der Luft herum.

»Und das hier kann auch zu diesen Ermittlungen gehören. Tony Wollmar und Drogenhandel bezeichnen hier in der Stadt wohl ein und dasselbe.«

Sankari nickte zustimmend.

»Ja. Da hast du wohl Recht. Ich habe übrigens im Augenblick keine anderen Sachen zu bearbeiten.«

»Ich bin auch in einer Sackgasse, was das Personal im Skvadern angeht«, sagte Pablo.

Er holte tief Luft und seufzte.

»Es erzählt immer noch keiner, warum Lena Forsell gekündigt hat. Es wirkt fast so, als hätten sie vor irgendetwas Angst.«

»Wollmar hat ihnen sicher einen Maulkorb verpasst«, sagte Hamrin.

Axberg hörte dem Wortwechsel mit steigender Verärgerung zu.

»Wenn Wollmar uns Knüppel zwischen die Beine werfen will, dann müssen wir die Mädchen zur Vernehmung herbringen. Ich werde sofort nach der Besprechung mit Fridegård reden.«

Pablo notierte sich etwas auf seinem Block. Axberg trank einen Schluck Wasser und dachte nach.

»Mit jedem Tag wird die Antwort auf die Frage, warum sie gekündigt hat, wichtiger für die Ermittlung. Falls Wollmar versucht, etwas zu verbergen, dann muss es möglichst schnell rauskommen.«

Sankari öffnete die Dose und begann, methodisch eine Prise zu formen.

»Glaubst du, dass er das Forsell-Mädchen umgebracht hat?«

»Weiß der Teufel. Aber noch mal: Es wird leichter, Antworten zu finden, wenn wir wissen, worum es in der Auseinandersetzung ging.«

»Die Eltern haben nichts mehr gesagt?«, fragte Åkerman.

Axberg schüttelte den Kopf.

»Irgendwelche Vorschläge, was das Motiv angeht?«, sagte Pablo.

»Nein«, sagte Axberg. »Zwischen den Toten wurden keine Gemeinsamkeiten gefunden.«

»Falls deine Theorie über einen Serienmörder zutrifft«, fuhr Pablo fort, »wird er dann noch einmal zuschlagen?«

Die Frage blieb in der Luft hängen. Auch Axberg hatte sie sich schon gestellt, ohne eine Antwort zu finden, weder durch Logik noch durch Intuition. Die Besprechung wurde durch ein kaum hörbares Klopfen an der Tür unterbrochen. Monika Roos trat ein. Abgesehen von Ståhl war sie die Einzige im Haus, die es wagte, ungebeten einzutreten, wenn die Ermittlungsgruppe versammelt war.

»Das hier ist gerade mit einem Boten vom Kasino gekommen«, sagte sie und gab Axberg einen braunen Umschlag. »Ich habe angenommen, dass es wichtig ist.«

Axberg öffnete das Kuvert und las.

»Noch mehr Arbeit«, sagte er. »Hier ist eine komplette Liste mit allen, die am fraglichen Abend im Kasino waren. Rund tausend Namen, würde ich sagen.«

Axberg gab das Papier an Åkerman weiter, der da saß und mit seinem Daumennagel über die Rillen des Plastikbechers fuhr.

»Geh die Liste durch und überprüfe alle denkbaren Strafregister. Es wäre praktisch, wenn du die Namen in chronologischer Ordnung nach ihrer Besuchszeit in den Computer eingeben würdest.«

»Kein Problem«, sagte Åkerman. »Du bekommst sie heute Nachmittag.«

»Gut. Wie läuft's an den übrigen Fronten?«

Pablo lehnte sich auf seinen nackten Unterarmen über den Tisch vor und meldete sich zu Wort.

»Rut Norén hat sich das Schloss an der Haustür der Forsells angesehen.«

Pablo machte eine Kunstpause und wartete auf Fragen. Als die ausblieben, sprach er von allein weiter.

»Es ist ausgeschlossen, dass jemand das Schloss in weniger als fünf Minuten geknackt hat.«

»Was die Theorie stärkt, dass der Mann einen Schlüssel zum Haus hatte«, stellte Axberg fest. »Die Frage ist nur, woher.«

»Ich begreife immer noch nicht, warum jemand das Risiko eingehen sollte, hineinzugehen und das Mädchen umzubringen, während beide Eltern zu Hause sind«, sagte Sankari. »Da stimmt was nicht …«

»Dem stimme ich zu«, sagte Axberg. »Und wenn man dann noch die Tatsache betrachtet, dass er keine Spuren hinterlässt, wird es noch seltsamer. Das deutet auf sehr große Vorsicht und Genauigkeit.«

»Und das zeichnet das Bild einer gespaltenen Persönlichkeit«, fuhr Sankari fort. »Sowohl verrückt und waghalsig als auch minutiös planend.«

Sie versanken ein paar Sekunden in Schweigen.

»Können wir sicher sein, dass die Eltern die Wahrheit sagen?«, fragte Pablo.

»Nein«, sagte Axberg. »Wir können uns bei nichts sicher sein. Aber warum sollten sie lügen?«

»Sie haben vielleicht etwas zu verbergen«, warf Hamrin ein. »Selbst feine Leute lügen, sicherlich häufiger und besser als andere, wenn es passt. Wissen wir, dass keiner von den beiden das Mädchen umgebracht hat?«

Axberg sah Hamrin müde an.

»Nichts deutet darauf hin. Es erklärt nicht, wie die Kasinoquittung unter dem Bett gelandet ist und auch nicht den nächtlichen Besuch des unbekannten Mannes.«

Hamrin nickte, als akzeptierte er die Argumentation. Dann nieste er wieder. Sankari, der am nächsten saß, wischte sich ärgerlich mit dem Handrücken die Wange trocken.

»Verdammt, Sven«, murmelte er. »Du kannst doch wohl die Hand vor die Klappe halten, wenn du niest!«

Hamrin antwortete nicht. Stattdessen öffnete er das Fenster neben sich. Ein frischer Sommerwind wehte ins Zimmer.

»Ich habe sogar noch mal mit Pfarrer Ekstedt gesprochen«, fuhr Axberg fort. »Er bleibt dabei, dass alle Türen des Pfarrhauses abgeschlossen waren. Und auch, dass kein Außenstehender Zugang zu den Hausschlüsseln hat.«

Seine eigenen Worte verstärkten seine Ahnung, dass die Opfer den Täter irgendwie gekannt hatten. Aber da er sich nicht deutlicher ausdrücken konnte, sagte er lieber nichts. In seinem Inneren bohrten die vielen Fragen jedoch mit unnachgiebiger Intensität weiter. Gab es etwas Offensichtliches, das sie übersahen? Etwas, das zu nah war, um wahrgenommen zu werden?

Axberg sah sich einmal in der Runde um. Alle waren mit Eindrücken gesättigt.

Der Stapel der Videokassetten auf dem Tisch verdeutlichte sehr gut, wie viel Arbeit vor ihnen lag.

Kapitel dreißig

Es war dieselbe Szene.

Carolina im Bett, auf dem Rücken und mit gespreizten Beinen. Axberg neben dem Bett, bewegungslos, ohne die Möglichkeit zu entkommen. Der einzige Unterschied war, dass der Mann auf Carolina deutlichere Züge angenommen hatte. Axberg konnte nun zu seinem Entsetzen erkennen, wer seinen Platz eingenommen hatte. Der Mann, der wie ein unheilbares Virus sein Gehirn infiziert hatte. Tony Wollmar.

Axberg spürte, wie eine Mischung aus Abscheu und Wut in ihm aufwallte. Die Geräusche aus dem Bett erstarben, und ein kleines Mädchen im Nachthemd stand in der Tür. In der einen Hand baumelte ein abgenutzter Teddybär. Sie sah Axberg bittend an.

»Papa, ich kann nicht schlafen.«

Er öffnete den Mund, um etwas zu sagen. Gleichzeitig begann das Telefon auf Carolinas Nachttisch ununterbrochen zu klingeln. Langsam befreite er sich aus dem Griff des Alptraums. Ihm wurde klar, dass es sein eigenes Telefon war, das dort schrillte. Verschlafen schaltete er die Lampe an, beugte sich über die Bettkante und hob den Hörer ab.

»Axberg«, krächzte er und sah blinzelnd auf den Radiowecker. Die roten Ziffern leuchteten 06:34.

Er überlegte, welcher Tag war und tippte auf Freitag.

»Hallo, hier ist Jens Åkerman. Habe ich dich geweckt?«

»Nein«, sagte Axberg und fragte sich gleichzeitig, warum er log.

»Ich glaube, du solltest kommen … Es ist …«

Axberg hörte sofort, dass Åkerman ängstlich und unsicher klang. Wenn man die ungewöhnliche Uhrzeit hinzunahm, musste etwas Ernstes passiert sein. Die unwirklichen Traumbilder verblassten und verschwanden dann. Er setzte sich auf, fühlte sich sofort hellwach.

»Was ist passiert?«

»Im Wald beim Nedansjö ist ein toter Mann gefunden worden.«

»Was?«

»Ein toter Mann«, wiederholte Åkerman. »Wahrscheinlich ermordet. Dem Aussehen und dem Geruch nach zu urteilen liegt er schon eine Weile dort.«

Es knisterte und Åkerman verschwand für einen Moment.

»Hallo ... hallo?«

»Ich bin hier«, sagte Åkerman wieder. »Schlechter Empfang, ich rufe vom Handy aus an.«

»Wo bist du denn?«

»Am Fundort. Zwei Kilometer nördlich vom Nedansjö. Ein Kahlschlag mitten im Wald.«

Axberg traf schnell eine Entscheidung.

»Ich komme sofort. Warte auf mich, und fass nichts an.«

Er bekam noch die Wegbeschreibung und beendete das Gespräch. Draußen war der Himmel hellblau und wolkenlos. Ohne Jacke lief er die Treppe hinunter und zum Auto. Verärgert sah er, dass jemand während der Nacht den einen Rückspiegel zerbrochen hatte. Es war nicht das erste Mal, dass sein Auto Vandalismus zum Opfer fiel; mitten in der Stadt neben einer Bushaltestelle zu parken hatte unbestreitbar seinen Preis.

Die Straßen waren leer, und er fuhr zu schnell. Er spürte, dass etwas Entscheidendes passiert war. Zwei Mal verfuhr er sich und musste Åkerman wegen neuer Instruktionen anrufen. Der letzte Teil der Strecke bestand aus einem

Schotterweg, auf dem hohes Gras und Büsche an der Fahrbahn nagten.

Nach fünf Minuten sah er die Absperrung. Er stellte das Auto in eine Reihe mit drei Einsatzwagen und stieg aus. Ein leichter Wind kühlte seine heißen Wangen. Er ließ den Blick über die Umgebung wandern. Die blauweißen Plastikbänder waren über einen steinigen Kahlschlag gespannt, der sich an einem Hang vor einem dichten Fichtenwald in südlicher Richtung erstreckte. Die Erde war hier ausgelaugt und ausgebeutet. Einzelne rosafarbene Weidenröschengruppen standen wie verzweifelte Lebenszeichen inmitten all des Toten. Ein überwachsener Waldweg schlängelte sich über den Abhang und teilte das abgesperrte Rechteck in der Mitte. Hinter einem großen Findling neben dem Weg entdeckte Axberg die gelbe Windjacke eines Kollegen von der Spurensicherung. Die disharmonische Tonschleife eines Funkgerätes drang aus einer geöffneten Autotür. Die Natur hingegen war verstummt, als spürte sie den Ernst der Lage.

Axberg hatte ein ungutes Gefühl. Er ging an den Autos vorbei. Vor der Absperrung, in Höhe des Waldweges, stand ein Polizeianwärter, den er vage wiedererkannte. Der Mann grüßte mit einem Nicken und hob das Band hoch, als Axberg sich darunter duckte. Er ging schnell den Weg hinab. Eine Gruppe von fünf Personen tauchte hinter dem Findling auf. Alle im Quintett hatten ihren Blick fest auf einen Punkt auf dem Boden vor ihnen gerichtet. Åkerman entdeckte ihn und kam angelaufen. Axberg sah, dass er aufgebracht war.

»Gut, dass du da bist«, keuchte Åkerman.

»Was ist passiert?«

Åkerman stemmte die Hände in die Seiten und atmete zwei Mal tief ein.

»Das wissen wir noch nicht sicher ... Aber wir glauben, dass es Göran Molin ist, der da drüben liegt.«

Åkerman deutete mit dem Kopf in Richtung des Fundortes. Axberg war verwundert. Gleichzeitig verstand er, warum Åkerman ihn angerufen hatte. Göran Molin war Landrat im Landkreis Sundsvall und in politischen Kreisen sogar landesweit bekannt. Bei der nächsten Wahl sollte er laut gut unterrichteter Quellen für die Sozialdemokraten einen Sitz im Reichstag bekommen.

»Bist du sicher?«

»Fast. Aber er liegt schon eine Weile hier ... Es ist also nicht wirklich mit Sicherheit zu sagen.«

Axberg ging weiter zur Fundstelle der Leiche, die zwei Meter vom Waldweg entfernt an einem leichten Abhang lag. Rut Norén und ihr Assistent hockten auf den Knien und wandten Axberg den Rücken zu. Ein paar Meter dahinter standen zwei Männer und diskutierten leise, aber aufgeregt. Axberg erkannte sofort, dass es keine Polizisten waren.

»Wer sind die?«

»Ein polnischer Beerensammler und sein Arbeitgeber«, antwortete Åkerman. »Sie haben die Leiche vor ungefähr zwei Stunden entdeckt.«

»Bring sie hinter die Absperrung und bitte sie, dort zu warten.«

Åkerman tat, was ihm gesagt wurde. Die Sonne stand bereits hoch über den Fichtenspitzen im Osten und warf ihre blassen Strahlen über die Landschaft. Der Wind änderte die Richtung und blies Axberg ins Gesicht. Er nahm den unverkennbaren Leichengeruch war, der eine weit fortgeschrittene Verwesung bezeugte. Axberg spürte, wie sich sein Magen zusammenzog. Er zwang sich, näher heran zu gehen, unter seinem Schuh knackte ein Zweig. Rut Norén und ihr Kollege hoben den Blick und standen auf.

Dann sah Axberg ihn.

Obwohl seine Fantasie auf dem Weg hierher bereits zehn verschiedene Alternativen dessen, was ihn hier erwarten würde, erschaffen hatte, kam keine davon der Wirklichkeit nah. Sein Blick wurde unbewusst zu einem Tunnel bis hinunter zu der Leiche. Das Sekundenbild, das auf seine Netzhaut traf, grub sich mit schmerzhafter Detailgenauigkeit ins Gedächtnis ein. Es gab keinen Zweifel.

Der Mann, der tot auf dem Boden lag, war Göran Molin. Auch wenn das Gesicht geschwollen war und die Konturen unklar, so erkannte Axberg ihn doch sofort wieder: der kräftige Bauch und die Falten am Hals, die große Nase mit dem charakteristischen Höcker. Axberg konnte sich nicht erinnern, je etwas Schlimmeres gesehen zu haben. Unwillkürlich starrte er auf den kahlen Kopf des Mannes.

Eine große Quetschwunde öffnete sich wie ein rotgrauer Krater über der linken Schläfe. Im Loch kroch eine weiße Leichenmade nach unten und verschwand. Axberg schluckte zwanghaft, um sich nicht zu übergeben.

»Verdammte Kacke«, sagte er kaum hörbar.

»Das kann man wohl sagen«, sagte Norén. »Aber nach ein paar Minuten nimmt man den Geruch nicht mehr wahr. Falls das ein Trost sein kann …«

Axberg konnte nicht antworten. Er legte die Hand vor Mund und Nase, in dem Versuch, den Geruch auszusperren. Er schaffte es nicht.

»Habt ihr etwas entdeckt?«, fragte er.

»Du siehst doch wohl, wer das ist?«, sagte Norén.

Axberg nickte.

»Die Identifikation ist eindeutig«, fuhr Norén fort und nahm eine Plastiktüte aus ihrer Tasche. »Wir haben seinen Geldbeutel in der Jackentasche gefunden, mit Führerschein und allem.«

Sie hob die Tüte vor Axberg hoch.

»Göran Molin?«

Norén nickte und legte die Tüte in die Tasche zurück. Åkerman kam auf sie zu. Axberg ging ein paar Schritte aus der Windrichtung und ihm entgegen.

»Erzähl, was passiert ist.«

Åkerman biss sich nervös auf die Unterlippe.

»Um sechs Uhr hat der Notruf angerufen und gesagt, dass hier ein toter Mann gefunden wurde. Es war ein polnischer Beerensammler, der ihn entdeckt hat. Er ist zu seinem Arbeitgeber, Lennart Melander, nach Hause gefahren, der mit ihm hierhergekommen ist und dann die Polizei informiert hat.«

Axberg sah die beiden Männer an, die nun bei den Autos standen.

»Ich bin um zwanzig nach sechs hier angekommen«, fuhr Åkerman fort. »Als ich gesehen habe, worum es ging, habe ich sofort die Spurensicherung und dich angerufen.«

»Gut«, sagte Axberg und blickte wieder in Richtung des toten Mannes. »Sieht so aus, als hätte man ihm den Schädel eingeschlagen … ich frage mich, wie lange er hier gelegen hat.«

Åkerman zuckte mit den Schultern.

»Wir fordern die volle Unterstützung an«, sagte Axberg schroff. »Das hier ist ganz offensichtlich ein Mord. Noch dazu an einem der bekanntesten Politiker der Region. Wenn das hier rauskommt, ist die Hölle los.«

Axberg ging in einem Kreis um den Fundort und versuchte, sich ein Bild von der Situation zu machen. Worum handelte es sich hier? Ein landesweit bekannter Politiker, den jemand erschlagen und dann offen sichtbar liegen gelassen hat, ohne sich zu bemühen, die Leiche zu verstecken. Zeitpunkt?

Dem Aussehen nach zu urteilen muss es vor mindestens einer Woche passiert sein. Warum? Was war das Motiv? Hatte niemand Göran Molin in der Zwischenzeit vermisst? Gab es keine Familie?

Axberg betrachtete den toten Mann und versuchte, sich vorzustellen, was in den Sekunden, bevor er auf dem Abhang landete, geschehen war. War er hier draußen im Wald ermordet oder später hierher transportiert worden? Axberg stellte sich in Höhe der Leiche auf den Waldweg und betrachtete eingehend den Boden. Keine Reifen- oder andere sichtbare Spuren.

»Wir müssen herausfinden, ob er hier an Ort und Stelle erschlagen wurde«, sagte Axberg in Richtung der Kriminaltechniker, die sich wieder über die Leiche beugten.

»Wird im Bericht stehen«, sagte Rut Norén.

Axberg sah sich um. Das Gras neben dem Weg schwankte im Wind. Dann ein kilometerlanger Kahlschlag, der zu einem langgestreckten Bergrücken anstieg und verschwand. Axberg wollte gerade etwas zu Åkerman sagen, als er meinte, am Rande seines Gesichtsfeldes etwas auf dem Boden zu sehen. Etwas Weißes, das sich deutlich vom Wegrand abhob. Er sah genauer hin, ohne es zu entdecken. Da war nur das kurze Gras, das friedlich im Wind wogte. Er war sich unsicher. Hatte er sich das nur eingebildet oder hatten die Halme die Richtung geändert und verdeckten etwas?

Er beugte sich herab und fuhr mit der Hand über das Gras. Da war es wieder. Er hatte sich nicht getäuscht. Ein zwei Zentimeter langer Zigarettenstummel. Axberg stellte mit Verwunderung fest, dass es dieselbe Marke war, die er selbst rauchte.

»Das hier müsst ihr euch mal ansehen«, rief er Rut Norén über die Schulter zu.

Sie kam mit einem finsteren Gesichtsausdruck her, hob die Kippe mit einer Pinzette auf und betrachtete sie.

»Könnte zeitlich passen«, stellte sie sachlich fest und steckte die Kippe in eine Plastiktüte.

Axberg sah Göran Molin an. Der Körper lag auf der Seite, mit dem einen Arm unterm Rumpf, dem anderen in Schulterhöhe gerade ausgestreckt, die Beine in Kniehöhe überkreuzt. Der Kopf war leicht nach hinten gebeugt, das Kinn vorgereckt, der Mund offen. Es sah aus, als wäre der Mann vom Weg geworfen worden und dann noch zwei Meter von allein weitergerollt. Aber warum gerade hier?

Axberg empfand einen Stich Mutlosigkeit, die in Kampflust überging. Da befanden sie sich gerade mitten im Mordfall an einem neunzehnjährigen Mädchen, mit noch zwei weiteren Todesfällen, die stur im Hintergrund rauschten und auf Verbindungen hindeuteten. Und jetzt das hier. Axberg sah keinerlei Berührungspunkte zwischen den drei rätselhaften Todesfällen und dem, vor dem er nun stand. Und doch hatte er eine Idee.

Er ging zur Leiche vor. Die Neugier ließ ihn sein Unbehagen vergessen. Er lieh sich ein paar Plastikhandschuhe und zog den Jackettärmel an Göran Molins linkem Handgelenk hoch. Eine Golduhr mit Sekundenzeiger, laut Ziffernblatt eine Rolex. Sie zeigte die aktuelle Zeit, halb neun. Der Fund beruhigte Axberg. Wenigstens etwas, das ist, wonach es aussieht, dachte er. Auf dem Schotterweg kamen zwei weitere Polizeiwagen an. Axberg sah, wie Sankari und Pablo aus einem davon ausstiegen. Er wandte sich wieder Rut Norén zu.

»Wurde die Rechtsmedizin benachrichtigt?«

Norén sah auf.

»Ja. Ein Pathologe namens Lagerkvist ist von Umeå auf dem Weg hierher.«

Axberg runzelte die Stirn.

»Warum nicht Conrad?«

»Er war nicht im Dienst«, sagte Norén.

»Nicht im Dienst. Warum denn das?«

»Da gibt es wohl tausend mögliche Gründe.«

Axberg sah ein, dass es nichts brachte, die Frage länger zu diskutieren. Stattdessen würde er Conrad selbst anrufen und nachfragen.

»Wir machen es so«, begann er erneut. »Åkerman und ich fahren zurück aufs Revier und benachrichtigen Ståhl und den Dienst habenden Staatsanwalt. Außerdem müssen wir die Angehörigen informieren, bevor die Presse Wind davon bekommt.«

»Ich habe das Handy dabei, falls irgendetwas ist«, sagte Norén.

»Gut. Wie lange wird das hier dauern?«

»Das hängt davon ab, wie viele Leute wir bekommen. Aber ein vorläufiger Bericht über die Untersuchung der Leiche kommt morgen.«

Axberg nickte und ging zum Schotterweg hinauf, gefolgt von Åkerman. Auf halbem Weg nach oben trafen sie Sankari und Pablo. Axberg informierte sie kurz über die Situation. Zum Schluss nannte er Göran Molins Namen. Pablo pfiff kurz.

»Göran Molin«, rief er. »Der Politiker?«

»Sieht leider so aus«, sagte Axberg.

Die Neuigkeit schien Pablo aufzumuntern.

»Er ist auf dem Film«, sagte er.

Axberg verstand zunächst nicht, was Pablo meinte.

»Welcher Film?«

»Aus dem Kasino. Ich bin gestern Abend noch geblieben und habe mir meine acht Stunden angesehen …«

»Und?«

»Göran Molin taucht oft im Bild auf.«

»Worauf willst du hinaus?«

»Er ist mit Tony Wollmar da. Sie sind die ganze Zeit zusammen. Spielen Blackjack und trinken was …«

Axberg versuchte, einen Zusammenhang zu erkennen. Die Bilder, die in seinem Inneren auftauchten, vermischten sich mit den Fragmenten des nächtlichen Traums. Er schüttelte sich unangenehm berührt.

»Wir treffen uns in einer Stunde zur Besprechung«, sagte er. »Ich fahre zurück aufs Revier. Wenn ihr euch ein eigenes Bild der Lage machen wollt, bitte schön.«

Er zeigte mit dem Daumen über die Schulter und ging den Hang weiter hinauf.

»Ich kann die Befragung des Beerensammlers übernehmen«, sagte Åkerman.

»Gut«, sagte Axberg.

Er hatte das Gefühl, dass sein jüngerer und noch viel zu unsicherer Kollege das Potential hatte, sich mit der Zeit zu einem richtig guten Polizisten zu entwickeln. Wenn man ihm nur genug Vertrauen entgegenbrachte und ihn wichtige Aufgaben allein erledigen ließ. Axberg setzte sich ins Auto und ließ den Motor an. Eine Wespe surrte wütend hinter ihm und stieß ab und zu an das Rückfenster, worauf stets eine Sekunde Stille folgte. Er empfand die ganze Situation als unwirklich. Was geschah hier eigentlich?

Göran Molin wird tot und verwest an einem verlassenen Waldweg gefunden. Wahrscheinlich erschlagen. Was sollte dabei herauskommen?

Axberg wurde klar, dass sein Urlaub, der eigentlich am Montag hätte beginnen sollen, auf unbestimmte Zeit verschoben war. Damit konnte er leben. Schlimmer waren all die Nachrichtentypen, die mit einer quälend intensiven massenmedialen Überwachung anfangen würden. Ein ermordeter schwedischer Politiker im Hauptmonat der Sauregurkenzeit – konnte es noch schlimmer kommen?

Axberg fuhr so schnell es der löchrige Weg zuließ. Er rief Ståhl an und machte ein sofortiges Treffen aus. Die Gedanken überschlugen sich. Molin und Wollmar, wie passte das zusammen? Gab es überhaupt irgendein Verbrechen, bei dem Wollmars Name nicht wie eine hartnäckige Schmeißfliege auftauchte?

Das Unbehagen, das ihn im letzten Monat begleitet hatte, erneuerte seinen Griff. Und er war einfach zu müde, um sich dagegen zur Wehr zu setzen.

Kapitel einunddreißig

Ståhl schloss die Tür des Konferenzraumes und betrachtete die Gruppe.

Es war der 22. Juli, neun Uhr morgens. Obwohl es Samstag war, hatten sie zusätzliche Stühle hereintragen müssen, damit alle Platz fanden. Neben dem eigentlichen Ermittlungsteam und dem Polizeichef war sogar die Staatsanwältin Fridegård anwesend. Sofia Waltin war aus den Ferien geholt worden. Sie saß an der Längsseite des Tischs und hatte einen mürrischen Gesichtsausdruck. Ihre Erscheinung machte den Eindruck, als ob sie eigentlich immer noch im Urlaub wäre: gebräunte Haut, sonnengebleichte Haare, ein rosa Top, Shorts und Turnschuhe. Rechts neben ihr saß Sven Hamrin, der sich zur allgemeinen Überraschung die Mühe gemacht hatte, sich hinzusetzen.

Axberg spürte, dass die Stimmung im Raum ernst und verbissen war. Obwohl alle ununterbrochen gearbeitet hatten, seit Göran Molin vor gut vierundzwanzig Stunden gefunden worden war, glänzte die Müdigkeit durch Abwesenheit. Alle hatten ihre Energiereserven aktiviert und sich zu einem Maximum an Effektivität gezwungen. Axberg schätzte, dass seine eigene Energie den ganzen Tag über reichen würde. Danach wäre er gezwungen, ein paar Stunden zu schlafen, um weitermachen zu können. Sankari hatte ein Tablett mit Apfeltaschen und drei Thermoskannen mit Kaffee auf den Tisch gestellt.

Ståhl setzte sich mit gemächlicher Würde an ein Kopfende des Tisches, schob seine Lesebrille auf die Nasenspitze und versicherte sich der Aufmerksamkeit aller.

»Wie Sie wissen, hat uns ein außergewöhnlich schweres Verbrechen getroffen«, begann er. »Göran Molin war ein sehr bedeutender Politiker, sowohl auf regionaler wie auch auf Landesebene. Alles deutet darauf hin, dass er brutal ermordet worden ist. Nach der vorläufigen Einschätzung des Rechtsmediziners war wahrscheinlich ein Schlag mit einem harten, stumpfen Gegenstand auf den Kopf die Todesursache.«

Ståhl machte eine Pause und blätterte in seinen Papieren.

»Offensichtlich wurde er an den Fundort gebracht. Das bedeutet, dass der Mord woanders passiert ist. Reifenspuren, die Lage der Leiche und die Spuren im Gras deuten darauf hin. Der Arzt sagt außerdem, dass sich angesichts der Schwere der Verletzung zu wenig Blut und Hirnmasse um die Leiche herum befand.«

Jeder im Zimmer hörte aufmerksam zu. Auch wenn alle die Tatsachen schon kannten, war es gut, eine Zusammenfassung zu bekommen. Zu hören, wie jemand anderes die Situation beschrieb, machte es leichter, die Eindrücke zu sortieren. Ståhl räusperte sich und nahm die Brille von der Nasenspitze.

»Der Fall erhält natürlich die höchste Priorität. Der Mord

an Göran Molin muss aufgeklärt werden. Alles andere muss warten.«

Ståhl sah Axberg bestimmt an. »Und ich meine wirklich alles. Ich ordne für alle volle Überstunden an.«

Man konnte einen stummen Protest im Raum ahnen. Und doch sahen alle ein, dass die Entscheidung unausweichlich war. Ståhl drehte die Brille in der Hand und schaute nachdenklich aus dem Fenster.

»Wir können nicht ausschließen, dass ein politisches Motiv hinter dem Mord steht. Und dann geht es nicht mehr nur um einen Mord, dann ist das hier auch ein Verbrechen gegen die Demokratie …«

Axberg fand, dass Ståhl übertrieb. Aber das überraschte ihn nicht. Er hatte den Vortrag bereits gehört. Die angereisten Journalisten würden mit der bevorstehenden Pressekonferenz mehr als zufrieden sein.

»Jetzt möchte ich hören, welche Neuigkeiten Sie haben«, fuhr Ståhl fort.

Axberg streckte die Beine unter dem Tisch aus und meldete sich zu Wort.

»Ich habe vor einer Stunde mit dem Rechtsmediziner gesprochen. Er schätzt, dass Molin seit ungefähr zwei Wochen tot ist. In ein paar Tagen bekommen wir einen genaueren Zeitpunkt. Diesen können wir dann damit abgleichen, dass Molin laut seinen Kollegen vom Landratsamt am Montag, dem 10. Juli, auf die Azoren reisen wollte.«

Pablo Carlén nickte mehrere Male während des Berichts.

»Ich habe beim Reisebüro nachgefragt«, warf er ein. »Das Ticket war gebucht und wurde nicht storniert.«

Ståhl schrieb etwas in seinen Kalender.

»Aber Molin ist nicht gefahren«, übernahm Axberg wieder. »Das letzte Mal, dass ihn jemand lebend gesehen hat, war im Kasino am Sonntag, dem 9. Juli. Übrigens derselbe Abend, an dem jemand eine Umtauschquittung erhalten hat, die am nächsten Tag unter Lena Forsells Bett gefunden wurde …«

Ståhl verzog müde das Gesicht. Axberg nickte Åkerman zu, der nach der Fernbedienung griff und das Video startete. Das Bild bewegte sich. Göran Molin erschien zusammen mit Tony Wollmar und einem weiteren Mann. Neben ihnen gingen zwei junge Frauen, hübsch, aber distanziert. Ein Stimmengewirr ohne hörbare Wörter füllte den Raum.

Alle saßen still da und sahen, wie die drei Männer tranken, Roulette spielten und gelegentlich aufjohlten, offensichtlich betrunken. Die Mädchen waren nüchtern und angenehm folgsam in minimaler Kleidung über dünnen Körpern. Axberg bemerkte aus dem Augenwinkel, wie Ståhl seinen Schlipsknoten lockerte. Nach ein paar Sekunden hob der Polizeichef die Hand in einer abweisenden Geste.

»Das reicht, vielen Dank.«

Åkerman griff schnell wieder nach der Fernbedienung, das Bild verschwand.

»Was bedeutet das?«, sagte Ståhl in Richtung von Axberg.

»Dass Molin das letzte Mal lebend im Kasino gesehen wurde in Gesellschaft von Tony Wollmar. Der dritte Mann heißt Carl Cedertoft. Ein Profispieler mit einem zweifelhaften Ruf. Wohnhaft in Stockholm, er kommt immer wieder mal her und spielt um große Summen.«

»Und die Mädchen?«

»Pernilla Jönsson aus Stöde und Sabine … Irgendwas aus Lettland. Beide sind neunzehn Jahre alt und arbeiten als Kellnerinnen bei Wollmar, zumindest offiziell. Wir haben sie noch nicht näher überprüft.«

Ståhl nickte und legte die Lesebrille auf den Tisch. Sein Tonfall bekam etwas Schulmeisterliches.

»Ich mache bei einem ziellosen Beschmutzen von Göran Molins Ansehen nicht mit. Auf der Pressekonferenz, die in einer Stunde anfängt, werde ich ein ehrenhaftes Bild von unserem früheren Landrat zeichnen.«

Ståhl nickte herablassend in Richtung des Fernsehers.

»Diese Bilder dürfen nicht an die Presse gehen. Man weiß ja, wie so etwas läuft. Ermitteln Sie, was Sie müssen. Aber tun Sie es diskret.«

Niemand sagte etwas. Kommentare waren überflüssig. Axberg wechselte das Thema.

»Es ist auf jeden Fall wahrscheinlich, dass Molin ziemlich bald nach dem Kasinobesuch ermordet wurde, angesichts der Tatsache, dass er am darauffolgenden Tag auf die Azoren reisen sollte. Etwas, das er offensichtlich nicht getan hat. Außerdem ist die Reise nicht storniert worden. Warum?«

Axberg hob die Handflächen nach oben, um zu verdeutlichen, dass es sich um eine rhetorische Frage handelte. Er beantwortete sie selbst.

»Vermutlich kam er nicht mehr dazu. Weil ihn jemand in der Nacht erschlagen hat ...«

Pablo und Sankari nickten stumm, wie zur Bestätigung des Gesagten.

»Deswegen sind die Leute, mit denen Molin im Kasino Kontakt hatte, wichtig«, fuhr Axberg fort.

Ståhl strich sich mit der Hand über die Stirn.

»Klingt vernünftig, was Sie sagen. Was ergab eigentlich die Befragung des Beerensammlers?«

Åkerman legte die Fernbedienung zur Seite und sah verschlafen auf.

»Ich habe ihn vernommen. Jerzy Kamiskij heißt er.

Kommt aus Polen. Ist den dritten Sommer in Folge hier und sammelt Beeren.«

»Komm zur Sache«, unterbrach Axberg.

Åkerman bekam rote Flecken am Hals.

»Am fraglichen Morgen wollte er eine neue Lichtung ausprobieren. Er fährt mit dem Auto etwas weiter als sonst, geht ein Stück auf dem Waldweg und entdeckt die Leiche. Er erschreckt sich und fährt nach Hause zu seinem Arbeitgeber, der die Polizei informiert.«

»Wie heißt der?«, fragte Hamrin mit einem plötzlichen Energieschub.

Åkerman tippte fieberhaft in seinen PDA.

»Lennart Melander.«

Hamrin kicherte.

»Hat er eine Erlaubnis? Ich meine, um Polen zum Beerensammeln herzuholen?«

Ståhl klopfte resolut auf den Tisch.

»Das ist für die Ermittlung nicht relevant. Weiter!«

Sankari kaute auf dem letzten Bissen der dritten Apfeltasche für heute herum und schluckte dann.

»Ja. Ich habe die Angehörigen überprüft. Göran Molin hatte keine Familie, abgesehen von einem neunzigjährigen dementen Vater in einem Pflegeheim in Järvsö. Der hatte seit zehn Jahren keinen Kontakt mehr mit der Umwelt. Das erklärt, warum niemand Molin vermisst hat …«

»… und verstärkt den Verdacht, dass der Mord etwas mit Molins politischen Verpflichtungen zu tun hat«, ergänzte Ståhl.

»Ein vorschneller Schluss«, wandte Axberg ein. »Man kann auch ohne Familie ein großes privates Umfeld haben. Außerdem sah es nicht so aus, als hätten sie im Kasino über Politik diskutiert.«

Ståhl nahm Anlauf, um ihn zurechtzuweisen. Bevor er

loslegen konnte, öffnete Monika Roos die Tür und streckte den Kopf hinein. Ihre Haare hatten eine frische Dauerwelle und waren einen Tick dunkler als vorher.

»Ja?«, sagte Ståhl.

Monika Roos sah den Polizeichef mit einer Mischung aus Bitte und Triumph an.

»Entschuldigen Sie die Störung, aber *Rapport* ist hier und möchte Sie gern interviewen.«

»Jetzt?«

»Ja, am liebsten noch vor der Pressekonferenz ...«

Axberg sah, wie Ståhl sich aufrichtete und den Schlipsknoten zurechtrückte.

»Das ist in Ordnung«, sagte er und schlug seinen Kalender zu. »Wir sind ja sowieso fertig.«

Axberg nickte.

»Wir treffen uns um sechs Uhr zu einem neuen Durchgang«, sagte Ståhl und verließ zusammen mit Fridegård den Raum.

»Schön«, rief Hamrin aus und stand auf. »Endlich kann man hier drinnen atmen.«

»Ja«, sagte Sankari und griff nach der letzten Apfeltasche.

Die Thermoskannen gingen noch mal um den Tisch. Axberg fühlte sich rastlos, aufgedreht vom Schlafmangel und dem Koffein. Ein Kribbeln in den Beinen machte es ihm schwer stillzusitzen. Aber er versuchte, die Gruppe zusammenzubringen.

»Ich weiß, dass alle am liebsten nach Hause fahren und schlafen gehen würden. Während der letzten vierundzwanzig Stunden haben wir sehr gute Arbeit geleistet. Aber wir müssen noch eine Weile weitermachen. Ausruhen können wir später.«

Axberg wandte sich an Hamrin.

»Wie läuft's mit Wollmar?«

»Nichts Neues. Er bewegt sich in seinen üblichen Gleisen. Macht nicht viel. Es hat fast den Anschein, als merke er etwas.«

»Habt ihr die Landwirtschaftsschule auf Alnö überprüft?«

Hamrin lehnte sich an seinen üblichen Platz an der Wand und verschränkte die Arme vor der Brust.

»Wollmar hat sie vor drei Jahren gekauft. Angeblich benutzt er sie als Lager, aber weiß der Teufel.«

»Zeit für eine Hausdurchsuchung?«, fragte Sofia.

Axberg schüttelte resigniert den Kopf.

»Fridegård macht da nicht mit, sie glaubt, dass wir uns auf zu wenig stützen können. Aber Wollmar soll zur Vernehmung kommen. Man kann sich fragen, was er mit Göran Molin gemeinsam hatte ...«

»Abgesehen davon, dass sie dieselben Tussis poppen«, sagte Hamrin.

Axberg ignorierte die Anzüglichkeit.

»Wo befindet sich Wollmar jetzt?«

»Das Letzte, was ich gehört habe, war, dass er im Skvadern ist«, sagte Hamrin.

»Gut. Ich will ihn heute Nachmittag hierhaben. Außerdem müssen wir noch mal mit den Mädchen aus dem Kasino sprechen. Wir müssen versuchen herauszufinden, warum Lena Forsell gekündigt hat.«

Pablo hob die Hand.

»Das kann ich übernehmen.«

»Ausgezeichnet«, sagte Axberg. »Auch wenn der Mord an Göran Molin höchste Priorität hat, will ich nicht, dass ihr die anderen Todesfälle vergesst. Es hilft uns, dass alle Fäden anscheinend in einem gemeinsamen Schnittpunkt zusammentreffen, nämlich bei Wollmar und dem Kasino. Das sollten wir ausnutzen. Auf breiter Front angreifen.«

Obwohl niemand etwas einwandte, hatte Axberg wieder das Gefühl, als stimme etwas nicht. Dass die Verbindung nicht so selbstverständlich war, wie sie aussah. Der Mord an Göran Molin passte nicht ins Puzzle. Er war zu brutal und zu augenfällig.

»Ich habe eure Berichte über die Durchsicht der Kasinofilme gelesen«, fuhr er fort. »Leider ist nichts Außergewöhnliches passiert, abgesehen von den Bildern, die wir eben von Molin gesehen haben. Kein Verdächtiger um die Zeit, in der die Quittung abgestempelt wurde, kein Mann mit Tasche.«

Axberg hielt inne, sah auf die Berichte hinunter.

»Nur eine Menge Kleinigkeiten, Taschendiebe, Seitensprünge ... Anscheinend war die Hälfte aller kleinen Betrüger der Stadt an diesem Abend im Kasino. Es würde ein halbes Jahr dauern, wenn wir alles kontrollieren wollten.«

»Die Besucherliste bestätigt das«, warf Åkerman ein. »Ich habe zweiunddreißig Treffer gehabt, als ich sie mit dem Strafregister abgeglichen habe.«

Sankari lächelte und schüttelte den Kopf.

»Wissen wir noch mehr über diesen Carl Cedertoft?«, fragte Pablo.

»Ein Profispieler, der das Kasino regelmäßig besucht«, antwortete Axberg. »Manchmal zusammen mit Molin. Er spielt mit hohem Einsatz, gewinnt überraschend häufig. Geldwäsche wurde vermutet, aber es konnte nichts bewiesen werden. Er ist schon ein paar Mal wegen Steuerhinterziehung verurteilt worden. Ihm gehören eine private Sicherheitsfirma, eine Hotelkette und mehrere Restaurants in der Region um Stockholm. Er wohnt irgendwo auf Värmdö, wo ihm auch ein eigener Golfplatz zur Verfügung steht.«

Hamrin murmelte etwas Unverständliches.

»Ich werde ihn morgen vernehmen«, fuhr Axberg fort. »Ich werde mit dem Auto runterfahren.«

Axberg hatte sich bereits am Morgen dazu entschlossen, in der Überzeugung, dass Cedertoft das aussagekräftigste Bild von Molin würde zeichnen können. Wollmar würde überhaupt nichts sagen, die Kollegen innerhalb der Partei würden alles, was als unpassend galt, vertuschen. Und der Grund für Molins Tod fand sich sicher in den eher verborgenen Winkeln seines Lebens. Außerdem brauchte Axberg einen Tapetenwechsel. Wenn für sonst nichts, dann um die Gedanken an Carolina zu vertreiben.

Die Konzentration im Raum begann in dem Maße nachzulassen, in dem der Sauerstoffgehalt der Luft abnahm. Die Aufgaben wurden verteilt und die Besprechung war beendet.

Axberg holte sich eine Tasse Tee und ging in sein Büro zurück. Er wählte noch einmal die Privatnummer von Jeff Conrad. Wieder dieselbe kratzige Nachricht auf dem Anrufbeantworter. Die Anzahl der Piepstöne deutete darauf hin, dass ihn schon lange niemand mehr abgehört hatte. Im rechtsmedizinischen Institut hatte man gesagt, dass Conrad schon seit einer Woche krank geschrieben sei. Den Grund wollte niemand nennen.

Irgendetwas an der Situation war merkwürdig. Wenn Conrad wegen einer Krankheit zu Hause war, dann hätte er doch zu irgendeinem Zeitpunkt Axbergs Anrufe entgegennehmen müssen?

Er legte den Hörer auf und beschloss, es später noch einmal zu versuchen. Im selben Moment übermannte ihn die Müdigkeit, legte sich wie Sirup auf seine Gedanken. Nur sein Körper floss über vor ungenutzter Energie, seine Beine machten gymnastische Zehenübungen unter dem Tisch.

Axberg holte die Tasche mit den Sportsachen aus dem Schrank und ging nach unten in den Fitnessraum. Er hob

Gewichte, bearbeitete die Rudermaschine und schlug sich am Sandsack müde. Die Gedanken kreisten um die bevorstehende Vernehmung von Tony Wollmar. Was hatte er mit Göran Molin gemeinsam? Was befand sich hinter der munteren Fassade, die die Kameras des Kasinos eingefangen hatte?

Axberg fiel es schwer, Ståhls Worten über ein politisches Motiv Glauben zu schenken. So wichtig war Molin nicht. Er war schließlich trotz allem nur ein Kommunalpolitiker. Es musste noch etwas anderes geben. Carl Cedertoft?

Die Konturen, die sich herausschälten, waren alles andere als schmeichelhaft. Dass Göran Molin in diesen Kreisen verkehrte, war sowohl überraschend als auch suspekt. Axberg spürte, dass sich die Lösung dort versteckte, im Schattenspiel hinter den drei lachenden Gesichtern am Roulettetisch. Und dann die beiden jungen Frauen, knapp zwanzig, die ihnen auf Schritt und Tritt folgten. Die Delikatessen, die bei den Treffen serviert worden waren, hatten wohl nicht nur aus kulinarischen Leckerbissen bestanden, dachte Axberg und versetzte dem Sandsack einen letzten Schlag. Dann erinnerte er sich daran, dass Hamrin irgendetwas über einen Begleitdienst gesagt hatte. Der genaue Wortlaut war zwar unklar und bestand, wie immer, zum größten Teil aus Schimpfworten. Aber man sollte es überprüfen.

Axberg duschte, zog sich an, wählte Nikos Nummer und bestellte das Tagesgericht zum Abholen. Unten im Foyer herrschte das völlige Chaos. Vertreter von Fernsehen, Radio und Zeitungen hatten alle freien Oberflächen besetzt. Axberg hasste es, öffentlich Stellung zu beziehen, besonders so früh in einer Ermittlung. Einer der landesweiten Kanäle drückte ihn an die Wand und hob eine riesige Kamera an. Bevor Axberg hatte reagieren können, hielt ihm der Journalist ein Mikrofon vor den Mund. Eine Lampe wurde angeschaltet, und ein starkes, weißes Licht stach ihm in die Augen. *Kein Kommentar*.

Vor den Glastüren wartete der örtliche Fernsehsender. Dasselbe Szenario wiederholte sich, jedoch mit der Sonne als einzigem Scheinwerfer. Axberg lief über die Straße und fragte sich, ob Carolina seine nichtssagende Antwort in den Abendnachrichten ankündigen würde. Wenn die einzige Möglichkeit, mit ihr zu sprechen, ein Interview mit dem örtlichen Fernsehen wäre, dann würde er nicht zögern. Auf dem Weg zurück in sein Büro, schlich er sich durch den Hintereingang hinein und wurde in Ruhe gelassen. Vor der Vernehmung von Tony Wollmar wollte er sich noch einmal ausgewählte Teile der Filme aus dem Kasino anschauen. Vielleicht hatten sie etwas übersehen.

Die Frage war nur, wonach er suchen sollte.

Kapitel zweiunddreißig

Draußen vor dem Fenster hörte er den gedämpften Verkehrslärm der Durchfahrtsstraße.

Die Jalousien waren heruntergezogen und so gestellt, dass sie die Sonne abhalten sollten. Ein paar Sonnenstrahlen schafften es trotzdem hinein und machten die Staubpartikel sichtbar, die im Zimmer schwebten. Und das, obwohl er den ganzen Vormittag den Boden geputzt und gestaubsaugt hatte. Und danach kaum im Zimmer gewesen war. Mir einer heftigen Bewegung schlug er in die leere Luft in Richtung des verhassten Staubes und fluchte laut. Er verabscheute Schmutz, fühlte sich durch ihn dreckig und belästigt, unrein als Mensch.

Er schüttelte sich, setzte sich an den Schreibtisch und

schaltete den Computer an. Er durchsuchte systematisch die Listen und fand, was er suchte. Die Namen auf dem Bildschirm waren bekannt, ohne, dass ein genaues Bild im Gedächtnis auftauchte. Er hatte beim ursprünglichen Plan nicht daran gedacht, sie zu benutzen, aber sein unerwarteter Rückschlag hatte alles verändert. Er stand auf, holte eine graue Mappe aus dem Bücherregal und blätterte zu den aktuellen Seiten vor. Wenn er sich in seinen Registern bewegte, in den systematisierten Strukturen suchte, die er aufgebaut hatte, fühlte er sich ruhig und harmonisch.

Patrik und Per Sjögren. Derselbe Nachname. Dieselben sechs Zahlen zu Anfang der Personennummern. Er würde Janus nicht noch einmal enttäuschen. Das leere Feld mit der Zahl Acht würde sich bald füllen. In der rechten Ecke des jeweiligen Papierbogens befand sich ein kleiner, mit einer Büroklammer befestigter Zettel. Er studierte die ausführliche Bleistiftskizze, sah die jungen Männer deutlich vor sich. Es war auf den Tag genau sechs Monate her, dass er sie getroffen hatte. Er wunderte sich, dass er nicht schon früher an sie gedacht hatte. Sie waren einzigartig in seiner Sammlung. Zwillinge.

Er schloss die Augen und erinnerte sich. Zwischen ihnen gab es eine Sprache ohne Worte, eine Art Kode, der ihm sofort aufgefallen war. Er hatte ihn bemerkt, ohne ihn zu verstehen. Als dächten sie gleichzeitig dieselben Gedanken, wären völlig synchronisiert. Ein Leben in absoluter Symbiose. Er erinnerte sich an ihr Treffen. Einer der Brüder hatte sich mit einem Messer geschnitten und blutete stark an einer Hand. Beide Zwillinge litten intensiv. Aber es war nicht der Schmerz, der sie quälte, es war die Angst vor Blut, die in ihren Augen leuchtete. Jetzt würden sie bald keine Angst mehr haben müssen, dachte er und lächelte.

Die Zusammenfassung beinhaltete die üblichen Informationen. Die Zwillinge wohnten in einer Straße in der Nähe, die er gut kannte, da er jeden Sonntag in diesem Viertel spazieren ging. Ans Ende seiner Notizen hatte er eine Zahl geschrieben, die die Eignung bewertete. Sieben von zehn möglichen Punkten, nicht mehr und nicht weniger. Denkbar, aber nicht die erste Wahl. Das war damals gewesen, bevor alles in unterschiedliche Richtungen zu laufen begann. Bevor er unterbrochen worden war. Jetzt fiel die Entscheidung für die Zwillinge leicht, sie waren der nächste logische Schritt. Er ging zum Aquarium, klopfte an die Scheibe und wartete.

Nach einer Weile kam der schwarz gesprenkelte Wels aus den Pflanzen geschwommen. Er maß zwei Löffel Futter ab und streute es auf die Wasseroberfläche. Dachte an das, was kommen würde.

Er würde die Ausrüstung verdoppeln und einige ergänzende Nachforschungen in der Gegend anstellen. Dann war die Zeit reif. Laut einer Notiz am Rand waren die Zwillinge oft unterwegs und feierten gern am Wochenende.

Er beschloss, an einem Werktag zuzuschlagen. Da war es am wahrscheinlichsten, dass sie spät nachts in ihren Betten schlafen würden. Es war eine Vermutung, ein kalkuliertes Risiko, das er sich leisten konnte. Er hatte sich erst einmal in diesem Punkt vertan. In dem Fall war er einfach in der nächsten Nacht wiedergekommen und erfolgreich gewesen, hatte die Verzögerung als Möglichkeit in sein Ursprungsschema eingebaut. Zu seiner Freude stellte er fest, dass die Zwillinge sich ein Zimmer teilten. Das würde alles einfacher machen. Janus wäre zufrieden, der Fehler völlig kompensiert.

Der Wels staubsaugte den Boden mit seinen Kiefern. Er spürte eine Art von Zusammengehörigkeit mit dem kleinen Bodenbewohner, der einsam hinter den dicken Glasscheiben lebte. Fast immer unsichtbar im Hintergrund. Er kam nur kurz hervor und putzte, räumte auf. Er ging in die Küche und achtete sorgfältig darauf, nicht auf die Schwelle zu treten, stellte dann einen Stuhl an den Herd. Die Schlüsselkopie lag in einer Sicherheitsbox im Schrank über der Abzugshaube bereit. Er verglich die Nummer mit den Zahlen in der Mappe und legte den Schlüssel in die Tasche neben die übrigen Dinge. Vier Stunden blieben ihm noch, bis seine Schicht begann. Dann würde er die noch fehlenden Sachen ergänzen. Er beschloss, noch ein paar Stunden zu schlafen und zog seinen Pyjama an. Bevor er einschlief, las er zum dritten Mal den Artikel über den Mord an Göran Molin.

Irgendetwas an dem Trara um diesen Mann störte ihn. Was, konnte er nicht sagen. Er lag lange wach und dachte nach, ohne Ergebnis.

Nicht einmal Janus gab ihm eine Antwort.

Kapitel dreiunddreißig

Am Sonntagmorgen stand Axberg um halb sieben auf.

Obwohl er nur fünf Stunden geschlafen hatte, fühlte er sich ausgeruht. Die Geräusche des Straßenfests waren am Abend von allen Seiten in die Wohnung gedrungen und hatten es unmöglich gemacht, sich zu einer vernünftigen Uhrzeit hinzulegen. Aber als er dann eingeschlafen war, hatte ihn der Sandmann ohne Alpträume und Liebeskummer durch die Nachtstunden gebracht. Er duschte sich, zog sich an und trank im Stehen eine Tasse Kaffee.

Dann ging er zum Polizeirevier und holte das Auto, das er während des Festes dort geparkt hatte. Der Rückspiegel war provisorisch mit Klebeband geflickt und hätte die Nacht an der Bushaltestelle sicher nicht ohne weitere Schäden überstanden. Dem Chaos auf den Straßen nach zu urteilen, war das Fest so wild wie üblich gewesen.

Axberg ließ die Stadt hinter sich und fuhr auf der E4 in südlicher Richtung. Stellenweise leuchtete die Sonne durch die Rauchsäulen, die aus den Fabriken am Wasser qualmten. Der Himmel war klar, und es sah aus, als würde es ein schöner Tag werden. Die Straße war im Großen und Ganzen frei von Verkehr. Axberg legte Dylans *Blonde on Blonde* in den CD-Spieler und versank in einem angenehmen meditativen Zustand. Während der ersten Stunde konzentrierte er sich ganz auf die Straße und die Musik. Dann erwachten die Gedanken und Eindrücke.

Die Vernehmung von Tony Wollmar war ungefähr so abgelaufen wie erwartet. Abgesehen von einem Punkt. Gestern um halb drei war Wollmar zusammen mit Hamrin auf dem Revier angekommen. Lächelnd und mit Goldrand. Die Arroganz in Reinkultur. Sie hatten den kleinsten Vernehmungsraum gewählt, sauber und kahl und fensterlos. Axberg hatte Wollmar genau gegenüber gesessen, Hamrin stand hinter ihm. Axberg fragte, Wollmar antwortete. Hamrin sagte kein Wort. Er starrte nur stumm auf Wollmar, ohne ihn auch nur eine Sekunde lang aus den Augen zu lassen. Eine Aufstellung und eine Methode, die normalerweise funktionierte. Aber dieses Mal nicht.

Wollmar hatte immer und immer wieder wiederholt, dass Molin nur ein oberflächlicher Bekannter war. Dass sie nur rein zufällig zusammen im Kasino gewesen waren. Sie hatten sich an einem der Spieltische getroffen und waren dann den restlichen Abend zusammengeblieben. Der einzige gemeinsame Nenner war das Interesse an schnellem Geld. Behauptete Wollmar mit einem schiefen Grinsen. Weder Axberg noch Hamrin glaubten ihm.

Wollmar bestätigte hingegen, dass er Cedertoft von einigen gemeinsamen Geschäften im Gastronomiebereich kannte. Das Bild, das er von ihm zeichnete, war das eines ehrbaren Gentlemans, höflich und humorvoll. Axberg hatte die ganze Zeit das Gefühl gehabt, dass sie nur an der Oberfläche kratzten, ohne zu dem dahinterliegenden Muster vorzudringen. Wollmar war ein großspuriger Mann, dem eine Lüge wahrscheinlich genauso leicht über die Lippen ging wie die Wahrheit.

Die Mädchen im Kasino seien nach Feierabend aus eigenem Antrieb mitgekommen. Außerdem sei es nicht das erste Mal gewesen, dass er mit Angestellten auch noch in der Freizeit Kontakt gehabt habe, erklärte Wollmar mit einem strahlenden Lächeln auf den Lippen. Dann kam sie. Die unerwartete Reaktion. Als Axberg gefragt hatte, ob auch Lena Forsell jenseits der üblichen Arbeitszeiten mit ihrem Arbeitgeber zusammen gewesen sei. Wollmar hatte eine Weile schweigend dagesessen und Axberg angestarrt. Der Gesichtsausdruck wurde hart, die Pupillen größer. Als er sprach, klang seine Stimme etwas gehässig.

»Nicht, dass ich mich erinnern würde ...«

Die Antwort hatte Axberg in die richtige Richtung geführt. Wollmar würde so etwas nie vergessen. Die Frage war, was sich hinter der Lüge und der veränderten Stimmung verbarg.

Dass es da etwas gab, das mit Lena Forsells Kündigung zu tun hatte, war deutlich. Axberg sah sie vor sich. Hübsch, im selben Alter wie die Mädchen im Kasino. Der Joint auf dem Schulklo. Wieder hatte er ein komisches Gefühl im Magen. Er wurde das Gefühl einfach nicht los, dass es ein Fehler war, die Ermittlungen in den drei Todesfällen mit den verschwundenen Uhren fallen zu lassen. Gleichzeitig erschien es ihm nur logisch, dass Ståhl dem Mord an Göran Molin Vorrang einräumte.

Axberg spürte, dass er eine Pause brauchte. Er bog auf einen Rastplatz vor Söderhamn ab, stieg aus und zündete sich eine Zigarette an. Eine Familie mit einem Wohnwagen saß an einem Tisch, aß Butterbrote und trank etwas aus einer Thermoskanne. Carolina und ich in fünf Jahren?, fragte er sich. Könnte es so weit kommen?

Wieder auf der Straße dachte er darüber nach, was der Rechtsmediziner gesagt hatte, wie lange Molin im Wald gelegen habe. Dass es wahrscheinlich war, dass er kurz nach dem Kasinobesuch umgebracht worden war, vielleicht noch in derselben Nacht. Zur gleichen Zeit wie Lena Forsell. Axberg überholte einen LKW und begrub diesen Gedanken.

Sie wussten immer noch zu wenig. Weder die Spurensicherung noch die Pathologen hatten einen endgültigen Bericht abgegeben. Er musste Geduld haben, die Sachen nach und nach erledigen. Musste die Tragfähigkeit der einzelnen Bausteine überprüfen, bevor er sie zu stapeln begann. Axberg zog sein Handy aus der Jackentasche und rief das rechtsmedizinische Institut in Umeå an.

Jeff Conrad war immer noch krank geschrieben. Auf unbestimmte Zeit. Niemand wollte etwas zu den Gründen sagen. Axberg bedankte sich und wählte noch einmal. Conrads Anrufbeantworter schaltete sich nach fünf Mal klingeln an. Wo trieb sich der Kerl rum? Es sah ihm überhaupt nicht ähnlich, einfach so zu verschwinden. Axberg beschloss, sich ernsthaft darum zu kümmern, sobald er nach Hause kam.

Ungefähr zehn Kilometer vor Stockholm hielt er an und sah auf die Straßenkarte. Södra Vindö nannte sich der Ort, an dem Cedertoft ihn in zwei Stunden empfangen würde. Auf dem Weg nach Värmdö ging Axberg noch einmal durch, was er bei der Vernehmung herausfinden wollte. In Gustavsberg hielt er auf dem riesigen Parkplatz eines Einkaufszentrums an, ging einmal durch das Zentrum und suchte nach einem guten Lokal zum Mittagessen. Die Schlagzeilen der Abendzeitungen schrien alle den Mord an Göran Molin in die Welt. Mit fetten Buchstaben standen die Wörter »MORD«, »BEKANNTER POLITIKER« und »SUNDSVALL« auf knallgelbem Untergrund.

Axberg spürte, wie der Ärger in ihm wuchs. Er dachte an Molins dementen Vater und fragte sich, ob ihm irgendjemand erzählt hatte, was passiert war. Und ob der Vater es in diesem Fall verstehen würde. Würde er selbst sterben, so nahm er an, dass Oma Rosine alle Hoffnung verlieren und für immer die Gehhilfe und das Leben aufgeben würde.

In einem Café aß er ein Schinkenbaguette und trank einen Kaffee. Ein kurzer Hagelschauer fiel aus ein paar dunklen Wolken. Axberg sah abwechselnd auf die Karte und die Körner, die vor dem Fenster auf dem Asphalt hüpften. Nach zehn Minuten und einer weiteren Tasse Kaffee war das Unwetter weitergezogen.

Der Weg nach Södra Vindö war atemberaubend schön. Wogende, langgestreckte Felder, wasserreiche Buchten und ein unendliches Licht. Plötzlich tauchte in einer Steigung ein Reh vor dem Wagen auf. Axberg schaffte es nicht zu reagieren, bevor es schon wieder auf der anderen Straßenseite in Sicherheit war. Wenn nur kein Elch auftaucht, dachte er und drosselte das Tempo auf die zugelassene Höchstgeschwindigkeit. Er fuhr weiter in Richtung Fähre, bog nach rechts ab und dann weiter auf den Schotterweg, den Cedertoft ihm am Telefon beschrieben hatte. Links lagen riesige Ufergrundstücke mit pompösen Villen, endlosen, millimetergenau geschnittenen Rasenflächen mit pittoresken Gartenhäusern und riesigen Terrassen. Die schwedische Flagge wehte darüber, an den Landungsstegen lagen Segelboote.

Axberg fuhr an einem gelben Warndreieck vorbei, auf

dem »Vorsichtig fahren, es staubt« stand. Dieses Schild und ein paar knorrige Apfelbäume waren das einzig Originelle, an dem er vorbeikam. Näher kam man einer Bilderbuchidylle in dieser Welt wohl kaum, dachte er.

Cedertofts Holzvilla war grün mit weißen Kanten und einem weit vorragenden Balkon in der oberen Etage. Axberg parkte und stieg aus. Im selben Augeblick, in dem die Autotür zuschlug, fühlte er sich beobachtet. Er ging drei Schritte um das Auto herum und verstand, warum. Zwei muskelbepackte Hunde standen knurrend an der Grundstücksgrenze und starrten ihn wachsam an. Axberg hatte normalerweise keine Angst vor Hunden, aber in diesem Fall hatte er keine Lust herauszufinden, was passieren würde, wenn er die Reviergrenze überschritt.

Bevor er eine alternative Lösung gefunden hatte, wurde die Haustür geöffnet, und ein kleiner Mann mit einem gezwirbelten Schnurrbart kam ihm entgegen.

»Kommissar Axberg, nehme ich an?«, rief der Mann aus und reichte ihm die Hand.

»Stimmt genau«, entgegnete Axberg.

Der Händedruck des Mannes war fest, der Blick kalt und reserviert.

»Carl Cedertoft. Willkommen in meinem kleinen Unterschlupf«, sagte er mit einer Geste in Richtung des Hauses.

Dann warf er einen Blick auf das Nachbarhaus und wirkte erleichtert, dass niemand zu sehen war. Axberg blieb stehen und sah auf die beiden Hunde, die immer noch knurrten.

»Keine Angst«, sagte Cedertoft und schnipste zwei Mal mit den Fingern.

Die Hunde wurden ruhig und verloren das Interesse am Eindringling.

»Die hier funktionieren ausgezeichnet«, sagte Cedertoft und zog leicht am Halsband des einen Hundes.

Axberg sah, wie die Sonne von blank poliertem Metall reflektiert wurde.

»Im Halsband befinden sich elektrische Stromkreise, ebenso wie im ganzen Grundstück unter der Erde. Wenn die Hunde die Grenze übertreten, bekommen sie einen Schlag. Sie ahnen nicht, wie schnell Tiere lernen können«, fuhr Cedertoft fort und grinste schief.

Axberg war gleichermaßen verwundert und verärgert.

»Ist das legal?«, fragte er, ohne seine Reaktion verbergen zu wollen.

»Selbstverständlich. Ich selbst importiere und verkaufe die Geräte in Schweden. Als Teil meines Angebots an Sicherheitsausrüstung.«

Axberg sagte nichts. Er musste sich auf den eigentlichen Grund des Besuchs konzentrieren und sich nicht durch Dinge, die nichts damit zu tun hatten, aus der Ruhe bringen lassen. Sie gingen ins Haus. Der Eingang war so groß wie Axbergs Wohnzimmer. Vier Golfschläger standen an eine kurze Wand gelehnt. Axberg folgte Cedertoft in einen Salon mit Panoramafenstern aufs Wasser hinaus. Mitten auf dem Rasen standen zwei Golfwagen neben einem Sandbunker und dem dazugehörigen Puttinggreen.

Cedertoft setzte sich in einen Sessel und bot Axberg Platz auf dem Sofa an. An den Wänden hing Kunst in vergoldeten Rahmen mit Motiven aus der griechischen Mythologie. Axberg stellte sein Diktaphon auf den Tisch.

»Wie Sie wissen, möchte ich Ihnen ein paar Fragen zu Ihrem Verhältnis zu Göran Molin stellen«, begann er.

»Da gibt's nicht viel zu erzählen«, sagte Cedertoft.

Das gibt es sicher, dachte Axberg.

»Woher kannten Sie sich?«

»Das taten wir eigentlich gar nicht«, sagte Cedertoft. »Wir trafen uns nur sporadisch, ab und zu im Kasino. Tony

Wollmar brachte uns zusammen. Er kannte Molin schon von früher.«

»Und Ihr Verhältnis zu Wollmar?«

»Tony und ich sind alte Geschäftsfreunde. Außerdem teilen wir ein ausgeprägtes Interesse am Spiel.«

Cedertoft antwortete kurz und sachlich, ohne den Gesichtsausdruck oder den Tonfall zu verändern.

»Wie oft besuchen Sie das Kasino?«, fragte Axberg.

»Mindestens einmal im Monat. Es ist ja bisher der einzige Ort in Schweden mit internationalen Regeln.«

»Fahren Sie allein hin?«

»Ja.«

»Bleiben Sie normalerweise über Nacht?«

Cedertoft nickte.

»Im Hotel Linden.«

Axberg kannte das Hotel gut, es gehörte Wollmar und war eines der besten der Stadt.

»War Sonntag, der 9. Juli, einer Ihrer üblichen Besuche?«

»Ja, abgesehen davon, dass ich verloren habe ...«

Axberg nickte. Lena Forsells Gesicht tauchte kurz vor seinem inneren Auge auf.

»Sie haben gar keine Gewinne eingetauscht?«

»Nein, da ich verloren habe, gab es nichts zum Eintauschen.«

»Erzählen Sie, was an diesem Abend passiert ist«, fuhr Axberg fort.

Cedertoft sah ihn an, ließ ihn keine Sekunde aus den Augen.

»Ich bin gegen vier Uhr hingeflogen, habe Wollmar getroffen und zu Abend gegessen. Dann sind wir ins Kasino. Kurz nach Mitternacht bin ich ins Hotel gegangen, weil ich müde war. Vormittags bin ich wieder zurück nach Stockholm.«

»Und Molin?«

»Er ist irgendwann während des Abends aufgetaucht und hat uns Gesellschaft geleistet.«

»Welchen Eindruck hat er auf Sie gemacht?«

»Fröhlich, nett und großzügig.«

»Betrunken?«

»Nicht sehr.«

»Schien er vor etwas Angst zu haben?«

Cedertoft blickte verständnislos.

»Überhaupt nicht.«

Axberg dachte einen Moment nach und trommelte mit dem Stift auf den Oberschenkel.

»Ist er allein gekommen?«

»Ja, soweit ich sehen konnte.«

»Wie lange ist er geblieben?«

Zum ersten Mal während des Gesprächs zögerte Cedertoft, bevor er antwortete. Er veränderte seine Haltung im Sessel, schien die Augenbrauen leicht zu runzeln. Axberg war vorher aufgefallen, wie still er während des gesamten Gesprächs gesessen hatte, so reglos und wachsam wie die Hunde draußen.

»Ich weiß es nicht, da ich das Kasino vor ihm verlassen habe«, sagte Cedertoft schließlich.

»Und Wollmar?«

»Er ist zusammen mit Molin geblieben.«

Draußen vor dem Fenster zog langsam eine Finnlandfähre vorbei und verschwand. Axberg dachte an die Vernehmung von Wollmar. Er hatte behauptet, dass die drei Herren gemeinsam zum Hotel Linden gegangen und die Mädchen zu irgendeinem Fest weitergezogen seien.

»Laut Tony Wollmar sind Sie gemeinsam gegangen …?«

Cedertofts Gesichtsausdruck bezeugte, dass er wieder

mal nach einer konstruierten Antwort suchte, die als Wahrheit durchgehen könnte.

»Dann erinnert er sich falsch. Ich bin zuerst gegangen.«

Axberg dachte, dass sich das mit Hilfe des Kasinopersonals leicht überprüfen ließe.

»Während des Abends waren zwei Mädchen an Ihrer Seite, genauer gesagt, zwei von Wollmars Kellnerinnen. Was können Sie dazu sagen?«

Cedertoft sah jetzt offensichtlich verlegen aus.

»Das weiß ich nicht so genau … Wollmar hatte sie dabei, als er ins Restaurant kam.«

»Brachte er öfter Damengesellschaft mit?«

»Manchmal.«

Axberg merkte, dass er gar nichts über Cedertofts Familienverhältnisse wusste. Im Haus deutete nichts darauf hin, dass noch jemand hier wohnte.

»Wohnen Sie allein hier?«

»Ja. Ich bin schwul«, sagte Cedertoft mit Nachdruck und einem neugewonnenen Selbstvertrauen.

Als würde ihm seine Ehrlichkeit im Gespräch die Oberhand verleihen.

»Woher kannten Molin und Wollmar einander?«, fragte Axberg.

Cedertoft zuckte mit den Schultern.

»Das weiß ich nicht so genau, wir sprechen nie über so etwas. Wir konzentrieren uns auf das Spiel.«

»Das klingt in meinen Ohren wie eine schlechte Lüge.«

»Sie können glauben, was Sie wollen.«

Axberg begriff, dass er auf dem Weg, den er gehen wollte, nicht weiterkam. Cedertoft war vermutlich nicht in den Mord an Göran Molin verstrickt. Die Frage war, ob er über wichtige Informationen verfügte, die er zurückhielt. Axberg dachte an die jungen Mädchen neben den Männern.

Nach einer Sekunde des Zweifels beschloss er, gegen eine der Grundregeln der Polizeiarbeit zu verstoßen. Jemanden zum Reden zu bringen, indem man ihm den Eindruck vermittelte, man verfüge über gewisse Informationen. Die erste Stufe zu präsentieren, um so Zugang zum Obergeschoss zu erlangen.

»Wir verfügen über Informationen, dass diese Mädchen, Sabine und Pernilla, auf mehr als eine Art dienstwillig sind. Dass sie manchmal als Begleitdamen fungieren?«

Cedertoft wurde blass und begann nervös, den einen Schnurrbarttentakel zu betasten. Einen Augenblick lang sah es so aus, als wolle er die Behauptung abstreiten. Dann passierte etwas; es war, als atmete er die Anspannung aus, wie eine Qualle, die in sich zusammenfällt.

»Das stimmt«, bestätigte er sachlich.

Die Antwort kam so klar und deutlich, dass Axberg sich zusammenreißen musste, um nicht die Kontrolle zu verlieren. Er warf einen Blick auf den Kassettenrekorder auf dem Tisch. Die rote Lampe leuchtete, das Band drehte sich.

»Ich habe keinen Grund, hier zu sitzen und zu lügen«, fuhr Cedertoft fort. »Da ich selbst nichts damit zu tun habe, kann ich es genauso gut erzählen. Wenn Sie schon so weit gekommen sind, dann wird die Wahrheit sowieso früher oder später herauskommen. Und ich muss an meinen Ruf denken.«

Axberg fand, dass das die glücklichste Wendung war, die er je in einem Verhör erlebt hatte.

»Tony betreibt eine Art von Begleitservice«, fuhr Cedertoft fort. »Mir hat das nie gefallen, ich fand, er hat zu hoch auf die falschen Sachen gesetzt.«

»Waren Sabine und Pernilla in ihrer Eigenschaft als Begleiterinnen da?«

Cedertoft zögerte.

»Das weiß ich nicht. Ich hatte kein Interesse daran, mich danach zu erkundigen.«

Axberg dachte nach. Er musste schnell die nächste Frage stellen, bevor Cedertoft seine plötzliche Erzähllust wieder verlor. Die dunklen Schatten rund um Molin wurden dichter. Es war klar und eindeutig, dass Cedertoft zu gewissen Opfern bereit war, um sein Imperium zu schützen.

»Waren die Mädchen also für Molin da?«

»Das habe ich nicht gesagt«, protestierte Cedertoft, wieder zum Abstreiten zurückgekehrt.

»Indirekt kann man das annehmen«, sagte Axberg.

»Den Schluss ziehen Sie.«

Axberg verstand, dass er das Thema ändern musste, damit der Mann noch einmal seine Verteidigung herunternahm.

»Welche Geschäfte machten Wollmar und Molin miteinander?«

»Keine Ahnung.«

»Irgendwas müssen Sie doch wissen?«

Cedertoft schüttelte den Kopf. Axberg dachte, es wäre an der Zeit, die Offensive zu verstärken. Jemand, der bereits einmal nachgegeben hatte, tat es gewöhnlich noch einmal.

»Wenn Sie nicht kooperieren und erzählen, was Sie wissen, werde ich mich persönlich darum kümmern, dass Ihre Geschäfte bis ins letzte Detail genau unter die Lupe genommen werden«, sagte Axberg und sprach bewusst etwas lauter. »Wir könnten zum Beispiel damit anfangen, jeden Tag einen Polizeiwagen vor Ihrem Haus zu parken, bis Ihnen wieder etwas einfällt. Selbst der beste Ruf ist schnell ruiniert, wenn man all zu oft die Polizei in der Umgebung sieht …«

Cedertoft sah ihn fragend an. Axbergs Blick bohrte sich unnachgiebig durch jeden Zweifel.

»Sie geben nicht auf«, sagte Cedertoft schließlich. »Schalten Sie das da aus«, sagte er und nickte in Richtung des Kassettenrekorders.

Axberg tat, was er sagte.

»Sie können ja damit anfangen, Wollmars unterschiedliche Ausschankgenehmigungen zu überprüfen. Da werden Sie auf eine Verbindung zu Molin stoßen ...«

Axberg nickte und fragte sich, warum er nicht selbst darauf gekommen war.

»Und die Mädchen?«

Cedertoft grinste schief.

»Eine Hand wäscht die andere, Sie wissen schon.«

Axberg fand, dass er die Bestätigung erhalten hatte, nach der er gesucht hatte. Die nächste Frage war offensichtlich.

»Sagt Ihnen der Name Lena Forsell etwas?«

Cedertoft schüttelte den Kopf.

»Den Namen habe ich vorher noch nie gehört. Wer ist das?«

»Auch ein Mädchen, das bei Wollmar angestellt war«, sagte Axberg und stand auf.

Auf dem Weg nach draußen ging er schnell über den Hof, vorbei an den schlafenden Hunden. Auf dem Nachhauseweg telefonierte er mehrmals.

Ståhl entschied, dass die Mädchen aus dem Kasino umgehend zur Befragung auf das Revier gebracht werden sollten. Die Überwachung von Tony Wollmar sollte fortgesetzt werden, bis die Vorwürfe gegen ihn bestätigt wurden. Sankari versprach, Wollmars sämtliche Ausschankgenehmigungen zu kontrollieren. Bei Jeff Conrad zu Hause antwortete immer noch niemand. Auch Carolina ging nicht ran. Oma Rosine antwortete verschlafen nach acht Mal klingeln. Dann kehrte Axberg zur Stille und der vorbeiziehenden Landschaft zurück.

Er wusste, dass der wohlverdiente Durchbruch im Fall Göran Molin stattgefunden hatte.

Kapitel vierunddreißig

Ein leichter Nieselregen reinigte die Luft vor den Fenstern des Polizeireviers.

Axberg stand da und sah zu, wie Nikos einem älteren Paar half, von einem Tisch draußen nach drinnen zu wechseln. Durch die halb geöffnete Tür zum Flur hörte er, wie Sankari vorbeiging und dabei das finnische Volkslied pfiff, das er immer pfiff, wenn es regnete. Nach der Vernehmung von Carl Cedertoft waren sie hektisch aktiv gewesen. Jetzt mussten die Ergebnisse ausgewertet und in der ersten Besprechung am Montag verglichen werden.

Axberg öffnete das Fenster und zündete sich eine Zigarette an. Die rote Säule am Thermometer sank bis unter den Strich für vierzehn Grad. Er stand ein paar Minuten da und versuchte, vor der Besprechung auf die wichtigsten Fragen zu kommen. Bevor er das Büro verließ, rief er Oma Rosine an, um sie zu wecken. Sie war bereits wach, trug schon Regenkleidung und wollte gerade mit ein paar Freundinnen zum Museum Jamtli. Der Fahrdienst wartete schon, und sie hatte keine Zeit zu reden. Nanu. Axberg drückte die Zigarette aus und lächelte. Unkraut vergeht nicht von einem bisschen Regen, dachte er.

Im Konferenzraum musste er sich zu seinem Platz durchschlängeln. Das Ermittlungsteam war durch zwei Kollegen von der Landespolizei verstärkt worden, ganz nach Ståhls Willen. Gunilla Fridegård saß aufrecht auf ihrem Stuhl nahe der Tür. Sie sah aus, als strecke sie sich, um nicht hinter dem Berg aus Ordnern, der sich vor ihr auftürmte, zu verschwinden. Hamrin lehnte seine Schultern an dieselbe Wand wie immer. Seine Miene war düster, die Körperhaltung drückte Enttäuschung aus. Axberg wusste, warum. Tony Wollmar war untergetaucht.

Gestern Nachmittag hatte Jansson vom Überwachungsteam ihn auf dem Parkplatz vor dem Großhandel in Birsta verloren. Wollmar war in seinem brandneuen Range Rover hingefahren und hatte eine halbe Stunde auf dem Parkplatz gestanden. Auf der Rückfahrt in die Stadt war Wollmar nicht mehr im Wagen.

Jansson hatte seinen Irrtum zu spät bemerkt. Der Mann am Steuer war derselbe, dessen Schatten Axberg bei seiner Befragung von Wollmar im Restaurant Skvadern gesehen hatte. Der Mann behauptete natürlich, keine Ahnung zu haben, wo Wollmar sich befand. Er log, ohne sich auch nur um Glaubwürdigkeit zu bemühen. Aber die Tatsache blieb bestehen. Wollmar war fort.

Axberg nahm an, dass das Verschwinden etwas mit seiner Vernehmung von Cedertoft ein paar Stunden vorher zu tun hatte. Wollmar hatte irgendwie davon erfahren und beschlossen, sich unsichtbar zu machen.

Ståhl nahm als Letzter seinen Platz am Kopfende ein, ein informelles Zeichen, dass die Besprechung eröffnet war. Axberg fand, dass sein Chef frischer und vitaler denn je aussah. Als wäre er durch die ständige Belagerung durch die Medien zehn Jahre jünger geworden. Das Scheinwerferlicht hatte ihm unbestreitbar gutgetan. Obwohl Sofia über die wichtigsten Informationen verfügte, gab Ståhl Sankari das Wort. Der hatte zusammen mit den Kollegen aus Stockholm alles, was Göran Molins Arbeit betraf, penibel genau unter die Lupe genommen.

»Ja«, sagte Sankari und schob den Becher mit dem Elchmotiv zur Seite. »Wir haben herausgefunden, dass Molin eine Reihe zweifelhafter Ausschankgenehmigungen erteilt hat sowie die Erlaubnis längerer Öffnungszeiten für mehrere von Wollmars Lokalen. Laut den Kollegen hat Molin das getan, obwohl er mit dieser Art von Entscheidungen eigentlich gar nichts zu tun hatte …«

Sankari machte eine Pause und sah in seine Unterlagen.

»Insgesamt geht es um fünf Genehmigungen im letzten Jahr. Plus einer Baugenehmigung für einen Biergarten am Hafencafé im letzten Frühling.«

»Wie ist das abgelaufen?«, sagte Ståhl.

»Molin hat seine Machtposition ausgenutzt und seine Beziehungen spielen lassen.«

Ståhl ließ seinen Blick mit schicksalsschwerem Ernst durchs Zimmer wandern.

»Da haben wir also die Verbindung von Molin und Wollmar«, konstatierte er.

Axberg lächelte innerlich über Ståhls untrügliche Fähigkeit, jeglicher Situation eine dramatische Wende zu verleihen.

»Gute Arbeit«, fuhr Ståhl fort und nickte Sankari und besonders den Ermittlern der Landespolizei aufmunternd zu. »Weiter so!«

Pablo Carlén war als Nächster an der Reihe. Zur Feier des Tages hatte er ein weißes Uniformhemd angezogen.

»Die Rechtsmediziner haben festgestellt, dass Molin irgendwann innerhalb von vierundzwanzig Stunden nach dem Kasinobesuch mit einem stumpfen Gegenstand erschlagen worden ist. Genauer wollen sie sich nicht festlegen, weil er im Freien gelegen hat. Luftfeuchtigkeit, Bodentemperatur und solche Faktoren machen es schwer, später den genauen Zeitpunkt festzustellen.«

Ståhl nickte.

»Das bestätigt also unsere frühere Vermutung, dass Molin kurz nach dem Kasinobesuch ermordet wurde …«

»Also vor der Reise auf die Azoren«, ergänzte Pablo eifrig.

Sofia fand, dass ihr gleichaltriger Kollege eine lächerliche Figur war. Ein richtiger Speichellecker. Sie konnte kaum an sich halten, bis sie an der Reihe war. Dann sollte er mal sehen. Zuerst musste sie allerdings zuschauen, wie Axberg seinen Kaffeebecher leerte und sich zu Wort meldete.

»Ich habe mit Norén von der Spurensicherung gesprochen. Auf der Kippe vom Fundort gibt's gute Fingerabdrücke. Leider hat die Suche im Strafregister nichts ergeben.«

Axberg sah Åkerman an, der bekräftigend mit dem Kopf schüttelte.

»Sie stammen also auch nicht von Tony Wollmar. Aber der ›Todeszeitpunkt‹ der Zigarette stimmt mit dem von Molin überein. Das bedeutet, dass jemand sie ungefähr zum Zeitpunkt des Mordes geraucht hat …«

Einer der Männer von der Landespolizei sah von seinen Unterlagen auf.

»Hat Molin geraucht?«

»Nein«, sagte Axberg. »Es sind auch nicht seine Fingerabdrücke. Und angesichts der Tatsache, dass die Kippe nicht gerade auf einem Vergnügungspark gefunden wurde, bietet sich dieser Schluss an: Jemand, der in den Mord verwickelt ist, hat sie weggeworfen.«

Ståhl sah ihn konzentriert an.

»Das deutet auf eine gewisse Schlampigkeit, wenn Sie Recht haben.«

»Ja, auf diese Art mit Beweismaterial um sich zu werfen, spricht gegen einen genau planenden Mörder. Auch wie Molin erschlagen wurde, deutet darauf, dass es mit großer Wut geschehen ist.«

»Und auf einen nervösen Menschen, der sich nach dem Mord hinstellt und am Tatort raucht«, sagte Pablo.

»Falls er nicht vor dem Mord geraucht hat«, wandte Åkerman ein, ohne den Blick von seinem Diktiergerät zu heben.

»So ist es nicht abgelaufen«, widersprach Axberg. »Norén ist sich sicher, dass der Mord nicht am Fundort geschehen ist. Die Leiche wurde später dorthin gebracht.«

Sie versanken in Schweigen. Das Einzige, was man hörte, war das Rascheln der Papierstapel der Staatsanwältin Fridegård. Sofia wartete auf das obligatorische Nicken von Ståhl, bevor sie mit ihrem Bericht begann.

»Ich habe die Mädchen vernommen, die mit Molin und Wollmar im Kasino waren. Sabine Poltava bestreitet, dass ihre Tätigkeit für Wollmar über die einer Kellnerin hinausging. Pernilla Jönsson dagegen …«

Sofia machte eine Pause und trank einen Schluck Wasser. Alle im Raum folgten ihrer Hand zum und vom Glas.

»Vor zehn Minuten habe ich ihre dritte Vernehmung beendet. Da gab sie zu, dass Tony Wollmar sie für sexuelle Dienste bezahlt hat. Sowohl für sich selbst als auch für andere.«

Die Stille im Raum dröhnte.

»Ist das wahr?«, rief Ståhl schließlich aus.

»In Pernillas Fall ist das ungefähr ein Jahr lang so gelaufen. Und sie weiß, dass auch andere auf dieselbe Weise ausgenutzt wurden. Wollmar hat gut bezahlt, sowohl mit Drogen als auch in bar. Viele der Mädchen nehmen Tabletten und sind auf diese Weise abhängig geworden.«

Gunilla Fridegård räusperte sich. »Ist das Mädchen bereit, in einem Gerichtssaal eine Aussage zu machen?«, fragte sie nach.

»Das weiß ich nicht«, sagte Sofia. »Sie war während der Vernehmung ziemlich nervös.«

»Um wie viele Mädchen handelt es sich?«, fragte Ståhl.

»Sie wollte keine Namen nennen, aber schätzungsweise drei oder vier.«

Ståhl saß schweigend da und ordnete seine Eindrücke. Axberg glaubte zu sehen, wie das Gesichtsfeld des Polizeichefs schrumpfte.

»Das sollte doch eigentlich genügen, um Wollmar zu verhaften?«, rief Ståhl schließlich aus.

Gunilla Fridegård nickte und notierte sich etwas.

»Fantastische Leistung, Sofia«, fuhr Ståhl fort. »Jetzt haben wir Wollmar in der Tasche.«

Hamrin wechselte seine Position an der Wand.

»Oder umgekehrt«, murmelte er. »Diese Ratte hat sicher geahnt, dass ihr der Boden unter den Füßen zu heiß wird und sich aus dem Staub gemacht.«

»Wir werden mal nicht die Hoffnung aufgeben«, entgegnete Ståhl.

Axberg starrte auf den schwarzen Fernsehbildschirm. Versuchte, den Zusammenhang zu sehen.

»Hat das Mädchen etwas darüber erzählt, was im Kasino passiert ist?«

»Nicht viel«, antwortete Sofia. »Und ich wollte sie nicht zu sehr bedrängen.«

»Das wird schon noch herauskommen«, versicherte Ståhl in väterlichem Tonfall. »Ist das Mädchen noch im Haus?«

»Nein, ich habe sie nach Hause zu ihrer Familie fahren lassen. Sie wird nirgendwohin verschwinden.«

»Ausgezeichnete Arbeit«, sagte Ståhl. »Ganz ausgezeichnet.«

Sofia schielte zu Pablo, der still dasaß und seine Hände ansah.

»Also«, fuhr Ståhl fort. »Es geht ja tatsächlich voran. In einer Stunde beginnt die Pressekonferenz. Die Verbindung zwischen Molin und Wollmar scheint ziemlich eindeutig, aber wir halten uns noch eine Weile zurück. Bis wir sicherere Beweise haben.«

Ståhl setzte seine Lesebrille auf die Nasenspitze und betrachtete die Versammlung.

»Wieweit Molin diesen sogenannten Begleitservice genutzt hat, bleibt noch abzuwarten. Aber suchen Sie weiter in diese Richtung. Axberg kann Sofia helfen.«

Die Brille landete wieder auf dem Tisch.

»Wollmar wird durchleuchtet, und sein komplettes Personal wird vernommen.«

Ståhl wandte sich Gunilla Fridegård zu, die zustimmend nickte. Die Besprechung war beendet. Axberg bat Sofia, ihm in sein Büro zu folgen. Er wollte sie noch etwas fragen. Ein Detail, das wichtig sein könnte.

Im Flur steckte Monika Roos ihm einen Stapel Nachrichten zu. Nur Telefonnummern von verschiedenen Journalisten, wie er feststellte, und er warf alles in den Papierkorb. Dann forderte er Sofia mit einer Geste dazu auf, sich hinzusetzen. Er dachte plötzlich, dass sie sehr hübsch war. Zum ersten Mal traf es ihn wie ein kleiner Stich im Herzen. Ihre ein bisschen unbeholfene, unerwartete Schönheit, die von Lebenslust durchdrungen war. Der blonde Pony, der ihr ständig vor die Augen fiel.

Die Gedanken wanderten weiter zu Carolina. Axberg senkte den Blick. War es so weit gekommen, dass er anfing, sich für andere Frauen zu interessieren? Noch dazu an seinem eigenen Arbeitsplatz? Das wollte er nicht. Sobald der gewaltige Druck hier auf der Arbeit etwas nachließ, würde er sein Leben in den Griff bekommen. Sofia blickte ihn erwartungsvoll an. Er riss sich zusammen und sah ihr wieder in die Augen.

»Hast du Pernilla gefragt, ob sie Lena Forsell kannte?«

Sofia schüttelte den Kopf. Ihr Blick sagte ihm, dass sie verstand. »Da hast du Recht ...«, sagte sie. »Das nächste Mal werde ich es tun. Wenn man bedenkt, wie viel sie bereits erzählt hat, könnten wir einiges erfahren.«

»Vielleicht bekommen wir so die Erklärung, warum Lena Forsell bei Wollmar gekündigt hat.«

»Hmm«, sagte Sofia. »Und die Antwort darauf, ob und wie sehr Molin darin verstrickt ist.«

Sie beschlossen, Pernilla Jönsson am nächsten Tag aufzusuchen.

Ein Besuch, der sie hoffentlich der Wahrheit über das, was eigentlich mit Göran Molin und Lena Forsell passiert war, näher bringen würde.

Kapitel fünfunddreißig

»Das hier ist es wert, die Ferien dafür zu opfern«, sagte Sofia und legte den Sicherheitsgurt an.

»Was hattest du denn vorgehabt?«, fragte Axberg, sah in den Rückspiegel und fuhr rückwärts aus dem Parkplatz hinter dem Revier.

»Genau jetzt verpasse ich ein Trainingslager mit der Basketballmannschaft in Dänemark. Dann wollte ich zu meinen Klammereltern nach Norrtälje.«

»Klammereltern?«

Sofia lächelte und fuhr sich mit der Hand durch ihre Mähne. Axberg roch den schwachen Duft frisch gewaschener Haare. Dasselbe Shampoo wie Carolina, stellte er fest und packte das Lenkrad fester.

»Ja, ich nenne meine Eltern so. Sind nicht mehr so wichtig, sind aber trotzdem immer da und halten das Leben zusammen.«

Axberg wiederholte stumm die Worte und spürte einen Stich der Wehmut.

Sind immer da und halten das Leben zusammen. Das fehlte ihm. Er dachte an seine Eltern. Und dass er jetzt in einem Auto saß. Er fuhr auf der E14 in westlicher Richtung nach Stöde und zu Pernilla Jönssons Elternhaus. Sie hatten zehn Uhr abgemacht und noch eine gute Stunde Zeit. Das Wetter war schön und die Luft klar. Sie schwiegen. Sofia ging die Transkription der gestrigen Vernehmungen durch.

Axberg wanderte in Gedanken zwischen seiner Kindheit, Oma Rosine und Carolina hin und her. Die Leere um ihn herum schien ständig zu wachsen. Ein Urknall der Einsamkeit. Wenn er nicht aufpasste, gäbe es bald niemanden mehr in seiner Nähe. Er schüttelte sich und versuchte, seine düsteren Gedanken zu verdrängen, verpackte sie und schloss sie weg. Dann kehrte er wieder zur Arbeit zurück, verspürte Erleichterung dabei, eine seelische Ruhepause einlegen zu können. Es war inzwischen schon über zwei Wochen her, dass er etwas von Pfarrer Ekstedt oder Birgit Öberg gehört hatte. Es hatte sich nichts Neues ergeben, die Ermittlungen wegen der merkwürdigen Todesfälle lagen brach. War das die Ruhe vor dem Sturm? Oder war alles dabei, zu einer vagen Erinnerung zu verblassen?

Die Antwort hing wie eine spöttische Fata Morgana in seinem Unterbewusstsein und schien jedes Mal, wenn er versuchte, sich ihr zu nähern, die Form zu ändern.

In der Morgenzeitung hatte er per Zufall die Todesanzeige von Lena Forsell entdeckt. Drei Schwalben flogen über ihren Namen. Drei ungeklärte Todesfälle. Axberg merkte, dass er sich mehr für die aufgeschobene Ermittlung interessierte als für den Mord an Göran Molin. Das Gefühl, dass es eine verborgene Gemeinsamkeit bei den ungeklärten Todesfällen gab, verließ ihn nicht. Und in der Ermittlung im Fall Molin schien sich alles schneller zu ergeben, als jemand hätte vorhersehen können. Alle Bewegungen und Geschehnisse waren Momentaufnahmen. Wie in einem Film, der vor den Augen der Zuschauer vorgespult wird, dachte Axberg und hob den Blick von der Straße.

Das Himmelszelt stand wie eine Kuppel aus Glas über ihren Köpfen. Die Sonne leuchtete weiß, der klarblaue Himmel schien von einem Kranz weicher Wolken getragen zu werden, der auf dem kompakten Fichtenwald ruhte. Zwischen den Stämmen blitzte ab und zu Heidekraut auf.

In Stöde hielten sie an der einzigen Konditorei des Ortes an, tranken Kaffee und besprachen die bevorstehende Vernehmung. Wie sollten sie es anstellen, dass Pernilla Jönsson so viel wie möglich über Wollmars Begleitservice erzählte? Und was war eigentlich an diesem Abend im Kasino mit Göran Molin geschehen?

Nach der Besprechung fuhren sie weiter und hielten schließlich vor einem alten Bauernhof, der auf einer Anhöhe am Rand des Ortes lag und in alle Himmelsrichtungen die Waldgebiete überblickte. Axberg parkte auf einem Kiesplatz vor einem roten, zweistöckigen Haus, das so aussah, als sei es das Wohnhaus. Alle Gebäude waren heruntergekommen und schwer reparaturbedürftig. Das Einzige, das in den letzten zehn Jahren an der Fassade verändert worden war, schienen drei glänzende Parabolantennen an der südlichen Hausecke zu sein.

Die Türklingel funktionierte nicht. Axberg klopfte an. Keine Antwort, kein Geräusch aus dem Hausinneren. Als er die Hand zum dritten Mal hob, öffnete sich die Tür. Ein kräftiger Mann, etwa einen Kopf größer als Axberg, glotzte sie düster an, murmelte etwas und verschwand im Flur. Axberg und Sofia folgten ihm. Sofia fiel auf, dass Pernilla Jönssons silbrige Schuhe in einer Ecke lagen.

Der Mann saß in der Küche und wartete, rastlos trommelte er mit den Fingern auf den Tisch.

»Johan Axberg, Kriminalpolizei. Das hier ist Inspektorin Sofia Waltin. Ich hatte angerufen …«

Der Mann nickte kurz, ohne sie anzusehen.

»Sind Sie Pernillas Vater, Bengt Jönsson?«, fragte Axberg.

Der Mann nickte noch einmal und sah aus dem Fenster. Axberg betrachtete ihn ein paar Sekunden lang. Bengt Jönsson trug eine Latzhose, Holzschuhe mit Farbflecken und eine Mütze, auf deren Rückseite »SCA« stand. Das Gesicht war viereckig und robust. Trotzdem wirkte es schlapp, dank mehrerer Tage alter Bartstoppeln und schwarzer Ringe unter den Augen.

»Danke, dass wir so schnell kommen durften«, sagte Axberg. »Wie gesagt, wir müssen ein paar Fragen stellen …«

»Ullis ist da oben«, sagte Bengt Jönsson mit einer Kopfbewegung in Richtung Decke. »Sie hat sich in ihr Zimmer eingeschlossen und weigert sich, herauszukommen.«

Axberg sagte nichts. Er sah ein, dass es nutzlos war, dieses Gespräch weiterzuführen.

»Ich verstehe«, sagte Sofia mitfühlend, zog vorsichtig einen Stuhl unter dem Tisch hervor und setzte sich.

Axberg folgte ihrem Beispiel.

»Das hier war alles sehr schwer für Pernilla«, fuhr Sofia fort. »Sie ist sehr mutig gewesen.«

Der mürrische Mann schien sich etwas zu entspannen.

»Wie Sie wissen, ermitteln wir wegen des Mordes an Göran Molin. Dabei sind wir darauf gestoßen, dass Pernilla für Tony Wollmar arbeitet …«

Bengt Jönsson hörte auf, mit den Fingern auf dem Tisch zu trommeln und ballte eine Faust.

»Das Schwein«, murmelte er mit zusammengebissenen Zähnen.

»Wie bitte?«, sagte Sofia.

Der Mann saß eine Weile schweigend da, die Hand immer noch krampfhaft geballt. Der Unterkiefer bewegte sich ununterbrochen vor und zurück, als würde jedes Wort aus Knochen und Blut gemahlen.

»Dieses Schwein dürfte nicht leben«, sagte er schließlich.

Ein schwermütiger Zorn füllte den Raum. Axberg glaubte einen Augenblick lang, der Mann bekäme einen Wutausbruch.

»Ich verstehe, wie Sie sich fühlen«, sagte Sofia mit so viel Balsam in der Stimme, dass es ihr tatsächlich gelang, die Situation ein wenig zu entspannen.

Bengt Jönsson starrte aus dem Fenster. Es war offensichtlich, dass er genug darüber wusste, was seine Tochter bei Wollmar durchmachen musste. Mehr als genug, um das zu fühlen, was er empfand.

Axberg ließ den Blick durch die Küche wandern. Berge von ungespülten Tellern und Töpfen füllten die Arbeitsfläche, außerdem trockenes Brot, eine halb gegessene Fleischwurst, zwei leere Schachteln Blend Menthol und ein Dutzend Bierdosen. Der Anblick passte zu dem Geruch, den die Nase zu vermeiden versuchte. Alles passte zu dem, was sie über die Familie Jönsson wussten. Die Eltern lebten seit sechs Monaten in Scheidung, der Vater war allein im Haus, die Mutter wohnte in einer Zweizimmerwohnung im Ort. Pernilla wechselte zwischen diesen Adressen und ihrer Wohnung in Sundsvall. Sofia legte den Kopf schief und versuchte erfolglos, dem Mann in die Augen zu sehen.

»Wir müssen Pernilla ein paar Fragen stellen«, begann sie.

Bengt Jönsson schüttelte resigniert den Kopf.

»Da sage ich nur, viel Glück ...«

Axberg wandte sich Sofia zu.

»Ich kann hierbleiben, wenn du nach oben gehst.«

Sie nickte und verschwand auf der Treppe im Flur. Bengt Jönsson zeigte mit einem verärgerten Blick, dass ihm die Neuordnung nicht gefiel.

»Könnten Sie erzählen, was passiert ist?«, fragte Axberg.

Bengt Jönsson antwortete nicht.

»Wie oft wohnt Pernilla bei Ihnen?«, fuhr Axberg fort.

Der Mann kratzte sich im Nacken und verzog das Gesicht.

»Sie ist meistens in der Stadt, manchmal kommt sie am Wochenende.«

»Und Sie hatten keine Ahnung, in was sie verwickelt war?«

Bengt Jönsson fuhr augenblicklich auf. Der ganze, mächtige Körper zitterte wie durch Schüttelfrost.

»Was zum Teufel glauben Sie denn?«, rief er aus. »In dem Fall hätte ich das doch wohl beendet?!«

Axberg merkte, dass er sich ungeschickt ausgedrückt hatte.

»Ja, das ist klar. Ich bitte um Verzeihung.«

Der Mann schnaubte, sein Blick war ruhelos.

»Hat Pernilla mal von ihrer Arbeit erzählt?«, fuhr Axberg fort.

»Nicht viel. Manchmal sagte sie, dass es anstrengend sei. Aber wir konnten ja nicht ahnen, dass ...«

Er beendete den Satz nicht. Bengt Jönsson sah plötzlich sehr müde aus.

»Hat sie Tony Wollmar mal erwähnt?«

»Mm. Wir wussten, dass sie für ihn arbeitet. Ich habe sogar mal in einem seiner Restaurants gegessen.«

Der Mann schüttelte den Kopf.

»Das ist verdammt noch mal völlig wahnsinnig. Hätten wir es nur gewusst ...«

Sofia ging in den ersten Stock. Sie fand Pernillas Tür und klopfte an. Es war kein Geräusch zu hören. Nach einer Weile hörte man das Klicken eines Schlosses, aber niemand öffnete. Sofia machte die Tür vorsichtig auf und trat ein. Ein rotes Rollo war vor dem einzigen Fenster des Zimmers heruntergezogen und ließ alle anderen Farben undeutlich erscheinen. Sofia sah sich um. Der Kontrast zum restlichen Haus war extrem.

Alles war sauber und ordentlich. Ein Schminktisch mit Spiegel, eine Stereoanlage und Plüschtiere gemischt mit Postern von männlichen Filmstars.

Sofia wurde an ihr eigenes Mädchenzimmer erinnert, an eine Zeit, die weit zurückzuliegen schien. Sogar der schwache Duft von Himbeerbonbons war derselbe. Das Mädchen lag auf dem Bett, war unter einer Decke kaum zu erkennen. Sofia dachte an all das Schreckliche, dem sie bei Wollmar ausgesetzt worden war. Alles fühlte sich sofort viel schlimmer an, als sie das Mädchen in seiner eigenen Umgebung sah. Die sterile Umgebung auf dem Polizeirevier konnte Individuen zu Figuren in einem Spiel reduzieren, bei dem Tatsache neben Tatsache zu einem logischen Puzzle zusammengesetzt werden sollte.

»Hallo. Ich bin es noch mal ... Sofia. Wir haben uns gestern getroffen. Darf ich reinkommen?«

Das Mädchen setzte sich mit dem Rücken zur Wand auf und zog die Knie bis unters Kinn. Die Augen waren rot geweint, über eine Wange lief schwarze Wimperntusche. Sofia stand still da und beeilte sich nicht mit dem Reden.

»Wie geht es dir?«, sagte sie schließlich.

Pernilla sah auf. Die Augen waren zwei hellblaue Spiegel ohne Leben. Sofia setzte sich auf die Bettkante.

»Du warst sehr tapfer«, begann sie. »Das, was du getan hast, verlangt große Kraft und viel Mut. Wir werden dir bei allem, was du brauchst, helfen.«

Das Mädchen schluchzte auf und nickte kaum merkbar.

»Schaffst du es, ein paar Fragen zu beantworten?«

Pernilla nickte noch einmal, dieses Mal mit mehr Nachdruck.

»Wenn wir noch mal zu dem Abend im Kasino zurückkehren, über den wir gestern gesprochen haben, als Tony euch als Begleiterinnen engagiert hatte ...«

Sofia machte eine Pause und versuchte, die Reaktion des Mädchens in ihrem Gesicht abzulesen. Unter dem kaputten Äußeren sah sie trotz allem ziemlich stark und entschlossen aus.

»War schon vorher beschlossen, wie der Abend ablaufen würde?«

Pernilla schüttelte den Kopf und wischte die Wimperntusche von der Wange.

»Nein. Wir sind wie üblich mit Tony mitgegangen. Dann entschied er im Laufe des Abends, mit wem wir zusammen sein sollten.«

Sofia stutzte vor Verwunderung.

»Zusammen sein?«

»Ja, wem wir Gesellschaft leisten sollten und so.«

Sofia fiel wieder auf, wie offen das Mädchen über das, was passiert war, sprechen konnte.

»Also ging es nicht immer um Sex?«

»Nein. Nur, wenn wir selbst es wollten.«

Sofia reagierte auf die Formulierung. Ein Leckerbissen für jeden Verteidiger. Der eigene freie Wille. Es traf sie immer gleich schwer, wenn ein Täter bei einer Vergewaltigung frei kam, weil behauptet wurde, die Frau hätte dem Verkehr zugestimmt. Entweder war sie zu betrunken oder zu sexy angezogen oder hatte nicht deutlich genug nein gesagt. Ein Nein ist nicht immer ein Nein. Verdammte Männergesellschaft. Eine Überzeugung, die sie in letzter Zeit immer häufiger bestätigt fand.

»Aber es war doch Tony Wollmar, der die Tabletten und die Kohle hatte«, fuhr Pernilla fort.

Sofia biss die Zähne zusammen und nickte.

»Welche Tabletten waren das?«

»Alles Mögliche. Tony besorgte, was man haben wollte. Aber sie waren ja nicht gratis …«

Pernilla streckte die Füße unter der Decke aus und sah auf ihre wackelnden Zehen.

»Wie endete der Abend im Kasino?«, fuhr Sofia fort.

»Ich bin nach Hause in meine Wohnung gegangen.«

»Allein?«

Pernilla schüttelte den Kopf.

»Wer war bei dir?«

Die Antwort war nur ein Flüstern. Hätte Sofia sie dem Mädchen nicht von den Lippen abgelesen, hätte sie sie nie verstanden.

»Göran Molin.«

Sofia spürte, wie sich Zorn in ihr regte.

»Und all das hatte Wollmar bestimmt?«

»Ja«, sagte Pernilla und atmete kurz ein.

»Was ist in der Wohnung passiert?«

Pernillas Lippen wurden zu einem weißen Strich. Sofia begriff, dass sie vorsichtiger vorgehen musste.

»Ich verstehe, wie anstrengend das hier für dich sein

muss, aber ich werde eine Frage stellen, auf die du nur mit ja oder nein antworten musst, in Ordnung?«

Das Mädchen nickte. Sofia suchte nach den richtigen Worten. Wie immer, wenn es um intime Details ging, wurde die Formulierung unnötig formell.

»Kam es zu irgendeiner Art von sexuellem Verkehr?«

Die Mundwinkel des Mädchens zuckten, die Unterlippe schoss vor und die Beine zitterten unter der Decke. Eine Träne löste sich aus dem Augenwinkel und floss über die Wange. Sie wischte sie mit der Außenseite der Hand weg. Dann nickte sie steif. Sofia sah das Bild vor sich und schüttelte sich.

»Wie lange ist er geblieben?«

Pernilla zuckte mit den Schultern.

»Vielleicht eine Stunde ...«

»Und dann?«

»Dann ist er gegangen.«

»Hat er gesagt, wo er hinwollte?«

»Nee.«

Sofia erinnerte sich plötzlich daran, dass Axberg auf einer Frage bestanden hatte. Eine einzige Sache, die er ihr aufgetragen hatte.

»Kanntest du Lena Forsell?«

Das Mädchen im Bett schien sich etwas zu sammeln.

»Ja. Wir haben bei der Arbeit ziemlich viel miteinander zu tun gehabt.«

»Du weißt, was passiert ist?«

»Mhm.«

»Wie gefiel es Lena bei Wollmar?«

»Nicht besonders. Sie fand, dass er Scheiße war. Wie wir alle.«

»Weißt du, warum sie gekündigt hat?«

Pernilla sah auf ihre lila lackierten Zehennägel und dachte nach. Dann hob sie den Blick mit einer neugefundenen Stärke.

»Ja. Sie hat sich geweigert, bei dem mitzumachen, wofür Tony sie haben wollte …«

»Den Begleitservice?«

»Genau. Und als er sie gedrängt hat, hat sie damit gedroht, zur Polizei zu gehen.«

Sofia spürte, wie ihr das Blut in den Kopf schoss. Sie sah auf ihren Notizblock und sortierte ihre Gedanken. Lena Forsell hatte nie die Zeit gehabt, zur Polizei zu gehen.

»Was ist dann passiert?«

»Lena hat aufgehört. Ob sie gekündigt hat oder rausgeschmissen wurde, weiß ich nicht. Und dann ist sie einfach gestorben …«

Pernilla legte die Hände vors Gesicht und begann zu weinen. Alles, was sie während des Gesprächs zurückgehalten hatte, brach nun aus ihr heraus. Sowohl sie als auch Sofia empfanden es wie eine Befreiung. Die Lawine, die sich im Herzen löste, verdrängte alles andere. Sofia setzte sich neben sie und legte einen Arm um die bebenden Schultern. So blieben sie lange sitzen.

Axberg war immer nachhaltiger davon überzeugt, dass der Mann auf der anderen Seite des Küchentischs extrem gestört war. Ein Arzt sollte ihn sich mal ansehen und eine Diagnose abgeben, dachte er. Aber das vorzuschlagen, war völlig sinnlos. Als er Sofias Schritte auf der Treppe hörte, war er erleichtert. Sie blieb auf der Küchenschwelle stehen und holte tief Luft.

»Ich habe mich gut mit Pernilla unterhalten«, sagte sie und schaffte es, Bengts Blick einzufangen. »Sie haben eine sehr starke Tochter.«

Der Mann machte mit einer Hand eine abweisende Geste, ohne zu antworten. Axberg begriff, dass sie hier nicht weiterkommen würden.

»Wir sind dann fertig«, sagte er und stand auf. »Wir werden uns bald wieder melden. Falls Sie oder Pernilla etwas brauchen, wissen Sie, wo Sie uns finden.«

Draußen war die Luft im Vergleich zu der im Haus deutlich frischer und belebender. Der Himmel wirkte noch höher, die Luft war klar, und die Sonne stach in den Augen, ohne zu wärmen. Sie blieben einen Augenblick vor dem Haus auf dem Kieskreis stehen, dem Mittelpunkt des Hofes. Sofia erzählte von ihrem Gespräch mit Pernilla. Axberg hörte aufmerksam zu.

»Jetzt wissen wir endlich, warum Lena Forsell aufgehört hat«, sagte er schließlich. »Und die Drohung, zur Polizei zu gehen, gibt Wollmar tatsächlich ein Motiv, sie umzubringen.«

Sofia sah ihn zweifelnd an.

»Glaubst du das wirklich?«

Axberg zuckte mit den Schultern.

»Wollmar ist sicher bereit, ziemlich weit zu gehen, um zu verhindern, dass seine Machenschaften herauskommen. Er hatte ein Motiv, war am fraglichen Abend im Kasino …«

»Was denkst du über Molin?«

Axberg sah sie zweifelnd an.

»Ich weiß nicht. Das Bild von ihm wird immer negativer, je mehr wir über ihn erfahren.«

Sie gingen schweigend auf das Auto zu. In einer Garage mit offenem Tor glänzte ein dunkelblauer Volvo, ein Vorjahresmodell, im Sonnenlicht. Dahinter lugte ein Anhänger hervor. Axberg blieb instinktiv stehen. Er erinnerte sich an den Bericht der Spurensicherung vom Tatort, sah die Worte vor sich. Die Spuren auf dem Waldweg, auf dem Molin ermordet wurde. Der Impuls war deutlich, und er wehrte sich nicht dagegen. Er zog Sofia am Arm und ging in die Garage. Drinnen war es dunkel und kühl. Unter dem einzigen Fenster stand eine Arbeitsbank, an den Wänden stapelten sich Dosen mit Farbe und Lösungsmitteln.

Axberg ging auf den Anhänger zu. Er ließ seinen Blick methodisch über jeden Quadratzentimeter gleiten. Der Boden bestand aus braunem Hartplastik, und es war schwer, in der Dunkelheit etwas zu erkennen. Er lehnte sich vor, blinzelte. Da sah er es. Zuerst dachte er, es wäre ein Schatten, den die Birke vor dem Fenster warf. Er täuschte sich.

Mit der Spitze des Zeigefingers strich er über einen Fleck auf dem Boden des Anhängers. Eine deutliche Erhebung war spürbar. Ein kleiner Fleck mit einer glatten Oberfläche. Sofia kam an seine Seite und beugte sich vor.

»Blut?«, flüsterte sie überrascht.

»Oder Farbe«, sagte Axberg.

Der Fleck war geruchlos, und sie fanden auch sonst nichts im Anhänger.

»Das sollten wir analysieren lassen«, sagt Sofia.

Axberg nickte nachdenklich und sah sich um. Er ging zur Arbeitsbank und zog eine Schublade voller Vierkantnägel heraus. Die nächste enthielt einen halbrunden Mundschutz und einen schmutzigen Lumpen. Die dritte Schublade brachte ihn zum Staunen. Mit einem Taschentuch, das er in der Tasche hatte, zog er einen Hammer heraus. Die fleckige Farbe auf dem silbrigen Schaft war rot. Sogar auf dem hellblauen Griff waren dunkle Spritzer zu sehen. Axberg wandte sich Sofia zu.

»Wir nehmen ihn sofort mit aufs Revier.«

Sofia holte gerade das Handy aus der Jeansjacke, als sie hörten, wie jemand über den Kies lief. Die Schritte kamen schnell näher. In der nächsten Sekunde erschien Bengt Jönssons massiger Körper im Garagentor. Sein Gesicht war vor

Wut verzerrt, die Pupillen leuchteten wie glühende Kohlen.

»Was zum Teufel tun Sie hier?«, schrie er.

Niemand hatte Zeit zu antworten. Bengt Jönsson ging zwei Schritte auf Axberg zu.

»Her damit«, brüllte er und zeigte auf den Hammer.

Axberg fügte sich in das Unausweichliche. Er warf den Hammer zur Seite. Bengt hob die rechte Faust, um zuzuschlagen. Er erreichte Axberg zur selben Zeit, als der Hammer auf die Ladefläche des Anhängers prallte. Axberg hatte bereits den Oberkörper zu Seite gebogen und sich nach vorn gebeugt. Die Schulter traf Bengt Jönsson aufs Zwerchfell, und er stöhnte vor Schmerzen. Mit voller Kraft riss Axberg ihn zur Seite. Bengt Jönsson traf auf die Kante des Anhängers, ohne zu fallen. Axberg stand jetzt mit dem Rücken zum Ausgang. Aus den Augenwinkeln sah er, wie Sofia hektisch ins Handy sprach. Bengt griff nach dem Hammer und lächelte gehässig. Dann schwang er ihn über dem Kopf und warf sich nach vorn. Axberg verlagerte seinen Schwerpunkt unmerklich nach rechts, zog die Schultern nach hinten und zielte auf einen Punkt zehn Zentimeter vor dem Kinn des Mannes.

Der Schlag kam gerade und hart und traf die Kinnspitze perfekt. Der Mann blieb fast einen Augenblick in der Luft hängen, bevor der schwere Körper in sich zusammenfiel. Axberg spürte, wie die Narbe auf seinen Knöcheln brannte. Alles um ihn herum geschah jetzt sehr langsam, wie in Zeitlupe. Der Hammer traf eine Leiter, die an der Wand hing und fiel auf den Boden.

Dann vollkommene Stille.

Der Mann auf dem Boden war bewusstlos, aber er atmete.

Kapitel sechsunddreißig

Jensen saß in seinem BMW und war auf dem Weg ins Krankenhaus. Er hatte in einem neueröffneten Lokal im Hafen Schaschlik gegessen und ein Leichtbier getrunken. Die Abendsonne blieb stur am Himmel stehen. Als Jensen blinzelte, konnte er erkennen, dass die Digitaluhr am Armaturenbrett fünf vor zehn anzeigte. Niemand wartete jetzt auf ihn. Niemand außer diesem harten Bett im Bereitschaftszimmer. Noch eine Nacht in selbstgewählter Einsamkeit. Zwar war der Arbeitsplatz seit vielen Jahren sowieso schon sein zweites Zuhause gewesen, aber da war doch ein Unterschied: Im Augenblick war er sein einziges Zuhause.

Jensen war in düsterer Stimmung. So schwermütig wie der Nadelwald entlang der kilometerlangen Auffahrt zum Krankenhaus, der aus der Abenddämmerung schon nächtliche Dunkelheit werden ließ. Er trat auf das Gaspedal und wappnete sich. Die Einsamkeit quälte ihn jeden Tag stärker. Er sehnte sich nach seiner Familie. Die Liebe war unbestreitbar. Gerade deshalb war Saras Betrug so schwer zu verzeihen. Seine Gefühle für sie hatten schon von Anfang an völliges Vertrauen beinhaltet. Jetzt war das nicht mehr so. Würde nie wieder so sein. Und es war schwierig, sich der ursprünglichen Liebe zu nähern, wenn gewisse Teile unwiderruflich verloren waren.

Mehrere Male hatte Jensen daran gedacht, anzurufen und zu sagen, dass er nach Hause kommen wolle. Dass alles vergeben sei. Aber als er da gesessen hatte, mit dem Hörer in der Hand und dem zögernden Zeigefinger über den Tasten, ging es ihm doch gegen den Strich. Er wusste, dass die Situation auf Dauer unmöglich war, dass er sich zu guter Letzt seiner Verantwortung stellen musste. Aber sein Stolz war zu groß. Die Oberarztstelle in Stockholm hatte er vor zwei Tagen abgelehnt.

Auch das hatte er Sara nicht erzählt. Warum, wusste er nicht. In den zehn kurzen Sätzen, die sie gestern am Telefon gewechselt hatten, hatte sie ihn verstehen lassen, dass es ihr an nichts fehlte. Dass er in ihrem Leben eigentlich keine Funktion erfüllte. Der Tonfall war kalt und förmlich gewesen, aber darunter ahnte Jensen Weinen und Verzweiflung. Die Schwangerschaft hatten sie mit keiner Silbe erwähnt. Aber das zukünftige Kind war doch in jedem Satz präsent, durchdrang jeden Atemzug.

Jensen hoffte, dass es Sara so gut ging, wie sie behauptete. Trotz allem war die Gesundheit des neuen Kindes das Wichtigste. Er ging davon aus, dass sie es erzählen würde, wenn etwas nicht in Ordnung wäre. Egal wie verhärtet die Positionen waren. Er fragte sich, welche Version der Geschehnisse Sara ihrer Mutter erzählt hatte. Sicher eine, die sich deutlich von seiner eigenen unterschied.

Jede Geschichte hat ihren Erzähler, dachte er mit einem Seufzen.

Die Abendsonne schien wieder zwischen den Baumstämmen. Der Wald verschwand, und das Licht kam so schnell wieder, als hätte man ein Rollo hochgezogen. Um ihn herum öffnete sich ein großes, rechteckiges Feld. Am anderen Ende sah man das Krankenhaus wie einen riesigen Schuhkarton aus roten Ziegeln.

Er parkte das Auto auf seinem üblichen Platz, stieg aus, holte tief Luft und versuchte, sich zu entspannen. Ein paar Sekunden lang herrschte eine abwartende Ruhe um ihn herum. Dann kam ein schwarzer Jeep aus der Garage gefahren und zerriss die Stille. Jensen ging mit Hilfe seines Passierscheins durch den Haupteingang hinein. Er grüßte das Mädchen im Kiosk, das gerade das Gitter hinunterließ und für heute Schluss machte. Dann nahm er die Treppe nach unten zu dem Gangsystem und ging zum Korridor mit den Arztzimmern. Er dachte an sein Forschungsprojekt. Drei neue unklare Todesfälle hatte es während der letzten zwei Wochen gegeben. Alle bei älteren Personen, die ansonsten relativ gesund gewesen waren.

Die Blutproben, die im Rahmen seiner Studie analysiert wurden, hatten keine gefährliche Infektion gezeigt. Die Theorie, dass ein Virus den Herzmuskel angegriffen hatte, wurde immer unwahrscheinlicher. Wenn nicht bald etwas passierte, würde er die Untersuchung abbrechen müssen. Wie schon so oft vorher seufzte er und spürte, wie die Müdigkeit ihn überwältigte. Nicht einmal in den Berichten über frühere Fälle von plötzlichem Herztod hatte er etwas entdeckt. Das einzig Merkwürdige war, dass so viele ohne offensichtliche Ursache starben. Doch das war eine statistische Aussage, auf die sich keine Forschung aufbauen ließ.

Ganz in Gedanken erreichte Jensen sein Zimmer. Völlig abgelenkt drückte er auf die Klinke, ohne zuerst die Schlüssel aus seiner Tasche zu holen. Zu seiner Überraschung stellte er fest, dass die Tür offen war. Hatte er vergessen abzuschließen? Das war nicht möglich. Er sah sich nach beiden Seiten um. Dann begriff er seinen Irrtum. Er war an der langen Reihe identischer Türen vorbei einen Tick zu weit gegangen. Es war das falsche Zimmer. Er wollte die Tür gerade wieder schließen, als sein Blick auf einen glänzenden Hügel aus Metall fiel. Auf einem ausgeschalteten Laptop lag ein großer Schlüsselring. Sah er wirklich richtig?

Jensen trat einen Schritt näher und blinzelte in den schwachen Schein der Nachttischlampe. Das hier war die größte Schlüsselsammlung, die er je gesehen hatte, mindestens hundert Stück waren nebeneinander auf einen kräftigen Bronzering aufgefädelt. Die Schlüssel waren außerdem durchnummeriert. Jensen nahm den Bund in die Hand und prüfte das Gewicht. Sicher ein Kilo. Die letzte Nummer war 106. Normale Türschlüssel, die aber nicht so aussahen, als gehörten sie zum Krankenhaus. Jensen war verwirrt.

Er wusste, dass sein Eindringen schwer zu erklären war, wenn ihn jemand entdeckte. Aber die Neugier hielt ihn noch zurück, und er sah sich im Zimmer um. Kein Kittel mit Namensschild oder sonst etwas verriet, wer im Augenblick dieses Zimmer benutzte. Auf dem Nachttisch stand die Statue eines Männerkopfes mit zwei Gesichtern. Jensen wollte sich gerade die Schlüssel und den Computer genauer anschauen, als sich im Flur Schritte näherten. Das klassische Geräusch von schlurfenden Pantoffeln, das zu einem Krankenhaus gehörte. Das man überall hören konnte. Jetzt traf es auf sein Trommelfell wie eine unheilvolle Erinnerung an das Unverschämte seiner Handlungen.

Er ging hinaus und schloss die Tür. Als eine der Narkoseschwestern lächelnd vorbeiging, nickte er kurz. Dann ging er in sein Zimmer. Müde und durcheinander ließ er sich auf das ungemachte Bett fallen.

Die Gedanken an die Zukunft und die Familie verdrängten schnell alles andere und verfolgten ihn bis in seine Träume.

Als er viele Stunden später aufwachte, war der Schlüsselbund nur noch eine schwache Erinnerung.

Kapitel siebenunddreißig

Alle waren zufrieden.

Das Ermittlungsteam konnte endlich aufatmen, verlorenen Schlaf nachholen, den schief hängenden Haussegen richten und in manchen Fällen in einen abgebrochenen Urlaub zurückkehren. Monika Roos war dankbar, dass ihr Telefon nicht mehr ununterbrochen klingelte, auch wenn sie den Wirbel der letzten Tage mit großer Begeisterung verfolgt hatte. Und am zufriedensten war Ståhl, der sich endlose Tage im Scheinwerferlicht badete wie ein glücklicher Delphin.

Axberg saß in seinem Büro und sortierte Unterlagen. Ab und zu sah er auf den Knöchel seines rechten Mittelfingers. Die eigentliche Narbe war nun von rotem, geschwollenem Gewebe umgeben, das es schwer machte, den Finger auszustrecken. Jedes Mal, wenn er es versuchte, tat die ganze Hand weh. Gleichzeitig erinnerte er sich an Bengt Jönssons wütendes Gesicht Sekunden vor dem Schlag. Der Schlag war perfekt gezielt gewesen und hatte sie aus einer Situation gerettet, die zu einem Alptraum hätte werden können. Daher fühlte Axberg sich trotz der Blessur munter und zufrieden. Er hatte sogar gegen eine ungeschriebene Regel verstoßen und einem Fernsehinterview zugestimmt.

Als morgens ein Reporter vom örtlichen Kanal angerufen hatte, hatte er sofort zugesagt. Ein Live-Interview während der Abendnachrichten. Es war nicht unmöglich, dass er Carolina im Studio treffen würde. Sie war gestern nicht auf Sendung gewesen, und Axberg wusste, dass sie jeden zweiten Tag die Nachrichten las. Die Entfernung zum Seitensprung war so groß, dass er wieder Mut fasste. Es war Zeit für die zweite Welle der Charmeoffensive. Eine Welle, so hoch, dass sie alle Zweifel fortspülen würde.

Axberg stand auf, ging zum Waschbecken und wusch sich das Gesicht mit kaltem Wasser. Im Spiegel sah er, wie die Haare um die Ohren abstanden. Wie immer das erste Zeichen dafür, dass die Haare zu lang wurden. Es war halb zwölf. Nichts hier im Büro verlangte seine unmittelbare Aufmerksamkeit. Außerdem brauchte er Zeit, um seine Gedanken zu ordnen. Das konnte er besser anderswo. Er nahm sein Handy und wählte die Nummer von Pias Friseursalon in der Storgata. Trotz eines vollen Terminplans konnte sie ihn während der Mittagspause dazwischenschieben. Sie hatte schließlich großes Verständnis dafür, dass er im Fernsehen gut aussehen wollte. Genauso hatte sie es ausgedrückt *»im Fernsehen gut aussehen«*.

Axberg dachte über die Worte nach, während er in den Personalraum ging und eine Banane aus dem Obstkorb nahm. Pia fand wohl, dass er auch in Wirklichkeit ganz gut aussah, dachte er. Während der Zeit, die er bisher in ihrem Salon verbracht hatte, war sie immer daran interessiert gewesen, ihn näher kennen zu lernen. Er war nie auf ihre Aufforderungen eingegangen. Sie war nicht sein Typ, viel zu gesprächig und aufgedreht. Trotzdem hatte er nichts gegen die monatlich wiederkehrenden Schmeicheleien. Axberg warf die Bananenschale weg und ging durch die Hintertür hinaus, um dem Tross Journalisten aus dem Weg zu gehen.

Nach einem fünfminütigen Spaziergang durch die Fußgängerzone öffnete er die Tür des Friseursalons. Der Geruch nach Haarspray und Shampoo war derselbe wie immer. Er rief in ihm eine Art angenehmen Wohlbefindens hervor, erinnerte ihn an einen schwachen Eindruck aus seiner Kindheit. Er hatte schon versucht, sich zwischen zwei Besuchen diesen Duft ins Gedächtnis zu rufen, aber ohne Erfolg. Das Geruchsgedächtnis ist wohl das am schlechtesten entwickelte Sinnesgedächtnis, dachte er.

Pia lächelte ihn im Spiegel an. Axberg lehnte sich nach hinten, schloss die Augen und ließ sich die Haare waschen. Er dachte an Göran Molin. Nach außen ein Mann des Volkes, immer auf der Seite der Schwachen. In Wirklichkeit ein Schwein, das seine Macht missbrauchte. Während mehrerer Jahre hatte er Tony Wollmar mit zweifelhaften Genehmigungen und ökonomischer Begünstigung geholfen. Die Gegenleistung: Sex mit jungen Frauen, die von Wollmars Zugang zu Drogen abhängig waren und zu fast allem gezwungen wurden. Pernilla Jönsson war eine von ihnen gewesen. Aber nicht Lena Forsell. Letztere war jetzt tot. Gab es da einen Zusammenhang?

Die Frage tanzte in seinem Kopf im Takt mit Pias Fingern, die rhythmisch die Kopfhaut massierten und das Shampoo zum Schäumen brachten. Bengt Jönsson hatte schon lange den Verdacht gehabt, dass Pernilla in etwas Illegales verwickelt war. Nach einem Jahr voller ausweichender Antworten, Notlügen und langen Abwesenheiten, hatte er beschlossen, die Wahrheit herauszufinden. Mehrere Abende in Folge war er seiner Tochter gefolgt, um zu sehen, was sie machte. Die Wahrheit hatte ihn wie ein Schlag auf die Brust getroffen. Eine Szene, in der ein Vater sich seine Tochter nie vorstellen kann.

Eines Nachts begleitete ein älterer Mann Pernilla vom Kasino nach Hause. Bengt Jönsson hatte Göran Molin sofort erkannt. Er hatte bei den letzten Wahlen sogar für ihn gestimmt. Langsam begriff Bengt Jönsson, was dort vor sich ging. Wütend und verwirrt wartete er zehn Minuten vor der Tür. Dann hielt er es nicht länger aus. Er ging ins Treppenhaus, schloss mit dem Ersatzschlüssel, den er in der Tasche hatte, leise die Tür auf. Schon im Flur ließen ihn die Geräusche zurückschrecken. Der Anblick bestätigte das, was er eigentlich gar nicht wissen wollte. Göran Molin lag oben, grunzend und widerlich. Das Einzige, was von Pernilla zu sehen war, waren ihre nackten Beine.

Von diesem Augenblick an waren Bengt Jönssons Erinnerungen vage. Den Hammer hatte er dabei, weil er gerade einen Auftrag beendet hatte. Aus demselben Grund hatte er auch den Anhänger dabei. Den Ort, an den er die Leiche gebracht hat, kannte er von der Elchjagd. Mit festem Blick hatte er Axberg in die Augen gesehen und gesagt, dass er nichts bereue. Dass er dasselbe ohne zu zögern noch einmal tun würde. Axberg hatte eine gewisse Sympathie für den Mann empfunden. Sogar Hamrin hatte sich mehr als üblich zurückgehalten. Seine Position als unerschütterliches Ausrufezeichen an der Wand war gegen ein flexibleres, geschmeidigeres Fragezeichen ausgetauscht worden.

Die Labortests bestätigten Bengt Jönssons Geschichte. Das Blut auf dem Hammer stammte von Molin, die Fingerabdrücke an der Kippe gehörten Bengt Jönsson. Blend Menthol. Axberg hatte die Schachtel in Jönssons Küche gesehen. So weit fielen alle Teile des Puzzles an ihren Platz. Aber Tony Wollmar war und blieb verschwunden. Niemand seiner Angestellten wusste, wo er sich befand. Zwei weitere Mädchen im Restaurant Skvadern hatten Pernillas Erzählung bestätigt. Die Anklagepunkte gegen Wollmar reihten sich auf wie Kugeln an einem Rechenschieber. Axberg hatte trotzdem Zweifel, ob Wollmar etwas mit Lena Forsells Tod zu tun hatte. Sicher war er bisher der einzige potenzielle Täter, den sie hatten. Aber es war schwierig, sich vorzustellen, inwiefern Wollmar in die anderen Todesfälle verstrickt war.

Pia schaltete das Gerät an und begann, die Nackenhaare zu rasieren. Axberg spürte, wie sich ein Schauer des Wohlbehagens in seinem Körper ausbreitete. Er hörte auf nachzudenken. Ein paar Minuten später öffnete er seine Augen und erblickte sein frisch geschorenes Ich. Dieselbe Frisur seit zehn Jahren. Auf manche Dinge kann man sich verlassen.

Axberg ging schräg über die Straße und nahm die Treppe nach oben in seine Wohnung. Nachdem er sich geduscht und umgezogen hatte, ging er zurück aufs Revier. Er schrieb auf dem Computer eine Zusammenfassung des Falles und dachte über mögliche Fragen während des Fernsehinterviews heute Abend nach. Und darüber, welche er selbst Carolina stellen würde, wenn er die Chance dazu bekäme. Ein leichtes Klopfen an der halb geöffneten Tür unterbrach seine Gedanken. Pablo streckte den Kopf herein, machte mit einem breiten Grinsen ein Daumen-hoch-Zeichen und verschwand. Die Stimmung im Haus war sehr gut. Alle waren entspannt, Urlaubslaune hatte sich breitgemacht. Axberg holte tief Luft und streckte sich. Dann kam der Anruf.

Hinterher dachte Axberg oft über die Worte nach, die fielen, die Fragen, die ihm durch den Kopf gingen, und über das Gefühl der völligen Verwirrung. Man wusste zwar in der Theorie, dass man selten die ganze Wahrheit über seine Mitmenschen kannte – aber in der Praxis war ihm das noch nie so deutlich bewusst geworden.

Die Stimme klang über das Handy heiser und gedämpft, die übliche Energie war verschwunden. Jeff Conrad erzählte ohne Umschweife, dass er vor zehn Tagen seines Arbeitsplatzes verwiesen worden war. Der Grund war, dass er betrunken zu einer Obduktion erschienen war. Jetzt befand er sich in einer Klinik für Alkoholiker in Dalarna. Das Minnesota-Modell sollte ihn aus dem Griff des Alkohols befreien. Er war mindestens für drei Monate krank geschrieben. Axberg wusste nicht, was er sagen sollte oder was er schließlich gesagt hatte, aber er hoffte, dass es etwas Unterstützendes und Verständnisvolles gewesen war. Das Gespräch war vorsichtig und kurz. Axberg versprach, bald noch mal von sich hören zu lassen. Er blieb lange da sitzen, mit Conrads Stimme in sich. Warum war ihm nichts aufgefallen? Hätte er etwas bewirken können?

Die Fragen und die Schuldgefühle sollten ihn noch lange verfolgen. Er öffnete die Augen, suchte nach Ablenkung.

Ganz oben auf dem Schreibtisch lag der Ordner über Lena Forsell. Axberg hob ihn an und wog ihn nachdenklich in den Händen, und seine innere Unruhemühle begann sich wieder zu drehen. Es war, als lauschten alle im Revier in die falsche Richtung. Alle Ohren waren auf den Applaus der Massenmedien gerichtet anstatt auf die weitere Arbeit. Axberg spürte, dass das ein unwiderruflicher Fehler war.

Kapitel achtunddreißig

Er las die Zeitungen noch einmal.

Insgesamt handelten sieben Artikel vom Mord an Göran Molin. Obwohl er bereits jeden Satz, jedes Kommazeichen auswendig konnte, war er gezwungen, den Inhalt immer und immer wieder zu kontrollieren. Er konnte es sich selbst kaum erklären. Der Mord ging ihn eigentlich nichts an, aber er störte die Tagesordnung. Wie ein blinder Fleck in seinem Gesichtsfeld.

Er spürte, wie der Ärger wuchs. Er begann mit dem Oberkörper in einer immer schneller werdenden Pendelbewegung vor und zurück zu schwanken, am Tisch vor und zurück. Er sah die Bilder von Molin, wie sie verzerrt, größer und kleiner und zerstört wurden. Selbst in seinen Gedanken versuchte er, eine Balance zu finden, ein haltbares Gleichgewicht. Woher die Idee kam, wusste er nicht. Sie war einfach im Kopf, deutlich und selbstverständlich. Zielbewusst hatte sie sich aus dem Nebel, der in seinem Unterbewusstsein herumwaberte, herauskristallisiert. Ein stetiges, sich veränderndes Schattenspiel neuer Formationen und Impulse. Das Problem war, dass er nicht wusste, wie er auf die Idee reagieren sollte. Letztendlich entschied es doch das Gefühl. Um es zu finden, arbeitete er den Text durch.

Jedes Mal wurde die Stimme in ihm deutlicher. Janus wollte gesehen werden. In das Universum expandieren, mit den Menschen sprechen. Er war der Botschafter, der den Kontakt vermitteln sollte. Das war sein inneres Gefühl. Gleichzeitig bedeutete es ein ziemliches Risiko. Die Wahrscheinlichkeit, dass er entdeckt würde, stieg. Das war die Stimme der Logik. Zwischen diesen Polen wägte er seine Entscheidung ab.

Er sah aus dem Fenster. Ein Regenschauer zog über den Hafen im Osten herein. Die Sonnenstrahlen schienen auf den Vorhang aus Regen, ein leuchtender Regenbogen wuchs aus dem grauen Schmutz. Er spürte, wie der Zorn kam, ein hoher, bohrender Ton füllte seinen Kopf. Der unvollendete Kreis des Regenbogens war ein Naturphänomen, das ihn störte. Er konnte unmöglich etwas akzeptieren, das im Nichts begann und endete, ohne Sinn und ohne Ziel. Er schloss die Haustüre ab und zog alle Rollos herunter, in dem Versuch, die plumpen Elemente, die über der Stadt wüteten, auszusperren. Die Dunkelheit in der Wohnung konnte er immerhin kontrollieren.

Er ging zum Aquarium. Der Wels war nicht zu sehen. Er streute ein bisschen Futter auf die Wasseroberfläche und sah zu, wie es zu Boden schwebte. Nichts passierte. Der Wels blieb verschwunden. Das war schade. Er hatte auf ein Zeichen gehofft, das ihm sagen würde, was er tun sollte. Die Zeit wurde langsam knapp. Er ging zum Kalender und schloss die Augen. Vom Pfarrer, mit dem er durch die Arbeit Kontakt hatte, hatte er erfahren, dass die Ermittlungen wegen der unklaren Todesfälle ruhten. So würde es nicht bleiben. Wenn Janus ihm helfen sollte, das Ziel zu erreichen, durfte er nicht feige sein. Die Kasinoquittung war ein unverzeihlicher Fehler gewesen. Das spielte jetzt keine Rolle mehr.

Die Ouvertüre war bereits beendet. Es war Zeit für das eigentliche Stück.

Kapitel neununddreißig

Am Donnerstagabend, dem 26. Juli, hatte Axberg nur eine Sache im Kopf. Carolina.

Wenn er Glück hatte, würde er sie bald treffen können. Er war den ganzen Nachmittag ruhelos gewesen und hatte Schwierigkeiten gehabt, sich auf die Arbeit zu konzentrieren. Würde sein naiver Plan funktionieren?

Um sechs Uhr parkte er den Wagen vor dem lokalen Fernsehsender, auf halbem Weg den Norra Berg hinauf, holte tief Luft und betrat das langgestreckte Backsteingebäude. An der Rezeption wurde er von einer lächelnden Studioempfangsdame begrüßt. Sie hakte ihn auf einer Liste ab und begleitete ihn durch einen Wirrwarr von Korridoren bis zu einem fensterlosen Raum mit zwei Stühlen und einem Tisch. In einer Ecke stand ein Fernseher, auf dem leise der lokale Kanal lief.

Axberg bekam den Eindruck, dass dieser Arbeitsplatz in vielerlei Hinsicht seinem eigenen ähnelte. Gestresste Menschen, die in Handys sprachen und mit hoch gestapelten Papieren und Ordnern durch die Flure liefen. In jeder Ecke flimmernde Computermonitore, leere Kaffeebecher und Schwarze Bretter mit internen Mitteilungen.

Axberg setzte sich auf einen Stuhl und spürte, wie die Nervosität sich ankündigte. Als die Empfangsdame auf dem Weg zur Tür war, entschloss er sich. Er musste wissen, ob er Carolina treffen würde. Doch als er den Mund öffnete, um zu fragen, bekam er keinen Ton heraus. Die Stimmbänder waren trocken wie Zunder. Es fühlte sich an, als sei jegliche

Feuchtigkeit im Körper nach außen transportiert worden. Zum Glück trug er ein schwarzes Hemd, das ihn nicht verriet.

Die Empfangsdame verschwand, und die Chance war vertan. Axberg öffnete die zwei obersten Knöpfe und trank eine ganze Flasche Mineralwasser. Die Luft im Zimmer war warm und stickig. Die Leuchtstoffröhren über ihm surrten unermüdlich. Er versuchte, sich auf das Bild zu konzentrieren, das er von der Lage der Ermittlungen zeichnen wollte, aber es gelang ihm nur schlecht. Carolina erfüllte ihn ganz.

Nach ein paar Minuten angespannten Wartens öffnete sich die Tür. Ein Mann mit weichen Bewegungen und einer hohen Stimme bat ihn, zum Schminken mitzukommen. Axberg schaffte es nicht zu protestieren und sah bald, wie sein Gesicht von einer dicken Schicht Puder bedeckt wurde. Das klaustrophobische Gefühl nahm zu. Als eine kleine Dose mit Rouge auftauchte, hatte Axberg genug. Er stand abrupt aus dem Stuhl auf und riss sich den Plastikumhang ab. Der Mann mit dem Puder machte mit den Händen eine enttäuschte Geste. Axberg kehrte in das Wartezimmer zurück. Da war sie. Carolina. Das Herz wurde für eine Sekunde ganz still in seiner Brust. Er sah sie, wie so oft früher, ohne zu hören, was sie sagte. Er sah nur, dass sich die Lippen bewegten und die Augen glänzten. Die Nachrichten hatten gerade begonnen.

Axberg ging nach vorn zum Fernseher und berührte ihre Wange. In ihrem Gesichtsausdruck deutete nichts darauf hin, was sie dachte, kurz vor einem Treffen mit ihm. Plötzlich bekam er Angst und bereute es. Worauf hatte er sich eingelassen? Vielleicht würde es zu einem totalen Fiasko?

Die Tür öffnete sich, und die Empfangsdame lächelte dasselbe wohl trainierte Lächeln wie vorher.

»Jetzt ist es Zeit. Sie sind als Nächster dran.«

Axberg nickte und stand auf.

»Wie viele Fragen werden es?«

Sie sah auf ihre Unterlagen.

»Zwei Minuten sind für das Interview vorgesehen. Wir müssen uns beeilen.«

Sie machte eine Handbewegung, und er folgte ihr. Ihm wurde der Stuhl neben Carolina angeboten. Sie grüßte höflich mit einem Nicken und einem verschlossenen Lächeln. Axberg konnte ihrem Gesichtsausdruck ansehen, dass sie die Situation amüsierte. Genau, was er gehofft hatte. Sie mit Humor ansprechen. Der schärfsten aller Waffen, dem ultimativen Schlüssel zu allen Liebesschlössern der Welt.

Als Axberg später das Interview sah, beeindruckte ihn, wie professionell sie war und wie gut er auf alle Fragen antwortete. Die Magie vor Ort war durch die Kameralinse effektiv gefiltert worden. Die stumme Kommunikation zwischen ihm und Carolina gehörte nur ihnen. Alles, was ohne Worte ausgedrückt wurde. Nach dem Interview blieb er im Raum sitzen und wartete auf das Ende der Sendung. Er fühlte sich aufgedreht und erwartungsvoll. Würde sie kommen? Die Empfangsdame hatte versprochen, ihr auszurichten, dass er wartete. Die Minuten vergingen, und in die Hoffnung mischten sich Zweifel.

Axberg fummelte am Papier des Blumenstraußes, den er auf dem Hinweg gekauft hatte. Wenn sie jetzt nicht kam, war definitiv Schluss. Er hatte alles in seiner Macht Stehende getan, um sie zurückzubekommen.

Aber sie kam. Plötzlich stand sie da, in der Tür: Frisch geduscht, abgeschminkt und schöner als je zuvor. Axberg wurde bewusst, dass er selbst sich das Gesicht nur mit kaltem Wasser gewaschen hatte, ohne das Ergebnis in einem Spiegel zu kontrollieren. Carolina kam herein und stieß die Tür mit dem Fuß zu.

»Das ist so typisch für dich«, sagte sie und lächelte mit den Augen.

Er lächelte schnell zurück.

»Wusstest du, dass ich kommen würde?«

Sie nickte.

»Ich hatte den halben Tag Zeit, mich darauf vorzubereiten …«

Eine Weile wurde es still. Axberg sah auf seine Hände. Carolina setzte sich auf den anderen Stuhl und verschränkte die Beine. Irgendwo hatte Axberg mal gelesen, dass das ein Zeichen des Abstandnehmens sei. Er schluckte. Die Worte kamen in vorsichtigen Portionen.

»Der ist für dich, falls du ihn haben möchtest …«, sagte er mit einer Geste in Richtung des Straußes auf dem Tisch.

Carolina sah ihn ernst an.

»Du hast es mir nicht gerade leicht gemacht.«

Er sah wieder auf seine Hände.

»Entschuldige. Aber dieses Mal meine ich es ernst, das weißt du.«

Das Letzte sagte er mit Nachdruck und hob dann den Blick zu ihr.

»Ich weiß, dass es jetzt nur noch dich und mich gibt. Es gibt nichts anderes.«

Die Anspannung in ihrem Gesicht ließ langsam nach.

»Wir können uns doch noch mal treffen … etwas privater?«, fuhr Axberg fort.

Carolina lächelte wieder. Die Lachgrübchen auf ihren Wangen formten zwei Halbmonde unter den hohen Wangenknochen.

»Vielleicht. Ich nehme an, dass du meine Telefonnummer noch hast?«

»Wenn du nur antwortest«, sagte er lächelnd.

Axberg fand, dass sich langsam wieder etwas von dem alten Zusammengehörigkeitsgefühl einstellte, das nach so vielen Jahren zwischen ihnen bestanden hatte.

»Sollen wir gehen?«, sagte sie. »Sie schließen das Gebäude bald ab, da müssen wir draußen sein.«

Axberg stand auf und nahm die Blumen.

»Nur, wenn du die mitnimmst.«

Carolina nahm den Strauß, hob die Hand und strich ihm leicht über die Wange. Sie gingen gemeinsam aus dem Gebäude. Der Sommerhimmel leuchtete rosa und blau. Die Sonne strahlte über den letzten Baumwipfeln.

»Kann ich dich mitnehmen?«, fragte Axberg.

»Nein. Ich fahre mit Maria«, sagte Carolina und nickte in Richtung eines grünen Golfs.

Axberg sah jemanden auf dem Fahrersitz. Bevor sie sich trennten, bekam er noch eine unerwartete Umarmung, die ewig dauerte. Der Duft ihrer Haare war derselbe wie immer. Alle pathetischen Aussprüche über lebenslange Liebe, die er gehört hatte, erschienen ihm wie absolute Weisheit. Er spürte, wie ein übersprudelndes Glück mit deutlich sentimentalen Elementen in ihm wuchs. Er blieb noch lange auf dem Parkplatz stehen, voll von all den Eindrücken.

Sogar die Kippe, die er unter seinem rechten Schuh austrat, war an diesem Abend schön.

Kapitel vierzig

Der Schlüsselbart glitt ohne Widerstand in den Kolben.

Mit einer geschmeidigen und gleichmäßigen Bewegung schloss der Mann auf. Ein kaum hörbares Klicken und er wusste, dass die Tür offen war. Janus pulsierte in seinem Körper, als er mit einem gut überlegten Schritt den Fuß über die Türschwelle setzte und in die Dunkelheit des Flurs trat. Lautlos schloss er die Tür hinter sich, blieb stehen und lauschte. Alles war still, bis auf den Kühlschrank, der in der Küche brummte. Es dauerte ein paar Minuten, bis sich die Augen an die Dunkelheit gewöhnt hatten.

Er war nicht in Eile, er hatte die einkalkulierte Zeit im Vergleich zu früher verdoppelt. Er war stolz auf seinen minuziösen Plan. Die allein erziehende Mutter schlief im Untergeschoss, wenn sie zu Hause war. Dessen hatte er sich auf seinen Spaziergängen, die er während der letzten Woche am Haus vorbei unternommen hatte, versichert. Aber das spielte jetzt keine Rolle. Sie war seit mehreren Stunden auf ihrer Nachtschicht als Hilfsschwester. Die Zwillinge wohnten im ersten Stock, in einem Zimmer mit Blick auf die Straße. Die Rollos waren heruntergezogen. Er nahm an, dass sie in ihren Betten lagen und schliefen. Mehrere Paare ungewöhnlich großer Turnschuhe lagen auf dem Flurboden und bestätigten seine Vermutung. Sie waren zu Hause.

Vorsichtig schlich er die Treppe hinauf, wartete auf jeder Stufe ein paar Sekunden, bevor er das Gewicht auf den anderen Fuß und eine Stufe höher verlagerte. Still und sicher. Völlige Harmonie.

Als er den ersten Stock erreichte, stieg ihm ein bekannter Geruch in die Nase. Derselbe Geruch, der ihn berauscht hatte, als er vor ein paar Monaten die Wohnung weiß gestrichen hatte. Die Erklärung bekam er, als er sich umsah. In einer Ecke standen ein paar Eimer Farbe. Erfreut stellte er fest, dass der Boden mit einer grünen Abdeckplane ausgelegt war, die das Geräusch seiner Schritte schluckte. Er bekam Lust, alle Vorsicht fahren zu lassen und ganz normal über den Fußboden zu gehen, sich zu erkennen zu geben. Dann beruhigte er sich, unterdrückte das irrationale

Gefühl und bekam sich wieder unter Kontrolle. Er dachte an seinen früheren Fehler. Der durfte sich nicht wiederholen.

Der Flur mit dem Zimmer der Zwillinge lag auf der linken Seite. Nach seinen Beobachtungen befand sich das Zimmer ganz hinten. Wie üblich hatte er Recht. Die zwei jungen Männer schliefen fest in ihren Betten. Den Boden bedeckte ein gelber Kunststoffteppich mit unterschiedlich großen, schwarzen Vierecken, manche von ihnen waren mit Kreisen gefüllt. Ein großer Zorn überkam ihn. Er legte den Kopf schief, ohne dass ein erkennbares Muster hervortrat. Vor seinen Augen begann es zu flimmern. Er schloss sie, zwang sich noch einmal zur Ruhe und fügte sich ins Karomuster. Die Tasche auf dem Boden und die Jacke über der Türklinke, ließ er seine Finger ruckartig knacken, um die Blutzirkulation in Gang zu bringen. Dann sah er auf die Armbanduhr. Lena Forsells Uhr, die er auf die wahre Zeit eingestellt hatte. Die jetzt seine war. Ihm gehörte ihre ganze Zeit, und er ließ sie vergehen. Sie konnte frei durch ihn hindurchfließen, ohne dass er selbst alterte. Er musste nicht geizen.

Bald würde er seine Reise antreten können. Alles würde wieder gut werden. Er betrachtete die Zwillinge und wunderte sich, dass der Mensch so anders aussah, wenn er schlief. So verschlossen und jämmerlich, so einsam und verletzlich. Er konnte seine Lektion auswendig. *Genau wie damals.*

Per Sjögren war fünf Minuten älter als sein Bruder Patrik. Deswegen sollte Per zuerst in die Ewigkeit eintreten, genau fünf Minuten vor seinem Bruder. Dann hätten beide genau gleich lang auf der Erde gelebt. Das war gerecht. Und logisch. Einen Augenblick lang dachte er an seinen eigenen Bruder. Ihm stiegen Tränen in die Augen, die Linsen kratzten. Er musste sich zusammenreißen, um weitermachen zu können.

Auf einem Nachttisch zwischen dem Fenster und dem hinteren Bett lag ein aufgeschlagener Kalender. Er schlich vor, achtete dabei sorgsam darauf, nicht auf die Linien des Teppichs zu treten und schlug die erste Seite auf.

Janus lächelte ihn an. Er hatte schneller als berechnet gefunden, was er suchte.

Patrik Sjögren stand oben auf der Seite, zusammen mit der Adresse und der Telefonnummer. Jetzt wusste er, wer wer war. Und wo er anfangen sollte. Er stellte sich in den Zwischenraum zwischen den beiden Betten und injizierte beiden Zwillingen auf einmal die Betäubung, um unnötigen Schmutz zu vermeiden. Zum allerersten Mal wählte er die Armbeuge. Jetzt würde sogar die Polizei das Offensichtliche sehen. Er schaute auf seine Uhr und zählte die berechnete Anzahl Sekunden ab.

Dann wandte er sich dem großen Bruder Per im äußeren Bett zu und begann seinen genauen Ablaufplan umzusetzen. Jeder Abschnitt wurde mit schlafwandlerischer Sicherheit ausgeführt. Gott sei Dank hatte er dieses Mal etwas Neues dabei. Als er gestern die Abendnachrichten gesehen hatte, hatte er den Entschluss gefasst. Kriminalkommissar Axberg war viel zu selbstgefällig. Jetzt würde er ihm etwas zum Nachdenken geben. Etwas, das der angeberische Polizist niemals allein entdeckt hätte. Es war an der Zeit, ein Zeichen zu setzen, einen Anhaltspunkt zu hinterlassen. Sogar er selbst würde sichtbar, wollte sich nicht mehr länger in der grauen Masse der Alltäglichkeit verstecken, wie er es bisher immer getan hatte. Auf diese Weise würde er schneller sein Ziel erreichen.

Als der Puls an Pers Handgelenk zu schlagen aufhörte, blickte er auf den Sekundenzeiger und begann den Countdown. Er legte die benutzten Sachen in die Tasche und holte die frischen hervor. Exakt zwei Minuten waren vergangen, als etwas Unerwartetes passierte. Patrik machte in seinem Bett eine heftige Bewegung und wandte sich ihm zu. Die Wimpern begannen zu zucken, aber die Augen blieben geschlossen, die Atmung war schnell und unregelmäßig. Als hätte ihn im selben Augenblick, in dem er seinen Bruder verloren hatte, ein schrecklicher Alptraum gepackt. Eine weitere Minute verging. Er stand still und hielt den Atem an. Obwohl er wusste, dass es unmöglich war, fühlte er sich beobachtet.

Versuch jetzt, nicht zu hetzen, sagte er sich selbst. Du musst das Zeitschema einhalten. Noch einmal zuckte Patriks Bein, dieses Mal stärker. Die Füße landeten außerhalb der Decke, die Atmung wurde schneller, die Augen waren immer noch geschlossen. Noch eine Minute. Er musste sich beherrschen, musste das vorgegebene Zeitintervall einhalten. Er wartete, beugte sich zerstreut nach unten, um zu kontrollieren, dass die Tasche richtig im Karomuster stand. Als er sich aufrichtete, erfüllte ein gellender Schrei das Zimmer. Patrik saß halb im Bett, lehnte sich auf seine Ellbogen und brüllte laut.

Wie immer, wenn er unter Druck geriet, schien die Zeit stehen zu bleiben, das Herz schlug langsamer, die Umwelt wurde langsamer. Er sah sich selbst wie das Raubtier in der Savanne, überlegen in Stärke und Schnelligkeit. Mit voller Kraft warf er sich auf seine Beute, presste die Hand auf dessen Mund und drückte ihn auf das Kopfkissen. Patrik schien vor Schreck wie gelähmt, war unfähig, sich zu wehren. Er stach die Kanüle in die Halsvene und injizierte. Sah die Situation wie von außen, wie eine Szene in einem Film mit einem Drehbuch. Patrik versuchte zu schreien, aber die Hand im Plastikhandschuh, die ihn hinunterdrückte, war erbarmungslos. Nach ein paar Sekunden ließ der Widerstand nach. Der Kampf war vorbei.

Er machte die Betten, legte die Zwillinge parallel zueinander und schloss ihre Augen. Den Zettel befestigte er wie geplant an Patriks Arm. Da Maria Backlund überlebt hatte, musste er sterben. Die Symbolik war schön. Ein schneller Blick ins Zimmer und er fand zwei Digitalarmbanduhren. Auf dem Weg nach draußen vergaß er, den schwarzen Linien auf dem Kunststoffteppich auszuweichen. Die Fußsohlen brannten heftig. An der Treppe blieb er stehen und lauschte nach Geräuschen aus dem ersten Stock. Nichts war zu hören, außer dem Kühlschrank und seinem eigenen Puls in den Schläfen.

Er schloss die Haustür ab und zwang sich dazu, den Schlüssel genauso langsam umzudrehen wie bei seinem Kommen. Mit angestrengter Ruhe begann er, auf dem festgelegten Weg nach Hause zu gehen. Als er drei Blocks gegangen war, traf er einen Mann, der mit seinem Hund Gassi ging. Reflexhaft richtete er seinen Blick auf die Straße und ging vorbei. Das Zeichen war deutlich. Er wusste, dass er den Mann früher bereits gesehen hatte. Die Frage war nur wo? Während seiner Erkundungsrunden? Auf der Arbeit?

Er suchte in seinem Gedächtnis, ohne eine Antwort zu finden. Er nahm an, dass seine momentane Aufmachung und die Sommernacht ihn davor schützten, wiedererkannt zu werden. Zum Glück trug er an diesem Abend ein neues Toupet.

Wieder zu Hause stellte er die Tasche in die Garderobe und sah aus dem Fenster, um sich zu vergewissern, dass sich da draußen in der Dunkelheit niemand befand. Dann ging er stolz zum Kalender und nahm die Kappe von einem Filzstift. Mit ruhiger Hand machte er vier Striche, die über der Zahl Acht wie ein Doppelkreuz aussahen. Die vorübergehende Lücke in der Serie war gefüllt. Gleichzeitig hatte er den ursprünglichen Plan nicht verworfen. Die Kreuze an der Wand entsprachen dem Schema. Jetzt war Nummer elf an der Reihe. Die Ordnung war wiederhergestellt.

Das, was Janus ihm zu tun befohlen hatte, war erledigt.

Er bewegte sich wieder im Schatten des Pendels der Zeit.

Kapitel einundvierzig

Es war furchtbar. Entsetzlich anzusehen.

Im selben Augenblick, in dem Axberg den Anruf erhielt, wurde ihm klar, dass das Schreckliche eingetroffen war. Die innere Unruhe, die er verdrängt hatte, explodierte und bildete eine vibrierende Leere der Panik um ihn herum. Eine Leere, die sich bald mit etwas anderem füllen würde. Womit, wusste er noch nicht, doch er hatte Angst davor. Die Gedanken überschlugen sich. Es war offensichtlich, dass er mit seinen Befürchtungen Recht gehabt hatte. Jetzt gab es keine Zweifel mehr.

Der Anruf von Pablo Carlén kam um vierzehn nach zehn am Samstagvormittag, dem 29. Juli. Axberg saß gerade in der Sauna des Polizeireviers und schwitzte vor sich hin, als er hörte, wie im Umkleideraum sein Handy klingelte. Er hatte soeben den letzten Papierstapel weggeräumt, bevor am Montag sein Urlaub anfing. Er war müde und ließ die hartnäckige Melodie bis zum Ende spielen. Als es zehn Sekunden später wieder klingelte, knotete er das Handtuch um die Taille, ging hinaus und antwortete. Obwohl Pablos Bericht klar und prägnant war, begriff Axberg zunächst nicht, was er sagte. Er hörte die Worte, ohne den Zusammenhang zu verstehen. Ein anfänglicher Verteidigungsmechanismus, der bald in sich zusammenfiel. Die Tatsachen konnte man nicht falsch interpretieren. Es war wieder geschehen.

Eine allein erziehende Mutter hatte ihre zwei zwanzigjährigen Söhne tot im eigenen Zuhause entdeckt. Als sie hineingehen und die Brüder zum Frühstück wecken wollte, fand sie sie leblos in ihren Betten. Zwillingsbrüder, die zufällig ein Zimmer teilten. Jung und gesund, und alles war unerklärlich. Laut Pablo wirkten die Leichen inszeniert, lagen exakt parallel nebeneinander. Es gab keine äußeren Erklärungen für die Todesfälle, keine Anzeichen für einen Einbruch. Da war das Muster wieder. Das Puzzlestück war an seinem Platz und bestätigte das Bild.

Axberg spürte einen Kloß im Hals. Gleichzeitig fühlte er sich unwillkürlich erleichtert. Die Ungewissheit wurde durch Wut ersetzt. Es gab jetzt keine Möglichkeit mehr, all diese Todesfälle wegzuerklären. Ihr unsichtbarer Serienmörder hatte wieder zugeschlagen. Der Mann aus dem Kasino. Der nächtliche Besucher bei Lena Forsell. Axberg war entschlossen. Er war jetzt am Boden, und es gab nur einen Weg, sich hochzuziehen. Den zu ergreifen, der das getan hatte. Bevor er wieder zuschlug.

Das Zimmer war geräumig und rechteckig. Die Rollos vor den Fenstern waren herabgezogen. Obwohl die Deckenlampe leuchtete, gab es nicht genug Licht. Alles war doppelt vorhanden: Schreibtische, Stühle, Computer, Basketbälle, Gitarren und Betten. Sogar zwei gleiche tiefe Teller mit eingetrockneter Pasta standen auf dem Boden.

Hektische Aktivität herrschte auf den wenigen noch freien Flächen. Der Rechtsmediziner, der Jeff Conrad vertrat, untersuchte die Leichen, Rut Norén huschte wie ein Wiesel um sie herum und steckte Sachen in durchsichtige Plastiktüten. Ein Fotograf verknipste drei Filme innerhalb weniger Minuten. Pablo Carlén ging im Zimmer herum und bemühte sich, nicht im Weg zu sein. Axberg stand in der Tür und sah all das, sah die Toten. Noch zwei junge Menschen, die das Leben noch vor sich gehabt hatten, dachte er. Was war der Sinn? Welcher wahnsinnige Verrückte hatte all das angerichtet?

Pablos Beobachtung war korrekt gewesen. Die Zwillinge lagen parallel in den Betten, die Gesichter gerade zur Decke ausgerichtet, die Augen geschlossen. Sie sahen einander zum Verwechseln ähnlich, abgesehen davon, dass die Unterlippe des einen stark angeschwollen war. Die Szene, die sich ihm bot, erinnerte Axberg an Lena Forsell. Die Bilder aus ihrem Schlafzimmer erwachten wieder zum Leben. Die Ähnlichkeit der Tatorte war auffallend: die scheinbare Ruhe, die in Schulterhöhe ordentlich zurückgeschlagene Zudecke, die Symmetrie der Toten und der Betten. Wie ein schicksalsschweres Gemälde, dachte Axberg. Die Verkörperung von Regelmäßigkeit und Ordnung. Er merkte, wie er sich mit den Händen am Türrahmen festhielt in dem Versuch, die Wirklichkeit nicht aus den Händen gleiten zu lassen. Er versuchte sich vorzustellen, was passiert war. Lies den Tatort, hörte er eine mahnende Stimme in seinem Inneren. Sieh das Offensichtliche. Doch das Einzige, was er sah, war, dass alles zusammenhing. Die Frage war nur, wie?

Pablo gab ihm einen Überblick. Die Mutter der Zwillinge hatte das Unfassbare entdeckt, als sie am Morgen von der Arbeit nach Hause gekommen war. Der Anruf war vor zwei Stunden beim Notruf eingegangen.

Danach war alles sehr schnell passiert. Ein Krisenteam kümmerte sich um die Mutter und brachte sie aufs Revier. Sie hatte einen schweren Schock und war kaum ansprechbar. Als die ersten Polizisten ankamen, war sie dabei, den Rasen der Nachbarn mit einem Handrasenmäher zu mähen und weigerte sich, damit aufzuhören. Erst als der Dienst habende Pfarrer kam und mit ihr sprach, war sie widerwillig gefolgt. Der Vater der Jungen lebte nicht mehr. Axberg stand still und dachte nach. Er hatte bereits gemerkt, dass sich keine Uhren im Zimmer befanden. Alles passte. Und doch nicht. Die geschwollene Lippe war laut dem Rechtsmediziner noch ziemlich frisch, erst ein paar Stunden alt. Vielleicht war es zu Gewaltanwendung gekommen? Das wäre dann etwas Neues. Und warum zwei Personen umbringen? Noch dazu Zwillinge? Gab es überhaupt ein persönliches Motiv?

Seine Überlegungen wurden von Rut Noréns Ausruf unterbrochen, die neben dem hinteren Bett hockte. Axberg ging zu ihr.

»Hast du was gefunden?«

»Sieh mal hier«, sagte sie und zeigte auf den Oberarm des Jungen, der steif über die Bettkante hing.

Alle im Zimmer beugten sich vor. Eine Taschenlampe beleuchtete die Stelle. Um den Oberarm war ein grünes Band gebunden, das von einer glänzenden Metallspange zusammen gehalten wurde. Axberg spürte, wie die Spannung in ihm wie in einem Wirbel anstieg, irgendwo in der Magengrube anfing und sich dann bis zum Kopf ausbreitete. Der Rechtsmediziner beantwortete die Frage, die sich alle stellten.

»Ein Stauschlauch. Der wird in der Medizin angewandt, wenn man Blut abnehmen will.«

Die Ahnung eines Zusammenhangs tauchte flüchtig in Axbergs Kopf auf.

»Was bedeutet das?«

Niemand antwortete. Norén beugte sich weiter hinunter, betrachtete den Stauschlauch.

»Hier ist übrigens noch etwas …«

Sie nahm eine Pinzette und zog ein kleines Papier hervor, das zwischen dem Arm und dem Band steckte. Vorsichtig faltete sie den Zettel auf. Da stand etwas in kleinen Buchstaben. Sie las es vor:

»M.B. ist kompensiert …«

Ein paar Sekunden lang war es vollkommen still. Dann wiederholte sie den Satz noch einmal.

»*M.B. ist kompensiert*. Was bedeutet das?«

Sie drehte sich um und gab Axberg den Zettel. Er betrachtete ihn und schüttelte den Kopf.

»Keine Ahnung.«

»Hier steht etwas auf der Metallspange«, fuhr Rut Norén fort und löste den Stauschlauch vom Arm des Zwillings. »Station 33, Krankenhaus Sundsvall …«

Sie stand auf und sah Axberg auffordernd an. Als erwartete sie von ihm, dass er erklären könnte, was all das hier bedeutete. Axberg betrachtete den Schlauch und dachte nach.

»Jemand will, dass wir es erfahren«, sagte er schließlich. »Jemand will gesehen werden.«

Pablo riss die Augen auf.

»Meinst du, dass derjenige, der das hier getan hat, bewusst Spuren hinterlassen hat?«

»Ja. Das Ganze wirkt geplant. Und gewöhnliche Mörder hinterlassen normalerweise keine schriftlichen Mitteilungen.«

Einer von der Spurensicherung war mit der Untersuchung der Rollos fertig und ließ Licht herein, das Axberg in die Augen stach. Die Zwillinge waren so weiß wie die Laken, auf denen sie lagen. Auf dem Nachbargrundstück hängte eine junge Frau Wäsche auf, ein kleines Kind lief ihr dabei um die Beine. Axberg spürte, dass er nicht mehr länger hierbleiben konnte. Er hatte genug gesehen, das Gehirn konnte nicht mehr Informationen verarbeiten. Der erste Eindruck war immer der wichtigste. Der Versuch, die Stimmung einzufangen und die richtigen Fragen zu stellen. Den Rest könnte er in den Berichten lesen.

Bevor er das Haus verließ, machte er routinemäßig die obligatorische Runde. Ein kleines, zweistöckiges Einfamilienhaus, von der Sorte, die er im Rahmen seiner Arbeit bereits zu Hunderten besucht hatte. Zwei der Zimmer im ersten Stock waren leergeräumt, die Wände und die Decke waren frisch in einer grauweißen Farbe gestrichen. Axberg kitzelte ein leichter Geruch nach Lösungsmitteln in der Nase. Die leeren Zimmer und der Geruch verstärkten das Gefühl der Unwirklichkeit, der klinischen Abwesenheit von Leben. Axberg ging weiter. Alle Fenster waren zu, die Tür der Waschküche abgeschlossen. Die Haustür hatte ein einfaches Schloss, das jeder Amateur knacken konnte. Axberg fand nichts Überraschendes. Es war, als lägen keine zwei Toten im Haus, dachte er. Als wäre alles nur ein unwirklicher Traum. Er spürte, wie die Ohnmacht an ihm nagte. Wo sollte er beginnen?

Ich muss versuchen, mit der Mutter zu sprechen, beschloss er und machte sich auf den Weg zum Revier. Daran, dass er ja eigentlich Urlaub hatte, verschwendete er keinen Gedanken.

Draußen hatte es leicht zu regnen begonnen, von Westen zogen langgestreckte, dunkelgraue Wolken auf.

Es fühlte sich an, als sei der Sommer bereits vorbei.

Kapitel zweiundvierzig

Die Journalisten waren wieder da. Die Hyänen hofften.

Das Polizeirevier in Sundsvall stand wieder im Zentrum des Interesses der landesweiten Massenmedien. Die Nachricht vom Tod der Zwillinge wurde in kaum variierten, fetten Schlagzeilen herausposaunt. Die Polizei hatte den Doppelmord bestätigt, aber nur relativ wenige Einzelheiten waren nach außen gedrungen. Axberg war sowohl dankbar als auch überrascht, dass die vermutete Verbindung zu früheren Todesfällen die Allgemeinheit noch nicht erreicht hatte. Gleichzeitig war ihm klar, dass das nur eine Frage der Zeit war.

Ståhl, von dem böse Zungen behaupteten, er habe sich in sein Sommerhaus zurückgezogen, um in seinen Fernsehauftritten zu schwelgen, hatte wieder die Rolle des polizeilichen Pressesprechers übernommen. Etwas, mit dem er mehr als zufrieden war. Weniger glücklich war er über die Fehleinschätzung, die er sich hatte zu Schulden kommen lassen. Er hätte besser auf Axberg hören sollen. Sein kompetentester Kommissar hatte schließlich die Möglichkeit angesprochen, dass hinter den ungeklärten Todesfällen, derentwegen ermittelt wurde, Verbrechen stecken könnten.

Sie hatten sich im Konferenzzimmer versammelt. Es war Dienstagmorgen und der erste Tag des letzten Sommermonats. Ein anhaltender Regen prasselte vor den Fenstern. Alle am Tisch sahen durch das weiße Licht der Neonröhren an der Decke bleich und ungesund aus. Für einige war der Urlaub erneut unterbrochen worden. Für andere hatte er nicht einmal begonnen. Ståhl setzte die Lesebrille auf die Nasenspitze und starrte die Versammlung erst einmal an.

»Alle sind hier, außer Hamrin. Wo steckt der?«

»Er musste wegfahren, um etwas zu überprüfen«, sagte Pablo. »Vor ungefähr einer Stunde. Ich habe ihn auf dem Parkplatz getroffen.«

»Wir fangen trotzdem an«, sagte Ståhl und wandte sich an Axberg. »Können Sie die Lage zusammenfassen?«

Axberg wusste nicht genau, wo er anfangen sollte. Während der letzten zwei Tage war umfassende Arbeit geleistet worden. Eine große Menge an Informationen war genau überprüft und sortiert worden. Jeder im Ermittlungsteam hatte ihm seine Ergebnisse direkt berichtet. Die Lage glich einem organisierten Chaos. Axberg wusste, dass nicht einmal er selbst die Zeit gehabt hatte, alle Informationen durchzuarbeiten. Seine Zusammenfassung würde wahrscheinlich lückenhaft sein, aber es war trotzdem gut, die Situation zu skizzieren, damit eventuelle Lücken gefüllt werden konnten.

»Die Toten heißen Patrik und Per Sjögren«, begann er. »Eineiige Zwillinge, gerade erst zwanzig geworden. Patrik arbeitete in der Storgata im Sportladen Stadium, Per war arbeitslos. Die Familiensituation ist euch bekannt: allein erziehende Mutter, der Vater schon seit langem verstorben. Das Bild der Zwillinge ist eindeutig. Alle, mit denen wir gesprochen haben, beschreiben sie als sympathisch und nett, mit großem Freundeskreis. In ihrer Freizeit haben sie verschiedene Sportarten betrieben. Keine Drogenprobleme, zuverlässig und anständig. Normal, ohne auf irgendeine Art aufzufallen.«

»Abgesehen davon, dass sie Kopien voneinander waren«, warf Ståhl ein.

Axberg nickte und fuhr fort.

»Am letzten Abend ihres Lebens passierte nichts Besonderes. Beide waren wie üblich im Fußballtraining. Ich habe mit dem Trainer gesprochen. Er hat gesagt, dass auch dort alles wie immer gewesen ist. Nach dem Training haben sie geduscht und sind gegen neun Uhr nach Hause gefahren. Die Uhrzeit wird von einem Nachbarn bestätigt.«

Axberg machte eine Pause und rührte mit dem Löffel im Kaffeebecher.

»Danach hat sie niemand mehr gesehen oder mit einem von ihnen gesprochen.«

»Nicht einmal ein Telefongespräch?«, fragte Ståhl.

»Nada«, sagte Åkerman. »Sie haben niemanden angerufen und wurden auch nicht angerufen, es gab keine E-Mail und keine SMS.«

»Die Mutter kam morgens um acht von der Arbeit nach Hause«, nahm Axberg den Bericht wieder auf. »Als sie in das Zimmer kommt, um die Söhne zu wecken, findet sie sie tot in ihren Betten. Sie ruft sofort den Notruf an. Dann fällt sie in einen Schockzustand.«

»Wie geht es ihr jetzt?«, fragte Sofia.

»Besser«, sagte Axberg. »Sie hat den Umfang dessen, was geschehen ist, noch nicht begriffen, konnte aber doch ein paar Fragen beantworten.«

»Und?«, fragte Ståhl.

Axberg machte eine Handbewegung.

»Sie hat keine Erklärung für das, was passiert ist und noch weniger eine Ahnung, wer es gewesen sein könnte.«

Es wurde still am Tisch. Alle suchten nach einem möglichen Motiv, nach einem möglichen Täter. Nichts von dem, was gesagt worden war, war ihnen neu. Und doch war die ganze Situation so seltsam, dass selbst simple Fakten wieder und wieder durchgekaut werden konnten, ohne ihre Frische zu verlieren. Alle hofften darauf, dass jemand einen unerwarteten Schluss ziehen und einen neuen Ansatz finden würde.

»Ist es üblich, dass Jungs in dem Alter sich ein Zimmer teilen?«, fragte Sankari schließlich.

»Wohl kaum«, sagte Axberg. »Das war nur eine vorübergehende Lösung, da das Zimmer des einen neu gestrichen wurde. Aber laut der Mutter hatten sie einen starken Zusammenhalt, machten alles gemeinsam.«

»Vielleicht weil ihnen der Vater fehlte«, sagte Sofia.

Ståhl klopfte zurechtweisend mit dem Stift auf den Tisch.

»Wir haben in dieser Situation keine Zeit für einen Abendkurs in Psychologie.«

Axberg sah Sofia an und signalisierte ihr einen tonlosen Seufzer wegen des Rüffels. Dann fuhr er fort:

»Die Spurensicherung hat sich das gesamte Haus angesehen, jeden Winkel gestaubsaugt. Es wurden keine Spuren des Mörders gefunden, außer denen, die er aus eigenem Antrieb hinterlassen hat.«

Axberg hob die Tüte mit dem grünen Stauschlauch und dem Zettel hoch und gab sie rund, obwohl alle den Inhalt bereits kannten.

»Unser unsichtbarer Mann hat also die Freundlichkeit besessen, keine Fingerabdrücke, Fasern oder Haare zu hinterlassen.«

»Welchen Schluss ziehen wir daraus?«, drängte Ståhl.

»Später«, sagte Axberg. »Ich gehe zuerst alle Fakten durch.«

Ståhl war so verdattert, dass man ihm nicht gehorchte, dass er gar nicht widersprechen konnte.

»Keine Zeichen eines Einbruchs oder anderer Beschädigungen wurden gefunden, aber wir können nicht sicher sein, dass alle Türen abgeschlossen waren. Laut ihrer Mutter sind ... *waren* beide Söhne recht nachlässig und hätten so etwas sehr leicht vergessen können.«

Der Regen vor dem Fenster wurde stärker, das fahle Morgenlicht schwächer, als würde es schon Abend. Axberg fühlte sich plötzlich müde. Als verließe ihn alle Energie während der kurzen Stille, die folgte. Er atmete tief ein und zwang sich weiterzumachen.

»Der nächste Fund ist ein Nicht-Fund. Die Zwillinge besaßen beide je eine digitale Armbanduhr. Die sind jetzt weg. Das ist auch das Einzige, was im Haus fehlt.«

Axberg hob den Blick und sah seine Kollegen an.

»Angesichts der früheren Fälle gehe ich davon aus, dass die Uhren mit größter Wahrscheinlichkeit während der Nacht verschwunden sind.«

»Du meinst, dass jemand Leute umbringt, um deren Uhren zu stehlen?«, fragte Sofia.

»Ich weiß, wie seltsam das klingt«, antwortete Axberg. »Aber bisher ist das der einzige gemeinsame Nenner. Und wenn niemand einen anderen Vorschlag hat, dann …«

Ståhl setzte die Brille ab und schüttelte langsam den Kopf.

»Das wird immer merkwürdiger und merkwürdiger.«

»Wie gesagt«, fuhr Axberg fort. »Dann zum Bericht des Rechtsmediziners …«

Sankari zog verwundert die Augenbrauen hoch.

»Das ging aber schnell.«

»Sie hatten Unterstützung von zwei Rechtsmedizinern aus Uppsala. Anscheinend haben sie rund um die Uhr gearbeitet.«

Man spürte eine erhöhte Aufmerksamkeit im Zimmer. Alle konzentrierten sich auf Axberg.

»Per, der den Schlauch um den rechten Oberarm hatte, hatte einen deutlichen Einstich in der Armbeuge. Die Rechtsmediziner haben ein kleines Loch in der Vene entdeckt. Der Durchmesser ist der einer üblichen Kanüle.«

Ståhl runzelte die Stirn.

»Was bedeutet in diesem Zusammenhang *üblich*?«

»Eine Kanüle, die man benutzt, um im Krankenhaus eine Blutprobe zu nehmen. Der Einstich ist zwischen elf Uhr abends und zwei Uhr früh vorgenommen worden. Derselbe Zeitpunkt wird für den Eintritt des Todes angegeben.«

»Also durch eine Injektion ermordet«, fasste Ståhl zusammen.

»Vielleicht«, sagte Axberg. »Das Seltsame ist, dass man in den Blutproben nichts Auffälliges entdecken konnte.«

Ståhl sah Axberg fragend an.

»Noch sind natürlich nicht alle Analysen da«, sagte Axberg. »Aber ich glaube, dass man nichts finden wird, was erklärt, woran die Jungen gestorben sind.«

Pablo hob seinen Bleistift, als wollte er in einer Schulklasse eine Frage stellen.

»Kann er Luft injiziert haben?«

Alle sahen ihn verwundert an. Der Gedanke war neu und nicht völlig unmöglich.

»Ich habe mal etwas darüber gelesen«, fuhr Pablo fort, »dass man stirbt, wenn man zu viel Luft ins Blut bekommt.«

Die Gruppe versank in Schweigen und wägte diese Möglichkeit ab. Könnte es so einfach sein? Und könnten die Rechtsmediziner das in diesem Fall übersehen haben?

»Ich kann ja mal nachfragen«, sagte Axberg. »Dann wissen wir es sicher. Aber es klingt unwahrscheinlich.«

Er machte sich eine Notiz in seinem Block und fuhr dann fort.

»Die Entdeckung am zweiten Opfer, Patrik, ist außergewöhnlicher. Er hatte Spuren genau desselben Einstichs wie sein Bruder. Der Unterschied ist, dass er hier sitzt.«

Axberg zeigte auf eine Stelle rechts des Kehlkopfs.

»Hier verläuft eine Ader, die sich äußere Halsvene nennt. Die Kanüle hat genau die Stelle getroffen, an der die Vene am breitesten ist. Laut der Pathologen deutet das darauf hin, dass es sich um jemanden handelt, der große Erfahrungen mit Injektionen hat. Sie behaupten, dass es von einem Profi gemacht worden sein muss, der sein Handwerk beherrscht.«

Niemand am Tisch machte Anzeichen, etwas sagen zu wollen. Die Bedeutung des Details war offensichtlich.

»Außerdem hatte Patrik eine stark geschwollene Lippe, die schätzungsweise zur selben Zeit entstanden ist wie der Einstich. Innen an der Unterlippe befindet sich eine Platzwunde, die wahrscheinlich von den Zähnen verursacht wurde. Alles deutet darauf, dass er einen kräftigen Schlag auf den Mund bekommen hat.«

»Was bedeutet ...?«, sagte Ståhl.

»Dass der Mörder zum ersten Mal Gewalt angewandt hat«, sagte Axberg. »Meine Theorie ist, dass etwas Unvorhergesehenes passiert ist. Etwas, dass den Täter gezwungen hat, sein Opfer etwas handgreiflicher zum Schweigen zu bringen.«

Sankari verzog das Gesicht und kratzte sich am Bart. Ein paar undefinierbare Krümel fielen auf den Tisch.

»Der Junge ist vielleicht aus irgendeinem Grund aufgewacht und hat gemerkt, was passierte.«

»Das würde auch erklären, warum der Mörder ihn in den Hals gestochen hat«, sagte Axberg. »Der Junge wacht auf und entdeckt einen Fremden im Zimmer. Er richtet sich vielleicht auf, fragt, was los ist ... Der Mörder wirft sich auf ihn und sticht ihm die Nadel in den Hals.«

»Klingt das nicht allzu fantastisch?«, fragte Ståhl.

»Haben Sie eine andere Erklärung?«, erwiderte Axberg.

Ståhl lehnte sich zurück und sah zur Decke.

»Sie haben vielleicht Recht«, sagte er schließlich. »Was ist denn eigentlich die Todesursache?«

»Plötzlicher Herztod«, sagte Axberg.

Der Ausdruck hatte auf dem Revier bereits die Runde

gemacht. Er kursierte in unterschiedlichen Varianten interner Witze. Sobald jemand einen Fehler machte, lag das am plötzlichen Tod eines lebenswichtigen Organs.

»Das Muster ist wieder da«, sagte Pablo.

Sankari nickte nachdenklich und sah in seine frisch geöffnete Dose Kautabak.

»Zum Abschluss der wichtigste Fund«, sagte Axberg. »Bei einer Nachuntersuchung der Leiche von Lena Forsell hat man genau so einen Einstich wie bei den Zwillingen entdeckt …«

Axberg ließ die Worte wirken und wartete auf Reaktionen.

»Was meinen Sie?«, rief Ståhl aus.

»Genau das, was ich gesagt habe. Ich habe das kurz vor der Besprechung erfahren. Nachdem der Todesfall Lena Forsell viele unbeantwortete Fragen hinterlassen hat, wurde die Leiche länger als üblich zurückbehalten, natürlich gekühlt. Als bei den Zwillingen Einstiche entdeckt wurden, überprüfte man noch einmal ihre Haut.«

Ståhls Gesicht wurde hochrot.

»Das ist nicht möglich! Sie meinen, dass man das bis jetzt übersehen hat?«

Axberg nickte. Er dachte an Conrad. Seitdem er vom Alkoholismus seines Freundes erfahren hatte, hatte sich eine unausgesprochene Frage in seinem Bewusstsein festgesetzt. Hatte Conrad die Einstiche bei Lena Forsell übersehen, weil er nicht nüchtern gewesen war?

Axberg hatte Conrad nicht fragen wollen, da er dessen ohnehin schon schlechtes Gewissen nicht noch stärker belasten wollte. Außerdem hatte er mit den Rechtsmedizinern aus Uppsala gesprochen und erfahren, dass es nicht selbstverständlich war, dass so ein Einstich bei einer normalen rechtsmedizinischen Untersuchung entdeckt wurde.

»Der Grund dafür ist, dass der Einstich sich an einer sehr ungewöhnlichen Stelle befindet. Auf dem Fußrücken. Außerdem war er äußerst klein. Der Pathologe, mit dem ich gesprochen habe, vermutet, dass der Mörder dieselbe Art von Kanüle benutzt hat, wie Diabetiker sie verwenden. Die Kanülen sind dünn und spitz und lösen nur minimale Narbenbildung aus.«

Axberg machte eine Pause und las in seinen Notizen.

»Des Weiteren wurde die Kanüle tangential in die Vene eingeführt, es gibt also einen kleinen Kanal zwischen der Haut und dem Eintrittsloch im Blutgefäß. Als Ergebnis liegt der eigentliche Einstich in der Haut ein bisschen vom Loch in der Vene entfernt ...«

Axberg sah auf. Die Kollegen schienen die Bedeutung der komplizierten Erklärung zu verstehen.

»Die Rechtsmediziner von Uppsala mussten subkutan präparieren, um das Loch zu entdecken.«

Sankari räusperte sich.

»Was du uns zu sagen versuchst, ist, dass es nicht unbedingt Conrads Fehler war.«

Axberg fühlte sich von Sankaris Worten bestätigt.

»Und dass wir es mit einem Täter zu tun haben, der weiß, was er tut.«

Ståhl sah aufgebracht aus. Er trommelte hektisch mit dem Stift gegen die Tischkante.

»Das hier ist ja vollkommen unwahrscheinlich ...«

»Finden Sie?«, sagte Axberg. »Ich empfinde das Gegenteil. Dass das Bild klarer wird.«

Ståhl holte tief Luft und schloss die Augen. Als er sie wieder aufschlug, sah Axberg müde Resignation in seinem Blick.

»Erläutern Sie Ihren Gedankengang näher«, bat Ståhl.

»Es ist offensichtlich, dass die Zwillinge und Lena Forsell

von ein und derselben Person nach ein und derselben Methode ermordet wurden. Wahrscheinlich gilt dasselbe auch für Gerd Ekstedt und Kent Öberg. Das Muster gleicht sich in vielerlei Hinsicht. Jemand brachte diese Menschen um, während sie in ihren Betten lagen und schliefen. Wie genau, wissen wir nicht, aber mit irgendeiner Injektion, die sich nicht nachweisen lässt. Die Art und Weise, wie das Ganze ausgeführt wurde, beweist ein großes Geschick und große Präzision.«

Ståhl sah ihn nachdenklich an.

»Wollmar ist also aus dem Schneider?«

»Ja, meiner Einschätzung nach schon. Es sei denn, er hat einen Abendkurs in Anatomie belegt.«

Die Antwort ließ Fröhlichkeit im Zimmer aufkommen. Axberg lehnte sich über den Tisch vor und formulierte etwas bedächtiger.

»Wir haben es mit einer Person zu tun, die zunächst – wie lange, wissen wir nicht – im Stillen gearbeitet hat. Die Todesfälle wurden lange Zeit als natürlich angesehen. Der Mörder benutzt eine Methode, die so diskret ist, dass sie kaum zu entdecken ist. Hätte er nicht die Kasinoquittung verloren, hätten wir keinen Verdacht gehabt.«

Er machte eine Pause, sah mit halbgeschlossenen Augen vor sich.

»Dann passiert etwas. Aus irgendeinem Grund hinterlässt er uns absichtlich einen Anhaltspunkt. Warum, weiß ich nicht. Ansonsten gibt es nie auch nur die kleinste Spur, keine Fingerabdrücke oder Anzeichen für einen Einbruch.«

Axberg hatte ein trockenes Gefühl im Mund und trank einen Schluck Kaffee, bevor er fortfuhr.

»Im Zusammenhang mit den Morden wurde nichts gestohlen, mit einer Ausnahme. Jedes Mal ist eine Uhr, die dem Opfer gehörte, verschwunden.«

»Aber warum?«, wiederholte Sofia und strich sich die Haare aus der Stirn. »Was ist das Motiv?«

»Die Uhren könnten eine Art Trophäe sein«, sagte Axberg. »Ein Beweis für das, was er getan hat, wie eine Art moderner Skalp. Wir haben jedenfalls keine weitere Verbindung zwischen den Toten gefunden. Das Motiv ist daher wohl nichts Persönliches.«

»Das ist doch verrückt«, seufzte Sankari und schob einen schwarzen Tabakklumpen in den Mund.

»Derjenige, der das hier tut, ist in der Tat ziemlich verrückt«, sagte Axberg. »Eher noch komplett wahnsinnig.«

Sankari seufzte noch einmal und stand auf.

»Wir haben es also mit einem Mann zu tun, der die Gewohnheiten seiner Opfer persönlich kennt, dessen Motiv jedoch nicht persönlich ist …?«

Niemand reagierte auf das Wortspiel.

»Was halten wir denn davon?«, fragte Pablo, der immer noch die Plastiktüte mit den Fundstücken vom Tatort in den Fingern hielt.

»Mein Eindruck ist, dass der Mörder uns etwas sagen will«, erwiderte Axberg. »Dass er bewusst einen Anhaltspunkt hinterlassen hat.«

»Ich habe an der Polizeischule eine Vorlesung darüber gehört«, sagte Pablo. »Mörder, die mit der Polizei Versteck spielen. Die das Risiko, entdeckt zu werden, genießen. *M.B.*? Wofür steht das?«

»Keine Ahnung«, sagte Axberg und schaute seine Kollegen in der Hoffnung auf eine intelligente Vermutung an.

Die Hoffnung wurde mit Schweigen beantwortet.

»Der andere Anhaltspunkt ist einfacher«, warf Sofia ein. »Der Stauschlauch aus dem Krankenhaus. Wenn wir nach jemandem suchen, der besonders geschickt bei Injektionen ist, finden wir ihn vielleicht.«

»Im Krankenhaus?«, fragte Ståhl.

Axberg nickte ernst.

»Ich sehe das auch so.«

Ståhl machte eine unzufriedene Handbewegung.

»Wissen Sie, wie viele dort arbeiten?«

»Ja«, sagte Axberg. »Aber Sie vergessen etwas. Das Kasino.«

Ståhl sperrte langsam die Augen auf, als ihm der Zusammenhang klar wurde.

»Stimmt«, sagte Ståhl. »Der Mann, der Forsell ermordet hat, war im Kasino …«

»Und befindet sich auf den Filmen und der Besucherliste«, sagte Åkerman und wedelte mit einer Kassette.

»Der Mann mit der Tasche«, sagte Sofia, »den Anna Hedin von ihrem Küchenfenster aus gesehen hat.«

Die Müdigkeit wich nun einem spürbaren Arbeitseifer, die Aktivität am Tisch wurde stärker.

»Dann haben wir ihn«, rief Ståhl aus und lächelte zum ersten Mal für heute. »Wenn es so ist, wie Sie sagen. Dass es sich um jemanden mit professioneller Erfahrung mit Injektionen handelt.«

Axberg hob abwehrend eine Hand.

»Setzen Sie nicht zu sehr darauf, bevor wir nicht ganz sicher sind.«

»Aber wenn unsere Annahmen stimmen …«, beharrte Ståhl.

Axberg nickte mit zusammengebissenen Zähnen.

»Wir fangen sofort nach der Besprechung mit der Untersuchung an.«

»Ausgezeichnet«, sagte Ståhl und schlug seinen Kalender mit einem Knall zu. »Ich kümmere mich um alle möglichen Ressourcen und Genehmigungen.«

Vor dem Fenster hatte der Regen nachgelassen, ein paar

Sonnenstrahlen spitzten hervor und verbreiteten ein schimmerndes Licht. Die Gruppe ging auseinander. Axberg blieb sitzen, all die Fragen, die ihm im Kopf herumschwirrten, machten ihn träge. Und doch – endlich fühlte es sich so an, als wäre die Ermittlung auf der richtigen Spur; einer nach dem anderen wurden die Seitenwagen von den Nebengleisen eingesammelt und auf dem Hauptgleis zusammengefügt. Die Geschwindigkeit erhöhte sich.

Das Unangenehme war, dass sie weder das Ziel noch den Start kannten. Würde der Mörder noch einmal zuschlagen? Und wie lange hatte er bereits sein Unwesen getrieben, ohne dass jemand es bemerkt hatte? Sofia kam ins Zimmer zurück.

»Störe ich?«, fragte sie.

»Überhaupt nicht.«

Sie setzte sich auf die Tischkante direkt neben ihm. Er roch wieder einmal den wohl bekannten Duft ihrer Haare.

»Wie geht es dir?«

»Gut«, sagte Axberg. »Aber das war in letzter Zeit ganz schön viel.«

»Den Mord an Molin haben wir schnell gelöst. Das hier schaffen wir bestimmt auch.«

Sie klopfte ihm auf die Schulter.

»Du hast mich da draußen in der Garage ziemlich beeindruckt. Ich hatte richtig Angst, als er auf uns zuraste.«

Axberg lächelte verlegen.

»Diese Uhrenmorde sind viel beunruhigender. Wir haben zu wenig, mit dem wir arbeiten können. Es ist, als bauten wir ein Kartenhaus aus lauter Vermutungen. Wenn eine Karte ganz unten rausgerissen wird, fällte alles zusammen …«

Sofia legte den Kopf schief und sah ihn besorgt an.

»Glaubst du, dass er noch einmal zuschlägt?«

Axberg zögerte mit der Antwort und sah zweifelnd nach draußen in den Sonnenschein.

»Ja. Wenn wir ihn nicht vorher erwischen. Hilfst du Åkerman mit dem Kasino?«

Sofia rutschte vom Tisch.

»Bin schon auf dem Weg.«

Kapitel dreiundvierzig

Axberg störte seinen Freund normalerweise nicht während der Arbeitszeit. Dieses Mal machte er eine Ausnahme. Der Mord an den Zwillingen war unfassbar, sowohl was das Motiv anging als auch die Methode. Er musste den Fall mit jemandem diskutieren, der sich in der Krankenhauswelt auskannte. Musste versuchen, der Wahrheit über den Stauschlauch näher zu kommen. Und sich im besten Fall ein Bild vom Mörder machen. In der Telefonzentrale erläuterte er sein Anliegen. Sagte, dass es wichtig sei.

Zwei Stunden später stand Erik Jensen in Axbergs Büro. In der Hand hielt er die Plastiktüte mit dem Stauschlauch. Er sah sie sich genau an.

»Station 33 liegt in der Infektionsklinik«, sagte er schließlich. »Du hast gesagt, dass der um den Arm des Jungen gebunden war?«

Axberg stellte die Kaffeebecher ab, die er aus dem Personalraum geholt hatte.

»Ja, übrigens noch zusammengezogen. Die Adern im Unterarm sahen unter der Haut aus wie blaue Würmer.«

Axberg ließ sich in seinen Stuhl fallen und sah Jensen ernst an.

»Wir glauben, dass der Mörder ihn als Gruß an uns hinterlassen hat.«

Jensen sah ihn ein paar Sekunden lang schweigend an. Dann schüttelte er skeptisch den Kopf.

»Warum sollte er so etwas tun?«

»Der Mörder will gesehen werden«, sagte Axberg. »Er will das Gefühl haben, dass das Gesetz ihm auf den Fersen ist.«

Jensen setzte sich, legte die Plastiktüte ab und nahm stattdessen den Kaffeebecher in die Hand.

»Es ist also jemand nachts in das Zimmer der Jungen gegangen und hat sie mit irgendeiner Injektion umgebracht?«

»Ja«, sagte Axberg und nippte am Kaffee.

»Indem er ihnen eine Kanüle in die Armbeuge und in die Halsvene eingeführt hat?«

Axberg nickte hinter seinem Becher.

»Laut den Rechtsmedizinern etwas, das nicht irgendwer machen kann. Könntest du das?«

Jensen sah auf seine Hände, überlegte. Die Venen traten deutlich unter seiner hellen Haut hervor.

»Die Armbeuge ja. Beim Hals bin ich mir nicht so sicher.«

»Gilt das für alle Ärzte?«, fragte Axberg.

»Im Großen und Ganzen schon. Es sind meistens die Krankenschwestern, die Blutproben nehmen und Injektionen verabreichen, abgesehen von den Anästhesisten natürlich.«

Jensen biss sich nachdenklich auf die Unterlippe.

»Hat man in den Proben etwas Auffälliges entdeckt?«

Axberg schüttelte den Kopf.

»Nichts. Eine Idee des Teams war, dass der Mörder Luft ins Blut gespritzt hat und seine Opfer so umgebracht hat. Aber laut den Rechtsmedizinern hätte man das bei der Obduktion entdecken müssen. Als eine Art Pfropfen?«

»Eine Lungenembolie«, erläuterte Jensen. »Du weißt

schon, dass das, was du erzählst, völlig unwahrscheinlich klingt?«

»Ja«, sagte Axberg. »Aber wir können vor den Fakten nicht die Augen verschließen.«

»Habt ihr den Verdacht, dass jemand aus dem Krankenhaus hinter den Morden steckt?«

»Wir arbeiten an der Theorie. Wir gehen davon aus, dass der Mörder den Schlauch bewusst als Spur hinterlassen hat. Und die Adresse ist eindeutig ...«

Jensen legte nachdenklich eine Hand ans Kinn.

»Könnte eine falsche Fährte sein.«

»Glaube ich nicht«, sagte Axberg. »Wie gesagt, jemand will gesehen werden. Wie viele Stauschläuche gibt es auf einer Station?«

»Viele. Außerdem tendieren sie dazu, herumzuwandern und irgendwo im Krankenhaus wieder aufzutauchen.«

»Station 33 muss also nicht unbedingt der letzte Ort gewesen sein, an dem sich der Schlauch befunden hat?«

»Absolut nicht. Im Grunde könnte jeder ihn mitgenommen haben. In den Fluren laufen ununterbrochen Leute hin und her. Die Blockeinteilung funktioniert nur rein architektonisch.«

Jensen trank einen Schluck Kaffee.

»Dazu kommen noch alle, die sich kurzfristig in den Abteilungen aufhalten: Studenten, Praktikanten, Putzhilfen und zusätzlich eingestelltes Personal ...«

»Und die Patienten und deren Angehörige«, ergänzte Axberg.

Jensen machte eine ausholende Geste mit dem Arm.

»Aber er stammt ganz sicher aus dem Krankenhaus«, sagte er und nickte in Richtung des Stauschlauchs.

Axberg holte einen Birkenrindenkorb mit Zuckerwürfeln aus dem Regal. Sein Blutzucker war auf ein hirnlähmendes

Niveau abgefallen. Zwei Stückchen verschwanden in der schwarzen Flüssigkeit und lösten sich auf. Schon allein der Anblick war aufmunternd.

»Du hast doch noch etwas, das du mir zeigen wolltest?«, fragte Jensen.

»Stimmt. Unser Freund hat noch eine Spur hinterlassen.«

Axberg holte eine weitere Plastiktüte, auf der die Nummer achtundzwanzig stand, aus der Schublade und gab sie Jensen. Darin lag der Zettel mit der rätselhaften Botschaft, die niemand interpretieren konnte.

»Das hier war unter dem Schlauch am Arm des Jungen festgeklemmt.«

Jensen betrachtete den Text genau. Zwischen seinen hellen Locken bildete sich eine Falte auf seiner Stirn.

»Irgendeine Idee, was das bedeutet?«, fragte Axberg.

»*M.B. ist kompensiert*?«, sagte Jensen in einem leicht beunruhigten Tonfall. Er hob den Blick und schaute Axberg an. »Mein erster Gedanke ist, dass die Initialen für einen Namen stehen.«

Daran hatte Axberg auch schon gedacht, war aber nicht weitergekommen. Hatte keine mögliche Alternative gefunden.

»Für welchen?«, fragte er.

»Maria Backlund«, sagte Jensen tonlos.

»Maria Backlund? Wer ist das?«

Jensen antwortete nicht sofort. Er schloss die Augen und fuhr sich mit den Händen übers Gesicht.

»Ich habe dir vor ein paar Wochen von ihr erzählt, in der Kneipe, erinnerst du dich?«

Axberg schüttelte den Kopf.

»Sie ist die junge Frau, die mit einem Herzstillstand eingeliefert wurde«, fuhr Jensen fort, »deren Leben ich retten konnte. Guter Gott, ist es möglich, dass …?«

Axberg sah Jensen fragend an, der noch einmal die Umstände im Fall Maria Backlund erläuterte. Langsam ging Axberg das Unfassbare auf. Wenn ihre Schwester Berit nicht zu Besuch gewesen wäre, würde heute auch im Obduktionsbericht von Maria Backlund plötzlicher Herztod stehen. Sie versanken in Schweigen. Ein Holztransporter donnerte draußen auf der Straße vorbei.

Nach einer Weile tauschten sie sich über die Schlüsse aus, die sie jeweils gezogen hatten.

»Falls das stimmt, habe ich meine Erklärung bekommen«, sagte Jensen mit dünner Stimme. »Es war demnach kein Virus, das ihren Herzstillstand ausgelöst hat …«

»… und der Mörder hat sich entschlossen, zwei Menschen umzubringen, weil Maria Backlund überlebt hat«, fuhr Axberg fort. »Als Kompensation. Aber *wofür*?«

Beide starrten schweigend auf einen Punkt im leeren Nichts. Eine Neonröhre begann zu flackern.

»Kann das wirklich stimmen?«, fragte Jensen schließlich. »Dass Maria Backlund einen Mordversuch überlebt hat? Dass der Mörder von der Schwester überrascht wurde und es nicht zu Ende bringen konnte?«

Axberg stand auf und ging ans Fenster. Die Nachmittagssonne schien auf die gelben Hausfassaden auf der anderen Straßenseite.

»Es kann schon mit dem Profil des Mörders, das wir zu zeichnen versuchen, übereinstimmen«, sagte er der Scheibe zugewandt. »Dass es sich um eine Reihe von Lustmorden handelt, bei der die Opfer selbst unwichtig sind. Dass etwas anderes entscheidend ist.«

»Glaubst du, dass es noch mehr Opfer gibt?«

Axberg wurde bewusst, dass er sich verplappert hatte. Zugleich war es gut, dass Jensen jetzt das ganze Bild kannte. Sie brauchten jede Hilfe, die sie bekommen konnten.

»Ja«, sagte er und ging zurück an den Schreibtisch. »Mindestens drei weitere.«

»Mindestens?«, sagte Jensen, ohne seine Verwunderung zu verbergen.

»Wir wissen es nicht sicher, da die Methode keinerlei Spuren hinterlässt. Das Einzige, was in den Obduktionsberichten als Todesursache genannt wird, ist plötzlicher Herztod.«

Jensen wurde blass. Reflexhaft griff er nach der Kaffeetasse. Sie war leer.

»Glaubst du, dass ein Serienmörder im Krankenhaus sein Unwesen treibt?«

Axberg machte eine Handbewegung.

»Vielleicht. Auf jeden Fall ist es jemand, der eine Verbindung zum Krankenhaus hat.«

»Glaubst du, dass Maria Backlund Schutz braucht?«

»Wir werden das sofort einrichten. Könnte man noch Spuren eines Einstichs entdecken?«

»Das bezweifle ich«, sagte Jensen. »Es ist zu lange her.«

Sie verfielen wieder in angespanntes Schweigen. Es fühlte sich an, als würde jedes weitere Wort und jeder Gedanke die Situation noch verschlimmern.

»Da wäre noch etwas«, sagte Jensen schließlich.

»Was denn?«

»Dass alle Todesfälle in meiner Studie ebenfalls die Diagnose plötzlicher Herztod als gemeinsamen Nenner haben. Nach dem, was du erzählt hast, könnte es sich dabei genauso gut um Mord handeln?«

Ein bedrückendes Unbehagen erfüllte den Raum.

»Eine Mordstudie«, fasste Jensen trocken zusammen. »Wie hießen die Zwillinge?«

Axberg zögerte. Die Verschwiegenheitspflicht verbot ihm, auf diese Frage zu antworten. Unter normalen Umständen hätte er die Möglichkeit, gegen seine Prinzipien zu verstoßen, nicht einmal in Erwägung gezogen.

»Ich erfahre die Namen ja doch durch meine Studie«, fuhr Jensen fort, »wenn plötzlicher Herztod als Todesursache angegeben wird.«

»Patrik und Per Sjögren«, sagte Axberg, schlug einen Ordner auf seinem Schreibtisch auf und schob ihn zu Jensen hinüber.

In einer Plastiktüte lagen mehrere Fotos der Zwillinge. Sowohl lebend als auch tot.

Jensen machte wieder seinen völlig verwunderten Gesichtsausdruck. Er betrachtete die Fotos sehr genau.

»Ich erkenne sie wieder«, sagte er schließlich. »Aus dem Krankenhaus …«

Axberg spürte, wie sein Herz kurz aussetzte und dann mit doppelter Kraft weiterschlug.

»Als Patienten?«

»Ja, aber nicht von mir.«

Jensen hielt ein Bild in der Hand, auf dem die Jungen mit jeweils einem Basketball posierten. Die anderen steckte er in den Ordner zurück. Er betrachtete das Foto ein paar Sekunden und nickte dann zur Bestätigung.

»Sie waren vor einer Weile in der Notaufnahme. Ich erinnere mich deutlich daran.«

Axberg holte tief Luft und hielt den Atem an. Wenn es bereits eine Verbindung der Zwillinge zum Krankenhaus gab, dann könnte das einen Durchbruch bedeuten.

»Erzähl«, bat Axberg.

Jensen lehnte sich im Stuhl zurück und dachte nach.

»Ich bin aus irgendeinem Grund über den Flur gegangen, als ich auf dem Boden eine Blutspur gesehen habe. Eine Perlenkette aus kleinen Tropfen, die hinter der Tür eines der Räume der Chirurgie verschwand. Aus reiner Neugier habe ich hineingesehen. Da saßen die Zwillinge auf einer Liege. Ich erinnere mich daran, weil sie exakt gleich aussahen. Einer von ihnen hatte einen blutigen Verband um eine Hand.«

»Und?«

»Dann habe ich die Tür geschlossen und bin gegangen.«

»War noch jemand im Zimmer?«

»Nein. Sie waren allein.«

Axberg war ein bisschen enttäuscht.

»Wann ist das passiert?«, fragte er.

»Das kann ich nicht genau sagen. Vor ungefähr einem halben Jahr, würde ich denken. Die Notaufnahme sieht jeden Tag gleich aus, am Tag wie in der Nacht, im Winter wie im Sommer. Außerdem gehe ich jeden Tag mehrmals in unterschiedlichen Richtungen dort hindurch. Glaubst du, dass es wichtig sein kann?«

»Alles, was mit dem Krankenhaus zu tun hat, hat hohe Priorität. Kannst du herausfinden, welchen Arzt sie weswegen aufgesucht haben?«

»Das ist einfach«, sagte Jensen. »Es findet sich ja alles in den Akten.«

Axberg wurde bewusst, dass er jetzt eine Grenze überschritten hatte. Eigentlich hätte sich ein Polizist um diese Aufgabe kümmern müssen. Gleichzeitig war es besser, wenn das jemand machte, der sich dort auskannte.

»Gut«, sagte Axberg. »Mach es so diskret wie möglich. Wir möchten keine unnötige Unruhe verbreiten. Du kannst dir ja den Wirbel vorstellen, wenn die Presse von unseren Spekulationen erfährt.«

»Ob die Unruhe unnötig ist, wird sich noch herausstellen. Kann ich das Foto behalten?«

Axberg nickte kaum merkbar und schrieb mental auf die Liste der Fragen, die er der Mutter stellen musste: *Krankenhausbesuch mit blutiger Hand?*

Jensen legte das Foto in seine Aktentasche. In seinem Kopf surrten die Gedanken durcheinander wie betrunkene Bienen.

»Wo haben sie gewohnt?«, fragte er.

»Nygatan 4«, antwortete Axberg. »Warum fragst du?«

»Und die anderen Opfer, von denen du gesprochen hast?«

Axberg konnte Jensens Gedankengang zunächst nicht folgen. Dann begriff er. Er stand auf und ging zu einem ausgeblichenen Stadtplan, der an der Wand hing. Er öffnete eine Dose mit bunten Stecknadeln und markierte fünf Adressen.

Gerd Ekstedt, Kent Öberg, Lena Forsell, die Zwillinge und Maria Backlund.

Dann ging Axberg zwei Schritte zurück und betrachtete das Muster. Es erinnerte ihn an irgendein Sternbild, dessen Namen er vor langer Zeit vergessen hatte.

»Alle im Stadtzentrum, außer dem in Granloholm«, sagte Jensen hinter Axbergs Schulter. »Wenn wir die Todesfälle aus meiner Studie ergänzen, wird die Anzahl größer und das Muster deutlicher.«

»Das bestätigt meine Vermutung«, sagte Axberg, »dass wir jemanden suchen, der unsere Stadt und ihre Bewohner kennt …«

Er wandte sich Jensen zu, bevor er den Gedankengang zu Ende brachte.

»… und das Krankenhaus.«

Eine Sekunde lang schauten Jensens blaue Augen in die Ferne.

»Ich hoffe, du täuschst dich«, sagte er. »Aber das ist mehr ein Wunsch als eine Annahme. Wie gehen wir weiter vor?«

Axberg kehrte zu seinem Schreibtisch zurück und blickte auf die Unordnung dort.

»Es ist wohl am besten, wenn du im Augenblick nicht mehr weißt.«

Jensen ging langsam in Richtung Tür.

»Haben wir nicht eigentlich etwas Wichtiges vergessen?«, sagte er in einem entwaffnenden Tonfall.

»Was denn?«, sagte Axberg und fragte sich, ob noch mehr Fakten auftauchen würden.

»Dass heute Dienstag ist. Hast du Zeit für ein Bier?«

Axberg zögerte. Er hatte viel Arbeit vor sich. Und immer noch keine Spur von Sven Hamrin. Jetzt war er bereits seit vierundzwanzig Stunden verschwunden. Es war zwar nicht ungewöhnlich, dass er mit einem eigenen Auftrag verschwand, ohne die Kollegen zu informieren. Aber dass auch die Familie nichts von ihm gehört hatte, war seltsam. Axberg sah jedoch ein, dass er im Augenblick nichts tun konnte, und er musste einfach mal eine Weile raus aus dem Revier.

»In Ordnung«, sagte er und nahm die Jacke vom Haken.

Der Sommerabend draußen war feucht und warm. Schweigend gingen sie durch die Fußgängerzone in Richtung des Stora Torg.

Kapitel vierundvierzig

Der Sandsack vor ihm pendelte hin und her.

Das Blut rauschte in warmen Muskeln, salzige Schweißtropfen liefen über seine Lippen. Die Tür zum Fitnessraum im Keller schlug hinter einem in diesem Sommer neueingestellten Polizeiaspiranten zu. Durch die Brise Sauerstoff ließ sich die stickige Luft leichter atmen. Axberg war allein im Raum. Allein mit seinen Gedanken, die immer wieder neue Wege fanden, wenn der Körper sich abmühte und neue Energie freisetzte.

Die Überprüfung des Kasinos kam einem schlechten Scherz so nah, wie es nach dem ersten April nur möglich war. Es stellte sich heraus, dass die Chirurgie- und Anästhesieabteilungen des Krankenhauses dort mitten im Sommer ein gemeinsames Betriebsfest gefeiert hatten. Zusammen mit ein paar einzelnen Personen aus anderen Krankenhäusern belief sich die Anzahl in Frage kommender Besucher auf fünfundvierzig. Ståhl hatte einen Anfall bekommen und die Landespolizei war wieder zur Unterstützung hinzugezogen worden. Alle Krankenhausangestellten, die an diesem Abend im Kasino gewesen waren, mussten ausfindig gemacht und befragt werden. Ohne Ausnahme. Der Mörder würde sich in dieser Gruppe finden, da waren sich alle einig. Und es musste schnell gehen. Die Morde waren kurz hintereinander geschehen, und nichts deutete darauf, dass die Serie zu Ende war. Es konnte jederzeit neue Opfer geben. Diese Botschaft verbreiteten jedenfalls die Medien. Dass die Information über den mutmaßlichen Serienmörder an die Presse geraten war, führte zu unangenehmen Spekulationen innerhalb des Reviers.

Axberg legte mehr Kraft in seine Schläge, als er an all dieses Elend dachte. Zum Glück war die eventuelle Verbindung zum Krankenhaus noch nicht an die Öffentlichkeit gelangt. Axberg wagte kaum, sich vorzustellen, was das nach sich ziehen würde. Würde überhaupt noch jemand ins Krankenhaus gehen, wenn bekannt würde, dass dort vermutlich ein Serienmörder arbeitete? Jemand, der vielleicht täglich mit Patienten zu tun hatte und sie behandelte?

Axberg versuchte, sich den Mörder vorzustellen, ein wahrscheinliches Bild von ihm zu zeichnen. Wie wählte er seine Opfer aus? Denn selbst wenn das Motiv nicht persönlich war, musste er sie doch auf irgendeine Weise aussuchen. Wahrscheinlich hatte er sie schon einmal irgendwo getroffen. Aber wo? Die Vorgehensweise erforderte gewisse Informationen über das Zuhause und die Gewohnheiten der Opfer. Axberg machte eine Pause und trank Wasser aus dem Wasserhahn. Der Täter musste sich irgendwo in der Nähe seiner Opfer befinden, konstatierte er. Aber weit genug entfernt, um bei den Hinterbliebenen keinen Verdacht zu wecken. Dazu kommt noch die Verbindung zum Krankenhaus. Wahrscheinlich war es jemand, der dort arbeitete. Der die zukünftigen Opfer bei seiner Arbeit traf. Jemand, der ihr Vertrauen gewonnen und sich über ihre persönlichen Verhältnisse informiert hatte? Axberg kämpfte mit den Fragen und dem steigenden Milchsäurepegel. Das Handy klingelte.

»Hallo, hier ist Sofia. Ich bin mit meiner Befragung der Mutter fertig.«

»Was hat sie gesagt?«

»Dass der eine Junge, Per, sich vor ungefähr einem halben Jahr mit einem Küchenmesser geschnitten hat. Als er tiefgefrorenes Eis schneiden wollte. Die Jungen sind ins Krankenhaus gefahren und haben den Schnitt nähen lassen. Mit acht Stichen.«

Axberg nahm ein Handtuch und wischte sich den Schweiß von der Stirn.

»Der Name des Arztes?«

»Wusste sie nicht. Sie ist sich auch nicht ganz sicher, was den Zeitpunkt angeht.«

»Das spielt keine Rolle«, sagte Axberg. »Es gibt über alles Unterlagen. Wir bekommen die Antwort noch.«

Axberg duschte und rasierte sich. Die Rasierklinge glitt scharf über den Zweitagebart. Heute Abend wollte er gut aussehen. Zum ersten Mal seit langem würde er Carolina treffen. Richtig. Sie hatte gestern angerufen, als er gerade vor dem Fernseher einschlief. Er hatte sich nicht getraut, sich bei ihr zu melden. Wollte sich nicht aufdrängen. Außerdem war schon die bloße Hoffnung auf eine Wiedervereinigung ein schönes Gefühl. Er hatte sie wie ein Küken in seiner Brust gehegt und gepflegt. Nach ein paar Minuten Smalltalk hatte sie gefragt, ob sie sich treffen könnten. *Ob sie sich treffen könnten!* Die zurückhaltendste Formulierung des Jahres, dachte Axberg und lächelte.

Er hatte im besten italienischen Restaurant der Stadt für heute Abend einen Tisch reserviert. Dasselbe Lokal, in das er zwölf Jahre zuvor Carolina vor ihrer ersten magischen Nacht zusammen eingeladen hatte. Axberg hoffte, dass die Nostalgie auf fruchtbaren Boden fallen würde. Eigentlich hatte er keine Zeit für Romantik. Ein wahnsinniger Mörder trieb sein Unwesen und musste gefangen werden. Aber um arbeiten zu können, musste er essen. Außerdem würde es ein Leben nach der aktuellen Ermittlung geben. Er war vorsichtig glücklich, zügelte sich aber und traute sich nicht, der Liebe freien Lauf zu lassen.

Mit leichten Schritten ging er die Treppe zu seinem Büro hoch. Auf dem Absatz des dritten Stocks traf er Pablo. Der gut einstudierte, wichtigtuerische Gesichtsausdruck des Kollegen saß wie festgeklebt.

»Gut, dass ich dich erwische«, sagte Pablo. »Ich habe gerade mit der Rechtsmedizin in Umeå gesprochen. Sie haben Latexspuren in Patrik Sjögrens Mund gefunden, sowohl auf den Lippen als auch im Speichel.«

»Latex?«

Pablo nickte.

»Findet man in verschiedenen Gummiprodukten, unter anderem in Handschuhen … Solche, die sich glatt an die Hände anlegen, du weißt schon. Die häufig für sterile Arbeiten in unterschiedlichen Industriezweigen benutzt werden.«

»Und im Krankenhaus«, ergänzte Axberg.

»Genau mein Gedanke. Ich glaube, dass der Mörder Handschuhe trug, als er dem Jungen den Mund zuhielt.«

Eine Sekretärin ging mit einer Zeitung unterm Arm vorbei. Axberg dachte nach. Die neue Information passte in das große Muster, das sich langsam abzeichnete.

»Es scheint, als würden wir eine Runde nach der anderen um des Pudels Kern drehen, ohne je einen Weg hinein zu finden«, stellte er fest. »Aber das hier ist gut. Weitere Indizien, die in ein und dieselbe Richtung deuten. Wie läuft's mit der Hotline und den Haustürbefragungen?«

Bevor er antwortete, streckte Pablo seinen Nacken und ließ seinen Kopf mit einer kurzen, gymnastischen Übung kreisen.

»Nichts. Bisher haben wir nur einen Mann gefunden, der eine verdächtige Person gesehen hat, als er mit seinem Hund Gassi ging. Ansonsten gar nichts. Sehr seltsam, dass niemandem etwas aufgefallen ist.«

»Du weißt, wie leer Wohngebiete nachts sind«, sagte Axberg. »Alle schlafen gemütlich hinter verschlossenen Türen. Man könnte ein Auto anzünden, ohne dass jemand etwas merken würde.«

Pablo lächelte kurz.

»Wir machen noch eine Weile weiter, dann sehen wir mal. Der Mann mit dem Hund kommt am Nachmittag zur Vernehmung.«

»Versuch, eine Personenbeschreibung zu bekommen, bevor ihr ihm Bilder vom Kasino zeigt.«

»Selbstverständlich«, sagte Pablo und stieg die Treppe weiter hinunter.

Axberg ging den Flur entlang zu seinem Zimmer. Er sah

die Kollegen an ihren Schreibtischen sitzen. Die einzige Ausnahme war Sven Hamrin. Seine Tür war geschlossen. Der Kollege war inzwischen schon seit fast zwei ganzen Tagen verschwunden. Obwohl eine interne Fahndung an alle Reviere des Landes herausgegangen war, waren keine Hinweise gekommen. Die Familie begann bereits, das Schlimmste zu vermuten. Axberg spürte, wie seine eigene Unruhe stieg. Sven Hamrin war nicht der Typ, der einfach so verschwand.

Ståhl kam um die Ecke. Er trug einen neuen Anzug, der teuer aussah. Der Eindruck einer erfolgreichen Führungskraft wurde von einem diskreten Rasierwasser komplettiert. Axberg sah kurz Werbebilder von maskulinen Männern mit bilderbuchartigen Karrieren an sich vorüberziehen.

»Hallo Johan. Wie sieht's aus?«

»Unverändert seit dem letzten Mal.«

Ståhl sah ihn unzufrieden an.

»Das reicht nicht. Wir müssen schon bald etwas vorweisen können. Die Presse hat Wind von einem Serienmörder bekommen und fordert, dass wir offen mit ihnen reden.«

Axberg seufzte. Er würde sich nie an Ståhls dramatische Formulierungen gewöhnen.

»Das ist Ihre Aufgabe«, sagte Axberg. »Wir tun hier, was wir können, arbeiten rund um die Uhr. Ich dachte, um die Zeitungsfritzen kümmern Sie sich.«

Ståhl verzog ironisch den Mund.

»Sicher, aber das nimmt gerade etwas überhand. Zuerst haben wir den aufsehenerregendsten Politikermord seit Palme und jetzt das hier!«

Er machte mit einem Arm eine dramatische Geste.

»Gibt's übrigens was Neues von Hamrin?«

»Keine Silbe.«

Ståhl massierte sich besorgt den Nasenrücken.

»Das ist nicht gut. Das ist überhaupt nicht gut. Wohin wollte er eigentlich?«

»Keine Ahnung.«

»Typisch Hamrin. Wenn Sie raten müssten?«

»Dann glaube ich, dass er versucht hat, Tony Wollmar zu finden.«

»Und von ihm gibt es auch keine Spur?«

Axberg schüttelte den Kopf.

»Glauben Sie, dass Hamrin Wollmar gefunden hat?«

»Das wäre dann jedenfalls auch typisch Sven«, entgegnete Axberg.

Ståhl sah ihn fragend an und sagte dann:

»Ich habe einen Wagen abgestellt, der rund um die Uhr an allen möglichen Orten herumfährt. Dann müssen wir auf die Fahndung hoffen. Mehr können wir im Augenblick nicht tun. Wir sehen uns bei der Besprechung um sechs Uhr.«

Ståhl ging weiter den Flur entlang. Axberg betrat sein Büro. Er versuchte, die Gedanken an Hamrin zu verdrängen. Der Kollege würde sicherlich bald wieder auftauchen und sich fragen, warum alle so aufgebracht waren.

Es war Viertel nach vier. Axberg begann, wieder über die Uhren nachzugrübeln, die im Zusammenhang mit den Morden verschwunden waren. Sollten sie dort nach dem Motiv suchen? Oder handelte es sich nur um ein wahnsinniges Spiel ohne Sinn oder Ziel?

Die scheinbar unzusammenhängenden Gedanken lösten einander in einem immer größeren Ringelreihen ab. Axberg spürte, dass er zu müde war, um allen Wendungen und Sackgassen zu folgen.

Bald schlief er mit den Füßen auf dem Schreibtisch im Stuhl ein.

Kapitel fünfundvierzig

Es reichte.

Er konnte nicht mehr so weitermachen. Der Wahnsinn musste ein Ende finden. So sprach die Stimme des Gewissens in ihm. Das war etwas Neues und Unbegreifliches. Die Stimme war aufdringlich, heischte um Aufmerksamkeit wie eine zischende Wunderkerze. Es gefiel ihm nicht. Zielbewusst versuchte die Stimme, alle Pläne zu zerstören und an den Kanten seiner detaillierten Karten zu nagen.

Er schüttelte sich und ging zum Arztzimmer. Grüßte die Abendschwester, die gerade einen Bericht über die Lage in der Abteilung erhalten hatte. Es war alles unter Kontrolle. Der Frau mit dem geplatzten Blinddarm, die er gestern operiert hatte, ging es gut. Sie war noch schwach, hatte leichtes Fieber, wäre aber bald wieder auf den Beinen. Dank ihm, da er so schnell die richtige Diagnose gestellt hatte. Die Ärzte hatten die Patientin mit Verdacht auf eine tief sitzende Lungenentzündung eingewiesen. Sie hatten falsch gelegen. Als er schließlich zu dem Fall gerufen wurde, ging alles sehr schnell. Zwei Stunden später war die Wunde vernäht und der Blinddarm draußen. Wieder einmal hatte sein Können einem Patienten das Leben gerettet. Die Schnelligkeit und das Können. Wie immer, wenn er sich selbst lobte, tauchten die Bilder auf.

Er lief durch den Regen, wusste, dass er zu spät kam. Gabriel stand auf der anderen Seite der Kreuzung.

Das Auto kam von rechts.

Ihm war schwindelig und übel. Instinktiv begann er, den Flur zur Notaufnahme entlangzugehen. Das einzig Lindernde war Bewegung. Während der letzten Tage hatte er begonnen, seinen Bruder sogar im Alltagsleben zu sehen. Gabriel verfolgte ihn durch den Flur und die Zimmer, saß abends auf seiner Bettkante. Die Erscheinung wirkte so echt, dass er Schwierigkeiten hatte zu entscheiden, was wirklich und was unwirklich war. Hoffentlich ein Zeichen, dass er sich seinem Ziel näherte.

Er ging am Reanimationsraum vorbei. Die Geräte lagen in perfekter Ordnung da. Das beruhigte ihn kurzfristig. Er zwang sich zu einem normalen Schritttempo. Ein glatzköpfiger Mann lag auf einer Liege im Flur und lächelte ihn dankbar an, als er vorüberging. Der Bauch des Mannes war angeschwollen und ein Katheter mit dunkelgelbem Urin hing herab. Immer wieder spürte er den Würgereflex im Zwerchfell. Er schluckte drei Mal schnell hintereinander und biss die Zähne zusammen. Am Chirurgenschreibtisch standen zwei Krankenschwestern und sahen ihm in die Augen.

»Hallo, braucht ihr Hilfe?«, hörte er sich überraschend ruhig fragen.

Er konnte sich immer noch kontrollieren, wenn die schlimmsten Anfälle kamen. Ein weltgewandtes Gesicht nach außen zur Wirklichkeit, ein inneres, das angstverzerrt war. Er sprach mit einem Patienten mit dem Verdacht auf Gallensteine, der jedoch schnell entkräftet war. Als er den Patienten verließ und aus dem Untersuchungszimmer ging, rief Janus ihn. Die Stimme war klar und deutlich. Man konnte sie nicht missverstehen. Etwas war im Gang. Er sah sich um, verstand sofort, was es war. Etwas weiter unten im Flur kam ein älterer Mann aus einem Arztzimmer. Auf wackeligen Beinen wurde er von einer Hilfsschwester zum EKG-Zimmer geführt. Der Mann trug nur eines der ausgewaschenen, offiziellen Patientenhemden, die knochigen Füße schlurften unsicher über den gelben PVC-Boden.

Noch einer dieser Zufälle, dachte er und lächelte. Der

Abgrund der Angst in ihm verschwand. Er sah sich wachsam um. Niemand bemerkte ihn. Mit schnellen Schritten ging er zu den Behandlungsräumen, zog den Vorhang zu und schlich sich an den Platz des Mannes. Genau wie vermutet lagen die Kleider des Patienten in einem Korb unter dem Bett. Er beugte sich nach unten und durchsuchte die Kleidungsstücke. Dabei behielt er die ganze Zeit die Schatten im Auge, die hinter dem Vorhang vorbeigingen. In der Jackentasche des Mannes fand er zwei Schlüssel. Er holte das runde Wachsstück aus der Tasche des Arztkittels und kopierte beide. Die Abdrücke waren perfekt. Schnell war er wieder draußen.

Er ging am EKG-Zimmer vorbei und überprüfte die Identität des Mannes in den Krankenakten, die im Fach draußen an der Tür steckten. Sein Pieper meldete sich. Er rief die Station an und ordnete in den erfragten Fällen etwas an. Dann ging er umher, sprach Berichte in sein tragbares Diktaphon und sah ganz allgemein beschäftigt aus. Als es am Schalter leer wurde, nutzte er die Gelegenheit. Er fand den Mann in der Liste der neueingetroffenen Patienten. Er überprüfte, ob alle Zahlen mit denen in der Krankenakte übereinstimmten, und lernte sie auswendig. Der Patient war am 29. geboren. Von früher hatte er noch weitere Personen mit diesem Datum. Es war gut, zwischen vielen Alternativen wählen zu können. Wenn die Zeit reif war, würde er in aller Ruhe die Unterlagen des Mannes lesen. Nachsehen, ob er dazu passte. Stimmte das Muster, würde der Mann im Register möglicher Kandidaten landen.

Zufrieden mit seiner Runde ging er ins Personalzimmer. Verschlimmerte die Übelkeit absichtlich, indem er einen Kaffee aus dem ekligen Automaten trank. Im Fernsehen begannen die Achtuhrnachrichten. Sogar der Dienst habende Arzt mit den hellen Locken nahm sich die Zeit, sie anzusehen. Die Spekulationen rund um die Morde eskalierten. Serienmörder war das Wort des Tages. Janus glühte in ihm auf. Stolz und Spannung konkurrierten um den lautesten Schrei. Kriminalkommissar Axberg wurde wieder genannt. Wie üblich ohne Bild. Das war egal. Er wusste, wie der *Ermittlungsleiter* aussah. Durch die Munterkeit bekam er eine neue Idee. Es war Zeit für ein spektakuläreres Opfer in der Kette. Außerdem wurde der Spielraum kleiner. Und wenn die Spürhunde zu nah kamen, war es an der Zeit, den Abstand zu vergrößern. Wenn er jetzt erwischt würde, wäre alles umsonst gewesen.

Schon während der Wettervorhersage verließ Jensen das Ledersofa im Personalraum der Notaufnahme. Er hatte noch eine lange Nachtschicht vor sich, und die Patienten warteten. Er sah über seine Schulter. Der Anblick war auffallend. Vor dem Fernseher herrschte Gedrängel. Das gesamte Personal saß wie angeklebt vor jeder Nachrichtensendung. Alle wollten die letzten Neuigkeiten über die Serienmorde erfahren. Niemand erwähnte jedoch, was alle wussten. Dass die Polizei an einigen Leuten aus dem Krankenhaus erhöhtes Interesse gezeigt hatte. Ein paar waren schon zur Befragung gewesen. Die Unruhe und die Gerüchte verbreiteten sich wie ein Lauffeuer in den Fluren. Und je weniger man wusste, umso mehr wurde geredet. Mit jedem Blick wurden unausgesprochene Fragen ausgetauscht.

Jensen fiel es schwer, sich vorzustellen, dass sich ein Mörder im Krankenhaus herumtrieb. Der Gedanke war zu alptraumhaft, um wahr zu sein. Aber die Fakten sprachen für sich. Vieles von dem, was Axberg erzählt hatte, deutete genau in diese Richtung. Jensen verdrängte diese unangenehmen Gedanken und ging zum Schwesternzimmer. Er warf einen Blick auf die Monitore mit der EKG-Überwachung. Alles war stabil. Jensen ging weiter zur Notaufnahme. Die ganze Zeit sah er vor seinem inneren Auge das Bild der zwei toten Zwillinge. Er hatte vergeblich versucht, die Krankenakte wegen der blutenden Schnittwunde in die Finger zu bekommen. Sie existierte nicht. Keiner der Jungen war in der Chirurgie auch nur angemeldet worden. Aber Jensen war sich sicher, dass er sie dort gesehen hatte. Es gab nur eine Erklärung: Der Arzt, der die Wunde genäht hatte, musste vergessen haben, einen Bericht zu schreiben. Etwas, dass nicht allzu ungewöhnlich war, wenn der Stress zu groß wurde. Und doch. Jensen konnte sich nicht vom Gedanken befreien, dass es ein seltsamer Zufall war, dass gerade die Behandlung der Zwillinge aus dem System fiel. Konnte es sich dabei wirklich nur um die Ironie des Schicksals handeln?

Auch vom Personal der Notaufnahme konnte sich niemand an das Ereignis erinnern. Jensens vorsichtige Fragen hatten nur abweisende Antworten erhalten. Das konnte teilweise daran liegen, dass sich die Hälfte des Personals im Urlaub befand. Aber er wollte noch nicht aufgeben. Irgendwer musste sich an den Besuch der Zwillinge erinnern. Gleichzeitig wollte er auch nicht zu viel herumschnüffeln. Es durfte auf keinen Fall herauskommen, dass er für die Polizei Nachforschungen anstellte. Jensen antwortete auf ein paar Fragen eines Arztes und übernahm selbst drei Patienten, bis keine weiteren mehr warteten. Auf dem Weg zurück auf die Station grüßte er mit einem Nicken den Dienst habenden Chirurgen, der telefonierte. Jensen konnte sich nicht daran erinnern, den Mann früher schon einmal gesehen zu haben. Noch eines dieser neuen Gesichter, die während des Sommers kurz auftauchten, dachte er und ging zurück ins Büro der Station 9.

Jensen setzte sich an seinen Schreibtisch und sah auf Maria Backlunds Unterlagen. Erst gestern hatte er sich mit ihr zusammen mit einem Rechtsmediziner aus Umeå getroffen. Sie hatte an keiner Vene einen Einstich. Abgesehen von einem kaum sichtbaren blauen Fleck in der linken Armbeuge, der von ihrem letzten Kontrollbesuch stammte. Maria Backlund ging es den Umständen entsprechend gut. Sie wollte nichts von Personenschutz wissen. Genau in diesem Augenblick saß sie in einem Flugzeug nach Australien. Sie würde eine Freundin besuchen, eine Reise, die schon lange geplant war. Jensen empfand es als beruhigend, dass sie die nächsten Wochen auf der anderen Seite der Erdkugel verbringen würde.

Wieder überflog er die Krankenakte, die Laborwerte, die Epikrise, Röntgen- und Ultraschallbilder. Ihm fiel nichts Neues auf. Er las sie noch einmal, blätterte in den Unterlagen vor und zurück. Der Satz »das Selbstverständliche neu bewerten« ging ihm wie ein ausgeleiertes Mantra durch den Kopf. Dann sah er es. Als hätte ihm seine eigene Aufforderung die Kraft gegeben, neue Bedeutungen zu entdecken.

Alles normal, abgesehen vom anfänglich erhöhten Kaliumwert, möglicherweise hervorgerufen von zu langer Stauung. Er hatte diese Zeile vorher sicher schon dreißig Mal gelesen. Aber jetzt schien etwas Neues hinter den Worten auf. Sein Puls wurde schneller. Er blätterte zu den Laborwerten vor. Da stand es schwarz auf weiß: *S-Kalium: 7.2-4.1-4.2*.

Das Adrenalin floss durch seinen Körper, sein Gesicht wurde heiß. Konnte es wirklich so einfach sein? Er hob den Hörer ab und rief Axberg an. Nach sechs Mal Klingeln antwortete der. Im Hintergrund hörte man Stimmengewirr.

»Hallo, hier ist Erik. Störe ich?«

»Ja. Ich esse mit Carolina zu Abend.«

»Es ist wichtig«, beharrte Jensen. »Ich habe etwas Entscheidendes entdeckt.«

»Einen Augenblick …«

Jensen hörte, wie Axberg aufstand, eine Tür wurde geschlossen und die Hintergrundgeräusche verschwanden.

»Jetzt können wir ungestört reden«, sagte Axberg. »Hast du den Arzt gefunden, der die Zwillinge in der Notaufnahme behandelt hat?«

»Nein. Es kann sich immer noch niemand daran erinnern. Aber ich frage weiter.«

»Gut.«

»Ich habe eine Theorie, warum man in den Blutproben nichts gefunden hat.«

Ein paar Sekunden lang blieb die Leitung still.

»Bei den ungeklärten Todesfällen?«, fragte Axberg.

»Genau. Vielleicht gab es dort jedes Mal Spuren. Deswegen sieht man sie nicht. Wie Eisbären in einem Schneesturm …«

»Was meinst du?«

»Ich sitze hier mit den Krankenunterlagen von Maria Backlund«, erklärte Jensen. »Beim Eintreffen in der Notaufnahme hatte sie einen erhöhten Kaliumspiegel. Das sieht man oft, wenn Blut mit der falschen Technik entnommen wurde. Aber wenn man das mit den aktuellen Todesfällen in Verbindung bringt, bedeutet es etwas anderes.«

»Erzähl weiter.«

»Wenn man genug Kaliumchlorid ins Blut injiziert, kommt es zu einem akuten Herzstillstand. Das Reizleitungssystem im Herz wird ausgeschaltet. Die Todesursache ist plötzlicher Herztod.«

Jensen konnte Axbergs verwunderten Gesichtsausdruck vor sich sehen.

»Und diese erhöhten Werte im Blut lassen sich hinterher nicht mehr feststellen?«

»Doch«, sagte Jensen. »Das Problem ist, dass mit Eintritt

des Todes aus allen Körperzellen Kalium austritt. Der Kaliumspiegel steigt. Und es ist unmöglich festzustellen, ob das von außen hervorgerufen wurde oder von innen stammt.«

Jensen hörte Axberg am anderen Ende der Leitung atmen.

»Kann man das beweisen?«

»Nein. Genau das ist es ja.«

Erneutes Schweigen.

»Woher bekommt man Kali ...«

»Kaliumchlorid«, ergänzte Jensen. »Das kann absolut jeder Arzt verschreiben. Außerdem findet es sich überall im Krankenhaus.«

»Ist das wirklich möglich?«, fragte Axberg.

»Ja, leider.«

»Das ist wahnsinnig ... Wie Eisbären im Schneesturm ...«

»Ich dachte mir, dass du das wissen wolltest«, sagte Jensen.

»Absolut. Wir werden das sofort morgen mit den Rechtsmedizinern besprechen. Kannst du morgen Vormittag aufs Revier kommen?«

»Nach dem Mittagessen. Ich habe heute Nacht Dienst.«

Das Gespräch war beendet. Jensen hörte, wie sich im Flur entschlossene Schritte näherten. Durch das Klappern der Schuhe wusste er, wer im Anmarsch war. Klinikchef Bolinder klopfte resolut an, trat ein, schloss die Tür und drückte auf den roten Besetzt-Knopf. Jensen war überrascht. Er konnte sich nicht daran erinnern, dass Bolinder jemals in seinem Büro gewesen war. Der finstere Gesichtsausdruck des Klinikchefs sagte ihm, dass es sich nicht um einen Höflichkeitsbesuch handelte.

»Wir haben ein Problem, Erik«, begann er und blieb breitbeinig stehen, die Hände hinter dem Rücken.

Drei Alternativen gingen Jensen durch den Kopf: Anordnung einer Extraschicht, die Beschwerde eines unzufriedenen Patienten oder neue Einsparungen. Er täuschte sich.

»Ich habe erfahren, dass Sie dem Personal seltsame Fragen stellen«, sagte Bolinder und sah ihn in Erwartung eines Geständnisses fest an.

Jensen begriff, sah aber keinen Ausweg aus der Konfrontation. Er saß schweigend da.

»Sie wissen, worum es geht«, fuhr Bolinder fort. »Und Sie verstehen sicherlich, dass wir kein unnötiges Gerede hier im Krankenhaus haben wollen. Es reicht schon jetzt. Wenn Sie etwas wissen wollen, dann sollten Sie sich an mich wenden. Verstanden?«

Jensen starrte abwesend auf das Bücherregal.

»Gut«, sagte Bolinder. »Damit ist das also aus der Welt. Sie sollten Ihre Karriere nicht ruinieren, indem Sie Gerüchte und halbgare Behauptungen verbreiten.«

Als Bolinder gegangen war, blieb Jensen noch ein paar Minuten sitzen und dachte nach. Er wusste, dass er mit den Fragen nach dem Besuch der Zwillinge eine Grenze überschritten hatte. Und doch hatte die Neugierde ihn dazu getrieben. Er wusste immer noch nicht, ob er einen Fehler begangen hatte. Gleichzeitig machte ihm Bolinders Zurechtweisung klar, dass er keine weiteren Fragen stellen konnte.

Jensen stand auf, schaltete die Deckenlampe aus und ging zurück zur Notaufnahme. Fünf neue Patienten waren eingetroffen. Er nahm sich eine Krankenakte und legte los. Handelte im Hier und Jetzt, war in Gedanken jedoch immer noch bei Maria Backlund, den Zwillingen und den unerlaubten Fragen.

Kapitel sechsundvierzig

Gösta Svensson hörte einen Hund ein paar Blocks entfernt hektisch bellen. Nach einem Einkaufsbummel in der Fußgängerzone des Stadtzentrums war er nun auf dem Nachhauseweg. Seit sechzehn Jahren ging er jeden Freitagvormittag denselben Weg. Der erste Halt war der Konsumladen am linken Ende, wo er den Grundvorrat fürs Wochenende einkaufte. Dann ging er weiter zu den Vanillepralinen im Süßigkeitengeschäft, dem Punsch im Alkoholladen und zum Hering in Senfsauce von Fischhändler Sillmans.

Wenn er in der Stimmung war, ging er zu den Männern im Zeitungsladen, trank Kaffee und diskutierte über die neuesten Trabrenntipps. Doch er selbst spielte nie. Trotzdem hatte er das Gefühl, reich zu sein. Im Sommer, wenn es nicht regnete, schloss er seinen Rundgang immer mit einem Spaziergang durch den Vängåvan Park am Stora Torg ab. Zum Ausruhen setzte er sich auf die Bank unter der großen Linde, lauschte dem Plätschern des Brunnens und träumte sich weit weg. Fast immer gingen seine Gedanken zu seiner geliebten Lebensgefährtin Elin.

Über dreißig Jahre lang hatten sie im selben Bett Seite an Seite geschlafen. Ohne Ausnahme. Bis vor acht Jahren. Da kam der Krebs. Elin verging, und er stand hilflos daneben und sah zu. Nach drei Monaten war sie tot. Die Jahre danach waren wie schwarze Löcher. Langsam hatte er sich an sein neues Leben gewöhnt. Jetzt konnte er sich an der Erinnerung an sie erfreuen, ohne zu trauern. Das war befreiend.

Er dachte an ihre erste Zeit zusammen. Oft hatten sie sich am Brunnen im Vängåvan Park verabredet. Hier hatten sie sich zum ersten Mal geküsst. An einem späten Frühlingsabend, genau auf der Bank unter der blühenden Linde. Mit den Fingerspitzen streichelte er die Holzbank, auf der er saß. Die Maserung im Holz kitzelte auf der Haut. Damals wie heute. Gösta Svensson schwelgte in Erinnerungen. Er saß sicher dreißig Minuten lang so da, ganz in sich selbst versunken.

Plötzlich zerriss ein unerwartetes Geräusch das Hintergrundrauschen. Jemand schlitterte mit einem Fahrrad durch den Kies in seiner Nähe. Ein Junge rief begeistert etwas aus. Gösta merkte, dass die Zeit raste. Er hatte zu lange unnötig auf der Bank gesessen. Jetzt musste er schnell zu Leo nach Hause gehen, der wartete sicher schon ungeduldig auf die Waren von Sillmans. Leo war ein schwarzer Kater, den Gösta Svensson kurz nach Elins Tod gekauft hatte. Eine Art schweigende Gesellschaft. Leo liebte Hering aller Arten. Heute war außerdem sein Geburtstag. Daher hatte Gösta beschlossen, eine doppelte Portion leckeren Fischs zu kaufen. Mit dem Stock in der einen Hand und der übervollen Einkaufstasche in der anderen stand er auf. Wie immer ging er in die Mitte des Vängåvan, entlang des runden Brunnens zur anderen Seite des Parks und ließ dabei die Hand über die feuchte Kante streichen.

Er ging weiter in Richtung des Verkehrslärms auf der Södra Esplanad. Mit dem weißen Stock spürte er deutlich die Kante des Bürgersteigs vor sich. Er fühlte und hörte, wie er mit dem Stock gegen die brüchigen Randsteine klopfte. Einen halben Meter weiter rechts stand der leere Mülleimer aus Eisen, der schon lange verrostete und hohl klang. Noch eine seiner untrüglichen Landmarken entlang des Weges. Ein unerschütterlicher Posten auf seiner inneren Karte, an der er sich mit völligem Vertrauen orientierte. Als das Ticken der Ampel zu einem leisen Maschinengewehrknattern wurde, überquerte er die Straße.

Bald war er zu Hause.

Kapitel siebenundvierzig

Die Namensliste wurde ständig länger.

Axberg saß auf dem Schreibtisch, ließ die Beine über die Kante baumeln und las die letzte Aktualisierung. Unglaublich viele Personen, die etwas mit dem Krankenhaus zu tun hatten, waren am fraglichen Abend im Kasino gewesen. Obwohl sich das gesamte Ermittlungsteam fast rund um die Uhr damit beschäftigte, dauerte die Arbeit an der Liste viel zu lang. Es war unmöglich zu sagen, wann sie fertig sein würden. Axberg hatte sich selbst wieder und wieder daran erinnert, dass die beste Eigenschaft eines Kriminalbeamten Geduld war. Früher oder später wäre die Untersuchung beendet. Die Frage war, wie viel Zeit sie hatten. Der Mörder könnte jederzeit wieder zuschlagen. Wenn er es nicht bereits getan hatte. Da sie weder wussten, wer er war, noch, wie er dachte, konnte man den nächsten Schritt nicht vorhersehen.

Axberg legte die Liste weg, rutschte vom Tisch und ging zum Fenster. Draußen war es warm und drückend. Die schwere Luft lag wie ein Deckel über der Stadt und schien sich nichts anderes zu wünschen, als sich aufzulösen. Ein kräftiges Unwetter war der einzige Ausweg, und hinter dem nördlichen Stadtberg grollte bereits verheißungsvoll der Donner. Axberg zündete sich eine Zigarette an. Wir wissen so wenig, dachte er. Vielleicht hat der Mörder schon mehr Opfer auf dem Gewissen. Dass in den letzten Tagen keine weiteren ungeklärten Todesfälle gemeldet worden waren, war keine Garantie. Menschen konnten lange zu Hause liegen, bevor man sie entdeckte.

Axberg nahm einen Lungenzug und schloss die Augen. Er dachte an die Opfer, von denen er mit einiger Sicherheit wusste. Bei allen gab es Angehörige in der Nähe, die sie schnell nach Eintreten des Todes entdeckt hatten.

Falls der Mörder Alleinstehende als Opfer ausgesucht hatte, ergäbe das ein anderes Bild. Axberg blies den Rauch durch die Nase aus. Zum ersten Mal seit langem hatte er Angst. Er drückte die Zigarette am Fensterblech aus und kehrte zur Namensliste zurück. Wenn sich der, den wir suchen, unter diesen Personen befindet, müssen wir ihn schnell finden, dachte er.

Es klopfte an der Tür. Sankari kam zusammen mit Sofia herein. Axberg fiel auf, wie müde die beiden aussahen. Sankari schlapp und mit rotem Gesicht, Sofia angespannt und bleich mit dunklen Schatten unter den Augen.

»Du kannst noch zwei Personen streichen«, sagte Sofia. »Åke Hemgren und Maud Lundblad haben für mindestens zwei der Morde Alibis.«

Axberg suchte nach den Namen und strich sie durch. Sankari ließ sich in einen Stuhl fallen und holte die Kautabakdose hervor.

»Glaubst du, wir finden ihn?«, fragte er erschöpft.

»Das müssen wir«, sagte Axberg. »Und ja, ich glaube, dass der Mörder sich in unseren Unterlagen befindet.«

Axberg klopfte demonstrativ mit dem Zeigefinger auf die Namensliste.

»Wurde der Mann mit dem Hund heute befragt? Der, der vor dem Haus der Zwillinge jemandem begegnet ist?«

»Ja«, sagte Sofia. »Er heißt Nils Gustavsson und ist Landwirt in Böle. Jeden Abend macht er einen langen Spaziergang mit seinem Hund in der Stadt. Auf dem Heimweg geht er durch die Rörgata, ungefähr gegen elf Uhr. Auch am fraglichen Abend.«

Sofia seufzte und strich den Pony aus der Stirn. Er fiel sofort wieder zurück, wie eine Welle, die stets wiederkommt.

»Sein Bericht über das, was er gesehen hat, ist leider sehr ungenau«, fuhr sie fort. »Er kann den Mann nur als gewöhnlich beschreiben, und er erkennt niemanden auf den Kasinofotos wieder.«

Axberg lächelte resigniert.

»Das Bild ist jedenfalls eindeutig. Es klingt wie derselbe Mann, den Anna Hedin vor dem Haus der Forsells gesehen hat. Anscheinend kann man den Mörder nur als durchschnittlich beschreiben.«

Sankari strich am Hosenbein den Kautabak von den Fingerspitzen. Er kicherte albern in sich hinein.

»Ja«, sagte er schelmisch. »Wir sollten uns vom statistischen Zentralbüro eine Statistik über den schwedischen Durchschnittsmann schicken lassen. Gewicht, Größe, Haar- und Augenfarbe. Dann schreiben wir eine Fahndung nach ihm aus …«

»Komplett mit einem Phantombild dieses schwedischen Durchschnittsmanns«, ergänzte Axberg.

Sofia lachte auf. Axberg schämte sich plötzlich. Hier saßen sie und machten Witze, während Hamrin immer noch verschwunden war. Das Lachen klang hohl, als Axberg an die Angehörigen der Opfer und an deren Trauer dachte. Die Müdigkeit machte sich bemerkbar.

»Ich habe mit der Rechtsmedizin gesprochen«, sagte er schließlich. »Sie bestätigen Jensens Theorie wegen des Kaliumchlorids. Sie kann stimmen. Aber wir werden es wohl nie sicher wissen. Das liegt in der Natur der Sache.«

»Raffiniertes Schwein«, sagte Sankari.

»Mit Wissen über den menschlichen Körper, über das nicht jeder verfügt«, warf Sofia ein.

»Genau«, sagte Axberg. »Das bestärkt meinen Eindruck, dass wir in die richtige Richtung ermitteln. Der Mörder steht auf der Namensliste.«

Sofia nickte ernst.

»Wir hoffen, morgen damit fertig zu sein. Schätzungsweise handelt es sich um zirka zwanzig Personen, die noch vernommen werden müssen.«

»Wenn nicht noch mehr dazukommen«, sagte Axberg. »Außerdem müssen alle Alibis überprüft werden.«

»Pablo hat angefangen, die Krankenakten der Opfer durchzusehen«, sagte Sankari. »Falls der Mörder im Krankenhaus arbeitet, kann es sein, dass er seine Opfer dort getroffen hat.«

Axberg erwähnte nicht, dass er bereits alle Namen an Jensen weitergegeben hatte, mit genau demselben Auftrag. Nach Spuren des Mörders zu suchen. Das Telefon klingelte. Axberg antwortete und wechselte ein paar bedächtige Sätze.

»Wieder die Zentrale«, seufzte er und legte auf. »Noch mehr besorgte Menschen.«

»Nichts Neues von Hamrin?«, fragte Sankari.

Axberg schüttelte den Kopf.

»Jetzt ist er schon seit knapp sechs Tagen verschwunden«, seufzte er.

»Ståhl hat die Fahndung intensiviert«, sagte Sofia.

»Wie denn?«

»Noch eine Streife ist draußen und fährt Patrouille.«

»Oder fährt im Kreis«, sagte Axberg abweisend. »Diesem Einsatz liegt die falsche Taktik zugrunde. Wir müssen wie Hamrin denken, um zu verstehen, wo er hinwollte.«

»Das haben wir versucht«, sagte Sankari, »aber alle Orte, die uns eingefallen sind, wurden erfolglos kontrolliert.«

Axberg wusste, dass er Recht hatte. Alle taten, was sie konnten. Sie saßen eine halbe Minute schweigend da. Dann stand Sankari auf und klopfte Sofia auf die Schulter.

»Du, wir müssen auf jeden Fall was in den Magen bekommen, bevor es Zeit für die nächste Befragung wird.«

Axberg saß noch lange im Stuhl und grübelte über die Situation nach. Die Gedanken wurden immer düsterer. Drei Personen fehlten im Puzzle, dachte er. Hamrin, Wollmar und der Kasinomörder. Ich frage mich, ob wir sie alle am selben Ort finden. Lebendig oder tot.

Ein Regenschauer prasselte gegen die Fensterscheibe, dunkle Wolken zogen über die Häuserdächer heran.

Kapitel achtundvierzig

Sven Hamrin wachte mit einem Ruck auf.

Etwas hatte sich draußen, im Dunkel der Nacht, verändert. Benommen fragte er sich, wie lange er geschlafen hatte. Da sein Rücken verschwitzt und sein linker Arm eingeschlafen war, anscheinend viel zu lang. Das war das erste Mal, dass er bei einem Überwachungsauftrag einschlafen war. Er fluchte vor sich hin. Dann sah er es. Begriff, was ihn aufgeweckt hatte. Das Licht. Ein schwacher Schein, der im Rückspiegel aufflackerte.

Er rieb sich die Augen und sah deutlicher. Drehte sich um. Zwischen den Kiefernstämmen erblickte er zwei Lichtkegel, die sich in der Dunkelheit vorwärtsbewegten. Dem Abstand zum Boden nach zu urteilen, stammten sie nicht von einem normalen Auto. Hamrin öffnete das Fenster. Ein dumpfes Motorengeräusch näherte sich, wahrscheinlich ein Lkw. Ihm wurde klar, dass er in seine Richtung fuhr. Alle Sinne waren mit einem Schlag hellwach. Die Lichtkegel waren nur noch zehn Meter entfernt. Bald machte der schmale Schotterweg eine Biegung und das Licht würde auf ihn fallen. Er hatte den Wagen zwar in eine Senke zwischen den Bäumen abgestellt, und die Dunkelheit müsste ihn recht gut verbergen, aber er wollte kein Risiko eingehen.

Hamrin schlich aus dem Auto und ging hinter einem Busch in Deckung. Er warf sich auf den Bauch und hielt den Kopf so tief wie möglich, ohne den Überblick zu verlieren. Der Boden war kühl und feucht und duftete nach Kiefernnadeln. Die Scheinwerfer glitten über das Auto hinweg, ohne stehen zu bleiben. Hamrin seufzte erleichtert auf. Sie hatten ihn nicht entdeckt. Vorsichtig richtete er sich auf und klopfte das Laub und die Nadeln von den Kleidern. Dann schlich er von Stamm zu Stamm, bis er ganz am Rand des großen Schotterplatzes stand. Ein Lastwagen mit zwei schweren Anhängern stand im Leerlauf vor der früheren Landwirtschaftsschule. Hamrin ordnete seine Gedanken. Vielleicht würden seine Anstrengungen endlich zu einem Ergebnis führen. Er war bereits zehn Mal hier gewesen und hatte darauf gewartet, dass etwas geschehen würde. Einer seiner Kontakte aus der Unterwelt hatte ihm nach deutlichem Drängen geflüstert, dass Wollmar in der alten Landwirtschaftsschule Geschäfte machte. Dass sich hinter der brüchigen Fassade eine Art Lager versteckte. Da die Staatsanwältin keine Hausdurchsuchung genehmigt hatte, hatte Hamrin die Sache selbst in die Hand genommen.

Der Lkw blieb vor dem Haupteingang stehen, der Motor ging aus, das Licht der Scheinwerfer erlosch. Es fiel den Augen schwer, sich an die Dunkelheit anzupassen. Hamrin blinzelte, um besser sehen zu können, und langsam tauchte die Umgebung wieder auf. Er hörte zwei Stimmen. Die eine erkannte er sofort wieder. Heiser mit einem arroganten Tonfall. Sven Hamrin ballte seine Hände. Als der Rücken des Mannes im gelben Schein der Glühbirne über der Tür auftauchte, wurde seine Vermutung bestätigt.

Tony Wollmar. Der andere Mann war klein, kräftig und kahlköpfig. Hamrin erkannte ihn als einen von Wollmars Handlangern. Der Mann schloss die Tür auf und ging in das Gebäude. Hamrin stand ganz still und lauschte. Nichts zu hören, außer den Geräuschen der Sommernacht. Eine Sekunde lang zögerte er. Allen Dienstanweisungen zufolge müsste er jetzt nach Verstärkung rufen. Das wäre der nächste logische Schritt. Aber es gab das Risiko, dass Wollmar es schaffen würde, sich aus dem Netz zu winden. Ein weiteres Mal. Hamrin tastete mit der Hand nach der Jackeninnentasche. Die Pistole befand sich dort, wie immer, fühlte sich kühl und gut an in seiner Hand. Damit stand sein Entschluss fest.

Mit schnellen Schritten ging er über den Schotterplatz in Richtung des Lkws. Die Waffe schützte ihn, falls einer der Männer wieder zur Tür herauskommen würde. In der Jackentasche entdeckte Hamrin eine vergessene Serviette und notierte die Autonummer. Dann ging er hinten an den Wagen. Er stellte Vermutungen über den Inhalt des Lasters an. Drogen, lautete die eindeutige Antwort.

Hamrin löste die Gummibänder eines nach dem anderen, bis an einer Seite eine Lücke entstanden war. Er sah ein letztes Mal aufs Haus und schwang sich hinauf. Als er in den Laderaum klettern wollte, schlug er mit dem Fuß an die Kante. Er fiel kopfüber nach vorn. Instinktiv streckte er die rechte Hand aus und traf das Seitenblech. Die Kollision war heftig, das Geräusch laut und vibrierend. Hamrin fluchte leise vor Wut. Er drehte sich um und kniete sich hin, mit Blick in Richtung Ausgang. Das Herz schlug wie ein Kolben in seiner Brust. Nach ein paar Sekunden hörte er ein quietschendes Geräusch aus dem Haus. Er glaubte, dass im Haus eine Tür geöffnet wurde und hielt die Waffe fest umschlossen. Die Plastikabdeckung bewegte sich im Wind. Die losen Gummibänder klopften gleichgültig gegen das Blech. Jede Sehne und jeder Muskel im Körper waren aufs Äußerste angespannt.

Er konnte nicht abschätzen, wie lange er so dasaß. Zum Schluss wurde ihm klar, dass die Gefahr vorüber war. Er drehte sich um und versuchte zu erkennen, was sich um ihn herum befand. Es war aussichtslos. Die Dunkelheit hier drinnen war noch dichter als draußen. Er sah das Ende des Raumes nicht. Vorsichtig tastete er sich an der Wand entlang vor. Die ganze Zeit wandte er sich um und sah nach, ob auch niemand kam. Schritt für Schritt tastete er sich weiter und weiter hinein. Als er die innere Wand erreicht hatte, wurde ihm klar, dass der Anhänger leer war. Die beiden Männer waren gekommen, um etwas abzuholen. Etwas, das sich im Haus befand. Aber womit könnten zwei Personen einen so großen Lkw füllen?

Die Frage beunruhigte Hamrin. Ihm wurde klar, dass er den Wagen sofort verlassen musste. Irgendetwas stimmte nicht. Vielleicht waren mehr Leute im Anmarsch. Die Tür der Landwirtschaftsschule war noch geschlossen. Niemand war zu sehen. Hamrin ging zur Rückseite des Hauses. Er war schon vorher hier gewesen und hatte das kaputte Fenster gesehen. Unten befanden sich nur noch drei Scherben. Vorsichtig zog er sie, eine nach der anderen, heraus und legte sie neben sich auf den Boden. Bei einem früheren Besuch hatte er berechnet, dass das Fenster groß genug war. Jetzt würde er erfahren, ob seine Einschätzung stimmte. Mit dem Kopf voran zog er sich hinein. Das einzige Souvenir, das er mit hineinnahm, war ein Splitter am Bauch.

Das Zimmer war klein und dunkel, vier Betonwände und eine geschlossene Metalltür. Ein rostiges Fahrrad lehnte an einer Wand neben etwas, das früher mal ein Sofa gewesen war. Die Luft war feucht und der Schimmelgeruch durchdringend. Hamrin ging zur Tür und lauschte. Durch einen Spalt am Fußboden sah er, dass auf der anderen Seite kein

Licht leuchtete. Genau in dem Augenblick, in dem er die Klinke drückte, hörte er etwas hinter sich. Ein kurzes Knistern, gefolgt von einem flatternden Geräusch in der Nacht. Instinktiv warf er sich aufs Sofa, landete weich auf dem Rücken und richtete die Pistole aufs Fenster.

Alles war still. Irgendwo über den Baumwipfeln kreischte ein Vogel. Ich werde langsam paranoid, dachte er und stand auf. Der Gestank vom Sofa und kleine Stückchen der Sprungfedern blieben in den Kleidern hängen. Wieder überprüfte er die Tür, öffnete sie. Sie führte mitten in einen langen Korridor. Rechts sah er ein schwaches Licht, das der Richtung nach zu urteilen aus dem Obergeschoss drang. Links in der Ecke stand eine Tür auf, hinter der ein schwach beleuchteter Raum zu sehen war.

Hamrin nahm an, dass die beiden Männer oben waren. Ein weiteres Mal wurde ihm der Wahnsinn, allein einzusteigen, bewusst. Ihm war klar, dass seine Chancen, sollte er entdeckt werden, minimal waren. Gleichzeitig hatte er einen Vorteil: Niemand wusste, dass er hier war. Außerdem hatte er seine Sig Sauer bereit. Hamrin sah die Bilder von Anja und den Kindern vorbeiziehen. Aber jetzt konnte er nicht mehr zurück. Wollmar sollte nicht noch einmal davonkommen. Mit lautlosen Schritten schlich er auf die halb geöffnete Tür zu. Da das Licht angeschaltet war, gab es dort drinnen etwas zu sehen. Auf dem Weg kam er an zwei weiteren Türen und einem dunklen Korridor vorbei. Das Zimmer, in das er trat, war überraschend groß, mindestens vierzig Quadratmeter. Die fensterlosen Wände waren vom Boden bis zur Decke mit Lagerregalen bedeckt. Auf den Regalen standen reihenweise Pappkartons. Mitten im Zimmer befand sich ein Tisch, auf dem ein Bleistift lag und ein aufgeschlagener Ordner. Hamrin ging vor und las.

Ein Computerausdruck mit Namen und Adressen aus

Schweden und Osteuropa. Ein Name war mit Bleistift ausgestrichen. Hamrin erkannte ihn sofort. Ralf Sedin.

Der Kreis schloss sich, dachte er und ging zu dem am nächsten stehenden Pappkarton. Mit seinem Taschenmesser schnitt er das Klebeband über der mittleren Öffnung durch. Was er zu sehen bekam, überraschte ihn nicht. In Gedanken hatte er es in letzter Zeit schon oft gesehen. Hunderte kleiner Tüten mit weißem Inhalt. Die Alarmglocken begannen zu klingeln. Hamrin war klar, dass er sich beeilen musste und machte die Tür auf. Der Korridor war leer. Mit schnellen Schritten ging er in das Halbdunkel hinein.

Er entdeckte den Schatten zu spät. Er kam aus dem seitlichen Korridor, schräg von hinten und machte eine heftige Bewegung, die Hamrin aus dem Augenwinkel sah. Etwas zischte durch die Luft. Seine aufgerichteten Haare spürten den Schlag.

Das war das Letzte, das er von der Außenwelt wahrnahm.

Dann tauchte das Bild seiner Familie auf, verblasste und verschwand.

Dann nichts mehr.

Kapitel neunundvierzig

Der Mann verließ seinen Arbeitsplatz auf die Minute genau um siebzehn Uhr.

Das Arbeitszeitkonto lag bei plus minus null, wie immer. Es war ein Sport, ein Anspruch, den er während vieler Jahre erarbeitet hatte. Die Hitze flimmerte über den Autos auf dem Parkplatz. Der Asphalt unter seinen Füßen schien während des Tages dicker geworden zu sein, schwärzer und poröser. Er fühlte sich in gemäßigtem Klima wohler. Die

Wärme war ihm noch nie gut bekommen. Zum großen Teil lag das daran, dass er nie schwitzte. Wenn ihm jemals warm wurde, bildete sich eine geruchlose Transpiration, die den Körper schnell wieder verließ.

Fügsam bis zum Verschwinden.

Er stellte die Tasche auf den Beifahrersitz und holte das Handy heraus. Im Rückspiegel betrachtete er sein Gesicht. Er sah so jung aus wie schon lang nicht mehr. Die Haut glatt und rein, ohne Falten. Janus war großzügig gewesen. Bald hatte er genug Zeit für seinen Auftrag gesammelt. Vier Mal traf das Klingeln auf sein Trommelfell, bis jemand am anderen Ende den Hörer abhob.

»Hallo, hier ist Gösta.«

»Gösta Svensson?«

»Ja?«

»Hier ist Doktor Valtengren. Wir haben uns letzte Woche im Krankenhaus getroffen.«

»Stimmt. Ich erinnere mich.«

»Ich rufe Sie an, um Ihnen die Ergebnisse der Blutproben, die wir genommen haben, mitzuteilen.«

»Ja?«

»Sie leiden an Vitaminmangel. Genau gesagt an Vitamin-B12-Mangel.«

»Da sieht man es. Bin ich deswegen so müde?«

»Ja, wahrscheinlich. Das häufigste Symptom ist Müdigkeit.«

»Ich hatte es im Gefühl, dass mir etwas fehlt. Wie behandelt man das?«

»Indem man Vitamin B12 zuführt.«

»Ich kann mir in der Apotheke eine Schachtel kaufen.«

»Leider reicht das nicht. Zu Anfang muss man es spritzen, um schnell den Vitaminspiegel im Körper zu erhöhen. Sonst besteht das Risiko von Nervenschäden …«

»Oha, das klingt ja sehr ernst.«

»Nein, gar nicht. Es ist eine sehr einfache Behandlung. Man beginnt mit einer Spritze jede zweite Woche. Nach einer Weile geht man zu Tabletten über.«

»Das klingt gut. Soll ich am Montag ins Krankenhaus kommen?«

»Das brauchen Sie vielleicht gar nicht. Ich bin gerade auf dem Weg zu einem anderen Hausbesuch in Ihrem Viertel. Wenn Sie zu Hause sind, kann ich vorbeikommen und Ihnen schon heute die erste Spritze geben.«

»Das ist nicht nötig, Herr Doktor. Es ist ja bald Wochenende und alles.«

»Kein Problem. Und es ist wie gesagt wichtig, dass man so schnell wie möglich mit der Behandlung beginnt ...«

»Meinen Sie? Sie sind natürlich willkommen, wenn Sie vorbeischauen möchten.«

»Ausgezeichnet. Ich bin in zehn Minuten da. Die Adresse ist Parkgatan 22?«

»Dritter Stock. Der Name steht an der Tür.«

»Gibt es einen Türkode?«

»Nein, tagsüber ist sie offen.«

»Dann sehen wir uns bald. Wiederhören.«

Er schaltete das Telefon aus, bevor Gösta Svensson Zeit hatte zu antworten. Das Ganze würde so einfach sein, wie er es geplant hatte. Er kontrollierte den Rückspiegel, drehte den Schlüssel und ließ den Motor an.

Draußen auf der Hauptverkehrsstraße stauten sich die freitäglichen Autoschlangen, die Fabriken im Hafengebiet qualmten. Nach zwölf Minuten kam er an der richtigen Adresse an. Der dichte Verkehr hatte ihm sieben Minuten Verspätung eingebracht. Heute war das egal, er hatte reichlich Zeit einkalkuliert. Dort angekommen, folgte er seinem Plan. Er drehte eine Runde durch das Viertel, um nachzusehen, ob sich irgendetwas Besonderes tat. Nichts wich vom Erwarteten ab. Das Leben der Menschen folgte wieder und wieder seiner üblichen Routine. Er parkte das Auto so nah wie möglich an Gösta Svenssons Tür, exakt auf demselben Platz wie in der vorhergehenden Nacht. Die Einzigen, die zu sehen waren, waren ein paar Jungen, die auf der Straße Rollerblades fuhren. Die Entfernung vom Auto bis zur Tür betrug weniger als zehn Meter.

Der Treppenaufgang war leer. Lautlos schlich er bis in den obersten Stock. Gösta Svenssons Tür war die erste auf der rechten Seite. Die Klingel erklang unter seinem Finger. Ihm fiel auf, dass die Tür keinen Spion hatte, und er fragte sich, ob Gösta Svensson schon direkt nach dem Neubau ins Haus eingezogen war. Und ob er in diesem Fall schon damals blind gewesen war. Nach einer Weile hörte man schlurfende Schritte aus dem Flur drinnen, eine Sicherheitskette rasselte, und die Tür wurde geöffnet. Gösta Svensson war ein Mann mit krummem Rücken und ordentlich gekämmten, grauen Haaren mit einem exakt gezogenen Mittelscheitel. Er lehnte sich vor und lauschte auf Geräusche im Treppenhaus. Die Wimpern bewegten sich unablässig.

»Sind Sie der Doktor?«

Gösta Svensson sprach mit einer hohen, schrillen Stimme.

»Ja, ich habe eben angerufen.«

Er antwortete so leise wie möglich. Die Aufmerksamkeit der Nachbarn wollte er auf gar keinen Fall erregen.

»Kommen Sie herein, es ist nett, dass Sie kommen.«

Gösta Svensson drehte sich um und verschwand in der Wohnung. Er trat ein und schloss die Tür. Eine schwarze Katze kam aus einem Seitenraum. Sie stellte sich mitten auf den Flurboden und sah ihn an. Der Schwanz war gerade aufgerichtet und wedelte leicht vor und zurück.

»Möchten Sie einen Kaffee?«, rief Gösta Svensson aus dem Wohnzimmer.

Er trat ein und ging an der Katze vorbei, ohne in ihre wachen Augen zu sehen.

»Nein danke, ich bin ein wenig in Eile.«

»Dann setze ich mich hier auf meinen Lieblingsplatz, damit wir es sofort hinter uns bringen. Haben Sie die Spritze dabei?«

»Ja.«

Gösta Svensson setzte sich in einen braun karierten, ziemlich durchgesessenen Sessel und fing an, sein Hemd aufzuknöpfen.

»Sie müssen sich nicht freimachen. Ich gebe die Injektion in die Armbeuge. Es genügt, wenn Sie den Ärmel hochkrempeln.«

»Na, das ist ja einfach.«

Gösta Svensson zog den Hemdsärmel hoch und entblößte die linke Armbeuge.

»Gut, ich werde nur noch desinfizieren, und dann ist das schnell erledigt …«

Gösta Svensson nickte.

»Eines sollten Sie wissen: Ich habe in meinem ganzen Leben noch nie Angst vor Spritzen gehabt. Selbst wenn sich mein Tastsinn stärker entwickelt hat, als ich mein Augenlicht verloren habe, so bin ich doch kein Weichei geworden! Haha!«

Gösta wandte sich der Katze zu, die auf der Fensterbank thronte.

»Hörst du, Leo? Der alte Mann kann's noch.«

Ihm ging kurz die Frage durch den Kopf, woher der Mann wusste, wo sich die Katze befand. Spürte er ihre Anwesenheit mit den steifen Wimpern, die ständig in der Luft zuckten?

Er setzte sich an den Sofatisch, gegenüber von Gösta Svensson und öffnete die Tasche. Dann strich er mit dem Desinfektionsmittel über die deutlichste Ader der Armbeuge; er bemühte sich nicht mehr, die Einstichstelle zu verbergen. Er überprüfte noch einmal die Menge in der Spritze und klopfte dagegen, um ein paar Luftblasen zu entfernen. Alles war in perfekter Balance. Die Katze verfolgte jede seiner Bewegungen, ihre Ohren bewegten sich ruckartig. Aus irgendeinem unklaren Grund wurde er nervös. Ein Gefühl, das er fast vergessen hatte. Er hatte geglaubt, es sei aus seinem Gefühlsleben ausradiert. Die Hände zitterten, seine Finger hielten die Spritze unsicher. Gösta Svensson spürte seine Unruhe.

»Stimmt irgendetwas nicht?«

Er wurde aus seinen Gedanken gerissen.

»Nein, alles in Ordnung. Ich überprüfe nur ein letztes Mal die Vitaminmenge.«

Die Katze sprang von der Fensterbank herunter auf den Tisch und setzte sich neben seine zitternden Hände. Die Pupillen veränderten sich, die Schnurrhaare waren angespannt.

»Das ist schon in Ordnung, Leo, das Herrchen bekommt nur ein paar Vitamine, damit es fitter wird.«

Wieder Janus' Stimme, ein deutliches Echo klang in seinen Schläfen und befahl ihm, es zu vollenden. Die Unsicherheit verschwand. Er atmete tief ein, sein Blick wurde schärfer. Mit Daumen und Zeigefinger spannte er die faltige Haut Gösta Svenssons in der Armbeuge an. Er genoss seine fantastische Technik. Das Jahr als Anästhesist saß ihm immer noch in den Fingerspitzen. Als er die Kanüle herauszog, drang ein dunkelroter Tropfen aus der Einstichstelle.

Er holte ein Pflaster und klebte es auf. Die Katze glitt lautlos vom Tisch und verließ das Zimmer. Er schloss Gösta

Svenssons Augen, suchte hastig an seinem Körper, ohne jedoch eine Uhr zu finden. Die Ohnmacht überkam ihn. Wie ein solider Schatten verdunkelte sie seine Sinne, im Bruchteil einer Sekunde schwankte er an der mentalen Grenze. Dann verdrängte er die Enttäuschung.

Wieder konzentriert, durchsuchte er die Wohnung und fand hinter einem schwarzweißen Hochzeitsbild im Bücherregal eine staubige Taschenuhr. Frustriert stellte er fest, dass die Zeiger stillstanden. So etwas war vorher noch nie passiert. Er wusste nicht, wie er damit umgehen sollte. Er horchte in sein Inneres hinein nach einem Signal, einem Zeichen. Alles war still. Die Brücke hinüber zu Janus war definitiv unterbrochen.

Ihm wurde bewusst, dass er selbst eine Entscheidung fällen musste. Die Uhr mit den stillstehenden Zeigern musste genügen, die Zeit wurde knapp. Entschlossen ging er in den Flur, legte das Ohr an den Briefkastenschlitz und lauschte. Das Einzige, was man hörte, war ein leichtes Rauschen der Luft, die hineinströmte und seine Schläfe kühlte. Schnell lief er die Treppen hinab, zählte noch einmal die Schritte.

Die Straße war leer. Bevor er sich ins Auto setzte, blickte er noch einmal auf die Fenster des Mietshauses. Nichts Auffälliges war zu sehen. Abgesehen von einem kleinen, schwarzen Schatten, der hinter den Jalousien hin und her spazierte. Im obersten Stock, am fünften Fenster von links.

Er drückte leicht aufs Gas, suchte in den Koordinaten. Kein Zweifel.

Es war Gösta Svenssons Wohnzimmer.

Kapitel fünfzig

Kurz nach achtzehn Uhr am Montag, dem 7. August, waren sie wieder versammelt.

Zusätzlich zum normalen Ermittlungsteam waren auch Ståhl und die Männer von der Landespolizei anwesend. Alle waren von der anstrengenden Arbeit erschöpft.

Es war jetzt drei Tage her, seit die Neuigkeit über den Serienmörder in den Massenmedien publik gemacht worden war. Sie beherrschte immer noch sämtliche Schlagzeilen. Mit jeder Stunde, die verging, erhöhte sich der Druck von außen, den Fall schnell aufzuklären. Sogar der Reichspolizeichef hatte angerufen und sich über die Lage der Ermittlung informieren lassen. Hatte höchste Priorität und volle Mobilisierung gefordert.

Axberg hatte in Ståhls Zimmer gesessen und das Gespräch mitgehört. Ståhls speichelleckerischer Tonfall hatte ihn mehr als jemals zuvor genervt. In einem ewigen Tanz lösten einander die leeren Phrasen ab und traten bereits weit offene Türen ein. Sie konnten nicht noch härter arbeiten, ohne das Risiko einzugehen, dass ihnen entscheidende Details entgingen. Der fehlende Fortschritt zehrte an den Nerven aller Beteiligten. Außerdem machte sich Hamrins Verschwinden in Form von Lustlosigkeit und Gereiztheit bemerkbar. Das Letzte, was die Ermittlungsgruppe jetzt gebrauchen konnte, waren leere Worte von der Spitze der hierarchischen Pyramide, dachte Axberg, als er zusah, wie Polizeichef Ståhl seinen Platz am Kopfende des Tisches einnahm.

»Ich weiß, dass alle müde sind«, begann Ståhl in einem väterlichen Tonfall. »In letzter Zeit ist die Arbeitsbelastung wahnsinnig hoch gewesen. Aber wir dürfen nicht nachlassen. Wir nähern uns hoffentlich einer Lösung und müssen bereit sein für schnelle Veränderungen der Ermittlungslage.«

Ståhl überließ Axberg mit einem Nicken das Wort.

»Wir haben die Liste der Personen fertiggestellt, die die tödlichen Injektionen verabreicht haben können. Einige sind bereits vernommen und ausgeschlossen worden, fünfzehn Namen sind noch übrig. Fünfzehn Personen aus dem Krankenhaus, die am Abend, an dem Lena Forsell ermordet wurde, im Kasino waren ...«

Axberg teilte Kopien mit der Namensliste aus. Alle versanken in konzentriertem Nachdenken. Axberg sah sich am Tisch um. Er selbst war die Liste schon unzählige Male durchgegangen. Einen Namen hatte er sofort wiedererkannt. Örjan Valtengren. Zuerst hatte Axberg keine Ahnung gehabt, wo er ihn vorher schon mal gesehen hatte. Er selbst war seit sicherlich zehn Jahren bei keinem Arzt mehr gewesen. Dann hatte er sich erinnert: Örjan Valtengren war der Name des Arztes, der nach der Körperverletzung der Ehefrau in Timrå den offiziellen Bericht geschrieben hatte. Axberg erinnerte sich daran, dass sie den Fall telefonisch besprochen hatten, aber nicht an Einzelheiten. Er hatte sich inzwischen entschlossen, Valtengren selbst zu vernehmen.

»Insgesamt sind es sechs Ärzte, fünf Krankenschwestern und vier Hilfsschwestern«, fuhr Axberg fort, als alle zu Ende gelesen hatten.

Ståhl blätterte in seinem Kalender.

»Was haben wir über sie?«

»Keiner ist vorbestraft, abgesehen von einem Arzt, der drei Mal wegen Geschwindigkeitsübertretungen erwischt wurde«, sagte Axberg. »Also nicht viel, womit wir arbeiten können. Wir haben auch niemanden speziell im Verdacht.«

Ståhl hob wieder den Blick.

»Sind alle fünfzehn in der Lage, diese Art der Injektion, wie sie der Mörder anwendet, auszuführen?«

»Wahrscheinlich nicht«, sagte Axberg. »Aber wir haben sie noch nicht nach ihren Qualifikationen befragt. Dazu wird es erst bei der jeweiligen Vernehmung kommen.«

Ståhl nickte zustimmend. Axberg nahm einen Schluck aus der Dose Pripps Energy, die sein Mittagessen darstellte.

»Wie ihr seht, habe ich bereits eine Liste ausgearbeitet, wer wen vernehmen soll.«

»Und alle müssen persönlich befragt werden«, warf Ståhl ein. »Das Telefon reicht nicht. Befehl von oben.«

Axberg seufzte. Er war der Meinung, dass Ståhls Einwürfe mehr wie Stacheldraht als wie Öl in der Maschinerie wirkten.

»Wonach sollen wir eigentlich fragen?«, wollte Åkerman wissen.

Axberg fand es gut, dass das angesprochen wurde. Eine gemeinsame Linie war extrem wichtig, wenn mehrere Vernehmungsleiter parallel arbeiteten.

»Befragt sie nach ihrem medizinischen Hintergrund, nach ihrer Injektionstechnik. Dann natürlich danach, was sie am Kasinoabend getan haben und zum Mordzeitpunkt. Schmückt die Befragung etwas aus, macht euch ein Bild der Person, die ihr vor euch habt. Denkt daran, dass wir es mit einem komplett Wahnsinnigen zu tun haben. Zu Anfang können sie meist die Fassade aufrechterhalten, den Wahnsinn maskieren. Aber nach einer Weile reißt diese Fassade ein. Sie verraten sich irgendwie. Da heißt es, auf der Hut zu sein.«

Alle hörten aufmerksam zu. Åkerman machte sich Notizen auf seinem PDA.

»Können wir sicher sein, dass der Täter auf der Liste

steht?«, fragte Sofia und fuhr mit der Spitze des Zeigefingers im Slalom über die Namen.

»Ja«, sagte Axberg. »Davon gehen wir aus.«

Sofia zuckte erschöpft mit den Schultern.

»Manchmal hat man das Gefühl, dass wir eine immer längere und längere Indizienkette basteln. Wenn ein Glied zerbricht, fällt alles auseinander …«

»Da hast du teilweise Recht«, sagte Axberg. »Aber die Übereinstimmungen in diesem Fall sind zu stark, um sie nicht ernst zu nehmen. Persönlich bin ich davon überzeugt, dass wir auf der richtigen Spur sind.«

Er sagte nichts mehr, kaute die Fakten nicht noch einmal durch. Die Müdigkeit der Gruppe forderte Vereinfachung.

»Wie läuft es mit der Bestandsaufnahme der Krankenakten der Opfer?«, fragte Ståhl.

»Nichts Besonderes«, antwortete Åkerman. »Leider waren sie alle ziemlich gesund, bevor sie starben.«

Sankari lächelte angesichts der absurden Formulierung in seinen Bart hinein.

»Es hat auch keines der Opfer eine der Personen auf der Liste getroffen«, fuhr Åkerman fort.

»Das hilft uns also nicht«, fasste Ståhl zusammen. »Und die sogenannten Zeugen?«

»Nichts Neues«, sagte Pablo. »Deren Beschreibungen werden mit jedem Mal unsicherer. Und sie haben auch niemanden auf den Fotos vom Kasino wiedererkannt.«

Ståhl ließ die Handflächen mit einem Knall auf dem Tisch landen.

»Na dann. Der morgige Tag wird wohl entscheidend für den Ausgang dieser Ermittlungen sein. Und seien Sie vorsichtig. Wir wissen nicht richtig, mit wem wir es zu tun haben.«

Sofia sah ihn fragend an.

»Glauben Sie, dass er gewalttätig werden könnte?«

»Darauf deutet nichts hin«, sagte Axberg bestimmt. »Wir haben es mit einem Menschen zu tun, der seine Handlungen genau plant. Er folgt einem bestimmten Plan und ist nie impulsiv oder gewalttätig.«

»Du vergisst die geschwollene Unterlippe«, sagte Pablo.

»Die berühmte Ausnahme, die die Regel bestätigt«, entgegnete Axberg.

»Etwas Neues von Hamrin?«, fragte Sofia.

Die Frage setzte dem leicht neckenden Tonfall am Tisch ein Ende. Das Schweigen und die starren Gesichter sprachen eine deutliche Sprache. Die Antwort, die niemand aussprechen wollte. Die niemand denken wollte.

»Leider nein«, sagte Ståhl. »Obwohl wir eine landesweite Fahndung laufen haben, sind keine entscheidenden Tipps eingetroffen. Die Familie glaubt mittlerweile schon an das Schlimmste, und ich kann sie verstehen. Sven Hamrin ist nicht der Typ, der einfach so verschwindet.«

Mit dieser Prophezeiung im Raum endete die Besprechung.

Kapitel einundfünfzig

Axberg spürte, wie die Spannung stieg.

Langsam und zielbewusst, genau wie der langgestreckte Hügel hoch zum Krankenhaus, wohin er unterwegs war. Es war nachmittags halb fünf. Ein leichter Nieselregen fiel auf das Auto, die Scheibenwischer arbeiteten stoßweise, um die Scheibe sauber zu halten. Die Autoreifen surrten einschläfernd auf der nassen Fahrbahn.

Axberg war jedoch alles andere als müde. Er wusste, dass die Ermittlung sich unwiderruflich einem Wendepunkt näherte. Zum Guten oder zum Schlechten. Er hatte seinen Ansatz entschieden verteidigt und würde tief fallen, sollte er sich getäuscht haben. Sollte sich der Mörder nicht unter den Namen auf der Liste befinden. Fünfzehn Namen und ein potenzieller Verbrecher. Ein Wahnsinniger, der eine unbekannte Anzahl Menschen umgebracht und ihre Uhren gestohlen hatte. Jemand, der zu Anfang im Verborgenen gemordet hatte, der aber jetzt eine deutliche Spur hinterlassen hatte, der die Polizei folgen sollte. Warum?

Es war so, wie Ståhl gesagt hatte. Heute musste etwas geschehen, ein Durchbruch in der Ermittlung oder sogar eine Verhaftung. Es gab keine Alternativen mehr. Falls sich der Mörder nicht unter den fünfzehn Personen befand, wären sie gezwungen, wieder von vorn anzufangen. Wären wieder ganz am Nullpunkt angelangt.

Im Autoradio lief noch eine Nachrichtensendung. Axberg schaltete die aufgeregte Stimme des Sprechers aus. Er hatte sie heute schon drei Mal gehört. Stattdessen legte er Dylans *Blood on the tracks* ein und drehte die Lautstärke hoch.

Für den Nachmittag waren drei Vernehmungen geplant. Zwei Ärzte und eine Krankenschwester. Axberg hatte beschlossen, sie im Krankenhaus zu befragen, um Zeit zu gewinnen. Er parkte das Auto und warf Geld in den Automaten. Dann ging er auf das riesige Gebäude zu, das, falls das überhaupt möglich war, noch deprimierender war als das Polizeirevier. An der Rezeption fragte er nach der Intensivstation, wo er die Narkoseschwester treffen sollte. Er bekam ein paar Rechts-links-Kommandos und ging los. Nach ein paar Minuten Warten trat eine Frau durch die Tür.

»Eva Sundling?«

»Ja?«

»Kommissar Axberg. Ich habe heute Vormittag angerufen.«

Er schätzte sie auf um die vierzig. Die feinen Falten und die Hautfarbe deuteten auf langjährigen Solariumsmissbrauch hin. Ein blondierter Pagenkopf kontrastierte effektvoll mit dem Schmutzbraun. Die Augenbrauen waren zwei schwarze Striche. Mit einer schnellen Handbewegung gab sie einem Kollegen einen Ordner und nickte einem Mann zu, der künstlich beatmet wurde. Dann bat sie Axberg, ihr zu folgen.

Sie gingen durch einen Wirrwarr blinkender Maschinen, zischender Schläuche und Infusionsgestelle in ein kleines Zimmer im Herzen der Abteilung. Die pastellfarbenen Gardinen der Fenster rundherum waren zugezogen.

»Der Angehörigenraum«, erklärte Eva Sundling mit heiserer, angestrengter Stimme.

Axberg dachte daran, dass er mit dem Rauchen aufhören sollte. Eva Sundling setzte sich auf eines der beiden Sofas im Zimmer. Axberg folgte spiegelverkehrt ihrem Beispiel und holte einen Notizblock aus der Aktentasche.

»Wie Sie wissen, ermitteln wir in einem Mordfall«, begann er.

Sie nickte ernst. Der Blick war traurig und abwesend.

»Ich weiß nicht, wie viel Sie wissen, aber diese Befragung ist nur eine von vielen. Sie waren am 4. Juli im Kasino, stimmt das?«

Sie sah ihn an, war wieder ganz da.

»Ja, es war das Klinikfest.«

»Erinnern Sie sich daran, um wie viel Uhr Sie nach Hause gingen?«

»Gegen halb elf, würde ich sagen. Wenn ich mich recht erinnere, musste ich am nächsten Tag arbeiten.«

»Hier?«

Eva Sundling lächelte nervös.

»Ja. Wo denn sonst?«

»Haben Sie im Kasino gespielt?«, fuhr Axberg fort.

»Nein. Ich spiele nicht gern um Geld.«

»Wie sind Sie nach Hause gekommen?«

»Mit einem Taxi. Das kann mein Mann bezeugen ... und genauso, dass ich die ganze Nacht in meinem Bett geschlafen habe.«

Axberg fiel auf, dass die Antwort ein bisschen zu schnell kam. Fast, als hätte sie auf die Frage gewartet.

»Warum sollte Letzteres wichtig sein?«, fragte er.

Eva Sundling schien einen Augenblick lang die Fassung zu verlieren. Ihr Gesicht spannte sich an, die Stimme stieg zu einem gebrochenen Falsett an.

»Glauben Sie, dass ich das nicht weiß? Dass Sie glauben, dass ich mit den Morden, über die überall geschrieben wird, etwas zu tun habe?«

Axberg sah sie forschend an.

»Sie werden wegen nichts verdächtigt«, sagte er ruhig. »Wie ich schon sagte, das hier ist nur eine von vielen Befragungen.«

Sie lehnte sich im Sofa zurück, offensichtlich erleichtert.

»Sie hatten ein Verhältnis mit Mats Forsell«, fuhr Axberg fort. »Könnten Sie etwas dazu sagen?«

Eva Sundling zuckte auf dem Sofa zusammen, ging wieder in Verteidigungshaltung.

»Himmelherrgott! Das war vor über zehn Jahren. Woher wissen Sie das überhaupt?«

»Wir haben unsere Quellen«, sagte Axberg neutral.

Eva Sundlings Blick war unstet. Axberg konnte schwören, dass sie unter der Solariumsmaske rot wurde. Nach einer Weile hatte sie sich wieder gefasst.

»Wenn Sie es unbedingt wissen müssen, wir hatten ein

Verhältnis, das ein paar Monate dauerte. Es war nichts Außergewöhnliches, und ich würde lieber nicht darüber reden.«

»Warum ging es zu Ende?«

»Mats machte Schluss, weil seine Frau den Verdacht hatte, dass etwas nicht in Ordnung war …«

Was offensichtlich auch stimmte, dachte Axberg.

»Hat es Sie verletzt?«

Ein amüsiertes Lächeln erschien auf ihrem Gesicht.

»Nicht besonders. Ich kannte die Spielregeln. Abwechslung macht Spaß, wie Sie vielleicht wissen …«

Axberg ignorierte ihren provozierenden Tonfall. Stattdessen fragte er sie nach der Nacht, in der die Zwillinge ermordet worden waren. Dasselbe Alibi wurde ohne zu zögern wiederholt. Das Gleiche im Fall Gerd Ekstedt und Kent Öberg. Sie schlief die ganze Nacht zusammen mit ihrem Mann. Punkt aus.

»Wie lange arbeiten Sie schon hier?«, fuhr Axberg fort.

»Seit sieben Jahren.«

»Und davor?«

Sie sah auf ihre Fingernägel.

»Ich war in verschiedenen Abteilungen, bevor ich mich für die Anästhesie entschieden habe.«

»Hier im Krankenhaus?«

»Ja. Warum wollen Sie das wissen?«

»Routinefragen«, antwortete Axberg und beschloss, etwas spezifischer zu werden.

»Geben Sie den Patienten Injektionen?«

Eva Sundling runzelte die Augenbrauen, die Stirn war voller kleiner Falten.

»Ja … mehrmals pro Stunde. Unsere Patienten sind so krank, dass sie ständig Flüssigkeit und Medikamente benötigen.«

Axberg nickte.

»Wo am Körper setzen Sie die Injektionen?«

»Alle bekommen eine Infusion in die Armbeuge gelegt, wenn sie hier ankommen. Wir stechen fast nur dort.«

»Nie in den Hals?«

Sie schüttelte den Kopf und lächelte über sein Unwissen.

»Das machen nur die Ärzte.«

Axberg betrachtete ihren Gesichtsausdruck eine Weile. Er versuchte zu erkennen, ob es dort etwas gab, das verriet, ob sie begriff, worauf er hinauswollte. Doch er fand nichts, nicht das kleinste Anzeichen, dass sie verstand.

»Könnten Sie das, wenn Sie dazu gezwungen wären?«

Eva Sundling lächelte kurz.

»Vielleicht«, sagte sie spöttisch.

»Wie meinen Sie das?«

»Da ich es noch nie versucht habe, weiß ich es nicht.«

Axberg begriff, dass die Fragen seltsam klangen, wenn man den Hintergrund nicht kannte. Die Vorgehensweise des Mörders war noch nicht an die Presse gelangt. Das Gefühl, dass Eva Sundling nicht die Richtige war, wurde stärker. Nach ein paar weiteren Kontrollfragen bedankte er sich und ging.

Es war Viertel nach fünf. Er hatte noch eine halbe Stunde bis zur nächsten Befragung. Die verbrachte Axberg mit einer Tasse Kaffee und seinem Notizblock in der Cafeteria des Krankenhauses. Er rief Eva Sundlings Mann an, und wie erwartet bestätigte der ihre Alibis. Das bedeutete im Augenblick nicht viel. Eva Sundling hätte möglicherweise die tödlichen Injektionen ausführen können. Sie war Mats Forsells Geliebte gewesen. Aber das war wohl kaum ein Motiv, um zehn Jahre später dessen Tochter umzubringen. Und es erklärte auch nicht die anderen Todesfälle und die verschwundenen Uhren. Axberg setzte Eva Sundling ganz weit unten auf die Liste möglicher Täter. Außerdem war sie eine Frau. Forsells Kreuzworträtsel lösende Nachbarin war sich trotz allem ziemlich sicher, dass sie einen Mann vor dem Fenster gesehen hatte.

Leif Franzén war in einer Operation und durfte nicht gestört werden. Unter keinen Umständen. Diese Nachricht erhielt Axberg von einer barschen Krankenschwester, als er in der Gefäßchirurgie im dritten Stock ankam. Er bekam buchstäblich einen Rüffel, weil er störte.

Die Krankenschwester erinnerte ihn an einen fiesen Oberleutnant aus seiner Zeit als Küstenjäger bei der Armee. Mit dem einzigen Unterschied, dass der Oberleutnant ein Mann gewesen war. Axberg erfuhr, dass es tatsächlich nur drei Gefäßchirurgen in der gesamten Provinz gab. Und da der eigentlich Dienst habende Chirurg krank war, war Doktor Franzén für ihn eingesprungen. Er stand genau jetzt da und versuchte, einem Patienten mit gerissener Aorta das Leben zu retten. Der Doktor war daher noch mindestens sechs Stunden lang beschäftigt, zischte die Krankenschwester und kehrte zur Visite zurück.

Er verließ die Abteilung. Franzén musste warten. Axberg nahm an, dass es für einen Gefäßchirurgen ein Kinderspiel war, in jede Ader des Körpers eine Kanüle einzuführen. Ansonsten hatte Franzén ein geordnetes Leben mit Frau und Kindern. Er war noch nie straffällig geworden, abgesehen von einer nicht angemeldeten Putzfrau zwei Mal im Monat. Diesen Kommentar hatte Monika Roos sich nicht verkneifen können, als sie die Liste mit den Personen sah, die vernommen werden sollten. Ihre Schwester hatte nämlich neben der Familie Franzén gewohnt. Axberg nahm an, dass Roos' Neigung zum Tratsch sich nicht nur aufs Büro beschränkte und hatte ein bisschen Mitleid mit Franzén. Axbergs Vernehmung von ihm wäre eine Bagatelle im Vergleich zu den Befragungen, die er bei Grillfesten im Viertel über sich würde ergehen lassen müssen.

Axberg fuhr mit dem Fahrstuhl zum Eingangsbereich. Auf der Liste stand noch ein Name. Örjan Valtengren. Axberg ging noch einmal durch, was er über ihn wusste. Ein Chirurg, der seit Mitte der achtziger Jahre als Oberarzt im Krankenhaus Enköping angestellt war. Seit ein paar Jahren arbeitete er jedoch zusätzlich als Springer in Krankenhäusern im Gebiet Sundsvall. Als der Ärztemangel während des Sommers am schlimmsten war, hatte er sogar als Chirurg im Krankenhaus gearbeitet. Er war nach Sundsvall gezogen, weil er eine Frau von hier kennen gelernt hatte. Axberg sah auf die Uhr. Halb sechs. Er würde Valtengren erst in einer halben Stunde treffen. So lange konnte er nicht warten. Von einem Telefon in der Cafeteria aus ließ er sich von der Zentrale mit dem Chirurgen verbinden. Valtengren antwortete fast augenblicklich.

»Kriminalkommissar Axberg. Ich bin im Krankenhaus. In meinem Zeitplan hat sich eine Lücke ergeben. Hätten Sie Zeit, mich etwas früher zu treffen?«

»Aber sicher. Hier ist es im Moment ruhig. Wo sind Sie?«

»In der Cafeteria.«

»Warten Sie dort. Ich komme in einer Minute.«

Axberg hörte es in der Leitung klicken und legte auf. Er wartete. Er wartete nicht gern. Es fühlte sich an, als habe er die Initiative aus der Hand gegeben. Er ging in den Flur und sah in Richtung der Notaufnahme. Leute strömten in beide Richtungen. Die Gesichter flossen zu einer unbestimmbaren Masse zusammen. Das Bild von Valtengren aus dem Kasino war unscharf und dunkel. Axberg wollte trotzdem versuchen, ihn schon von weitem zu erkennen.

»Kriminalkommissar Axberg?«

Eine engelsgleiche, zarte Stimme erklang direkt hinter

ihm. Axberg drehte sich um und sah in zwei große, hellblaue Augen. Die Gesichtszüge waren offen und grazil. Axberg konnte sich nicht daran erinnern, den Mann schon einmal gesehen zu haben.

»Doktor Valtengren.«

Sie gaben sich die Hand. Der Händedruck des Mannes war schlapp und kühl.

»Wir können in mein Büro gehen«, sagte Valtengren und drehte sich auf dem Absatz um.

Mit langen Schritten ging er in nördlicher Richtung den Flur entlang. Axberg musste sich anstrengen, um bei dem Tempo mithalten zu können. Valtengren bewegte sich geschmeidig und energiesparend. Wie eine Katze, dachte Axberg und fühlte sich ungelenk und langsam. Nach ungefähr hundert Metern bog Valtengren nach links in die Chirurgieaufnahme ab. Er grüßte fröhlich ein paar Kollegen und blieb schließlich vor einer Tür stehen, an der sein eigener Name auf einem Klebeband stand, das über das eigentliche Namensschild geklebt war.

»Ich habe das Zimmer den Sommer über geliehen«, erklärte er. »Derjenige, dem es eigentlich gehört, ist auf lange Zeit krank geschrieben.«

Sie setzten sich an einen fast leeren Schreibtisch einander gegenüber. Axberg war es nach dem Spaziergang warm und er hängte sein Jackett über die Stuhllehne.

»Vielleicht erinnern Sie sich daran, dass wir schon einmal miteinander telefoniert haben«, sagte Axberg. »Es ging um eine Körperverletzung in Timrå, Sie haben vor einem Monat den Bericht dazu geschrieben.«

Valtengren nickte.

»Ich erinnere mich schwach daran. Leider gab es in diesem Sommer viel zu viel davon, jedes Wochenende ein neues Elend, das dokumentiert werden muss.«

»Arbeiten Sie viel?«

»Jemand muss das tun, wenn das Gesundheitswesen rund laufen soll.«

»Bringt wohl einiges ein.«

Valtengren lächelte wässrig und machte eine Handbewegung.

»Sicher, es wird gut bezahlt.«

Axberg fischte seinen Spiralblock aus der Innentasche des Jacketts.

»Haben Sie deswegen aufgehört, ganz als Chirurg zu arbeiten?«

»Teilweise. Jetzt kann ich genau dann arbeiten, wann ich will. Mehr Flexibilität und bessere Bezahlung. Und dass ich in Sundsvall gelandet bin, lag, wie ich bereits am Telefon erwähnt habe, daran, dass ich eine Frau getroffen habe, die hier wohnt.«

Valtengren war nett und angenehm zu vernehmen. Es fiel schwer, sich ihn als verrückten Serienmörder vorzustellen. Axberg hatte über die Jahre gelernt, solchen Gefühlen nicht zu trauen.

»Wohnen Sie zusammen?«

»Nein. Die Beziehung ist bisher noch geheim.«

»Warum denn das?«

Valtengren sah nachdenklich aus dem Fenster. Der Regen fiel ununterbrochen auf den Parkplatz. Zwei Autos bewegten sich hinter dem Vorhang aus Regentropfen. Wie zwei zusammenfließende Körper in Rot und Gelb verschwanden sie aus dem Gesichtsfeld und ließen nur den Regen zurück.

»Sie wird noch von ihrem Mann geschieden«, sagte Valtengren schließlich. »Daher kann ich Ihnen auch keinen Namen nennen.«

»Das werden Sie vielleicht müssen«, entgegnete Axberg.

Valtengren sah ihn neutral an, faltete die Hände vor sich auf dem Schreibtisch. Axberg fiel auf, dass die Finger ungewöhnlich lang und schmal waren. Der gesamte Mann war feingliedrig. Doch trotz des zarten Körperbaus strahlte er Kraft aus. Die Haltung erinnerte an einen Eliteschüler. Der Kontrast zu der Krankenschwester auf der Gefäßchirurgie war vollkommen.

»Spielen Sie oft im Kasino?«, fragte Axberg.

»Ja. Es amüsiert mich. Zwei, drei Mal pro Monat.«

Axberg hatte seine Hausaufgaben erledigt. Die Angaben stimmten.

»Gewinnen Sie oft?«

Valtengren lächelte schief und klopfte nonchalant mit den Fingern auf dem Tisch.

»Spielen heißt gewinnen. Die Spannung beim Spiel ist bereits ein Sieg.«

»Am 4. Juli waren Sie im Kasino?«

»Das wissen Sie besser als ich.«

»Was haben Sie danach gemacht?«

»Ich nehme an, dass ich nach Hause gegangen bin.«

»Kann das jemand bestätigen?«

Zum ersten Mal zögerte Valtengren mit der Antwort.

»Nein.«

Axberg machte sich eine Notiz, ein Versuch, die Situation etwas zu straffen.

»Sagt Ihnen der Name Lena Forsell etwas?«

»Ja.«

Axberg wartete auf eine Fortsetzung, die allerdings ausblieb.

»Erzählen Sie«, forderte er auf.

»Ich habe die Zeitung gelesen, genau wie alle anderen«, erläuterte Valtengren. »Eine schlimme Geschichte …«

»Sie hatten also nie persönlich mit ihr Kontakt?«

Valtengren schüttelte den Kopf. Axberg hatte das Gefühl, dass er die Wahrheit sagte.

»Ein anderes Datum, die Nacht auf den 12. Juli. Was haben Sie da getan?«

»Wenn ich keine Nachtschicht hatte, lag ich wahrscheinlich zu Hause im Bett und schlief.«

»Könnten Sie etwas konkreter werden?«

Valtengren holte einen Taschenkalender hervor und begann, darin zu blättern.

»Der zwölfte? In der Nacht hatte ich keinen Dienst ... also die zweite Alternative.«

»Kann das jemand bestätigen?«

»Wenn es absolut notwendig ist, ja. Wird mir etwas vorgeworfen?«

Die Antwort wurde dadurch ruiniert, dass Axbergs Handy seine Fanfare trompetete. Er entschuldigte sich, ging in den Flur und setzte sich in einem leeren Wartezimmer auf einen Stuhl. Ståhl teilte ihm mit, dass er sich auf dem Revier einfinden solle, um an der Pressekonferenz in zwanzig Minuten teilzunehmen. Axberg sagte zögernd zu, in Gedanken immer noch bei Valtengren. Dann kehrte er zur Befragung zurück.

»Wie Sie wissen, ermitteln wir in einer Mordserie. Da Sie in der Nacht, in der ein neunzehnjähriges Mädchen ermordet wurde, im Kasino waren und hier im Krankenhaus arbeiten, stehen Sie unter Verdacht, bis zum Gegenbeweis. Ich gebe zu, dass wir breit gestreut arbeiten. Aber das hier wird schnell geklärt sein, wenn Sie mitarbeiten.«

Die Rede prallte ohne wahrnehmbaren Effekt an Valtengren ab.

»Ich werde den Namen meines Alibis erst nennen, wenn ein Haftbefehl vorliegt«, sagte er schroff.

Axberg war schon früher mit diesem Problem konfrontiert worden. Heimliche Liebesbeziehungen, die schwerer wogen als das Gesetz. Valtengren wirkte entschlossen, und Axberg nahm an, dass er zu seinem Wort stehen würde.

»Sagen Ihnen die Namen Patrik und Per Sjögren etwas?«

»Nicht direkt. Aber ich sehe jeden Tag rund dreißig Patienten. Wer ist das?«

Axberg nahm ein Foto der Zwillinge aus der Aktentasche. Valtengren betrachtete das Bild genau.

»Nein«, sagte er schließlich. »Daran würde ich mich erinnern. Waren es die beiden, die …«

Axberg nickte.

»… am Zwölften ermordet wurden.«

»Ich habe in den Nachrichten davon gehört«, sagte Valtengren. »Aber ich habe nichts damit zu tun. Glauben Sie das etwa?«

»Wir versuchen, nicht zu viel zu glauben«, sagte Axberg. »Wir warten, bis wir etwas wissen.«

Valtengren warf einen Blick auf seine Armbanduhr.

»Ich muss bald wieder zurück zur Notaufnahme. Kann ich Ihnen mit irgendetwas anderem helfen?«

»Eine letzte Frage«, sagte Axberg und lehnte sich über den Tisch. »Wir oft geben Sie Patienten Injektionen?«

Valtengren sah ehrlich überrascht aus.

»Was meinen Sie?«

»Also Spritzen und Kanülen. Blutabnahmen.«

»Fast nie. Darum kümmern sich die Krankenschwestern. Sie rufen uns nur, wenn es Schwierigkeiten gibt. Und das lohnt sich selten, weil wir es seit der Ausbildung nicht mehr gemacht haben.«

Axberg blätterte in seinem Notizblock.

»Aus Ihren Unterlagen geht hervor, dass Sie während Ihrer Facharztausbildung ein Jahr als Anästhesist gearbeitet haben.«

Valtengren lächelte schief.

»Das war vor über zehn Jahren. So ein gutes Gedächtnis habe ich leider nicht.«

Axberg sah ein, dass er nicht weiterkam. Und doch fühlte sich die Vernehmung irgendwie nicht wirklich abgeschlossen an. Viele der Antworten waren diffus und ausweichend gewesen. Mit Rücksicht auf wartende Patienten verabschiedete er sich. Valtengrens Händedruck war unverändert träge.

Draußen hatte es aufgehört zu regnen, überall glitzerte die Sonne. Axberg ging zum Wagen. Er klappte die Rücklehne zurück, schloss die Augen und versuchte, seine Gedanken zu sammeln. Valtengrens Alibi musste überprüft werden. Die Frage war, wie die Staatsanwältin dazu stand, weiteren Druck auf ihn auszuüben. Wenn sie dagegen war, blieb Valtengren auf der Reserveliste stehen, die immer wieder aktualisiert wurde, wenn andere gestrichen werden konnten. Axberg bezweifelte, dass einer der beiden, die er heute vernommen hatte, tatsächlich der Mörder war. Es hatte sich kein spezielles Gefühl bei ihm eingestellt. Und niemand hatte nennenswert auf seine Fragen reagiert.

Die Luft im Auto war stickig und schwül. Die Müdigkeit überkam ihn. Axberg spürte, wie er eindöste. Langsam kristallisierte sich ein Eindruck heraus. Etwas tauchte in seinem Unterbewussten auf. Etwas, das er gehört oder gesehen hatte.

Die Bilder mischten sich in einem chaotischen Durcheinander mit Worten, drehten sich schneller und schneller. Am Schluss hatte das Gehirn genug, und er schlief ein. Als er eine Stunde später mit einem Ruck aufwachte, wusste er, was es war. Etwas, das sogar einfach zu überprüfen war. Er ließ den Wagen an und machte sich auf den Weg zum Sparvväg und der Familie Forsell.

Es war ein Zeichen. So offensichtlich, so ersehnt. Noch einmal hatte Janus ihm den Weg gewiesen. Die Tür stand auf. Der Schlüsselbund befand sich innen im Jackett. Das Kopieren dauerte weniger als dreißig Sekunden. Das Jackett auf der Rückenlehne hängen zu lassen, war eine eindeutige Einladung. Er sah sich die Unterlagen im Computer an: *Ulf Johan Axberg, geboren am 15. Mai 1966.* Er war vor zwölf Jahren das letzte Mal im Krankenhaus gewesen, wegen einer Schnittwunde.

Valtengren dachte nach. Es standen noch drei Opfer aus, bis er die Nummer fünfzehn erreichte. Etwas musste geschehen. Das Tempo musste erhöht werden. Die schnappenden Hunde kamen immer näher. Jetzt wurde sogar schon danach gefragt, wer damals die Zwillinge in der Notaufnahme versorgt hatte. Er lächelte zufrieden. Es war gut, dass er den Besuch nicht aktenkundig gemacht hatte. Und doch. Der Kriminalkommissar wollte den Willen der Zeit, den Bund mit Janus zerstören. Deswegen musste er sterben. Bevor er zu nah kam. Das Problem war, dass die Serie noch nicht vollendet war.

Jetzt war Nummer zwölf an der Reihe. Er konnte nicht von der wahren Ordnung abweichen. Sonst riskierte er, seinen Bruder nie wiederzusehen. Er nahm eine Kopie seines Registers aus der Schreibtischschublade und betrachtete sie. Die Lösung des Problems strahlte ihn vom Papier an. Plötzlich wusste er, wie alles geschehen sollte. Er würde hart arbeiten müssen, aber es war der einzige Ausweg. Dank seines genialen Plans würde Axberg bereits morgen unerwarteten Besuch bekommen. Oder am Abend danach. Die lose Struktur erfüllte ihn mit Anspannung und Unruhe. Er setzte im Register eine Klammer um die Kandidaten mit Geburtstagen zwischen dem 12. und dem 14. Sie würden in Ruhe und Frieden weiterleben dürfen. Die Alternative war näher, als er anfangs begriffen hatte. Die chirurgische Abteilung, für die er heute Nacht verantwortlich war, war wohl gefüllt.

Der bevorstehende Dienst würde ungewöhnlich ereignisreich werden.

Kapitel zweiundfünfzig

Mia Forsell öffnete nach dem dritten Klingeln die Tür.

Axberg merkte sofort, wie verändert sie war. Das Gesicht blass und abgemagert, der Blick leer und dunkel. Als hätte jemand den Schalter zu ihrer Seele ausgeknipst. Die Kleidung war eher wiederzuerkennen: weiße Bluse über kariertem Wollrock, schwarze Lackschuhe. Und doch sahen die Kleidungsstücke aus, als seien sie mindestens eine Nummer zu groß für den abgemagerten Körper. Axberg empfand Trauer und Mitgefühl für die Frau, die vor ihm stand. Ein Schatten ihres früheren Selbst, der sich vielleicht nie wieder erholen würde. Das intensive Gefühl überrumpelte ihn. Die Trauerarbeit der Familie Forsell hatte er so schnell wieder hinter sich gelassen, wie sie in sein Leben getreten war. Ihm wurde bewusst, wie rasch die Angehörigen vergessen wurden, wenn neue Verbrechen geschahen. Es gab nie die Zeit, bei den wahren Opfern zu verweilen.

Sie gingen in die Küche. Er setzte sich auf das Sofa, sie setzte Kaffee auf. Es war, als verfielen sie in ein vorgegebenes Muster, eine oft geübte Theaterszene. Das Gespräch ging zögerlich in kurzen Sätzen voran. Sie erzählte von ihrem Sommer. Wie sie fast die ganze Zeit im Haus gesessen hatte, unfähig, etwas zu unternehmen. Tagsüber apathisch, aufgedreht in schlaflosen Nächten. Mit einem Mann, der oft auf langen Flügen fort war. Als dann der Tod der Tochter in den Massenmedien wieder aufgerollt wurde und mehrere Reporter anriefen, hatte sie genug. Sie zog den Stecker aus dem Telefon und isolierte sich ganz von ihrer Umwelt. Hätte sie ihn nicht durch das Fenster wiedererkannt, hätte sie nie die Tür aufgemacht.

Axberg hörte geduldig allem, was sie sagte, zu. Er wollte den eigentlichen Grund seines Kommens nicht aufdrängen. Und sie hatten genug Zeit. Doktor Franzén hätte noch ein paar Stunden im Operationssaal zu tun. Sie stellte den Kaffee auf den Tisch. Axberg fiel auf, dass das Aquarell mit dem Pferd und Lenas Namenszug von der Wand abgenommen worden war. Als er darüber nachdachte, schienen alle Spuren des Mädchens weggeräumt, sogar der Geruch im Haus war anders. Es war tatsächlich so, dass es überhaupt keinen Duft mehr gab, die Luft war trocken und nichtssagend. Mia Forsell schwieg und trocknete ihre feuchten Augen mit einem Taschentuch.

»Jetzt habe ich mehr geredet als während der letzten paar Wochen«, sagte sie schließlich.

»Das ist gut«, sagte Axberg. »Man soll es herauslassen. Alles wird leichter, wenn man es mit jemandem teilt.«

Sie hob den Blick und sah ihn fragend an.

»Warum sind Sie eigentlich hergekommen?«

»Um zu sehen, wie es Ihnen geht«, log Axberg und schämte sich. »Und dann ist da noch etwas, das ich überprüfen will. Etwas, das uns vielleicht zum Mörder führen könnte …«

Sie sah ihn ernst an. Zum ersten Mal lag etwas Entschlossenes in ihrem Blick.

»Wir sind bereit, alles zu tun, um Ihnen zu helfen, den Mörder unserer Tochter zu ergreifen.«

Axberg beschloss, direkt auf den Punkt zu kommen.

»Sie werden sich erinnern, dass wir früher darüber gesprochen haben, dass Lena zwei Armbänder für Ihre Uhren gemacht hat … Eine Silberstickerei auf schwarzem Samt?«

»Ja?«

»Ist Lenas Uhr immer noch verschwunden?«

Mia Forsell nickte kaum merkbar.

»Aber Ihre haben Sie noch?«, fuhr Axberg fort, dem aufgefallen war, dass sie sie nicht trug.

»Ja. Ich habe sie auf den Nachttisch gelegt. Warum fragen Sie danach?«

Axberg dachte nach. Dann beschloss er, die Wahrheit zu sagen. Zumindest teilweise.

»Es könnte sein, dass sie in den Ermittlungen aufgetaucht ist. Das Problem ist, dass ich es nicht sicher weiß, da ich mich nicht mehr genau daran erinnere, wie das Armband aussieht.«

Mia Forsell stand auf und ging die Treppe hinauf ins Obergeschoss. Axberg spürte, wie eine Welle der Erregung durch seinen Körper ging. Das hier war wichtig. Die Schritte erklangen in umgekehrter Richtung. Die Uhr schwang in Mia Forsells Hand. Sie legte sie zwischen ihnen auf den Tisch. Axberg war sich sicher. Er hatte sich nicht getäuscht. Das entscheidende Indiz, auf das er so lange gewartet hatte, lag da vor ihm.

Es war die gleiche Uhr. Die gleiche Uhr, die Doktor Valtengren während der Vernehmung ums Handgelenk getragen hatte. Die Axberg hatte aufblitzen sehen, als Valtengren den Unterarm angehoben und gesagt hatte, dass er zurück in die Notaufnahme müsse. Axberg spürte, wie ihm im ganzen Körper warm wurde. An seiner Reaktion sah Mia Forsell, dass er die Uhr wiedererkannte.

»Was bedeutet das?«, fragte sie unruhig.

Axberg wurde aus der Erinnerung an Valtengren gerissen. Er antwortete zögernd.

»Ich weiß es nicht.«

Er versank in Schweigen. Vorsichtig begann er, an den Gedankenfäden, die seinen Kopf füllten, zu ziehen. Mia Forsell wartete auf eine weitere Erklärung, und er wusste nicht, ob er es wagte, sie zu geben. Axberg legte seine Hand auf ihre. Sie war kalt und klein.

»Wir nähern uns vielleicht der Auflösung. Mehr will ich im Augenblick nicht sagen.«

Mia Forsell nickte still, akzeptierte seine nichtssagende Antwort. Dann folgte sie ihm an die Tür. Als er zurücksetzte und wegfuhr, stand sie noch da und sah ihm nach.

Die Dämmerung breitete sich schleichend zwischen den Häusern aus. Die Schatten wurden mit jeder Minute größer. In der Luft lag unverkennbar der herannahende Herbst. Das Muster auf dem Armband war einmalig. Es musste Lena Forsells Uhr gewesen sein, die Valtengren ums Handgelenk trug. Wie hing das zusammen?

Zwar waren alle davon überzeugt, dass der Mörder ein Wahnsinniger war, aber war er wirklich so verrückt, während einer Vernehmung Beweismaterial am Körper zu tragen? Und wenn ja, warum?

Axberg beantwortete die Frage selbst. Das unbekannte Motiv. Die Uhren als Trophäen. Konnte ein Mensch so krank werden?

Er parkte das Auto in einer Straße am Rand des Wohnbezirks und öffnete das Fenster. Er musste nachdenken. Welchen Zug sollte er als nächsten machen?

Eines war sicher. Valtengren hatte eine Menge zu erklären. Eventuelle Alibis müssten auf den Tisch, heimliche Geliebte oder nicht. Axberg erinnerte sich daran, dass Valtengren diese Nacht Dienst hatte. Das war gut. Da wusste man, wo er sich befand. Axberg sah auf die digitalen Zahlen am Armaturenbrett. Zwölf Minuten nach neun. Er zögerte einen Augenblick. Es verstieß gegen die Regeln, einem Verdächtigen mit entscheidenden Indizien in einem Mord allein gegenüberzutreten. Aber Valtengren hatte harmlos und ungefährlich gewirkt. Die Neugier und das Adrenalin beschleunigten die Entscheidung.

Axberg ließ den Wagen an und fuhr zurück in Richtung des Krankenhauses. Wenn er unangemeldet kam, könnte Valtengren sich der Uhr nicht mehr entledigen. Axberg dachte einen Moment daran, beim Revier vorbeizufahren, um seine Dienstwaffe zu holen. Dann wurde ihm klar, dass es eigentlich unangebracht war, die Waffe zu tragen. Das Krankenhaus war voller Menschen. Es konnte nichts Unvorhersehbares geschehen.

Wenn überhaupt irgendwo, dann war er dort in Sicherheit.

Kapitel dreiundfünfzig

Erik Jensen schaltete den Computer aus und sah zu, wie der Bildschirm erlosch.

Die Arbeit des Tages war endlich erledigt. Die Uhr über der Tür in seinem Büro zeigte Viertel vor sieben. Noch ein paar Überstunden auf die Gleitzeit, die er nie ausnutzen würde, dachte er trostlos. Er zog den Arztkittel aus und ließ ihn auf das Durcheinander auf dem Schreibtisch fallen. Sein Ordnungssinn hatte nach all den Nächten mit schlechtem Schlaf im Bereitschaftsraum nachgelassen. Heute früh hatte er zum allerersten Mal die Visite unrasiert mitgemacht. Vor einem Monat wäre das unmöglich gewesen.

Er dachte an Sara und Erika. Das Telefongespräch gestern war eine Katastrophe gewesen. Während ihre Mutter hinter ihr flüsterte, hatte Sara gesagt, dass sie die Scheidung wolle. Ihre Stimme hatte verletzt und entschlossen geklungen. Jensen hatte ihre Worte nicht ernst genommen. Er nahm an, dass sie nur kurzfristig von ihrer Mutter manipuliert worden war, nach all den Tagen in ihrer Obhut. Aber Sara blieb dabei. Wiederholte mehrmals, dass das, was er getan hatte, unverzeihlich war. Er stimmte zu und fragte, ob sie sich sehen könnten. Nach kurzem Zögern hatte Sara ja gesagt.

In einem Restaurant in der Stadt wollten sie sich um neun Uhr treffen, wenn Erika eingeschlafen war. Jensen hatte vor, Sara um Verzeihung zu bitten. Mit jedem einsamen Tag wurde sein Fehler immer deutlicher. Er hatte die Nachricht über das kommende Kind auf eine unreife und übertriebene Art aufgenommen. Jetzt wünschte er sich nichts mehr, als zu seiner Familie zurückzukehren. Er hoffte, dass Sara das verstehen würde.

Es klopfte an der Tür. Schwester Elsa steckte ihr immer lächelndes Gesicht herein.

»Hallo«, sagte Jensen. »Sonnengebräunt und hübsch!«

»Der erste Tag nach dem Urlaub«, sagte sie, und das Lächeln wurde breiter.

»Ich bin schon auf dem Weg«, sagte Jensen. »Hast du was auf dem Herzen?«

»Ja«, sagte sie, plötzlich ganz ernst. »Können wir uns setzen?«

Jensen machte eine Geste in Richtung des Stuhls und setzte sich an den Schreibtisch.

»Es geht um diese Zwillinge …«

Er verdrängte sofort seine Familienprobleme. Etwas war geschehen. Auf diese Worte hatte er so lange gewartet.

»Ich habe gehört, dass du nach ihrem Besuch im Winter in der Chirurgie gefragt hast?«

Jensen nickte.

»Ich war bei dem Eingriff dabei. Der eine Junge hatte eine Schnittwunde an der Hand, die genäht wurde.«

Schwester Elsa machte ein entschuldigendes Gesicht.

»Da ich bis gestern Ferien hatte, habe ich nicht mitbekommen, was hier alles passiert ist ...«

Jensen spürte, wie sein Herz schneller schlug.

»Wer?«

»Ich habe mich durch Zufall daran erinnert, als ich eben durch die Notaufnahme gegangen bin. Er hat heute Nacht Dienst. Ein Springer ... Valtengren heißt er, glaube ich.«

»Bist du sicher?«

»Hundert Prozent.«

Jensen dachte nach. Doktor Valtengren kannte er nur flüchtig, dem Aussehen nach. Irgendwann hatten sie mal über gemeinsame Patienten gesprochen. Aber der Name war bekannt, er weckte dunkle Assoziationen. Stand er nicht in den Krankenakten eines Opfers?

»Erzähl, woran du dich im Detail erinnerst«, sagte er.

Elsa zuckte resigniert mit den Schultern.

»Es war eine kleine Schnittwunde an der Hand. Sie blutete stark. Ich habe einen Druckverband angelegt und die Blutung gestoppt. Dann habe ich die Instrumente herausgelegt, Valtengren kam herein, betäubte die Wunde und nähte sie.«

»Sonst nichts?«

»Nicht, dass ich mich daran erinnere. Es war wie bei jeder normalen Schnittwunde.«

Jensen sah sie nachdenklich an.

»Über den Fall wurde kein Bericht geschrieben. Hast du eine Ahnung, warum?«

Schwester Elsa lächelte unsicher und schüttelte den Kopf.

»Nein. Ihr diktiert die Berichte ja selbst.«

»Ist Valtengren jetzt da draußen?«

»Ja. Wie gesagt, ich habe ihn vor fünf Minuten gesehen.«

Jensen dachte einen Augenblick über die Situation nach.

»Es war gut, dass du das erzählt hast. Sprich mit niemandem über das, was du weißt. Erwähn auch unser Gespräch nicht.«

Sie sah ihn entsetzt an.

»Glaubst du, dass er etwas mit den Morden zu tun hat?«

»Ich weiß es nicht. Das muss die Polizei herausfinden.«

Schwester Elsa biss sich nervös auf die Unterlippe.

»Ich will anonym bleiben. Denk daran. Sag nicht, dass du das von mir gehört hast. In den Fluren wird so viel geschwätzt. Die Verschwiegenheitspflicht scheint eher den gegenteiligen Effekt zu haben. Die Leute müssen reden, die Buschtrommeln funktionieren.«

»Ich verspreche es«, sagte Jensen.

Sie verließ das Zimmer. Das Lächeln auf ihren Lippen war definitiv verschwunden. Jensen blieb sitzen und versuchte, die Gedanken, die in seinem Kopf herumschwirrten, zu strukturieren. Endlich hatten seine diskreten Befragungen ein Ergebnis gebracht. Ob es eine Bedeutung hatte, musste er noch herausfinden.

Was sollte er jetzt tun? Das Einfachste wäre, in die Notaufnahme zu gehen und Valtengren nach den Geschehnissen zu fragen. Jensen zögerte. Er konnte Valtengren nicht befragen, ohne offenzulegen, dass er für die Polizei Nachforschungen anstellte. Und sollte Valtengren alles abstreiten, würde die Situation sehr peinlich werden. Falls er der Mörder war, dann konnte es sogar gefährlich werden.

Jensen öffnete die Schreibtischschublade und nahm den Stapel mit den Krankenakten der Opfer heraus. Nach ein paar Minuten fand er, was er suchte. Maria Backlund hatte Valtengren zwei Mal in der Ambulanz getroffen. Noch im März waren ihre Gallenwerte kontrolliert worden. Alles war normal, keine weitere Überprüfung geplant. Jensen dachte nach: Valtengren und Backlund. Konnte das Zusammentreffen Zufall sein?

Sie hatte zwar im letzten Jahr drei unterschiedliche Ärzte wegen der Galle gesehen – und doch. Jensen ließ seinen Finger einen Augenblick über den Tasten des Telefons schweben. Dann wählte er Maria Backlunds Nummer. Der Anrufbeantworter schaltete sich ein und erzählte ihm, dass sie in Australien in Ferien sei. Jensen probierte es unter der Handynummer, die in den Unterlagen stand. Nach fünf entfernt surrenden Signalen antwortete sie. Die Stimme war überraschend klar und deutlich. Als stünde sie im Zimmer nebenan und redete.

»Hallo Maria, hier ist Doktor Jensen vom Krankenhaus Sundsvall.«

»Hallo.«

»Wie geht es Ihnen?«

»Gut, ich sitze hier und esse zu Abend …«

Jensen hörte, dass sie hinter den oberflächlichen Phrasen unruhig klang. Ihr war klar, dass er nicht anrief, um nach ihren Urlaubsplänen zu fragen.

»Entschuldigen Sie, dass ich störe, aber da gibt es etwas, dass ich Sie fragen muss.«

Es folgten ein paar Sekunden Stille. Jensen ahnte ihren lautlosen Seufzer auf der anderen Seite der Erdkugel.

»Wenn es um die Morde geht, dann will ich nichts mehr davon hören. Es reicht jetzt.«

»Das verstehe ich, aber es kann wichtig sein.«

Erneutes Zweifeln. Maria Backlund dachte darüber nach, wie sie weiter reagieren sollte.

»Okay, dann fragen Sie«, sagte sie schließlich.

»Ich sitze hier mit Ihren Unterlagen aus der Ambulanz vor mir«, fuhr Jensen fort. »Im März haben Sie einen Arzt namens Valtengren gesehen.«

»Ja?«

»Ist bei diesem Besuch irgendetwas Besonderes passiert?«

»Nein. Er hat nur die Galle kontrolliert, den Magen untersucht und ein paar Proben genommen.«

»Sonst nichts?«

»Nein.«

»Denken Sie genau nach. Hat er keine seltsamen Fragen gestellt?«

»Nein, damals nicht. Aber jetzt, wo Sie das sagen ...«

Jensen drückte den Hörer fester ans Ohr und hörte aufmerksam zu.

»... etwas, an das ich vorher nicht gedacht habe. Er hat mich ein paar Wochen später angerufen und mir das Ergebnis einiger Blutproben mitgeteilt. Und da hat er ein paar merkwürdige Fragen gestellt.«

»Welche denn?«

»Wie ich Mittsommer feiern würde, und ob ich Alkohol trinken wolle.«

Jensen stand auf. Ihm fiel schwer zu glauben, was er da hörte.

»Warum haben Sie das vorher nie gesagt?«

»Ich habe dem keine große Bedeutung beigemessen. Man schätzt es ja, wenn sich ein Arzt um einen kümmert.«

Jensen versuchte, die Chronologie der Ereignisse zu verstehen.

»Wann genau hat er angerufen?«

»Ungefähr eine Woche vor Mittsommer. Glauben Sie, dass das etwas mit ...?«

»Ich weiß es nicht. Was hat er sonst noch gefragt?«

»Wie es mir ginge, ob ich gut schliefe und natürlich nach der Galle.«

»Und dann hat er sich nicht mehr gemeldet?«

»Nein.«

»Danke, Sie haben mir sehr geholfen. Jetzt werde ich Sie nicht mehr stören.«

»Ist das ein Versprechen?«

»In jedem Fall eine Hoffnung«, sagte Jensen und legte auf.

Alle seine Sinne waren extrem angespannt. Er war jetzt davon überzeugt, dass Valtengren versucht hatte, Maria Backlund umzubringen. An sich schon ein unschöner Gedanke. Als er dann das Schicksal der Zwillinge damit in Verbindung brachte, war es fast zu viel zum Aushalten. Er musste Axberg anrufen und davon erzählen. Er hob den Hörer ab und rief auf dem Revier an. Axberg war nicht in seinem Büro. Auch zu Hause und auf dem Handy erreichte er ihn nicht.

Jensen empfand die Panik wie Nadeln auf der Haut. War es möglich, dass ein Serienmörder in der Notaufnahme arbeitete und sich um ankommende Patienten kümmerte? Unwissende Menschen behandelte, die ihr Leben in die Hände des Krankenhauses legten? Beging der Mörder seine Morde sogar im Krankenhaus?

Und wie groß war in diesem Fall die Zahl der Opfer?

Jensen wurde schwindelig und übel. Er verließ das Büro und sperrte sorgfältig ab. Der Korridor war in beide Richtungen leer. Ein Entschluss kristallisierte sich heraus. Er würde zum Revier fahren und mit dem Dienst habenden Beamten sprechen. Das war das einzig Richtige. Sein Anliegen konnte er nicht jemand Unbekanntem am Telefon erzählen.

Auf dem Weg zum Bereitschaftsraum ging er an der Notaufnahme vorbei. Alles war wie immer. An der weißen Tafel mit den Dienst habenden Angestellten stand Valtengrens Name ganz oben. Der Mann selbst war nicht zu sehen. Jensen trat in den dunklen Verbindungsgang. Er sah mehrmals über die Schulter. Hier hörte es niemand, wenn man schrie, dachte er und verstand plötzlich den Unwillen der Krankenschwestern, nachts allein hier durchzugehen.

Er holte seine Jacke, machte das Licht aus und schloss ab. Da sah er es. Ein deutliches Déjà-vu-Erlebnis. Die Tür links von ihm stand einen Spalt auf. Genau wie beim letzten Mal. Axbergs Worte über die mysteriösen Einbrüche verbanden sich mit dem enormen Schlüsselbund. Jensen sank tiefer in den Alptraum. Still schlich er zum Türspalt vor, lauschte ein paar Sekunden. Kein Laut.

Das Zimmer war leer, das Bett gemacht, keine persönlichen Dinge zu sehen. Die Putzfrau hatte wohl vergessen, abzuschließen, nahm er an. Wie lange war es her, dass er den Schlüsselbund und den Laptop gesehen hatte?

Jensen ging in Gedanken schrittweise im Kalender zurück. Am selben Tag, an dem er die Oberarztstelle in Stockholm abgelehnt hatte. Er blätterte fieberhaft in seinem Filofax. Der 14. Juli?

Es war einfach nachzusehen, wer in dieser Nacht der Dienst habende Chirurg gewesen war. Jensen wusste, dass der Plan am Schwarzen Brett im Personalraum hing. Er ging so schnell wie es möglich war, ohne zu rennen, zurück in die Abteilung. Instinktiv wählte er einen Weg, der ihn nicht wieder durch die Notaufnahme führte. Der Plan hing, wo er hängen sollte. Sein Blick suchte ruckartig nach dem besagten Datum. Ihm lief ein Schauer über den Rücken. Lange stand er da und starrte vor sich hin. *Valtengren*.

Der Name tauchte zum dritten Mal innerhalb weniger als einer halben Stunde auf.

Kapitel vierundfünfzig

Die Dunkelheit war schnell gekommen, aber aus den unzähligen Fenstern des Krankenhauses leuchteten Punkte warmen, gelben Lichts in den Spätsommerabend.

Axberg parkte auf dem leeren Parkplatz und stieg aus dem Wagen. Es hatte zwar aufgehört zu regnen, aber die Luft war feucht und frisch. Eine kühle Brise zog über die offene Fläche und kroch unter seine Lederjacke. Axberg spürte, wie er am Rücken und im Nacken eine Gänsehaut bekam. Er zog den Reißverschluss zu und klappte den Kragen hoch. Das Handy spannte in der linken Brusttasche. Axberg zog es heraus und sah auf das Display. Es war leer. Er hatte es vor dem Besuch bei Mia Forsell ausgeschaltet. Und dann hatte er vergessen, es wieder anzumachen. Der Fehler ärgerte ihn. Er musste immer erreichbar sein, für den Fall, dass etwas passierte. Das runde Gesicht lächelte, als er die richtige Pin-Nummer eintippte. Keine neuen Nachrichten.

Zielstrebig ging er auf den Haupteingang zu. Axberg fühlte sich unglaublich klein, wurde Schritt für Schritt im Verhältnis zu dem enormen Gebäude kleiner. Die Baumwipfel um ihn herum rauschten abwartend. Er sah auf die Uhr. Halb zehn. Die Glastüren waren abgeschlossen. Er legte die Hände auf die Scheibe und sah hinein. Eine junge Frau in grünen Krankenhauskleidern kam gemächlich auf ihn zu. Sie drückte auf einen Knopf an der Wand und die Türen glitten auf. Axberg zeigte einem begriffsstutzigen Gesicht seine Dienstmarke und trat ein. Über die Schultern sah er, wie die Frau sich eine Zigarette anzündete. Der Empfang war zu seiner Überraschung besetzt. Er ging an den Schalter. Drinnen saß eine weitere junge Frau und spielte am Computer. Ihre Kiefer bewegten sich unablässig und ein schwacher Kaugummiduft lag in der Luft. Als sie Axberg sah, lächelte sie einschmeichelnd und riss sich vom Computerspiel los. Wieder zeigte er seinen Dienstausweis.

»Ich suche Doktor Valtengren. Er hat heute Abend Dienst in der Chirurgie.«

»Ja? Sind Sie krank?«

»Nein. Von der Polizei«, erläuterte Axberg.

Sie nickte, als hätte sie plötzlich sein Anliegen verstanden.

»Können Sie mir helfen, ihn zu finden?«

Das Mädchen lehnte sich zu ihm vor und flüsterte mit vertraulicher Stimme.

»Geht es um die Morde, von denen alle reden?«

Axberg lächelte schief über die hemmungslose Neugier.

»Nein«, log er.

Das Gerücht würde trotzdem umgehen. Egal, was er antwortete.

»Auf mich können Sie zählen«, sagte sie und setzte ihr Headset auf. »Wen soll ich melden?«

»Kriminalkommissar Johan Axberg.«

Sie ließ eine kleine Blase zwischen den roten Lippen platzen.

»Ich heiße Linda«, sagte sie und wählte eine Nummer am internen Telefon.

Axberg lauschte dem kurzen Gespräch. Er verstand, dass er Valtengren bald treffen konnte. Die Ungeduld wurde stärker. Das Mädchen nahm die Kopfhörer ab und schüttelte sein lockiges Haar, es war offensichtlich zufrieden mit seinem Einsatz.

»Es geht in Ordnung. Sie können ihn sofort treffen. Er hat gesagt, dass Sie den Aufzug in den sechsten Stock nehmen und auf Station 66 kommen sollen. Die erste Tür auf der rechten Seite. Er erwartet Sie dort.«

Axberg bedankte sich und ging auf die Fahrstühle zu. Er versuchte, sich für die Konfrontation zu wappnen, hoffte, dass Valtengren immer noch Lena Forsells Uhr am Handgelenk trug. Was würde er in diesem Fall zu seiner Verteidigung sagen? Würde er gestehen?

Die Türen des Aufzugs öffneten sich, eine digitale Stimme teilte ihm tonlos mit, dass sie sich im Eingangsbereich befanden. Der Knopf mit der Nummer sechs wurde unter seinem Finger rot, die Türen glitten zu.

Axberg wurde geräuschlos nach oben gebracht.

Im Eingangsbereich blieb Linda Karlsson sitzen und war plötzlich ganz durcheinander. Der gesamte sechste Stock war seit Monaten gesperrt. Das Krankenhaus war überdimensioniert und nicht alle Räume konnten wie geplant genutzt werden. Das hatte sie im Fernsehen gehört. Was tat Valtengren dort? Und warum hatte er den Polizisten gebeten, dorthin zu kommen? Vielleicht hatte sie sich verhört. Dann wäre der Kommissar bald wieder hier.

Das wäre klasse, dachte sie und wandte sich wieder dem Computerspiel zu.

Kapitel fünfundfünfzig

Jensen blieb vor dem Polizeirevier stehen und machte die Tür auf.

Am Empfang fragte er nach Axberg. Eine ältere, graublasse Dame sah ihn schweigend ein paar Sekunden lang kritisch an. Als er sein Anliegen wiederholte, hob sie widerwillig den Telefonhörer ab und wählte die Nummer wie in Zeitlupe. Keine Antwort. Wusste sie, wo sich Axberg befand?

Zur Antwort wand sie den Kopf eher, als dass sie ihn schüttelte. Alles geschah mit der Geschwindigkeit eines Faultieres. Jensen spürte, wie seine Frustration wuchs. Valtengren stand in der Notaufnahme und kümmerte sich um ankommende Patienten. Oder was auch immer er nun tat. Jensen wurde lauter, verlangte, mit einem Dienst habenden Vorgesetzten zu sprechen. Die Dame hinter dem Schreibtisch starrte stumm vor sich hin, offensichtlich nicht daran interessiert, ihm zu helfen.

»Worum geht es?«

»Darauf kann ich jetzt nicht eingehen«, zischte Jensen.

»Dann werden Sie schon eine Weile warten müssen.«

Jensen spürte, wie der Ärger ihn übermannte. Obwohl er allein am Empfang war, brüllte er.

»Wenn ich nicht innerhalb von fünf Minuten mit dem Dienst habenden Kriminalpolizisten sprechen kann, werde ich Sie wegen Dienstvergehens melden.«

Sie sah ihn überrascht an. Dann hob sie wieder den Telefonhörer ab und redete in ihrem schleppenden Tonfall. Nach einer Weile, die sich unendlich anfühlte, sagte sie:

»Kriminalkommissar Dan Sankari empfängt Sie. Fünfter Stock, erster Flur rechts.«

Jensen entdeckte Sankaris Namen an einer Tür, die einen Spalt offen stand. Aus dem Zimmer hörte man ein schmatzendes Geräusch. Jensen klopfte entschlossen drei Mal an. Der Türspalt wurde durch sein Klopfen jedes Mal etwas weiter und ein dicker Mann mit einem üppigen Bart tauchte hinter einem vollen Schreibtisch auf. Der Mann hatte gerade in ein Krabbenbrot gebissen, als sein Blick auf Jensen fiel. Er winkte Jensen herein und schluckte.

»Wollten Sie mich sehen?«, fragte Sankari.

»Ja, danke, dass Sie sich die Zeit nehmen.«

Sie gaben einander die Hand und stellten sich vor.

»Sind Sie der Doktor, den Axberg kennt?«

»Ja«, antwortete Jensen. »Ist er da?«

Sankari hob den Hörer des internen Telefons. Nach vier Mal Klingeln legte er auf und schüttelte den Kopf.

»Es ist schon länger her, dass ich ihn gesehen habe. Aber er hat für heute noch nicht Feierabend gemacht.«

Jensen starrte Sankari fragend an.

»Die Tür zu seinem Büro ist offen«, erklärte dieser. »Auf seinem Schreibtisch steht eine Tasche … Sportsachen, nehme ich an.«

»Dann werde ich das hier mit Ihnen besprechen müssen«, sagte Jensen.

»Ja«, sagte Sankari und lehnte sich im Stuhl zurück.

Jensen war klar, dass er sofort zum Punkt kommen musste. Es war wahrscheinlich keine Zeit zu verlieren.

»Es geht um die Serienmorde. Ich glaube, ich weiß, wer der Mörder ist …«

Sankaris Blick wurde schärfer, der freundlich joviale Zug war verschwunden.

»Könnten Sie das noch mal wiederholen?«

Jensen begriff, dass er alles von Anfang an erzählen müsste. Das war die einzige Möglichkeit, diese unwahrscheinliche Geschichte glaubwürdig klingen zu lassen. Methodisch berichtete er von allem, was er wusste, ließ keine Einzelheit aus. Abschließend erwähnte er die drei Dinge, die ihm gerade im Krankenhaus klar geworden waren. Sankari hörte aufmerksam zu und machte hin und wieder Notizen auf der Rückseite eines Umschlags. Als Jensen fertig war, blieb es ein paar Sekunden lang still.

Sankari sah aus, als würde er innerlich alles abwägen, als fände in seinem Bewusstsein eine Gerichtsverhandlung statt. Immer wieder kratzte er sich am Bart und brummte vor sich hin. Dann sah er Jensen ernst an und sagte:

»Klingt unbestreitbar so, als seien Sie da etwas auf der Spur. Vielleicht ist das der richtige Mann – der Uhrmörder. Außerdem haben alle auf der Liste bis auf zwei ein wasserdichtes Alibi.«

»Valtengren hat heute Abend Dienst in der Chirurgie«, sagte Jensen. »Dann sollte man wohl hinfahren und ihn festnehmen?«

Das Fragezeichen war fast gerade, Jensens Tonfall klang mehr nach einem Befehl als nach einer Frage. Sankari legte sich Kautabak zurecht und stopfte ihn unter die Lippe.

»Wenn es nur so einfach wäre. Leider glaube ich nicht, dass unser Material bei einem Prozess standhält. Es sind schließlich trotz allem nur Indizien.«

Jensen spürte, wie die Frustration größer wurde. Unbewusst wurde seine Stimme wieder lauter.

»Wollen Sie etwa sagen, dass wir gar nichts machen sollen? Valtengren könnte genau in diesem Augenblick weitere Patienten umbringen.«

Sankari bürstete den Tabak von seinen Fingern und wischte die Hände am Hosenbein ab.

»Sie haben gesagt, dass er heute Nachtdienst hat?«

»Ja.«

»In der Chirurgie?«

Jensen nickte. Sankari nahm ein Papier aus einem Ordner und dachte über diese Information nach.

»Gaffelbygatan 8«, sagte er nachdenklich. »Das ist ziemlich nah.«

Er hob den Hörer ab und wählte eine Nummer, niemand antwortete.

»Na dann«, sagte er und stand auf.

»Was werden Sie tun?«, fragte Jensen.

»Eine Runde machen.«

»Wohin denn? Warum denn?«

Sankari lächelte still.

»Zu Valtengren nach Hause. Wenn Sie Recht haben, müssen wir Beweise haben. Die können wir nur zu Hause beim Mörder finden. Die gesamte Ermittlung baut, wie gesagt, nur auf Indizien auf.«

Jensen wusste nicht, was er sagen sollte. Das hier war eine Entwicklung, an die er überhaupt nicht gedacht hatte.

»Darf man das wirklich tun?«, fragte er. »Einfach so bei Leuten ins Haus gehen?«

Sankari gluckste zufrieden.

»Nein. Aber das ist die einzige Chance, die wir haben. Ich übernehme die Verantwortung dafür. Sie müssen nicht mitkommen, wenn Sie nicht wollen.«

Sankari zog einen dunkelgrünen Anorak an. Dann holte er einen Bund mit Dietrichen aus einer Schreibtischschublade. Jensen stand ratlos da und sah zu.

»Vor ein paar Jahren hätte ich mich das nie getraut«, fuhr Sankari fort. »Aber jetzt bin ich ein alter Mann und erlaube mir gewisse Freiheiten.«

Jensen wägte ab. Irgendwie fühlte es sich so an, als wäre er selbst für das, was passierte, verantwortlich. Er hatte den Verdacht gegen Valtengren aufgebracht. Und Sankari hatte Recht, die Beweisführung war im Großen und Ganzen minimal. Sein Herz schlug bis in den Hals, als er eine Entscheidung traf. Er war bereits darin verwickelt und musste die Sache zu Ende bringen.

Sie nahmen Sankaris Wagen. Die Gaffelbygatan lag ein Stück bergauf auf dem Norra-Berg. Ein Mietshaus in funktionellem Stil, sauber und langweilig, keine Seele zu sehen. Die Tür, die sie suchten, lag in Richtung des Hofes. Es war zehn nach neun. Im Treppenhaus fanden sie Valtengrens Namen, dritter Stock. Jensen zögerte. War das hier wirklich richtig? Gab es keinen anderen Weg?

Er sah, wie Sankari mit entschlossenen Schritten die Treppe hinaufging, und ihm wurde klar, dass die Würfel bereits gefallen waren. Jetzt gab es kein Zurück mehr. Sankari legte einen Finger auf die Türklingel. Der Ton hallte in der Wohnung wider. Nichts passierte. Er klingelte noch einmal, nahm den Finger mehrere Sekunden lang nicht vom Knopf. Immer noch kein Ton. Sankari bückte sich, klappte den Briefschlitz hoch und legte das Ohr daran. Ein schwacher Lichtstrahl fiel ins Treppenhaus. Nach einer Weile stand er auf, sein Gesicht war purpurrot geworden.

»Sie haben Recht«, flüsterte Sankari. »Er ist nicht zu Hause …«

Mit ein paar einfachen Handgriffen mit dem Dietrich öffnete er das Schloss. Sie traten in den Flur und schlossen die Tür. Jensen nahm einen scharfen Geruch wahr. Seine Augen tränten.

»Wonach riecht es hier?«

Sankari nieste ein paar Mal.

»Motten- oder Insektenspray vielleicht. Er muss vor kurzem erst gesprüht haben.«

Sankari nahm zwei Paar Handschuhe aus der Tasche und gab Jensen das eine.

»Nehmen Sie die. Wir dürfen keine Fingerabdrücke hinterlassen.«

Jensen nickte und sah sich um. In der Wohnung herrschte eine merkwürdige Stille. Die Küche war einfach: ein Tisch, ein Stuhl und eine blank polierte Spüle. Überall herrschte eine sterile Sauberkeit, die an die Operationssäle im Krankenhaus erinnerte. Kein Staubkorn war zu sehen. Als wäre seit Wochen niemand mehr in der Wohnung gewesen.

»Verdammt«, rief Sankari aus dem Wohnzimmer.

Die Stimme klang sowohl fragend als auch skeptisch. Jensen ging schnell dorthin.

Der Anblick war verblüffend. Das Zimmer war im Großen und Ganzen leer, kein Tisch, keine Sitzgruppe, keine Elektrogeräte. Alle Flächen waren mit einer harten, weißen Farbe gestrichen. Schwarze Rollos vor den Fenstern. Die Beleuchtung stammte von ungefähr zehn Spotlights an einer Wand. Das gesamte Licht war auf einen Punkt gerichtet. Sankari befand sich mitten im Lichtstrahl. Vor ihm stand ein Altar aus Stein gegen die Wand gelehnt.

Jensen konnte seinen Augen nicht glauben. Entlang der ganzen Wand war eine Zahlenreihe von 1 bis 31 mit schwarzem Filzstift an die Wand geschrieben. Um jede Zahl war ein Kästchen gezeichnet.

Die ersten elf Kästchen waren ausgestrichen. Über der Nummer acht befand sich ein doppeltes Kreuz. Mit einer Ausnahme war unter jeder Zahl eine Uhr befestigt. Armbanduhren und Wecker durcheinander. Alle Zeiger standen still. Jensen spürte, wie sein Rückgrat zu einer Eissäule wurde.

»Was zum Teufel soll das bedeuten?«, sagte Sankari. »Sind das die Uhren, die bei den Morden verschwunden sind? Die Trophäen des Mörders?«

Die Frage blieb in der Luft hängen.

»Elf Stück«, fuhr er fort. »Ich dachte, wir ermitteln in nur vier Mordfällen, einer davon ein Doppelmord.«

Die Worte hallten unheimlich in all dem Weiß wider. Sie sahen sich im Zimmer um. Außer einem dunklen Aquarium und einem Hocker gab es nichts weiter zu sehen. Im nächsten Zimmer befanden sich ein Schreibtisch und ein Laptop. Auf dem Tisch stand ein kleines Bücherregal aus Holz mit zehn Ordnern darin. Jensen nahm den ersten in der Reihe heraus und schlug ihn auf. Er spürte, wie seine Knie zitterten. Das Ergebnis hätte nicht deutlicher sein können. Eine Liste mit mehreren hundert Namen und den dazugehörigen Personennummern. Die Namen waren nach dem Geburtsdatum geordnet, vom 1. bis zum 31.

Er erkannte sofort ein paar Namen wieder: Maria Backlund, Patrik und Per Sjögren. Jensen sank in den Schreibtischstuhl. Der Ordner glitt ihm aus der Hand und fiel auf den Boden. Sankari nahm den Ordner und las. Der Inhalt bestand aus Kopien von Krankenunterlagen, diversen Notizen und einer Plastikmappe mit Zeitungsausschnitten über die Ermittlungen.

»Volltreffer«, sagte Sankari. »Jetzt haben wir ihn.«

Jensen saß wie gelähmt da, spürte, wie die Kälte in seinen Körper zog. Sankari blätterte weiter in den Ordnern. Plötzlich hielt er inne.

»Axberg?«, rief er aus. »Zum Teufel. Hier sind Johans Unterlagen … Was machen die hier? Zusammen mit der Telefonnummer und der Adresse?«

Durch die Blitze, die durch seinen Schädel zuckten, horchte Jensen auf. Sankari las weiter, murmelte ab und zu ein unverständliches Wort.

»Verdammt«, sagte Sankari und sah Jensen erschrocken an. »Es sieht so aus, als sei Axberg ein geplantes Opfer. Er ist am Fünfzehnten geboren, sein Name ist eingekreist.«

Jensen sprang wie von der Tarantel gestochen auf. Er stieß sich am Ordner. Die Kraftlosigkeit war verschwunden.

Er begriff, dass Sankari Recht hatte.

»Ich rufe ihn an«, sagte Jensen und holte sein Handy hervor.

Sankari hob abwehrend eine Hand.

»Wir gehen zuerst nach draußen. Es könnte jemand kommen.«

Sankari schloss die Tür hinter sich ab. Jensen war bereits draußen im Hof und wählte. Dieses Mal keine Mailbox. Axberg antwortete nach fünf Mal Klingeln.

»Hallo?«

»Hallo, hier ist Erik. Wo bist du?«

»Im Krankenhaus …«

Es knallte ein paar Mal im Hörer, bevor ein anhaltendes Surren einsetzte. Die Leitung war tot. Jensen fluchte laut und drückte auf Wahlwiederholung. Keine Antwort. Er sah Sankari an, der gerade aus der Tür trat. Die Worte kamen stockend.

»Fahren Sie zum Krankenhaus! Johan ist da. Etwas ist passiert. Das Gespräch wurde unterbrochen. Es klang, als sei er hingefallen.«

Sankari holte sein Handy hervor, rief die Einsatzzentrale an und informierte sie über die Situation. Er forderte zivile Wagen zum Krankenhaus und zu Valtengrens Wohnung. Keine unnötige Aufmerksamkeit, aber volle Bereitschaft. Mit Waffen. Der Mann könnte gefährlich sein. Jensen hörte dem Gespräch mit wachsender Frustration zu. Er wollte losfahren. Gleichzeitig war ihm klar, dass Sankari sich nicht hetzen lassen würde und dass es noch länger dauern würde, wenn er es versuchte.

Der Weg hoch zum Krankenhaus war noch nie so lang gewesen. Sankari befestigte ein loses Blaulicht auf dem Dach des Volvos und verstieß gegen ungefähr zehn Verkehrsregeln. Jensen wählte Axbergs Nummer noch sechs Mal, ohne Antwort. Sankari hielt vorm Haupteingang.

»Warten Sie«, sagte Jensen. »Ich rufe an und frage nach Valtengren.«

Er wählte die Nummer der Zentrale und nannte sein Anliegen. Valtengren antwortete nicht. Ein erneuter Versuch führte zum selben Ergebnis. Jensen spürte, wie der Puls im Kopf pochte. Sankari holte einen silbrigen Revolver aus dem Anorak und steckte sechs Patronen ins Magazin.

»Ist das denn wirklich notwendig?«, fragte Jensen.

»Ja«, sagte Sankari. »Ich will kein Risiko eingehen.«

Auf der Chirurgieambulanz hatte man Valtengren während der letzten halben Stunde nicht mehr gesehen. Er sollte sich auf irgendeiner Station einen kritischen Patienten ansehen. Alle Versuche, ihn zu erreichen, waren erfolglos geblieben. Drei Patienten und ebenso viele Angehörige warteten ungeduldig. Axberg war den ganzen Tag über nicht gesehen worden.

»Ruft den Ersatzarzt an«, ordnete Jensen an.

Vier Gesichter sahen ihn fragend an.

»Tut, was ich sage. Es ist eine Anweisung. Valtengren wird heute Abend nicht mehr zurückkommen.«

Eine der älteren Krankenschwestern nickte und lief zum Telefon. Jensen ging weiter zur Chirurgieaufnahme, Sankari folgte ihm dicht auf den Fersen. Auch hier war der Ärger über Valtengrens Abwesenheit groß. Jensen empfand die Verzweiflung wie eine erstickende Dunkelheit. Was sollten sie jetzt tun? Was war der richtige Zug?

Die Wahrscheinlichkeit, dass Axberg sich in Valtengrens Gewalt befand, wurde mit jeder Minute, die verging, größer. Wie sollten sie ihn finden, bevor es zu spät war?

Im Krankenhaus herumzulaufen und zu suchen war sinnlos. Sie mussten eine Strategie, einen Plan finden, mit dem sie arbeiten konnten. Jensen spürte instinktiv, dass sie zu schnell vorgegangen, blind vorangeprescht waren und auf das Glück gehofft hatten. Jetzt mussten sie neu überlegen. Warum war Axberg ins Krankenhaus gekommen? Wahrscheinlich, um Valtengren zu treffen. So spät befand sich wohl kaum jemand anderes hier, der für die Ermittlungen interessant sein könnte. Hatten sie eine Zeit abgemacht? Vielleicht. Aber angesichts der Tatsache, dass Valtengren Nachtdienst hatte, war es nicht sehr wahrscheinlich. Wie hatte Axberg dann Valtengren gefunden, ohne in die Notaufnahme zu gehen und nach ihm zu fragen?

Es war anzunehmen, dass er ihn gesucht hatte. Genau wie Jensen es selbst vor weniger als einer Viertelstunde getan hatte. Der Gedankengang wurde von Sankaris Telefon unterbrochen. Sechs Polizisten standen vor dem Haupteingang und warteten auf Anweisungen. Sankari sagte, sie sollten sämtliche Ausgänge überwachen und abwarten. Er klappte das Handy zusammen und wandte sich besorgt Jensen zu.

»Was machen wir jetzt?«

»Wir kehren zum Ausgangspunkt zurück«, sagte Jensen. »Wir müssen den Handlungsverlauf rekonstruieren.«

Er drückte auf den Türöffner zum Flur und lief hindurch, kaum dass der Spalt groß genug war. Wie schon so oft früher, wenn ein Leben in Sekunden gerechnet wurde. Sankari watschelte mit überraschender Schnelligkeit im Dreihundertmeterlauf zum Haupteingang mit. Jensen lehnte sich außer Atem gegen den Schalter. Das junge Mädchen, das sich um die Telefonzentrale kümmerte, telefonierte. Jensen machte ihr ein Zeichen, sie solle das Gespräch unterbrechen. Sie nickte, tat es aber nicht. Er streckte sich vor und drückte auf die Telefongabel.

»Was tun Sie denn?«, rief das Mädchen aus.

»Hören Sie mir gut zu«, sagte er. »Wir brauchen Ihre Hilfe. War Kriminalkommissar Johan Axberg heute Abend hier?«

Linda Karlsson wusste sehr wohl, dass er hier gewesen war. Die Frage war, ob sie diesem unverschämten Mann weiterhelfen sollte, der sich in ihre Arbeit einmischte.

»Vielleicht«, sagte sie. »Warum?«

Sankari drängte sich vor und hielt ihr seine Polizeimarke unter die Nase. Sie verschluckte fast ihren Kaugummi, hustete ihn wieder hoch und räusperte sich.

»Er war vor ungefähr einer halben Stunde hier.«

»Was wollte er?«

»Einen Arzt sehen.«

»Wie hieß der?«

Linda Karlsson dachte nach.

»Valtenkvist oder so …«

»Valtengren«, korrigierte Jensen.

Das Mädchen strahlte.

»Genau, so hieß er.«

»Und wohin ist Axberg dann gegangen?«

»Er ist in den sechsten Stock gefahren, Station 60 irgendwas.«

Jensen war verwundert.

»Sind Sie sicher? Diese Stationen sind nicht mehr in Betrieb.«

»Hundert pro«, bestätigte sie und nickte gleichzeitig.

Sie hob einen kleinen Notizblock hoch und drehte ihn zu ihnen um.

»Sehen Sie hier.«

Sie zeigte mit einem rosafarbenen Nagel auf eine deutliche Sechs.

»Ich habe es sogar aufgeschrieben.«

Jensen und Sankari verpassten ihr stolzes Lächeln. Sie liefen bereits auf den Aufzug zu.

Kapitel sechsundfünfzig

Der Schlag traf perfekt.

Der Mann fiel heftig nach hinten. Es war unausweichlich. Mit einer katzengleichen Bewegung warf er sich nach unten und fing den Körper auf, bevor er auf den Boden aufschlug. Er wollte ihm keine äußeren Wunden zufügen. Janus war gegen unnötige Gewalt. Sie waren übereingekommen, nur so viel anzuwenden wie absolut notwendig.

Genug, um im Kreuzzug gegen das Verstreichen der Zeit siegreich zu sein.

In dem Kreuzzug, der ihn mit seinem Bruder wiedervereinigen sollte.

Er kontrollierte den Puls des Mannes mit einem Finger am Hals und mit einer Taschenlampe die Reaktion der Pupillen. Er lächelte. Die Kraft des Nackenschlages war wohl dosiert gewesen. Betäubend, aber nicht tödlich. Er streckte sich nach dem Handy auf dem Boden und schaltete es aus. Sofort zu sterben ist zu einfach, dachte er. So leicht sollte Kommissar Axberg nicht davonkommen. Er sollte zuerst sein Geheimnis teilen. Dann Janus treffen. Den Gott mit den zwei Gesichtern. Der ein Auge in die Vergangenheit richtet und eines in die Zukunft. Der Gott, der die Tür zur Vergangenheit öffnen und ihm die Möglichkeit geben würde, Gabriel zu retten. Wenn er sich nur an die Absprache hielt.

Dass Axberg selbst ihn heute zum zweiten Mal aufsuchte, nahm er als Zeichen. Es war fast so, als wollte der Kommissar sterben. Dieser Wunsch würde bald erfüllt werden. Aber es war noch zu früh. Axberg war Nummer fünfzehn.

Noch drei Opfer mussten ihre Zeit abgeben, bevor der Kommissar an der Reihe war. Einen Augenblick lang war er verwirrt. Er horchte auf Janus' Stimme, hörte aber nichts. Nur eine entfernte Brandung. Dann ein Reifenquietschen. Plötzlich war er so müde, dass er sich wie gelähmt fühlte. Er lehnte sich an die Wand und rutschte in die Hocke, das Zimmer drehte sich. Die Bilder tauchten ganz von selbst vor seinem inneren Auge auf.

Gabriel auf der anderen Seite der Kreuzung. Das Auto, das immer zu schnell kam. Der Aufprall, der sein Innerstes vor Schmerzen vibrieren ließ. Die Stille, die ihn zerbrach.

Ein Geräusch von draußen ließ ihn die Augen öffnen. Der Mann auf dem Boden wand sich jammernd.

Bald würde er aufwachen. Schnell stand er auf, griff Axberg unter den Armen und zog ihn in einen Nebenraum. Er wunderte sich, wie schwer der Kommissar war. Massive Muskelmasse, kompaktes Skelett, dachte er. Das würde er mit einkalkulieren müssen, wenn er die Dosis berechnete.

Mit einer Kraftanstrengung gelang es ihm, Axberg auf eines der vier leeren Betten im Zimmer zu wuchten. An jedem Bett stand eine Infusion. Alles war vorbereitet und einsatzbereit. In diesen geschlossenen Räumen hatte er erfolgreich einen Vorrat angelegt. Nichts fehlte ihm hier. Eine gesamte Station, die leerstand. Er war ein paar Mal durchgegangen, bevor ihm die Idee gekommen war. Der Ort war genial.

Axberg hatte kaum Unterhautfett. Die Venen in der Armbeuge waren groß und deutlich. Ganz einfach führte er eine Nadel ein und schloss die Infusion an. Axberg fiel wieder in einen Dämmerzustand. Die Medikamentenmischung würde ihn mehrere Stunden in die Welt der Träume versetzen.

Ein paar Minuten stand er neben dem Bett, korrigierte die Tropfgeschwindigkeit, je nach Bewusstseinszustand des unfreiwilligen Patienten. Dann löste er Axbergs Armbanduhr, zog die Krone heraus und überprüfte, ob der Sekundenzeiger stehen blieb. Bevor er den Raum verließ, legte er eine gelbe Krankenhausdecke über den Kommissar. Er sollte nicht frieren. Es muss eine Grenze geben, dachte er und kicherte über sein eigenes Mitgefühl. Jetzt würde er sich ans Werk machen.

Er hatte bereits drei passende Patienten auf der Station ausgesucht. Es galt jetzt nur noch, sie hierherzubringen und den Plan auszuführen. Dann würde er Axberg alles erzählen. Er würde das Geheimnis zu Janus mitbringen. Bei dem Gedanken stieg Jubel in ihm auf.

Der Triumph war vollkommen.

Kapitel siebenundfünfzig

Der Aufzug stand still. Zumindest fühlte es sich so an. Jensen klopfte ungeduldig mit einer Handfläche auf den Oberschenkel und verfolgte frustriert den umgekehrten Countdown. Noch nie hatten die roten Zahlen über der Tür so langsam gewechselt. Sankari telefonierte mit den Polizisten draußen. Er berichtete über die Situation und sagte, dass Valtengren lokalisiert war. Wenn sie nicht innerhalb von zehn Minuten noch einmal Kontakt miteinander hätten, würden zwei Polizisten hineinkommen und nachsehen, was passiert war. Jensen sah, wie zwei Schweißtropfen Sankaris Hals hinunterflossen. Hinter der gemütlichen Fassade des Polizisten konnte man die Angst erkennen. Jensen fiel auf, dass Sankaris Revolver noch in der Tasche des Anoraks steckte.

Der Aufzug blieb stehen und die Türen glitten auf. Alles war still und dunkel um sie herum. Die Augen mussten sich anstrengen, um im fahlen Dämmerlicht, das durch die Fenster fiel, etwas zu erkennen. Die Männer sahen einander an. Sie waren in zwei dunkle Gestalten verwandelt, wie von allem Inhalt geleert. Zwei Milchglastüren, durch die man nicht hindurchsehen konnte, führten zu jeweils einem Flur. Station 65 und 66.

Sankari wählte die erste Nummer und öffnete die Tür.

Schritt für Schritt, immer mit einem Blick nach hinten, traten sie in die Dunkelheit. Sie spürten die Nähe des anderen an der Haut, ein fast elektrisches Gefühl. Plötzlich brach ein lautes Geräusch die Stille. Ein metallischer Klang, der an den Wänden widerhallte. Jensen drehte sich um und sah, was den Lärm verursacht hatte. Sankari hatte sich an einem Rollstuhl den Fuß gestoßen. Sie erstarrten, wandten einander den Rücken zu, standen still da und spürten den Atem des anderen. Im Dunkeln war jeder Schritt ein Risiko. Beide wussten, dass sie es eingehen mussten. Als nichts geschah, gingen sie weiter vor und erreichten das Ende des Korridors. Eine Ziegelwand ohne Tür stellte den definitiven Schlusspunkt dar.

Sankari drückte auf einen Knopf an seiner digitalen Armbanduhr und das Ziffernblatt leuchtete auf. Er hob drei Finger an, um zu zeigen, dass drei Minuten vergangen waren seit dem Telefonat im Fahrstuhl. Noch sieben Minuten übrig. Dann könnte das Telefon in seiner Tasche klingeln. Sollte jemand in der Nähe sein, würde er das ganz sicher hören. Sie nickten einander zu und gingen durch den Korridor zurück. Methodisch kontrollierten sie jedes Zimmer. In den verlassenen Räumen befand sich keine Seele. Die Dunkelheit jenseits der Fenster nahm zu, die Konturen verflossen zu einem körnigen Nebel.

Sie beeilten sich, waren schnell wieder draußen bei den Fahrstühlen. Jensen spürte, dass er schweißnass war, das Adrenalin rauschte durch den Körper. Würde das Ergebnis hinter der nächsten Tür anders sein? Und was würden sie in dem Fall finden? Falls die nächste Station genauso verlassen war wie die erste, wären sie wieder bei null. Was sollten sie dann tun? Wo sollten sie suchen?

Weiter kam er in seinem Gedankengang nicht, bis Sankari die Schwingtür zum rechten Korridor aufdrückte. Die Scharniere quietschten bedenklich. Sankari fluchte still. Dieses Mal löste ihr Krach eine Reaktion aus. Ein deutliches Geräusch, das im Dunklen nur schwer zu lokalisieren war. Jensen nahm es fast körperlich wahr, wie ein Beben im Brustkorb. Jemand räusperte sich oder hustete. Sankari nahm den Revolver aus der Jackentasche. Dann war nichts mehr zu hören. Und doch gab es keinen Zweifel. Da drinnen war jemand. Axberg? Valtengren? Oder beide?

»Hallo!«, rief Sankari. »Hier spricht die Polizei. Falls sich jemand auf dieser Station befindet, kommen Sie bitte in den Korridor. Sofort.«

Die Worte wurden vom Linoleum auf dem Boden und den schallisolierenden Platten an der Decke geschluckt. Sankari wiederholte den Spruch noch einmal. Nichts geschah. Sie schlichen langsam den Korridor entlang. Sankari ein paar Meter voran, mit der Revolvermündung als drittes, starrendes Auge. Systematisch überprüften sie Raum um Raum, ohne Ergebnis. Jetzt waren nur noch vier übrig. Sie richteten ihre Aufmerksamkeit auf das Zimmer auf der rechten Seite. Daher war das Geräusch gekommen. Jensen spürte, wie die Angst in Wellen kam. Gleichzeitig war es gut, dass diese unerträgliche Anspannung bald auf etwas Konkretes reagieren könnte. Irgendetwas würde ganz sicher passieren. Sankari wechselte einen hastigen Blick mit Jensen. Dann betrat er mit erhobener Pistole das Zimmer ganz rechts.

Er blieb in der Tür stehen, den Blick auf einen Punkt gerichtet, der für Jensen unsichtbar war. Sankari reagierte unmittelbar. Er schnappte nach Luft, zog die Schultern hoch und ließ den Revolver sinken. Dann geschah alles sehr schnell.

Etwas bewegte sich, Sankari wurde von einem Tritt am Hals getroffen und fiel kopfüber hin, der Revolver rutschte über den Fußboden. Ein Mann im Arztkittel landete auf ihm. Sankari stöhnte unter dem Gewicht. Für den Bruchteil einer Sekunde sah Jensen Valtengren direkt in die Augen. Der Blick war kalt und berechnend. Valtengren schoss an ihm vorbei und lief den Korridor entlang.

Jensen hatte keine Zeit zu reagieren, ein paar Sekunden lang war er wie im Augenblick erstarrt. Dann entdeckte er Axberg. Er lag mit geschlossenen Augen auf einem Bett. An seiner Armbeuge hing eine Infusion. Jensen sah, wie Tropfen um Tropfen aus der Tüte in eine grobe Nadel fiel, die in einer Vene steckte. Er spürte, wie die Panik ihn lähmte. Sankari rappelte sich mühsam auf und griff den Revolver.

»Das Schwein stand auf dem Waschbecken«, brummte er.

Sankari stolperte nach draußen in den Korridor und sah, wie Valtengren in Richtung der Fahrstühle verschwand. Jensen ging zu Axberg. Er zog die Nadel heraus und rief seinen Namen. Keine Reaktion, der Körper gab seinem Schütteln schlapp nach. Aber der Puls war gut und die Atmung regelmäßig. Jensen atmete auf. Wir sind noch rechtzeitig gekommen, dachte er.

Er löste die Bremsen am Bett und fuhr los. Wieder unten im Eingangsbereich rollte er das Bett durch das Labyrinth der Flure auf die Intensivstation. Axberg wurde von einem Anästhesieteam übernommen, das routiniert und effektiv arbeitete. Jensen stand an der Seite und sah, wie alle medizinischen Parameter kontrolliert wurden. Axberg würde überleben. Er war nur mit einem leichten Narkosemittel betäubt. Diese Nachricht erhielt Jensen nach zwanzigminütigem, unruhigem Warten.

Er ließ sich in einen Stuhl fallen und legte die Hände vors Gesicht.

Sankari ignorierte die Schmerzen am Hals. Er lief schneller, als er es seit langem getan hatte. Der Mann, der ihn getreten hatte, sollte nicht davonkommen. Doch als er bei den Fahrstühlen ankam, war Valtengren verschwunden. Sankari fand einen Lichtschalter und betätigte ihn. Das Licht stach in den Augen und alles trat mit aufdringlicher Deutlichkeit hervor. Er stand reglos da und lauschte.

Die Fahrstühle bewegten sich nicht. Valtengren konnte unmöglich bereits irgendwohin gefahren sein, dafür hatte er zu wenig Zeit gehabt. Aus dem Korridor hinter dem Bereich mit den Fahrstühlen war ein Klicken zu hören. Sankari lief los. Direkt neben ihm befand sich eine braune Metalltür. Er riss sie auf und sah in ein Treppenhaus. Laut widerhallende Schritte entfernten sich nach oben. Sankari folgte ihnen. In seinem Bauch rumpelte es bedenklich. Für so was bin ich zu alt, dachte er. Die Lauer im Sitzen bei der Elchjagd hatte unbestreitbar Vorteile.

Nach zwei Stockwerken fühlte er sich schwindelig und außer Atem. Noch eine Tür schlug zu. Sankari zwang sich weiterzulaufen, den Revolver fest in der Hand. Der zehnte Stock war der letzte. Eine Tür, auf der KEIN ZUTRITT FÜR UNBEFUGTE stand, war die einzige Wahlmöglichkeit. Er drückte die Türklinke, ging hinaus und blieb ganz still stehen. Die Nachtluft war angenehm kühl in den Lungen. Bleicher Mondschein zeichnete sich am dunkelblauen Himmel ab. Sankari sah sich um. Ein Dach, so groß wie ein Fußballfeld breitete sich um ihn herum aus. Er nahm an, dass er ziemlich genau in der Mitte stand. Reihen von Dachlampen warfen Lichtstrahlen in die Dunkelheit, so dass die Sicht relativ gut war. Ungefähr zwanzig Schornsteine boten ausgezeichnete Versteckmöglichkeiten.

Da irgendwo befindet er sich, dachte Sankari. Jetzt haben wir ihn. Von hier kann er nicht unbemerkt verschwinden. Sankari machte einen Schritt in die Sommernacht, es knirschte bedenklich unter seinen Füßen. Das ganze Dach war mit Kies bedeckt. Er rief in der Einsatzzentrale an und informierte sie über seine Position. Jetzt galt es nur noch abzuwarten. Bald wäre die Verstärkung hier. Ein paar Minuten vergingen ganz ruhig. Eine schwache Brise zog über das Dach und kühlte sein hochrotes Gesicht.

Sankari fing gerade an, sich zu entspannen, als er sah, wie sich an einem Schornstein fünfzehn Meter entfernt etwas Weißes bewegte. Er kniff die Augen zusammen, um besser zu sehen. Aber das Weiße bewegte sich von ihm weg und verschwand in der Dunkelheit. Erst da wurde ihm klar, dass es vielleicht mehrere Ausgänge gab und natürlich auch ein paar Außentreppen rund um das Gebäude. Dass er eben nicht an seinem Posten stehen bleiben und auf Valtengren warten konnte. Sankari fluchte über seinen Fehler und lief in Richtung des weißen Flecks los, ohne sich um den Krach zu kümmern, den er dadurch machte. Als er am Schornstein angekommen war, sah er ihn wieder.

Valtengren lief auf die Seite des Dachs zu, die in Richtung des Waldes lag.

Wenn er dort hinunterklettert, ist er im null Komma nichts verschwunden, dachte Sankari und rannte schneller. Valtengren warf ab und zu einen ängstlichen Blick über die Schulter. Jedes Mal hatte Sankari ein paar Meter auf seinen Vorsprung gut gemacht. Jetzt trennten sie nur noch zehn Meter. Dann war Valtengren an der Dachkante. Sankari blieb stehen, legte die Hände um den Mund und rief:

»Bleiben Sie stehen! Sie kommen da nicht weiter.«

Valtengren lief trotz der Warnung weiter, und Sankari würde später noch oft zu dem nun folgenden Augenblick zurückkehren. Der Film würde immer und immer wieder auf seiner Netzhaut ablaufen, ihn nachts wecken, ihn tagsüber ablenken. Er sah Valtengrens weiße Gestalt ein letztes Mal aufflattern, aufflattern und verschwinden. Es war unmöglich zu entscheiden, ob er gestolpert war oder sich über die Kante gestürzt hatte. Das Rückenteil des weißen Kittels blähte sich während seines Laufs hinter ihm auf wie ein Ballon und ließ nichts Genaues erkennen. Als Sankari an der Dachkante ankam, sah er ihn dort unten liegen.

Wie ein kaputter weißer Engel auf dem Asphalt. Hatte er ihn in den Tod getrieben?

Sankari fiel auf die Knie und erbrach den gesamten Inhalt seines Magens.

Kapitel achtundfünfzig

Er wollte fliehen.

Weg von sich selbst. Weg von allem. Er spürte die Füße nicht mehr auf dem Kies, über den er lief. Die Zeit stand still, alle Uhren schwiegen. Janus' Wesen pulsierte in den Elementen um ihn herum. Die Güte des Gottes war überall, und die Tür war offen. Das war die einzige Sicherheit, die er fühlen konnte.

Die Bilder quälten ihn noch immer. Die Szenen vermischten sich miteinander bis zur völligen Verwechslung. Er schrie, als ihn die Dunkelheit umfing.

Er war wieder am Anfang seines eigenen Todes. Am Tag, als das Furchtbare passierte. Alles danach war nur ein Versuch gewesen, dem zu entfliehen. Die Uhr zurückzudrehen, um das Entsetzliche ungeschehen zu machen. Es war ihm nicht geglückt. Die Zeit, die er gesammelt hatte, die gesammelte Zeit der Opfer, würde nicht reichen. Gabriel konnte nicht gerettet werden. Niemand konnte ihm jetzt helfen. Das Gefühl war genauso alptraumhaft wie damals.

Er war gerade elf geworden und war Klassenbester. Absolut Superbester. Auf jeden Fall in Mathe. Niemand war schneller als er beim Einmaleins. Die Antwort wusste er innerhalb kürzester Zeit, er musste nie nachdenken. Das Fräulein lächelte ihn hinter ihrer runden Brille immer an und nickte aufmunternd. Bei den Elternsprechstunden wurde er stets gelobt, aber sein Vater war nie zufrieden. Für ihn war es eine Selbstverständlichkeit, dass der Sohn gut war – und dass alles noch besser werden konnte.

Er saß in seinem Zimmer und machte die täglichen Hausaufgaben. Neun mal sieben ist dreiundsechzig. Er schrieb die Antworten ins Heft wie in Trance. Am Rand gab es keine roten Striche, er machte nie Fehler. Es war so einfach, dass es langweilig war. Heimlich hatte er ein Rechenbuch für die Mittelstufe geklaut und angefangen, die Aufgaben darin zu lösen, aber auch damit hatte er keinerlei Schwierigkeiten. Er fragte sich, ob es überhaupt Gleichungen gab, die er nicht lösen konnte.

Die Uhr im Wohnzimmer schlug drei Mal. Er war durcheinander. War es schon drei Uhr?

Um die Uhrzeit sollte er doch seinen kleinen Bruder Gabriel in der Kita abholen. Er erschrak und fluchte laut. Eines dieser Wörter, die so verhängnisvolle Konsequenzen haben konnten. Sofort bereute er es und sah auf die Bibel, die im Fenster lag. Er klatschte drei Mal in die Hände und bat um Vergebung. »Klatsch, klatsch, klatsch.«

Er lief in den Flur, passte dabei auf, nicht auf die Linien auf dem Boden zu treten. Er zog Schuhe und Jacke an, drückte die Klinke der Haustür drei Mal hinunter und öffnete die Tür. Er rannte so schnell er konnte über den Bürgersteig. Wie hatte er nur die Zeit vergessen können? Das war vorher noch nie passiert. Das Herz pochte in seiner Brust. Er sah auf seine Armbanduhr. Er hätte vor fünfzehn

Minuten da sein sollen, die Sekunden schienen jetzt, da er lief, langsamer. Er hatte nur noch ein paar Blocks vor sich, als er seinen Bruder sah. Er rief.

»Gabriel!«

Er kam von der anderen Seite der Kreuzung auf ihn zu. Wie üblich richtete er den Blick vor sich auf den Boden. Der Verkehr floss in beide Richtungen dicht und heftig.

»Gabriel! Bleib stehen!«

Der Bruder hörte ihn nicht. Durch seinen Hörschaden und den Lärm der Autos war die Entfernung zu groß. Gabriel stand immer noch auf der anderen Straßenseite, trat gegen einen Stein, der auf dem Bürgersteig lag. Es schien, als wäre der Verkehr kurzfristig stehen geblieben. Er rannte so schnell, dass er Blut im Mund schmeckte, bald war er da. Gabriel legte die Hände an die Riemen des Rucksacks und trat auf die Fahrbahn.

»Gabriel«, rief er kraftlos. Die Luft tat in den Lungen weh.

Das Auto kam aus dem Nichts. Eine rote Linie von rechts, das Quietschen der Reifen auf dem Asphalt. Gabriels Zipfelmütze und seine blonden Haare auf der Motorhaube.

Dann wurde alles schwarz. Die ewige Stille. Er schwebte.

Jetzt würde er endlich seinen Bruder wiedersehen. Zu sterben war die einzige Möglichkeit. Janus hatte es ihm gesagt.

Es war das Letzte.

Kapitel neunundfünfzig

Axberg flog. Genauso fühlte es sich an.

Er kreiste und sah verschiedene sprechende Gesichter vorbeiziehen. Aus dem Zusammenhang gerissene Gesprächsfetzen der letzten Wochen vermischten sich mit Blicken und Gesten. Aus verschwommenen Farben wuchsen Bilder, die ihn an verschiedene Begebenheiten während der Ermittlungen erinnerten. Axberg wunderte sich, dass er diese Situationen von außen sah, oft mit sich selbst im Vordergrund. Wie ein willenloser Geist. Nichts konnte er fassen oder aufhalten. Er träumte. Schwerelos stieg und sank er in seinem Bewusstsein.

Manchmal hörte er ein Geräusch aus der anderen Welt, und die Traumblase war kurz davor zu platzen. Dann fiel er wieder in die stumme, schwarze Tiefe hinab. Dort war es angenehm und warm.

Er hatte kein Bedürfnis aufzuwachen. Die Wörter und Bilder strömten weiter durch ihn hindurch. Eine Person tauchte mehrmals auf, drängte sich durch den Wirrwarr und wurde deutlich. Axberg verstand nicht, warum. Ein unbedeutender Zeuge, dem er keine große Aufmerksamkeit geschenkt hatte. Der Landwirt mit dem Hund. Derjenige, der in der Nacht, in der die Zwillinge ermordet wurden, einen Mann vor deren Haus gesehen hatte. Axberg konnte nicht verstehen, was der Mann zu sagen hatte. Aber es war offensichtlich, dass er etwas erzählen wollte. Der Landwirt starrte Axberg unaufhörlich aus dem Inneren eines Traktors an. Hinter ihm saß der Hund auf einem Anhänger und bellte. Immer und immer wieder fuhr der lautlose Traktor vorbei. Dieselbe Szene, wieder und wieder. Axberg spürte, wie er rutschte. Als neige sich plötzlich das Meer, auf dem er ruhte. Eine Weile befand er sich neben dem Landwirt. Dann wurde er nach oben gezogen.

Das Licht stach in den Augen. Die Geräusche um ihn herum wurden zu Stimmen. Einige davon kannte er von früher, andere waren ihm fremd. Der Nebel zog sich Schicht um Schicht zurück. Langsam traten die Gesichter der Sprecher hervor. Axberg wusste nicht, wo er war. Und er hatte auch keine Ahnung, was geschehen war. Aber dass etwas Unerwartetes passiert war, war offensichtlich. Er blinzelte ein paar Mal, und die Schleier vor den Augen verschwanden. Sein Mund fühlte sich an wie Sandpapier. Carolina saß auf der Bettkante und hielt seine Hand. Als er ihr in die Augen sah, lächelte sie. Sein ganzer Körper fühlte sich warm an.

»Jetzt wacht er auf«, rief sie aus.

Ståhl, Pablo und Åkerman bildeten eine lächelnde Gruppe am Bettende. Axberg hatte sie noch nie bei ein und derselben Gelegenheit so glücklich gesehen. Eine Krankenschwester kam und legte eine Hand auf seine Stirn, kontrollierte ein paar Schläuche und Regler und verschwand wieder. Axberg erfüllte ein Unbehagen, das schnell wieder nachließ. Er wusste nicht, warum. Was war mit ihm geschehen?

Es kamen keine Erinnerungen. Es war, als existierten die letzten vierundzwanzig Stunden überhaupt nicht. Er versuchte, sich daran zu erinnern, was er getan hatte, aber dadurch wurde die Leerstelle nur noch größer. Frustriert ließ er es sein. Er würde die Antwort ja doch noch erhalten. Ståhl trat vor, drückte ihm die Hand und sprach.

»Willkommen zurück in der Wirklichkeit! Wir sind glücklich, dass Sie wieder bei uns sind.«

Axberg versuchte zu lächeln, aber sein Gesicht fühlte sich wie eine gefühllose Maske an.

»Was ist passiert?«, fragte er und merkte zu seiner Erleichterung, dass seine Stimme in Ordnung war.

»Das ist eine lange Geschichte, mit der wir Sie jetzt nicht quälen wollen«, sagte Ståhl. »Sie sind niedergeschlagen und unter Drogen gesetzt worden und Gott weiß was, aber laut den Ärzten werden Sie schnell wieder auf den Beinen sein.«

Ståhl nickte aufmunternd.

»Und Sie hatten Recht mit Ihrem Verdacht ...«

Axberg hatte Schwierigkeiten, der Bedeutung der Wörter zu folgen. Als Ståhl weiter sprach, wurde es deutlicher.

»Valtengren war unser Mann. Wir haben sichere Beweise für alle Morde, in denen wir ermittelt haben, und noch einige weitere. Er wird uns keine Sorgen mehr machen.«

»Erzählen Sie«, bat Axberg.

Ståhl zögerte eine Sekunde. Dann berichtete er kurz, was passiert war. Axberg schloss die Augen. Es war vorbei. Endlich. Zusammen mit dieser Einsicht überkam ihn Müdigkeit. Er wollte schlafen, sehnte sich nach der Leere. Die Arme und Beine fühlten sich wie formlose Geleeklumpen an, aller Kraft beraubt. Carolina küsste ihn auf die Wimpern. Ihre Wärme und ihr Duft erfüllten Axberg. Es war, wie nach Hause zurück zu kommen. Wieder sank er und Kelle um Kelle aus dem Brunnen des Traumes rann über ihn. Die Bilder kehrten zurück. Er riss sich zu einer letzten Kraftanstrengung zusammen.

»Habt ihr Hamrin gefunden?«

Schweigen. Dann räusperte Ståhl sich.

»Leider gibt es noch keine Spur.«

»Sucht in der Landwirtschaftsschule auf Alnö«, flüsterte Axberg.

»Das haben wir schon getan«, sagte Pablo.

»Sucht noch einmal.«

Axbergs Worte waren erfüllt von einer Sicherheit, die keine Zweifel zuließ. Ståhl nickte Pablo und Åkerman auffordernd zu, die sich daraufhin sofort auf den Weg machten. Axberg spürte, wie ihn der Schlaf wieder überwältigte. Er streichelte Carolina über die Wange und gab nach.

Bald würde er wieder aufwachen.

Kapitel sechzig

»Das wurde verdammt noch mal auch Zeit!«

Das waren die ersten Worte, die Axberg hörte, als er aus dem Dämmerschlaf erwachte. Die dröhnende Bassstimme war eindeutig wiederzuerkennen. Davon gab es nur eine auf der ganzen Welt. Axberg lag immer noch im Krankenhausbett, den Blick auf die weiße Decke gerichtet. Er drehte den Kopf in Richtung der Stimme und sah direkt in Sven Hamrins braune Augen. Axberg empfand eine befreiende Erleichterung. Der Kollege, der immer da gewesen war, war auch jetzt wieder da, diesmal im Bett neben Axberg.

»Weißt du, wie lang du geschlafen hast?«, fragte Hamrin.

Axberg versuchte, den Kopf zu schütteln. Es fühlte sich an, als umschlösse eine Bleihülle den gesamten Schädel.

»Nein?«

»Zwölf Stunden! Und es scheint auch nicht gerade ein Schönheitsschlaf gewesen zu sein ... Du siehst furchtbar aus.«

Axberg lächelte schief und sah aus dem Fenster. Die Sonne schien, keine Wolke war am Himmel.

»Du bist selbst auch nicht gerade Adonis«, sagte Axberg.

»Das ist ja auch kein Wunder, so wie man hier behandelt wird. Diese Betten sind wohl für Pygmäen gemacht.«

Axberg sah Hamrin an. Da das Bett, in dem er lag, zu kurz war, hatte er beide Füße über das Fußende gelegt. Ein paar Kilo waren von dem mächtigen Körper verschwunden, und das Gesicht hatte denselben Farbton wie der Kopfverband. Aber er lebte. Das war die Hauptsache. Und sein Humor war definitiv derselbe wie immer.

»Haben sie dich draußen bei der Landwirtschaftsschule gefunden?«, fragte Axberg.

»Selbstverständlich«, sagte Hamrin. »Da war ich schließlich. Ich bin die ganze Zeit da draußen gewesen. Außerdem stand mein Wagen versteckt im Wald davor. Ich begreife nicht, welche Idioten ihr auf die Suche nach mir geschickt habt. Die müssen Scheuklappen vor den Augen und den Ohren gehabt haben.«

Axberg lächelte.

»Was ist denn eigentlich passiert?«

Hamrin fuhr mit einer Hand über den Verband.

»Ich wusste, dass Wollmar da draußen irgendwas laufen hatte, also bin ich hingefahren, um nachzusehen. Nachdem ich ins Haus geschlichen war, wurde ich niedergeschlagen, von hinten. Hatte keine Chance, mich zu wehren.«

Axberg dachte, dass das wahrscheinlich die einzige Möglichkeit für den Angreifer gewesen war. Hamrin in einem unaufmerksamen Augenblick zu überraschen. Sonst wäre die Sache definitiv anders ausgegangen.

»Als ich wieder zu mir kam, war ich an Händen und Füßen gefesselt«, fuhr Hamrin fort. »Außerdem hatten diese Schlappschwänze mir einen Knebel verpasst.«

»Bist du ganz allein zu der Schule gegangen?«, fragte Axberg.

»Ja. Und Wollmar war da. Er hatte sein Drogenlager im

Keller. Mindestens hundert Kilo in kleinen, weißen Tüten. Das Obergeschoss war voll mit geschmuggeltem Alkohol.«

Hamrin kicherte.

»Eigentlich eine logische Kombination – voll und Alkohol, meine ich.«

Axberg wurde klar, dass Hamrin einen heftigen Schlag auf den Kopf bekommen haben musste. Der Kollege machte sonst eigentlich keine unnötigen Wortspiele. Dann erinnerte sich Axberg daran, dass Staatsanwältin Fridegård eine Hausdurchsuchung der alten Schule verweigert hatte. Sein Kopfweh wurde stärker.

»Wurde Wollmar gefasst?«

»Nein«, stöhnte Hamrin. »Er ist mit dem ganzen Mist verschwunden. Kein Molekül mehr übrig. Alles wurde mit einem Lkw abtransportiert. Ich habe mir die Autonummer gemerkt. Der Wagen hat vor drei Tagen die dänische Grenze passiert. Jetzt hat Interpol übernommen.«

Axberg merkte, wie er sich ärgerte. Im Takt mit dem erhöhten Puls schloss sich die Bleihaube um die Schläfen wie ein Schraubstock. Er beruhigte sich, dachte an Valtengren. Der Mann, der ihn zum Wahnsinn getrieben und fast umgebracht hatte, war weg. Die Morde waren aufgeklärt. Aber für all die Angehörigen der Opfer war das natürlich nur ein kleiner Trost. Wie konnte ein Mensch so krank werden? Gab es dafür überhaupt eine Erklärung?

Axberg bezweifelte es. Aber im Augenblick hatte er nur die Kraft, sich erleichtert zu fühlen. Die Morde waren aufgeklärt, und er lebte, außerdem schien Carolina ihm verziehen zu haben.

»Es ist aber wirklich beschissen, dass wir immer einen Schritt hinter Wollmar und seinem Syndikat sind«, murmelte Hamrin.

»Vielleicht soll es so sein«, sagte Axberg und lächelte.

»Was meinst du damit?«

»Wir sollen wohl morgen auch noch was zu tun haben …«

Hamrin sah Axberg überrascht an, dann begann er gleichzeitig zu lachen und zu husten.

Epilog

Sie spazierten wie früher schon so oft am Ufer des Selångerså in westlicher Richtung.

Erika saß im neugekauften Buggy und taufte die Welt mit ihrem Zeigefinger und kleinen, begeisterten Ausrufen. Jensen sah auf Saras Bauch, der sich unter dem Mantel wölbte. Die Familie war wieder zusammen. Er empfand Glück und Zuversicht. Gleichzeitig wusste er, dass es nie wieder so werden würde wie vorher. Es war unmöglich, den ganzen Weg zurückzugehen, alle falschen Schritte wiedergutzumachen. Aber Sara war wieder an seiner Seite, und das bedeutete ihm alles.

Sie gingen schweigend in einem Korridor aus Gold. Die Septembersonne leuchtete blass an einem klarblauen Himmel. An den Bäumen um sie herum zitterte das Laub wie schwerelose Münzen. Das Geräusch des Kinderwagens auf dem Kies, ihre eigenen, knirschenden Schritte und Erikas Lachen. Geräusche, die wichtiger waren als seine Karriere. Die wichtiger waren als alles. Das verstand er jetzt.

Das Leben war langsam wieder zur Normalität zurückgekehrt. Der Serienmörder nahm nicht mehr jede Sekunde im Bewusstsein der Leute ein. Der Alltagstrott hatte sich wie üblich eingestellt. Die Fähigkeit des Menschen, zu vergessen und weiterzumachen ist einer der stärksten Überlebenstriebe, dachte Jensen.

Das Vergangene zu verdrängen und nach vorn zu sehen. Im Guten wie im Schlechten.

Am Abend vorher hatten Johan und er es geschafft, ihre Frauen mit zum wöchentlichen Trabrennen nach Bergsåker zu locken. Sara und Carolina waren bereits nach wenigen Minuten in eine lebhafte Diskussion über moderne Kunst und deren bedeutende Vertreter vertieft, von denen Jensen noch nie etwas gehört hatte. Sara erzählte von ihrem Jahr als Schülerin bei einem italienischen Maler. Carolina von ihrem Jugendtraum, Filmregisseurin zu werden. Die Pferde, die unter dem Panoramafenster des Restaurants Runde um Runde liefen, würdigten sie keines Blickes. Als sie die Resultate erfuhren, stellte sich das als richtig heraus. Axberg und Jensen hatten nicht mehr so miserabel gespielt, seit sie irgendwann im Gymnasium im betrunkenen Zustand ihr Wettdebüt gegeben hatten.

Jensen lächelte bei der Erinnerung daran. Er war froh, Johan und Carolina wieder zusammen zu sehen. Dieses Mal schienen sie es ernst zu meinen. Zum wievielten Mal, wusste Jensen nicht, aber er hatte beschlossen, optimistisch zu sein.

Im Krankenhaus hatten unterschiedliche Krisengruppen einander abgelöst, und alle hatten ihren Teil gesagt. Jetzt begannen die Gespräche im Aufenthaltsraum sich endlich um etwas anderes als Valtengren und die unbegreiflichen Morde zu drehen.

Aber Jensen war nicht da. Er hatte von seinem Berg Überstunden Urlaub genommen und war drei Wochen zu Hause. Eine dringend benötige Atempause. Die Situation war einmalig. Zum ersten Mal überhaupt hatte er extra Urlaub genommen. Die Entscheidung war ungewohnt, aber einfach gewesen, er wollte bei Sara und Erika sein. Wollte versuchen, das Loch, das er hinterlassen hatte, zu füllen. Außerdem musste das Badezimmer renoviert werden. Er holte tief Luft.

Die Luft war klar und kalt.

Es war ziemlich schön zu leben, trotz allem.

Nachwort

Das hier ist ein Roman. Alle eventuellen Ähnlichkeiten mit tatsächlichen Personen oder Geschehnissen sind rein zufällig. Als Schriftsteller habe ich mir gewisse Freiheiten genommen. Manchmal habe ich einen Korridor verlängert, ein Haus neu gestrichen oder ein paar zusätzliche Bäume gepflanzt, alles, um das Milieu einzufangen, das ich für diese Geschichte gesucht habe.

Ich möchte mich bei folgenden Personen bedanken, die mit professionellem Wissen meine Fragen beantwortet haben:

Hans Sporrong, Kriminalinspektor bei der Kriminalpolizei in Sundsvall.

Mats Öström, Dozent und Leiter des rechtsmedizinischen Instituts in Umeå.

Dem Personal des Casino Cosmopol und des Fremdenverkehrsamtes in Sundsvall.

Alle Fehler, bewusste und unbewusste, sind letztendlich immer meine eigenen.

Ein besonderer Dank gilt euch, die ihr den Text gelesen habt, mir gute Ratschläge gegeben und eure Ansichten mitgeteilt habt.

Jonas Moström
Bräcke, im Mai 2004.